Trotz Recherche war es nicht in allen Fällen möglich,
die Inhaber von Urheberrechten ausfindig zu machen.
Sollten noch Rechtsansprüche bestehen, so bitten wir die Inhaber
der Rechte, ihre Rechtsansprüche dem Verlag mitzuteilen.

FSC
www.fsc.org
MIX
Papier | Fördert
gute Waldnutzung
FSC® C014496

Herstellung: Laura J Gerlach
Umschlaggestaltung: Jürgen Winnerl
Satz: psb, Berlin
Druck und Bindung: GGP Media GmbH, Pößneck
Printed in Germany
ISBN 978-3-627-00307-4

32. Killing Joke: Night time
33. The Go-Go's: Our lips are sealed
34. Dinosaur Jr: Sludgefeast
35. Nomeansno: Lonely (nicht auf Spotify)
36. Minor Threat: Betray
37. Buzzcocks: Fast cars
38. Sonic Youth: Mary-Christ
39. Victims Family: Bad Karma
40. Bad Brains: Sailin' on
41. The Clash: I fought the law
42. Bad Brains: I (too bad)

Playlist auf YouTube:

Playlist auf Spotify:

FVA

Für N & M

From the cradle bars
Comes a beckoning voice
It sends you spinning
You have no choice

You hear laughter
Cracking through the walls
It sends you spinning
You have no choice

– Siouxsie and the Banshees

VOR DREIZEHN JAHREN. APRIL 1998

DAKTYLUS
Hannover

Notaufnahme.
Abgestandene Luft, niedrige Decken mit Neonbeleuchtung, müde Wände in orthopädischem Beige. Die Sitzgruppe mit den orangenen Plastikstühlen lag wie eine traurige kleine Insel in einem Linoleumozean. Umgeben von Gängen, die endlos schienen, und Türen wie Scheunentoren, deren Flügel mit lautem Summen die Besucher attackierten, ähnlich unerwartet wie die Klaviertastatur in einer Rebecca-Horn-Ausstellung.
Irgendwo hier in diesem antiseptischen Irrgarten befand sich Iggy, der seit heute Morgen nicht mehr sprechen konnte.
Bey rutschte auf ihrem Plastikstuhl hin und her. Ihr gegenüber saß Mariko. Zierlich, ermattet, familiengerahmt. Hauke zu ihrer Rechten, der ihre zarten, perfekt manikürten Finger zwischen seinen großen Handtellern hielt, die symmetrischen Zwillinge zu ihrer Linken. Sie formten eine Wand, und die Wand starrte Bey wortlos an.
Sie schloss die Augen, um den Blicken zu entgehen. Die Türflügel knallten in unregelmäßigen Intervallen auf und zu. *Concert for Anarchy*. Der Konzertflügel kopfüber von der hohen Decke, die Tasten, die plötzlich laut kreischend herausgeschossen kamen und wie lange Zungen die Luft leckten. Iggy hatte die Ausstellung gefeiert. Konzertflügel, Türflügel ... ihr schwirrte der Kopf.

Sie hatte nicht geschlafen, war in der Uni geblieben, hatte die vergangene Nacht im Arbeitsraum durchgezeichnet. Abgabetermin in zwei Wochen. Diplom. Als sie morgens gegen zehn wie ferngesteuert nach Hause gekommen war, hatte er dagelegen. Lang ausgestreckt auf tiefblauem Wohnzimmerteppichboden, bekleidet mit nichts weiter als einer Unterhose, die blondierten Haarsträhnen wie wirre Striche auf seinem sehnigen Oberkörper. Sie hatte ihn angeschrien mit sich überschlagender Stimme, aber seine Augen sahen an ihr vorbei, er machte keinerlei Anstalten, zu reagieren.

Drei naheliegende Szenarien waren ihr wie grelle Lichtblitze durch den Kopf geschossen.

Erstens: Er war sturzbetrunken am frühen Morgen. Das wäre besorgniserregend, aber im Rahmen des Wahrscheinlichen gewesen.

Zweitens: Er war zusammengeschlagen worden von Faschos oder Drogendealern. Das wäre weitaus besorgniserregender, aber im Rahmen des Mittelwahrscheinlichen.

Drittens: Er hatte doch nicht auf sie gehört und war an Shore geraten. Das war das allerbesorgniserregendste, wenn auch allerunwahrscheinlichste Szenario, und sie hatte gehofft, dass es nicht wahr sein möge, nicht ahnend, dass es noch ganz andere, weitaus besorgniserregendere Szenarien gab.

Sie hatte ihn geschüttelt. Hatte seine Arme nach blauen Flecken oder Einstichlöchern abgesucht. Aber da war nichts gewesen. Nichts außer der fehlenden Körperspannung in seinen langen, dünnen, sich irgendwie zu weich anfühlenden Gliedmaßen.

Das Wohnzimmer musste sich währenddessen von ihr unbemerkt mit Wasser gefüllt, sich langsam aber stetig in ein Aquarium verwandelt haben, auf dessen wellig blauem

Teppichbodengrund sie sich dann, mit Mühe gegen die unerwartete Viskosität ankämpfend, zum Telefon vorgearbeitet hatte. Es hatte offensichtlich schon länger geklingelt. Mariko war dran gewesen. Warum sie nicht abnehmen würden, sie hätte schon ein paarmal angerufen.
Ich weiß nicht, was mit ihm los ist, hatte sie tonlos in den Hörer gesagt. Sie solle den Krankenwagen rufen, *jetzt sofort*, hatte Mariko geantwortet. Bey spürte die Kraft aus der Hand schwinden, die den Hörer umklammert hielt, und starrte auf irgendeinen Punkt des tiefblauen Teppichbodengrundes.
Vergiss es, ich mache das. Wir kommen vorbei. Marikos Stimme klang gereizt. Mit den schlafwandlerischen Bewegungen eines Tiefseetauchers hatte Bey aufgelegt.

Sie warteten lange auf den Plastikstühlen. Das musste man der Realität schon lassen, was Katastrophen anging, war sie immer überraschend filmreif.
Also gut, Mariko, Hauke und die Zwillinge waren wütend auf sie. Wahrscheinlich, weil sie nicht selbst auf die Idee gekommen war, den Krankenwagen zu rufen. Sinnlos, sich ihnen gegenüber zu rechtfertigen.
Du bringst meinen Sohn noch ins Grab, hatte Mariko vor zwei Wochen erst gesagt. Weil Bey sich nicht entscheiden konnte. Dabei war es nicht ihre Schuld, dass Iggy nachts immer öfter nicht nach Hause kam. Da konnte einem schon mal der Geduldsfaden reißen. Bey war ausgezogen. Er hatte Besserung gelobt, sie hatte ihm geglaubt und war wieder eingezogen. Bis er das nächste Mal wegblieb. Mariko sah die Dinge anders. Mariko erwartete von ihr mehr Loyalität. Das spürte sie ganz deutlich, während sie hier zusammen auf dem Linoleumozean saßen und das Summen der Türflügel die Stühle vibrieren ließ. Aber nach den sechs Jahren,

die sie jetzt schon mit Iggy zusammen war, hätten Mariko und Hauke eigentlich besser im Bilde sein müssen. Und die Zwillinge auch.
Bey nahm keine Drogen. Soff nicht. Rauchte noch nicht mal. Jeder wusste das. Sie war, wenn auch aus anderen Gründen als ihre Peergroup vermutete, straight edge. Offensichtlich ignorierten ihre Quasi-Schwiegereltern das ebenso wie die Tatsache, dass sie sich in einem Affentempo durch ihr Studium rackerte, mit Nebenjobs sowohl die Uni als auch das gemeinsame Leben mit Iggy finanzierte und außerdem noch Bassistin bei *Bodenkontrolle* war.
Iggy, der jüngste Sohn von Mariko und Hauke, das Nesthäkchen, nahm Drogen. Multipler Substanzgebrauch. Pfiff sich alles rein, was knallte. Außer (zum Glück, fand Bey) Crack und Shore. Hauptamtlich unter Einfluss war er schon, als sie sich Hals über Kopf und wider besseres Wissen in ihn verknallt hatte. Die unausgesprochene Schuldzuweisung war anmaßend, ja lachhaft. Außerdem war es schlichtweg taktlos, sich vor ihren Augen in einem solchen Moment so ausgiebig aneinanderzuschmiegen, während ihr nichts weiter blieb, als auf ihrem verdammten Plastikstuhl hin und her zu rutschen und auf die runden Spitzen ihrer sehr hohen Plateaustiefel zu starren.

Nach einer Ewigkeit kam der Arzt. Er kam zu dritt, und sie stellten sich in einem unbeholfenen Halbkreis dazu, Mariko, Hauke und die Zwillinge auf der einen, Bey in sicherem Abstand auf der anderen Seite.
»Ihr Sohn ist in ein Wachkoma gefallen.«
Dieser Satz, der nicht für sie bestimmt war, drang in einer Klarheit an ihr Ohr, die sie an eiskalte Bergseen in frühen Morgenstunden denken ließ. Nach diesem Satz verspürte sie das dringende Bedürfnis, sich der Länge nach vorn-

über fallen zu lassen, einfach von ihren hohen Plateausohlen herab in diesen albernen Halbkreis hinein, auf das graugrüne, antiseptische Linoleum, das ihr plötzlich ungeheuer einladend erschien. Doch irgendetwas sagte ihr, dass niemand sie auffangen oder zumindest ihren Fall verlangsamen würde.
Die Gründe seien noch unklar, einige Untersuchungen stünden noch aus. Aber sie sollten sich keine allzu großen Hoffnungen machen.
Die bergseeklare Stimme des Oberarztes war nicht ohne Pathos, wie sie irritiert feststellte. Aber das Retikulärsystem sei noch intakt. Sie mochte den Klang dieses Wortes, es war in sich ein kleines Gedicht: Re-ti-ku-lär-sys-tem, daa-da-da-daa-da-da. Der gute alte Daktylus. Es war ein beruhigendes Wort, in ihm oszillierte die schwache Hoffnung, dass alles wieder werden konnte. Vielleicht.

Als sie zu ihm durfte, fühlte sie sich merkwürdig stumpf, entkoppelt. Er schlief, auch wenn dieses Schlafen ein trügerisches war. Ein Schlafen, das eine beängstigende Anzahl von Schläuchen notwendig machte, die jetzt in seinen willenlosen Körper hinein- und aus ihm herausführten. Das blondierte lange Haar, das schon wieder einen dunklen Ansatz zeigte, war schweißverklebt. Sie registrierte das alles mechanisch. Es gab kein Gefühl.

^^^

There's a shadow on the wall where the paint is peeling
My body's moving forward but my mind is reeling
– Bad Religion

^^^

VOR VIER TAGEN. MONTAG, 10. JANUAR 2011

TATTOO
Los Angeles

»Fuck! Fuckfuckfuck!«
Der Anlasser gab ein erbärmliches Wimmern von sich.
»Verdammt«, zischte Karina, »ausgerechnet jetzt!«
Der Anruf heute Morgen war nicht unerwartet gekommen, nicht nach der SMS vergangene Nacht, hatte aber trotzdem ihren Zeitplan durcheinandergebracht. Hoffnungslos verspätet hatte sie danach, in wehendem Mantel und routiniert balancierend auf Five Inch High Heels, mit einiger Kraftanstrengung das Garagentor geöffnet und war in den MG eingestiegen.
Sie drehte den Zündschlüssel wieder und wieder nach rechts. Das Wimmern wurde schwächer. Hoffnungslos. Sie stieß die Tür des olivgrünen Oldtimers auf und stieg aus. Die Absätze ihrer Louboutins bohrten sich in den knirschenden Kies, als sie sich in der grellen Morgensonne mit zusammengekniffenen Augen suchend umsah.
»Gustav! Gus-tav!«
»Yes Ma'am?«
Ein rötlicher Lockenschopf tauchte zwischen den Ästen einer Strauchgruppe auf. Darunter ein hilfsbereites Lächeln in einem pockennarbigen Gesicht. Mit einer Heckenschere bewaffnet trat Gustav hinter dem Dickicht hervor, wo er sich am Wildwuchs der Maulbeersträucher zu schaffen gemacht hatte. Wie er das selbstgewählte Pensum aus Hausmeister, Gärtner und Fuhrparkmeister täglich bewältigt, ist ihr ein Rätsel. Auch, wie sie ohne ihn zurechtkommen würde.

»Fahr den Mustang raus, schnell!«
»Wie Sie wünschen, Ma'am.«
Der sanfte Ton seiner Stimme kann Karina nach dreizehn Jahren noch täglich irritieren. Was immer sie ihm aufträgt, die unmöglichsten Dinge, stets antwortet er mit demselben Gleichmut, demselben milden Lächeln.

Nur neun Sekunden!, dachte sie, während Gustav in einer der vielen Taschen seiner ausgebeulten Multifunktionsjacke wühlte, neun verdammte Sekunden! Länger war der Filmausschnitt nicht, zu dem der Link in der SMS führte. Und doch brauchte es nicht mehr Zeit als diese paar Sekunden, nicht eine Millisekunde mehr.
Gustav zog schließlich einen Schlüsselbund hervor und lief unter dem geöffneten Garagendach an dem unwilligen MG vorbei zum Cherokee, der vor dem Mustang parkte.
Keine Millisekunde mehr. Alles konnte ihr jetzt um die Ohren fliegen, wenn sie nicht schnell genug handelte. Der Innere Kreis würde sowieso toben.

Gustav setzte den Cherokee ein Stück zurück, stieg aus, fischte aus einer seiner vielen Jackentaschen einen Schlüsselanhänger in Form eines schwarzen galoppierenden Pferdes, an dessen Schnur ein einzelner Zündschlüssel mit langem schmalem Schaft baumelte.
Sie hatte die neun Sekunden Film ungläubig angestarrt, während sich von ihrem unteren Rücken eine eisige Kälte bis in die Fingerspitzen ausbreitete, die sich jetzt, Stunden später, immer noch taub anfühlten. Sie schob die Hände in die Manteltaschen. Obwohl dieser Wintertag nicht kälter war als alle anderen Wintertage in L.A., fröstelte sie.
Gustav öffnete die Fahrertür des Mustang und fuhr auch

diesen aus der Garage heraus. Ein makelloser 71er *Mach 1* in purpurschwarz, eine Sonderlackierung, die von weitem ein sattes Schwarz vermuten, doch bei näherem Hinsehen, besonders im Sonnenlicht, eine rotviolette Glut aufblitzen lässt. Ihr Baby.

Gustav stieg bei laufendem Motor aus.

»Don't worry, Ma'am. Der MG ist heute Nachmittag wieder fit.«

Don't worry. Seine Unbekümmertheit und Heckenschere gegen ihren Mustang. Ohne zu zögern hätte sie heute Morgen getauscht.

Sie stieg hastig ein, reckte sich, um einen überprüfenden Blick in den Spiegel zu werfen. Nicht, weil ihre Frisur einen Double Check gebraucht hätte. Sie trägt seit Jahren Glatze. Sie hat die Kopfform dafür, und ihr kahler Schädel gibt ihr die Ausstrahlung, die sie in ihrem Job braucht. Der feuerrote Tom-Ford-Lippenstift saß perfekt, die Sonnenbrille passte zum Outfit. Sie klappte den Spiegel hoch, drückte den Rücken in den ledernen Sitz, rollte die lange Auffahrt, gesäumt von Pinien und Palmen, über knirschenden Kies hinab, und fuhr durch die hohen hölzernen Flügel des geöffneten Tors hinaus auf die asphaltierte Marinette Road. Sie atmete ein.

Ihr Haus ist das letzte am Ende der Straße, hinter dichtem tropischem Strauchwerk und laubreichen Bäumen gut verborgen, selbst vom Nachbargrundstück aus ist ihr Anwesen nicht einsehbar.

Die Reifen quietschten, als sie das Gaspedal durchtrat. Nicht eine Wolke am Himmel. Der Innere Kreis würde sie fertigmachen. Sie atmete aus.

Der Mustang nahm geschmeidig die leichte Anhöhe, Karina würdigte die von treuen Gärtnerhänden gewissenhaft gepflegten Lorbeerhecken, Pinienwäldchen und

wiesenbegrünten Hügel der nachbarlichen Anwesen rechts und links der ruhigen Straße keines Blickes, bog links ab auf die von Agaven gesäumten steileren Hänge der Paskenta Road bis zur T-Kreuzung mit dem Chautauqua Boulevard, wo andere Leute, mit Zeit und Muße und einem Sinn für landschaftliches Idyll, sicher ausgestiegen und auf ihr Autodach geklettert wären, um von dort aus in der klaren Luft dieses Morgens einen fantastischen Blick auf den Pazifischen Ozean zu genießen. Aber Karina ist nicht andere Leute. Karina startete nach der Kurve durch. Der Mustang jaulte beleidigt auf.

Neun verdammte Sekunden!

Auf Autodächer zu klettern verbietet sich ohnehin bei ihrem Schuhwerk, außerdem ist sie kein Strandtyp, Wasser in größeren Mengen ist ihr suspekt. Seesicht geht ihr sowas von am Arsch vorbei. Sie hat ihr Grundstück sorgfältig ausgewählt. Kondos mit Ocean View haben den Nachteil, meistens auch selbst weithin sichtbar zu sein. Sie blickt dagegen von ihrem Anwesen aus nur auf beruhigend regloses Gestein, Gestrüpp und undefiniertes Grün. Sie überlässt selten etwas dem Zufall.

Und trotzdem konnten sich diese neun Sekunden in ihr Leben schleichen. Mit einem schrillen *Ping*-Geräusch, begleitet von einer kurzen, aber bestimmten Vibration, waren sie vergangene Nacht wie ein Bumerang in ihr Schlafzimmer gekracht.

Der Mustang glitt katzenhaft den Berg hinab. Vor der Kulisse kleinerer, aber für einen durchschnittlichen Doppelverdienerhaushalt ebenso unerschwinglicher Grundstücke, trat sie wieder das Pedal durch. Sie vermeidet es normalerweise, zu ihren Meetings so gnadenlos zu spät zu kommen. Es ist nicht gut für die Moral der Männer. Nur für die macht sie sich jeden Montag auf den Weg, dabei

wäre das alles prima übers Handy zu klären. Aber die Männer brauchen den direkten Kontakt, entgleiten ihr sonst.

Sie erreichte das Hafengebiet, bremste vor dem wuchtigen Warehouse One und parkte zwischen einigen Kleintransportern und LKWs. Männer in Arbeitsklamotten, ein Gabelstapler wie auf Speed vor der Betonfassade mit den ockerfarbenen Laderampen und Stahltoren. Am Kai gegenüber haushohe Palettenstapel, Seecontainer in rostigem Rot und Hellblau im Gegenlicht.

Natürlich war es ihr Fuck-up. Da gab es wenig zu diskutieren. Und der Innere Kreis war nicht blöd, der ließ sich nichts vormachen.

Sie stieg so schnell aus, wie die High Heels es zuließen, verriegelte die Fahrertür (das ist der einzige, aber auch wirklich der einzige Nachteil von Oldtimern: die fehlende Fernbedienung) und nahm mit schnellen Sätzen die Stufen der kurzen Stahltreppe hinauf ins Hochparterre des alten Lagerhauses. Hinter bodentiefen Fensterfronten konnte man eine Handvoll junger Leute erkennen, die an Tischen aus einfachen Holzplatten vor ihren iMacs saßen oder in dem riesigen hohen Raum herumliefen. Eine große Glasschiebetür bewegte sich beflissen zur Seite und präsentierte einen hochpolierten Betonfußboden: *Yellow*, Karinas PR-Agentur.

Sie grüßte ihre Angestellten flüchtig und lief mit ausladenden Schritten zum hinteren Teil der Halle, am riesigen knallgelben Holzblock mit der Pantry und dem Chillraum vorbei, umrundete den Tischkicker und die zwei hochgewachsenen Palmen, steuerte weiter auf die Rückwand der Halle zu, riss eine unscheinbare, graulackierte Tür auf und lief weiter durch einen stillen hellen Flur mit verglasten Wänden zu beiden Seiten. Sie blieb vor einem

Raum stehen, dessen Jalousien von innen heruntergelassen waren, die Tür war verschlossen, sie zog eine Plastikkarte aus der Manteltasche, hielt sie gegen das Schloss, öffnete nach dem leisen Klicken die Tür und trat ein, verschloss sie von innen wieder und lief entlang des ausladenden ovalen Konferenztisches, um den artig viele teure Stahlrohrstühle standen, zur Regalwand an der linken Raumseite. Ihr Puls raste. Hämmerte bis in die Fingerkuppen.
Nach der SMS hatte sie nicht mehr schlafen können, hatte sich stattdessen ans Telefon gehängt (in Europa war es bereits Tag), und versucht zu retten, was hoffentlich noch zu retten war, hatte sich um halb acht die Augenringe mit deckender Foundation weggetupft und war gerade in Begriff gewesen, den Tom Ford aufzutragen, als ihr Handy geklingelt hatte.

Sie reckte sich, Wirbel für Wirbel richtete sie sich auf und schloss die Augen, zwang sich zu einigen beherrschten Atemzügen, zu einer Leere im Kopf. Ein-aus, ein-aus. Ihr Puls beruhigte sich. Als das Hämmern nachließ, zog sie ein altes 8210er Nokia aus der Manteltasche und schrieb eine Nachricht.
Mit einem metallischen Summen öffnete sich eine in der Regalwand verborgene Tür und gab den Blick in einen dunklen Gang frei. Dort stand Goran. Ihrer Vorschrift zufolge mit gesenktem Kopf, so dass sie freie Sicht auf das Tattoo hatte.
Ihr Mund verzog sich trotz allem zu einem unwillkürlichen Grinsen, wie immer beim Anblick dieses Tattoos. Es scheint aus seinem linken Ohr zu strömen und zieht sich als enigmatisch perspektivische Darstellung eines Gebäudeinneren, einem Escher nachempfunden, flächendeckend über seine Kopfhaut, um wie in einem Strudel

im rechten Ohr wieder zu verschwinden. Die Umrisse seines Kopfes verschwimmen vor dem Hintergrund, so dass man Gorans Gesicht auf bestürzende Art, besonders bei der ersten Begegnung, wie ausgeschnitten, wie schwebend wahrnimmt.
Er trat einen abgemessenen Schritt zurück, sie nickte wortlos zum Gruß und schritt zielsicher an ihm vorbei in den muffigen dunklen Gang hinein, die Wände übersät mit Schimmelstellen und blasig abblätterndem Rauputz, auf dem Boden einige faulende Wasserstellen von einem alten Rohrbruch, denen sie routiniert auswich. Der Kontrast zu der hellen Aufgeräumtheit der Agentur könnte größer nicht sein. Sie zog im Gehen eine kleine Taschenlampe aus der Innenseite ihres Mantels hervor und schaltete sie ein, Goran schloss die Regaltür, die sich mit einem metallischen Klick selbst verriegelte, und folgte ihrem Lichtkegel. Es ging nach unten auf bröckelnden Betonstufen, im Keller nach links in einen weiteren schmalen Gang hinein. Nach einigen Schritten blieb sie stehen und ließ ihn wortlos vor.
Ihr Onkel war dran gewesen heute Morgen. Onkel Theo. Einziges Mitglied des Inneren Kreises, das einen Spitznamen duldete. Einziges Mitglied, das noch mit ihr sprach.
Die neun Sekunden, er wusste bereits davon. Und nicht nur er. Der gesamte Innere Kreis hatte dieselbe SMS mit dem Link erhalten und hatte den Filmausschnitt gesehen.

Goran zog sein eigenes Nokia aus der Tasche seiner extrem tiefsitzenden Skaterhose und tippte eine Zahlenkombination in das Tastenfeld. Ein elektronisches, unangenehmes Summen ertönte, dann schoben sich zwei Meter des vor

ihnen liegenden Kellerfußbodens beinah lautlos zurück und gaben eine Stahltreppe in ein weiteres Untergeschoss frei.
Karina nahm gekonnt die Gitterroststufen mit ihren High Heels und zog den Kopf ein. Ein Bewegungsmelder ließ einige Wandlampen aufleuchten. Goran folgte ihr durch einen *Being-John-Malkovich*-artigen Gang mit einer Höhe von nur eins siebzig, ein Installationshohlraum unter dem eigentlichen Keller, im Schoß der Betonfundamente verborgen, die auf Pfeilern ruhen, die wiederum tief in den Huntington Fill gebohrt sind und von außen umschlossen vom ewig nagenden Salzwasser des Stillen Ozeans. Auf Bauzeichnungen taucht er nicht auf, Karina hatte sorgfältig die Originalzeichnungen des Neubaus von 1915 sowie die diversen Zeichnungen der Umbauten aus den Jahrzehnten danach geprüft, die sie damals über ihren Architekten hatte anfordern lassen.
Am Ende des Ganges ließ sie Goran vor einer Stahltür wieder den Vortritt. Sie hätte die Zahlenkombination selbst in ihr eigenes Handy eingeben können, doch sie kontrolliert ihre Männer gern, außerdem gibt es ihr Genugtuung, Goran bei der Arbeit zuzusehen. Wieder das elektronische Summen. Die Stahltür sprang auf.
Ein riesiger runder Tisch in der Mitte eines schilfgrünen Raumes, glänzendes, hochwertiges Holz, eine Maßanfertigung von Mira Nakashima. Darüber eine tiefhängende Fabriklampe. Karinas Meeting Room. Drei rasierte Männerköpfe schauten gleichzeitig auf. Sie saßen auf schlammgrauen Marcel-Breuer-Freischwingern, die farblich zum Teppichboden passten, und wirkten angespannt. Nur Männer. Karinas Männer. Sie fühlt sich wohler in männlicher Gesellschaft, genießt die ungeteilte Aufmerksamkeit. Andere Frauen verkomplizieren bloß alles, bringen

einfache Verhältnisse in unnötige Schieflagen. Ihr Fokus war schon immer auf Männer gerichtet, soweit sie zurückdenken konnte.
Goran schob einen Stuhl für sie zurück und beeilte sich dann, seinen Platz einzunehmen. Karina nickte ihm kurz zu und setzte sich. Den langen Mantel behielt sie an in dem trotz seiner edlen Einrichtung feuchtkalten Raum. Sie sah die Männer einen nach dem anderen an.
»What's the news?«
Goran räusperte sich: »We got two Belgian guys, die machen den Job. Sind top Kerle, Ma'am. Haben schon bei Trenner in Hannover alles gecheckt.«
»Und?«
»Nichts. Sorry, Ma'am.«
Karina atmete scharf ein. Sie spürte die zunehmende Spannung ihrer Rückenmuskulatur.
»Trenner hat keine Videokassetten. Nicht eine einzige.«
Die Männer sahen angestrengt auf die edle Holzmaserung der Tischplatte.
Fuck, dachte Karina. Sie stand unvermittelt auf, ihr Stuhl fiel hinter ihr mit einem dumpfen Geräusch auf den dicken Teppichboden. Das erzeugte die erwünschte Dramatik, Goran schnellte hoch und stellte ihr den Stuhl wieder hin. Führung ist zum großen Teil Choreografie.
»Losers!«
Ihre Hand knallte flach auf den Tisch, die Männer senkten die Augenlider.
»Das kann nicht sein! Irgendwas muss Trenner haben!«
Sie legte eine Kunstpause ein, die Männer zuckten wortlos mit den Schultern. Sie richtete sich auf, kontrollierte über ihre Atmung die Körperspannung. In nun wieder vollkommen beherrschtem Tonfall fuhr sie fort:
»Eure *Belgier* fahren mit Trenner heute noch nach Berlin

und statten Iggy einen Besuch ab. Und Trenner sollen sie mitnehmen.«
Die rasierten Schädel nickten. Vier Augenpaare wechselten stumme Blicke.
»Noch eine Sache, Ma'am«, Goran hustete nervös, sah schräg von unten mit in viele Falten gelegtem Escher zu ihr auf.
»What?«
»Es gibt auch Probleme in Amsterdam.«

^^^

We'll sink with California
When it falls into the sea
– Youth Brigade

^^^

TAG EINS. FREITAG, 14. JANUAR 2011

AURORA
Amsterdam

Vor dem Klingeln hat Bey an ihrem Rechner gesessen, Deadline in einer Woche. Die Nachmittagsstunden sind immer die kostbarsten und meistens zögert sie, wenn auch mit schlechtem Gewissen, den Moment hinaus, in dem sie im Nieselregen das Haus verlassen muss, um mit klammen Fingern fluchend an den schweren Fahrradschlössern herumzunesteln und dann bei Gegenwind den Deich hinab und durch den kleinen Wald zum Kindergarten zu strampeln. Es hat mit dem Wetter zu tun, davon ist sie überzeugt. Neben tausend anderen Gründen. Dass es sich nicht wirklich zu den vollen hundert Prozent integrieren lässt.
Hundert Prozent. So hatte sie sich das vor dreizehn Jahren vorgestellt. Aber da hatte sie noch keine wirkliche Ahnung gehabt von dieser nassen Kälte und von dem Wind, der keine Widerstände zu kennen schien.

Sie zoomt ein und dreht das 3D-Modell um die Z-Achse, der Fabrikant wartet schon auf die Zeichnungen.
Ihre misslungene Integration wird ihr täglich durch leichtbekleidete und unbekümmert vorbeiradelnde Einheimische vorgeführt. Deutsche Expats dagegen enttarnen sich mit saisonaler Regelmäßigkeit durch ängstliche Wollmützen und Handschuhe schon bei acht Grad über Null, Einheimische können es bis zu minus fünf aushalten. Auch bei starkem Regen und *wind tegen* lassen sich die sympathisch ungekämmten nordholländischen Lockenköpfe

in unbedecktem Zustand bewundern. Gegen solch genetische Übermacht ist einfach nicht anzukommen.
Vor allem, wenn sich die eigenen Erbanlagen zur Hälfte aus orientalischem Material zusammensetzen und man auch noch die libanesische Hauptstadt als Vornamen trägt. Beyrouth. Weil sie das dauernde Nachfragen so nervte, hatte sie schon in der Grundschule die beiden Silben voneinander getrennt geschrieben, das *o* in der zweiten fallen gelassen und behauptet, dass es sich hierbei um einen Doppelnamen handele: Bey Ruth. Bey klang cool, enigmatisch irgendwie, und mit Ruth konnten alle leben. Nordeuropäer brauchen Orientierungshilfen.
Das mit den ungeeigneten Erbanlagen kann weitreichende Konsequenzen haben. Jeder Besuch beim Hausarzt der soundsovielten Grippe wegen (da man aus dem unbedingten Willen zur Assimilation wiederholt und vergeblich versucht hat, ohne Mütze und Schal das Haus zu verlassen) wird zu einer Herausforderung, will man sich nicht abwimmeln lassen. Oder schlimmer noch, als Hypochonder gelten. Sie hat innerhalb der vergangenen Jahre fünf Hausärztinnen verschlissen. Bei ihrer jetzigen hatte sie erstmal um ein Kennenlerngespräch gebeten.
»Ich komme aus Deutschland, und habe vielleicht etwas andere Bedürfnisse ...«
»Das geht schon klar«, hatte ihr die freundliche doktortitellose Dame in den Fünfzigern mit dem grauen Kurzhaarschnitt und dem resoluten Auftreten versichert. »Wir haben hier einige deutsche Frauen, die wollen immer einmal im Jahr zum Gynäkologen. Gar kein Problem.«

Bey ändert die Anschrägung der Tischplattenkante im Drahtmodell, lässt dann das Rendering laufen.
Draußen türmen sich Wolkenberge über Gartenzaun-

spitzen, der Regen dreht sich im Wind. Auf der Wetter-App hängt er als blauer Schleier über Amsterdam Noord, sind aber hoffentlich gleich vorbeigezogen. Sie sollte wirklich demnächst los.

Der Umzug zum Deich vor drei Jahren hatte nicht gerade zur Verbesserung ihrer Wetterempfindlichkeit beigetragen. Und sie hatte ihre Zweifel gehabt. Amsterdam Noord war ihr viel zu weit ab vom Schuss, zu all-white, zu all-Dutch, zu sehr reine Wohngegend gewesen, sie würden beide die Innenstadt vermissen. Aber in der Innenstadt war schon seit Jahren keine bezahlbare Dreizimmerwohnung mehr zu bekommen, wenn man nicht ein feuchtes Souterrain beziehen wollte, unter dessen neu aufgetragenem Putz sich schon wieder die ersten Blasen bildeten. Außerdem hatte Nikki sich in das Haus verliebt, auf den ersten elektronischen Blick ins Portal einer Immobilienseite. Er wohnt gern großzügig, und auch wenn sie angesichts der Verschuldung von einer guten Viertelmillion pro Kopf immer noch schlaflose Nächte hat, versichert er ihr stets in seiner unerschütterlich sonnigen Art, dass alles gut werden wird.

Sie musste ihm beim ersten Besichtigungstermin letztendlich Recht geben, das Haus war fantastisch: ein klassisches Deichhaus mit alten Balken, knarrenden Böden und sonnenübergossener Terrasse. Ein kleiner Wald war nur ein paar Spazierminuten entfernt. Außerdem war es Juni, die Sonne schien, die Vögel sangen, die Nachbarn schienen nett, ihren Zweifeln ging die Luft aus.

Als sie schließlich das Haus bezogen, war es November geworden. Einer der nassesten seit Beginn der Wetteraufzeichnung. Die Terrasse ersoff im Regen, wurde in der salzhaltigen und feuchten Luft glitschig und verfärbte sich grün. Bey trat nur vor die Tür, wenn es sich nicht vermei-

den ließ. Das hieß also zweimal täglich, denn Béla ging da immer noch in die Krabbelstube in der Innenstadt, das *Berkenbosje*. Der Weg von hier aus bis ins Zentrum ist weit für eine wie sie, die jahrelang dort gelebt hat und von den geringen Entfernungen verwöhnt ist. Der Wind auf der langen geraden Strecke über den Deich bis zur Fähre hinunter ist gnadenlos, er peitscht den Regen volle zwanzig Minuten lang auf frisch gewaschenes Haar, gerade aufgetragenen Mascara und neue Wildlederschuhe. Auf der Rückfahrt hat er sich dann auf magische Weise gedreht. Sie unterstellt ihm einen gewissen Hang zum Sadismus.
Als im Jahr darauf endlich ein Platz frei wurde in dem Kindergarten in Noord, praktisch um die Ecke ihres neuen Zuhauses (nur durch den kleinen Wald, wirklich nur fünf Minuten mit dem Rad), hatte sie gehofft, dass sich ihr Gesundheitszustand bessern würde. Aber der holländische Wind gewinnt immer.

Draußen stürmt es jetzt, Regentropfen klatschen horizontal an die Scheiben. Bestimmt gleich vorbei. Sie legt schnell noch ein neues Detailblatt im Maßstab 1:5 an für die Verankerung der Tischbeine.
Nach drei Jahren Deich vermisst sie die Innenstadt noch immer. Das Haus am Singel mit den hohen Stuckdecken, das Rotlichtviertel, die Enge der Grachtenstraßen, durch die jeden Morgen ein hoffnungslos verspäteter Berufsverkehr quillt, das Gemütliche des Jordaan, die sexy Studenten im De Pijp, das lebensgefährliche Radfahren auf dem Haarlemmerdijk, die kleinen Boutiquen und winzigen Cafés, die wie eine Handvoll schimmernder Perlen über die gesamte Stadt südlich des Ij ausgestreut sind. Amsterdam Noord ist dagegen eine inspirationslose Wüste, eine Le-Corbusianische Vergewaltigung des öffentlichen

Raumes. Auch Rem Koolhaasens ratlos rosane Würfelhäuser entlang des nördlichen Ij-Ufers haben nicht wirklich geholfen, die desolate Atmosphäre zu verbessern.

Der Sommer war nach dem ersten nassen Winter auch in Noord wiedergekehrt, um alles in ein versöhnliches Goldgelb zu tauchen. Die Nachbarn sind wirklich nett und ihre Kinder zu Bélas Freunden geworden. An den Nachmittagen fallen sie als Rudel in jedes Haus in der Nachbarschaft ein, um die neuen DVDs zu begutachten, *Bob de Bouwer* oder *Sesamstraat*, den Kühlschrank und das Süßigkeitenfach zu plündern, um dann als vernichtende Staubwolke zum nächsten Haus zu ziehen. Béla ist hoffentlich glücklich hier.
Und ist es nicht so, dass glückliche Kinder auch glückliche Eltern machen?
Vielleicht tickt sie selbst nicht so. Vielleicht ist sie einfach ein bisschen selbstsüchtiger als all die anderen Eltern hier auf dem Deich. *Altersheim in spe* schimpft sie seit Kurzem, weil sich immer mehr abzeichnet, dass die netten Nachbarn sich einrichten auf einen zukünftigen Lebensabend bei Grillfeuerchen am Deich und Spaziergängen durchs Wäldchen, in der Hoffnung, hier später mal mit den Füßen voran weggetragen zu werden. Auf Grund dieser Langzeitperspektive wird investiert in das Kennenlernen eines jeden Vorbeigängers, vorzugsweise mit Hund. Jeder kennt jeden, weiß alles über jeden und dementsprechend wird gelästert. Sogar unter den jungen Newcomer-Familien. Die lachen über die alten *Noorderlinge*, die ehemaligen Hafenarbeiter von Noord, die sich die vergangenen Jahrzehnte im Schiffsbau auf der NDSM die Seele aus dem Leib malocht und jeden Cent in ein eigenes Häuschen auf dem Deich gesteckt hatten, bis die Werft pleite ging. Viele sind schon

gegangen, andere ziehen gerade erst weg, nach Purmerend, weg vom Deich, den sie bis hierher als ihr Lebensziel formuliert hatten, sich aber nun mit dem Unglück konfrontiert sehen, mehr und mehr von politisch korrekten Yuppies umgeben zu sein. Besonderes Objekt des Geschwätzes unter den Neuzugezogenen sind die Notebooms auf der anderen Straßenseite. Die mit dem kleinen fetten Köter und dem Hang zu eigenartigen Hausverzierungen, aber dem Herz an der richtigen Stelle. Nikki findet, sie übertreibt.

Ihre eigenen Freunde sind immer noch über alle Stadtteile auf der anderen Ij-Seite verstreut. Zu den Partys kommen sie, aber Bey vermisst die unkomplizierten Verabredungen an Wochentagen in einem suspekten Café auf dem Zeedijk oder zu einem sehr spontanen Eintopf in einem unaufgeräumten Wohnzimmer im Jordaan. Wasser als psychologische Barriere. Sie sieht ihre Freunde deutlich seltener jetzt.

Natürlich ist es ein bisschen ungerecht, alles auf Noord zu schieben, der Einfluss des Familienzuwachses ist bei ihren Innenstadtfreundinnen ebenfalls ungeheuerlich. Wie Meteoriten aus fernen Sonnensystemen schlagen die Kleinen ein ins Leben ehemals hedonistischer Nachtvögel und verwandeln alle, die das Aufziehen der Nachkommenschaft auch nur ansatzweise seriös betreiben wollen, auf magische Weise in proaktive Befürworter von regelmäßigen Mahlzeiten und Zu-Bett-geh-Ritualen. Neue Zwänge, die man jahrelang dankbar und mit Begeisterung annimmt. Eine spannende Reise zu den kleinsten Partikeln der Kernfamilie. Cocooning to the max.

Vielleicht liegt es am sinkenden Oxytocin-Spiegel, oder einfach an der Langeweile, die sie bei den sich andauernd

um die Kinder kreisenden Gesprächen mit anderen Müttern empfindet, dass sie sich in letzter Zeit so rastlos fühlt. Kaum eine der anderen Mütter hier scheint eine Partyvergangenheit zu haben, geschweige denn zu vermissen. Oder, frivolste aller Hoffnungen, eine solche offen zuzugeben. Über spätjugendliche Exzesse sollte man besser schweigen, wenn das eigene Kind noch eine Chance auf Verabredungen zum Spielen haben will. Musik spielt keine zentrale Rolle im Leben der meisten hier auf dem Deich. Vom Konzertpianisten ein paar Häuser weiter und der Opernsängerin am Ende der Straße mal abgesehen. Ein Leben jenseits von guten Beats, zwielichtigen Clubs wie dem *Vaaghuyzen*, dem Sammelbecken aller angesagten Underground-DJs der Stadt, und Partys an geheimen Orten oder irgendwelchen besetzten Häusern war vor Béla undenkbar gewesen. Sie hatte 1998 im stockfinsteren *OLVG*, einem leerstehenden besetzten Krankenhaus, ihre düstersten D'n'B-Scheiben (aus dem hoffnungslos chaotischen *Distortion Records*) aufgelegt. Oder bei einer von Merlijn Twaalfhovens Performances, in den *Kalenderpanden*. Über das gesamte Geschoss der besetzten ehemaligen Lagerhallen aus dem 19. Jahrhundert hatte er Musiker verteilt, die im Stockdunkeln und jeweils außerhalb der Sicht- und Hörweite der anderen mit Grubenlampe und Stoppuhr ausgerüstet, eine seiner ersten Kompositionen spielten. Unter dem historischen Gebälk verrenkten sich dazu sehr professionell eine Handvoll junger vielversprechender Modern-Dance-Studentinnen inmitten der Zuschauer. Es war magisch. War so neu, so inspirierend, dass sie das Gefühl hatte, zu schweben. Auf der Party danach knarrten die alten Eichenböden dermaßen unter der tanzenden Meute, dass sie kaum auflegen konnte, weil die Nadeln dauernd von ihren Plattentellern sprangen.

Der Sturm legt sich wieder, gleich hört sicher der Regen auf. Kurz vor fünf. Sie zeichnet noch schnell die Schrauben ein, fügt Maße hinzu.
Und doch lebt sie jetzt in einem Paralleluniversum aus Puppentheater und Pausenbroten. Nur ihre Plattenkisten scheinen wie ein Porthole aus dieser anderen Welt zu winken. Wobei auch die täglich kleiner zu werden scheint. Die ehemals als Geheimtipps gehandelten Institutionen der Nacht finden immer öfter an den Stadträndern weitab vom Zentrum eine neue Bleibe, wenn sie nicht für immer schließen müssen. Der Exodus hat schon in den späten Neunzigern schleichend eingesetzt. Die *Kalenderpanden* sind längst geräumt zugunsten von unbezahlbaren Luxusappartements mit viel Glas, das *Vaaghuyzen* ist seit einiger Zeit verrammelt, wie sie vor Kurzem bei einem sentimentalen Abstecher in den kleinen Steg in der Fußgängerzone feststellen musste. Auch das besetzte Kaufhaus in der Kalverstraat, inmitten der shoppingbesessenen Massen, dessen Innenleben einer Filmkulisse aus *Themroc* oder *Planet of the Apes* glich, ist verschwunden, das *Pakhuis Afrika* einem Designer-Möbelladen gewichen, einer der schmerzhaftesten Verluste echter Subkultur: Das gähnende Kellerfenster eines ehrwürdigen Lagerhauses, aus dem noch um vier Uhr morgens der Nebel drang, inmitten der dystopisch anmutenden Landschaft eines aufgegebenen Binnenhafens mit seinen schlafenden Landzungen und dem dazwischen an den Kaimauern leckenden, stumpf glänzenden Ij-Wasser. Eine steil abfallende Laderampe als einziger Zugang, über der ein kurzes Schiffstau baumelte. Gut festhalten und der Schwerkraft vertrauen. Drinnen alles schwarz, keine Hand vor Augen sichtbar, geschweige denn die anderen Tanzenden, dafür umso mehr Körperkontakt. Die Nebelmaschine auf Full Blast, ebenso die Speaker-

türme, die unter dem plötzlich einsetzenden Stroboskoplicht zuckend aufblitzten. Aggro-Jungle mit dröhnenden Bässen, die jeden Knochen im Inneren pulverisierten. Sie hatte den Geruch von Kunstnebel und Schweiß tief in ihre Lungen gesogen. Am liebsten hätte sie in jeder einzelnen solcher Nächte die Luft angehalten und erst zu Hause wieder ausgeatmet, um ein paar Moleküle der Nacht in den Morgen zu retten. Der Weg hinaus war dann ein kleines Kunststück gewesen, eine Kraftanstrengung für die verschwitzten, übernächtigten Leiber, die sich mühsam mithilfe des Seils die Rampe wieder hinaufziehen mussten und, geblendet vom frühen Morgenlicht, aus dem Kellerloch stolperten.

Oder das alte *Graansilo*: Ein besetzter Komplex mit Künstlerateliers und einer Galerie im Erdgeschoss, vom Ij-Wasser umschlossen, vor deren bodentiefen Fenstern, die fast bis zu den Wellen reichten, majestätisch die nächtlich erleuchteten Schiffe vorbeiglitten, drinnen eklektische Tanzperformances zwischen irren Kunstobjekten, der Raum vibrierte, Horizonte verschoben sich, und über allem thronten, wie überdimensionale Stalaktiten, die mächtigen Getreidetrichter aus massivem Beton, gebaut für die siebzehntausend Tonnen Korn, die hier seit 1898 hindurchgerauscht waren. *Unser täglich Brot.* Ein surrealer Ort, der bald verschwunden war zugunsten neuer Wohneinheiten. Immerhin hatte man das Ganze nicht abgerissen.

Dafür gab es später unter anderem die Kirche an der Zuidas und das *Kingkong* an der A10, dem Autobahnring rund um Amsterdam. Wobei die Kirche auch schon wieder zum Edelrestaurant mutiert ist, und die Technopartys in dem okkulten runden Raum im Untergeschoss mit Carl Cox und seinesgleichen nur noch in der verblassenden Erinnerung einiger verhuschter Nachtfreunde existieren. Das *Kingkong*,

ein besetzter Appendix eines leerstehenden gigantischen Versicherungskomplexes, in Beys Erinnerung ein Wirrwarr an Durchgeknalltheit, das sich über vier oder fünf Geschosse erstreckte und sich ihr aufgrund von Alkoholpegel und fortgeschrittener Uhrzeit nie komplett erschlossen hatte, konnte sich brüsten, die weltbeste Aussicht zu haben, die ein illegaler Club je hatte. Die Fenster lagen direkt am Autobahnring, Formel-Eins-Gucken beim Feiern. Vom ehemaligen Corneroffice aus, das als geheimes Restaurant diente, war der Blick am spektakulärsten gewesen. Sie hatte da aufgelegt für eine Handvoll illustrer Gäste. Auch dieser Ort verschwunden. Das *Kingkong* geräumt, der megalomane Büroklotz geschlossen. Das heterogene Ensemble steht schon seit Jahren ungenutzt an der A10 herum.
Der Vorteil der Clubmigration zu den Rändern der Stadt ist unbestritten, man kann Krach machen bis in die Puppen. Aber so werden auch die schrägen Gestalten der Nacht nach und nach aus dem Stadtzentrum hinauskomplimentiert. Die Stadt, das wilde Agglomerat, der Kessel Buntes, um eine Farbschattierung ärmer.
Selbst wenn sie wollen würde, den Anschluss an die Wege der sich stetig weiterbewegenden Karawane der ewig Feiernden würde sie nicht mehr so ohne weiteres finden. Sie hatte vor ein paar Wochen zu Nikkis Geburtstagsparty mal wieder ein paar Scheiben auf ihre 1210er gelegt und mit leichtem Schock festgestellt, dass seit dem letzten DJ-Gig in der *Republiek* mit schwangerem Sieben-Monats-Bauch mehr als vier Jahre vergangen waren. Vier Jahre.
Andererseits wäre es zu jedem denkbaren Moment während dieser langen Zeit utopisch gewesen, um fünf Uhr morgens aus einem verrauchten Club nach Hause zu kommen und um sechs schon wieder die erste Raubtierfütterung abhalten zu müssen. Oder sie Nikki aufzubürden,

und dann selbst verkatert, unausgeschlafen und entsprechend schlecht gelaunt daneben und in den Seilen zu hängen. Es ist schon okay so. Ein gutes Opfer.

Ein Blick in den Himmel zeigt neue Wolken, selben Regen. Auf der Wetter-App hängt der blaue Schleier immer noch über Noord. Das Warten hat keinen Zweck, höchste Zeit, loszufahren. Béla wird sie ohnehin durch blonde Strähnen hindurch mit vorwurfsvollen Blicken begrüßen und ihr sein *Warumkommstduimmersospät* entgegennuscheln, denn die anderen Kinder werden immer schon um vier von ihren Mamas abgeholt.
Sie hat den Regenmantel schon an, schlüpft gerade in die Gummistiefel, als es auch noch an der Tür klingelt. Béla wird diesmal zurecht sauer sein.
Es ist einer der üblichen DHL-Kuriere, die ab und zu Repros für ihre Projekte vorbeibringen, in diesem unvermeidlichen Aurora-Haushaltsmehl-Outfit aus Sonnengold und Morgenrot. Diesmal drückt er ihr nur einen Briefumschlag in die Hand, tippt auf seinem Gerät herum und hält ihr das Plastikstäbchen vor die Nase.
»Für den Brief?«
»Express International, Zustellung selber Tag«, zucken die sonnengelben Schultern des Kuriers.
Seltsam, sie erwartet nichts ...
Beyrouth Hammadi-Zoom. Sie unterschreibt hastig in dem digitalen Fensterchen und während sie die Tür schließt, wirft sie einen schnellen Blick auf den Briefumschlag. Für gewöhnlich lässt sie die Post einfach auf ihren überfüllten Arbeitstisch fallen. Doch sie hält inne. Express International. Ihr fällt jetzt erst auf, dass die Hausnummer nicht stimmt. Kompliment an den Kurier, meistens reicht für diesen privatisierten Verein ein winziger Patzer schon aus,

um Sendungen als unzustellbar zu klassifizieren. Sie dreht den Brief um und der Absender lässt ihren Atem stocken. Ihre Hände fühlen sich plötzlich schwitzig an, sie starrt auf die zierlichen Lettern, die ihr so bekannt vorkommen. Ganz langsam sinken ihre Knie auf die Holzdielen.

Mariko und Hauke und die Zwillinge auf abgenutzten Plastikstühlen, er wie immer besonnen in seinen Bewegungen, sie haltend in dieser schweren Stunde. Und sie selbst im selben Raum, ein taumelndes Gefühl im Körper, den sich gegenseitig Haltenden gegenüber, die ihr vorwurfsvolle Blicke zuwerfen.

Sie streicht nervös über das kalkweiße Papier. Der Brief kommt aus Berlin. Warum Berlin? Hasste Mariko die Stadt nicht? *Diese hässliche, dreckige, dunkle Stadt.* Und was um alles in der Welt soll nach solch langer Zeit ein Brief an sie? Dreizehn Jahre her. Wie zum Teufel hat Mariko ihre Anschrift herausgefunden? Na ja, teilweise herausgefunden. Von denen, die damals die ganze Geschichte mitbekommen hatten, weiß seit dreizehn Jahren keiner, wo sie wohnt. Nur Stella (ach, Stella!), aber Stella lebt schon lange in Schweden, sie haben seitdem keinen wirklichen Kontakt mehr. Was die beste Lösung für beide ist. Iggy selbst kann nicht dahinterstecken.
Der Umschlag beginnt langsam feucht zu werden in ihrer schweißnassen Hand.
Sie dreht ihn immer wieder um, als ob es irgendein verborgenes Zeichen gäbe. Aber da ist weiter nichts. Nur Marikos feine Handschrift.
Sie gibt sich einen Ruck, steht vom Fußboden auf und legt den Brief beiseite, sie ist jetzt schon eine Viertelstunde zu spät.

Béla ist sauer. Der arme Junge ist immer völlig ermattet nach einem langen Tag im Kindergarten mit dem ständigen Gekreische. Wenn sie den Ausführungen der Betreuerinnen Glauben schenken darf, tobt er die ersten Stunden fröhlich mit, bevor er *wirklich nur die letzte halbe Stunde* im Wii-Raum sitzt. In einem Zustand, der sie jedes Mal erschreckt, wenn sie ihn in allen Räumen gesucht hat und ihn dann endlich als kleines ferngesteuertes Bündel in einem der großen Sessel vor der riesigen, flimmernden Leinwand findet, die Augen weit aufgerissen, gläsern.
Sie macht sich Sorgen. Natürlich macht sie sich Sorgen. Seit in den Tageszeitungen immer wieder die Rede ist von einem Erzieher, der angeblich in Kindergärten sein Unwesen treiben soll. Es werden keine Namen genannt. Weder der des Kindergartens noch des Verdächtigen. Es lasse sich noch nichts Konkretes sagen, es helfe nur, Ruhe zu bewahren und auf Verhaltensauffälligkeiten beim eigenen Kind zu achten. Leicht gesagt, bei einem durchgehend verhaltensauffälligen Kind. Den Termin beim Kinderpsychiater hatten sie vor zwei Wochen gehabt. Das Testergebnis sollte jeden Moment kommen.
Sie kniet sich hin, streicht ihm die blonde Mähne aus dem feinen Gesicht. Dieses Blond, das sie immer wieder erstaunt. Das ihr so fremd erscheint. Sie war bis zu seiner Geburt fest davon überzeugt, dass Béla, getreu der Mendelschen Lehre, zumindest braunes Haar bekommen würde. Doch er ist und bleibt noordhollandsblond. Eine Kopie von Nikki. Auf dem Spielplatz wird sie oft gefragt, ob das wirklich ihr Kind sei. Sie sucht seinen Blick.
»Tut mir leid, mein Schatz, mir ist was dazwischengekommen.«
»Jaja, bestimmtwiedersowaslangweiliges ...«
Er schiebt eine schmollende Unterlippe vor, auf seiner

kleinen Stirn bildet sich eine steile Falte, die viel zu groß wirkt, die dünnen Ärmchen hat er wütend vor der Brust verschränkt.

»Na komm, lass uns mal schnell nach Haus.«

Es dauert sicher noch zwanzig Minuten im Gedränge des kleinen Windfangs, mit viel Getrete auf fremde Füße anderer genervter Elternteile und durchgedrehter Kinder, durchsetzt mit dem unbekümmerten Gequatsche der besorgniserregend jungen Betreuerinnen, ehe er in behandschuhtem und bemütztem Zustand auf seinem kleinen Fahrrad sitzt. Diesmal liegt es nicht nur an Bélas Müdigkeit und Unwille zur Kooperation. Sie ist abgelenkt, der Brief geht ihr nicht aus dem Kopf.

Zu Hause muss gekocht werden, während Béla sich, hoffentlich ohne frühabendliches Tantrum, irgendeinem ruhe- und sinnstiftenden Spiel widmet. Nikki kommt erst in einer Woche aus New York zurück, sie wird das abendliche Zeremoniell aus Zähneputzen und Zubettgehen allein bestreiten müssen sowie das bisschen Haushalt, wie immer, wenn Nikki sich in der Welt herumtreibt auf seinen Fachtagungen, bevor sie sich wieder mit dem Brief aus Berlin auseinandersetzen kann. Obwohl eigentlich das Tischbeindetail dringend zu Ende gezeichnet werden will.

Sie serviert, nicht ohne das sich wiederholt meldende schlechte Gewissen der arbeitenden Mutter, eine äußerst uninspirierte Kombination aus Nudeln mit Erbsen und Möhren aus der Dose. Ansonsten bemüht sie sich wirklich um gute Ernährung, aber es gibt Ausnahmesituationen.

Béla isst mit halbem Appetit, auch sie lässt den Teller nach einigen Bissen stehen.

Sie bringt ihn unter dem üblichen Protest nach oben und hilft ihm beim Ausziehen, obwohl er das mit seinen bei-

nah vier Jahren hervorragend selbst kann. Das Zähneputzen geschieht nachlässig, aber sie lässt es ihm heute Abend durchgehen. Natürlich kommt sie nicht um die Gutenachtgeschichte und ein, zwei Schlaflieder herum. Erst gegen zehn schleicht sie nach unten, in der Hoffnung, dass er wirklich gleich einschläft.

Im Wohnzimmer, das gar nicht als solches im klassischen Sinne eingerichtet ist, sondern eher als großzügiges Atelier mit zwei riesigen quadratischen Arbeitstischen und vier klobigen hölzernen Laborschränken, die Nikki ihr eines Nachmittages unvermittelt vor die Nase gestellt hatte (weil sie sonst einen sicheren Sperrmülltod gestorben wären, wie er strahlend versicherte), umkreist sie zögernd den Brief, der mittlerweile ganz zerknittert ist.
Sie erwägt, ihn einfach nicht zu öffnen und die Geschichte die Geschichte sein zu lassen, fertig. Sie hat ihr Leben hier, Zeit und Raum trennen sie wie ein Kontinent auf Drift von allem, was damals geschehen ist. Sie ist sich nicht sicher, ob sie sich von der Sturzflut der Bilder erfassen lassen will, die unweigerlich droht mit dem Öffnen des Umschlags. Die Erinnerungen, die sie jetzt schon heimsuchen, reichen ihr eigentlich völlig.

^^^

Shooting galleries. Shot down galaxies.
The sea like turpentine, strike a match and blow a fire.
– The Leaving Trains

^^^

SAFE I
Los Angeles

Karina kocht. Sie starrt auf die nackte, von wenigen Fettgewächsen bewohnte Felslandschaft hinter ihrem Haus, die getrost zu den teuersten Gesteinsformationen der Welt gezählt werden kann. Teurer sind wahrscheinlich nur die Granitfelsen von Lower Manhattan, die ihren Marktwert dadurch rechtfertigen, dass sie als Fundamente unter neuen Hochhäusern mit unbezahlbaren Apartments verschwinden. Tragende Basis der Immobilienblase.
Sie lehnt sich in ihrem weich gepolsterten Eames Chair zurück, schließt kurz die Augen, atmet tief durch. Das hätte nie passieren dürfen. Bei dem winzigen Zeitfenster, das gerade schmilzt unter den nichtsnutzigen Griffeln dieser Loser.
Als sie vor vier Tagen die SMS mit dem Filmausschnitt erhielt, waren ihr zwei Dinge sofort klar: Erstens, woher dieser Filmausschnitt stammte, nämlich von einer ganz bestimmten Art von VHS-Kassetten. Zweitens, wem sie das Desaster vermutlich zu verdanken hatte: Iggy – der vor dreizehn Jahren hatte aussteigen wollen und sich deshalb geweigert hatte, auch nur eine weitere dieser VHS-Kassetten auszuliefern. Eine Unregelmäßigkeit, die sie nicht mehr beheben konnte, weil sie da schon im Flieger saß, der sie weit, weit weg über den Atlantik tragen sollte. Sie und ihren kleinen Sohn Elia. Sie hatte das Risiko, dass ihr das alles irgendwann um die Ohren fliegen würde, erkannt und verdrängt.
Sie vermutet, dass er eine oder auch mehrere dieser Videokassetten entwendet hatte, um damit zur Presse zu rennen oder weiß der Henker. Und Trenner, sein bester Kumpel, musste ihm dabei geholfen haben. Einer von beiden

hatte da sicher seine Hände im Spiel. Aber sie hatten mit ihrer Beute wohl nicht viel anzufangen gewusst, denn dreizehn Jahre lang war nichts passiert. Bis jetzt. Bis der verdammte Filmausschnitt im Darknet kursierte. Neun Sekunden. Iggy und Trenner waren also die ersten Anlaufstellen, wenn man Näheres über den Verbleib dieser VHS-Kassetten wissen wollte. Und das wollte Karina unbedingt. Denn außer den neun Sekunden ist noch weit mehr darauf gespeichert. Der Innere Kreis wird sie ächten.

Doch was vor vier Tagen die leichteste Anfängerübung hätte sein müssen, war gründlich danebengegangen.
Die Belgier, die ihre Männer klargemacht hatten, die angeblichen *top guys*, waren wie befohlen zu Trenners Wohnung in Hannover gefahren und hatten dort alles auf den Kopf gestellt, keine Videokassetten gefunden und dann Trenner nach Berlin verschleppt, um bei Iggy weiterzusuchen. Angeblich war er nicht da gewesen, zumindest war das die Version, die die Belgier ihr später aufzutischen versuchten. Wertvolle Zeit verschwendet hatten sie. Aber immerhin die Adresse ausfindig gemacht, ein müder Pluspunkt auf einer Liste, von der ansonsten die Scheiße tropfte.
Sie zogen unverrichteter Dinge wieder ab und setzten auf Plan B. Den beschissensten Plan B, der einem einfallen konnte und mit dem sie jeglichen Anspruch, kein Aufsehen zu erregen, endgültig fallen gelassen hatten. Trotzdem war alles umsonst gewesen. Nichts hatten sie gefunden, gar nichts. Und Iggy fragen kann man ja nun nicht mehr. Das wird ein Nachspiel haben.

Die Videokassetten zu finden würde zwar nicht die neun Sekunden ungeschehen machen, die ein anonymer Irgend-

wer beschlossen hatte, im Netz hochzuladen. Aber dieser Irgendwer kann jederzeit beschließen, auch das restliche Material mit einer immerhungrigen Community zu teilen, wenn ihm danach ist. Sie geht davon aus, dass es ein Kerl ist. Erfahrungswert. Statistik. Ihr bleibt nur die Schadensbegrenzung.

Zu ihrer Wut mischt sich jetzt doch die Angst. Dieses hinterhältige Gefühl, das sich beinah unbemerkt vom Magen her ausdehnt und bitter schmeckt, das sie heruntergeschluckt, sich verkniffen hat seit dreizehn Jahren. Weil es von Schwäche zeugt, von Kontrollverlust, von Ausgeliefertsein. Darum hat sie sich, auch dank der Lehren des unvergleichlichen Dr. Leander Huff, ein Leben aufgebaut, dessen Kraftzentrum aus einer inneren Härte besteht, die nicht nachlassen darf, niemals. Nicht einen schlechten Tag hat sie sich zugestanden, seit sie im April 1998 unfreiwillig ihren Fuß auf kalifornischen Boden gesetzt hat. Sie hat die Regeln akzeptiert, sich verboten, diese jemals infrage zu stellen, stärker noch: Sie *ist* die Regeln. Zumindest hier, auf der anderen Seite des Ozeans, ist sie die uneingeschränkte Herrscherin über das Territorium, das sie ihr gelassen haben: L.A.

Und dennoch haben sie und Elia so viel zu verlieren. Er ist hier an der West Coast aufgewachsen, sie hat ihm bisher ein ahnungslos glückliches und ausgesprochen luxuriöses Leben ermöglicht, es fehlt ihm an nichts. *Ein* schwacher Moment, und all das kann schlagartig in sich zusammenfallen. Es ist ihr täglich bewusst.

Sie wendet den Blick von der Felswand ab, steht von ihrem Executive-Schreibtisch aus massivem Nussbaum auf, läuft entlang der langen Glasfronten des Obergeschosses am Loungebereich vorbei zur Verandaseite ihres Kondos, ein

Gesamtkunstwerk Richard Neutras, und schaut hinaus auf die Gartenanlagen. Vor ihrem inneren Auge sieht sie einen kleinen Elia und drei seiner neuen Freunde aus der Santa Monica Montessori School lachend auf dem großen Trampolin herumspringen, das damals auf der von Gustavs talentierten Händen minutiös gepflegten, weitläufigen Rasenfläche stand. Er hatte sie am Fenster stehen sehen und ihr mit seinen kleinen aufgeregten Kinderhänden zugewinkt: *Mummy, Mummy, watch this!* Sein blondes Haar war auf und ab geflogen im Rhythmus seiner wilden Hüpfer. Sie hatte lächelnd zurückgewinkt. Er ist jetzt siebzehn und in Sicherheit. Safe. Zumindest hofft sie das. Hofft es wie nichts anderes. Sie lehnt die Stirn an die Glasscheibe der Terrassentür und schließt die Augen.

Als im April 1998 alles schiefgelaufen war, was nur irgendwie schieflaufen konnte, hatte Bey natürlich die Noble spielen müssen, war nicht von Iggys Seite gewichen, war förmlich verschmolzen mit seinem Krankenbett. Aber sie hatte, wie Karina später erfuhr, wohl doch irgendwann aufgegeben. Es bereitet Karina Genugtuung zu wissen, dass auch Menschen mit dem unbedingten Willen zum Guten im Grunde recht einfach an die Grenzen ihrer Prinzipientreue gebracht werden können. Den Berichten zufolge, die sie erreichten, verschwand Bey ein halbes Jahr später für immer von der Bildfläche. Trotzdem war sie zäh gewesen, denn niemandem war entgangen, dass Iggy sie nach Strich und Faden verarscht hatte, nächtelang nicht nach Hause gekommen war. Sie hatte gute Nehmerqualitäten, das musste man ihr lassen. Bis auf das eine Mal, da waren ihr wohl die Sicherungen durchgeknallt und sie hatte Karina aus dem vollen Club gezerrt, Wut in den schwarzen Augen, und alle rannten hinterher. Es war der einzige Moment

gewesen, in dem sie selbst Ohnmacht gespürt hatte. Unterlegenheit. Angst vor dem Gesichtsverlust. Aber Bey hatte etwas Entscheidendes nicht getan: ihr eine reinzuhauen. Alle, die drum herumstanden, hatten das erkannt: Bey war sich zu fein. Das brachte es ziemlich genau auf den Punkt und erklärte auch, warum sie immer eine Außenseiterin in der Szene geblieben war. Karina hatte sich fast täglich gewünscht, dass sie vom schlammigen Erdboden des Glockseehofs einfach verschluckt werden würde. Bey stand im Weg. Andauernd. Überall. Rückblickend würde sie nicht wieder so lange zögern, doch sie ist jetzt auch nicht mehr das Mädchen von damals. Die innere Härte. Das Kraftzentrum. Nur so kann es ein Leben geben für sie und Elia.
Du schweifst ab, murmelt sie zur Terrassentür, denk nach! Sie läuft zurück zum Schreibtisch, lässt sich wieder von dem teuren, weichen Lederpolster ihres Eames Chairs umschließen und sieht aus dem Fenster; die Felswand gibt ihr innere Ruhe und Klarheit.
Also nochmal von vorn.

Iggy hatte im April 1998 seine kleine, kümmerliche Meuterei angezettelt, die sie überrascht hatte.
Als er anfing, Fragen zu stellen, versuchte sie, ihn abzulenken, was vordergründig als ein leichtes Spiel erschienen war. Er war kein sonderlich brillanter Denker, ließ sich von seinen Instinkten leiten. Was umso erstaunlicher war, wenn man seine Beziehung zu Bey betrachtete. Die umgab eine nervtötende Aura aus Logik, Selbstkontrolle und eine ans Naive grenzenden Aufrichtigkeit. Sie hatte diesen durchdringend fragenden Blick, der ihr unangenehm war. Sie hatte Bey immer gemieden. Außerordentlich befriedigend war der Gedanke, dass ein solcher Lebensstil,

ein solcher Charakter ohne jeglichen Exzess gut und gerne unter *langweilig* verbucht werden konnte. Es war jedem in der Szene ein Rätsel gewesen, wie die beiden es so lange miteinander ausgehalten hatten.
Der Sex mit ihm war seltsam gewesen, sie liebte es hart und schnell, er hatte jedoch diesen eigenartig langsamen Rhythmus, bei dem sie Schwierigkeiten hatte, zu kommen. Sein Schwanz hatte zwar eine gute Form, aber er brauchte jedes Mal einen Blow Job, bevor er hart genug war, um es ihr zu besorgen. Der ganze Akt zog sich dadurch immer mehr in die Länge als nötig, dabei hatte sie nachts Wichtigeres zu tun. Ein Quickie auf dem versifften Klo vom Glocksee-Café hätte prima seinen Zweck erfüllt, doch dafür war er der Falsche. Sie mussten in die Wohnung von Trenner über dem Club, weil er nur im Bett konnte. Ein hoffnungsloser Romantiker.
Sie schnaubt abfällig beim Gedanken daran. Und an ihre gewaltige Fehleinschätzung von damals. Er hatte nicht lockergelassen. Trotz des andauernden Gefickes war er nicht von seinem Kurs abzubringen gewesen. Er wollte aussteigen. Trotz seiner vernebelten Verliebtheit und seiner beschränkten mentalen Mittel. Es wäre nur eine Frage der Zeit gewesen, bis die Szene von der ganzen Sache Wind bekommen hätte. Iggy war zu einer Gefahr geworden, daher hatte sie schnell handeln müssen.
Sie kippt den Eames Chair nach hinten, sieht zur Decke.
Die Aktion war gründlich danebengegangen, und der Innere Kreis hatte ihr die gesamte Verantwortung gegeben. Ihr Bruder Ferdinand hatte sie, nachdem sich das Ausmaß der Glockseepanne abzuzeichnen begann, persönlich abgeholt, sie hatte kaum Zeit gehabt, das Nötigste für sich und den kleinen Elia zu packen. Er hatte sie in den Flieger gesetzt, sich vergewissert, dass der auch tatsäch-

lich abhob. So sehr hatte sie also versagt, dass ihr eigener Bruder sichergehen musste, sie tatsächlich dort zu wissen, wo der Innere Kreis sie haben wollte: sechstausend Meilen weit entfernt, mit einer Menge Wasser dazwischen.

Mit einem Ruck lässt sie den Sitz ihres edlen Chefsessels wieder nach vorne fallen, sie ist nicht bei der Sache.
Iggy hatte sich also geweigert, noch weitere Videos auszuliefern. Und jetzt, dreizehn Jahre später, war ein Schnipsel des uralten, analogen Filmmaterials plötzlich im Netz.
Das kann eigentlich nur bedeuten, dass die Kassetten in fremde Hände gelangt sind. Talentiertere Hände als seine eigenen. Denn wie sonst waren die verschlüsselten neun Sekunden ins Netz gelangt? Das kann nur ein Experte geschafft haben. Und ein Experte war Iggy nicht.

In Amsterdam, das hatte Goran noch berichtet, hatten noch mehr hysterische Eltern einer Krabbelstube Anzeige erstattet gegen Unbekannt.

^^^

I remember yr bloody trail to the top, the top
Took it all too far now you just can't stop, don't stop
– Sonic Youth

^^^

TAG ZWEI. 15. JANUAR 2011

OD
Berlin

Berlin Hauptbahnhof. Immer noch so irritierend in seiner Schwerfälligkeit wie am Tag der Eröffnung. Damals war Berlin die größte Baustelle und einer der dunkelsten und dreckigsten Partykeller Europas. Bey finanzierte sich ihr Studium selbst und Netzwerk war alles in solchen Zeiten. Schnell mal ein Auto nach Berlin organisieren, das ging immer, auch wenn der linke Außenspiegel fehlte oder sich bei 140 Sachen (mehr gab die Karre nicht her) auf der Überholspur plötzlich der Schaltknüppel aus der Verankerung löste.
Sommer im alten Osten, ein bröckelndes Haus in der Fehrbelliner, meterdicke Wände, Kaltwasseranschluss. Die Beine aus dem Hochparterre in den Innenhof baumelnd in der offenen Terrassentür, Sonne im Gesicht, *Maxinquaye* auf Loop. Alle Straßenschilder zugesprüht oder verdreht. Nachts in den *Dienstagsclub*, der kaum zu finden war, weil er sich hinter einem Loch in einer Hecke befand. Wohnzimmer von irgendwelchen Eltern, die nicht da waren, tausend Leute, die keiner kannte. Egal. Hinterher in die *Bauwagenbar*. Nur durch Überklettern eines Bauzauns neben einer U-Bahnstation und durch geschicktes Balancieren auf sehr schmalen Holzbohlen über ein Matschfeld erreichbar. Aber dann: feinster Elektro mit schlammigen Schuhen. Weiter zum *Eimer*, zu Fuß durch die Stadt, kilometerweit, Bierflaschen am Start. Später Drum'n'Bass im *WMF*, den letzten Absacker in der *Ankerklause*. Warum sie nicht einfach geblieben war, kann sie im Rückblick nicht mehr sagen.

Sie tritt aus der kalten Bahnhofshalle. Eine dünne Schneedecke liegt schüchtern auf dem Europaplatz, ein umso selbstbewussterer, schneidender Ostwind zerrt an den Fahnenmasten. Sie zögert, greift in ihre Manteltasche. Über das Stadium der Touristin wird sie nicht mehr hinauskommen in dieser Stadt. Seit es Smartphones gibt, outet man sich wenigstens nicht mehr sofort als Obertouritrottel mit zerknittertem Falk-Plan im Gegenwind. Auch wenn die Berliner das trotzdem sofort riechen. *Bist nich von hier, wa?*

Sie zieht ihr Handy heraus und checkt zum dritten Mal die Verbindung. Hauptbahnhof nervt. Liegt geographisch irgendwie kontraintuitiv. Widerstrebend und mittlerweile fröstelnd macht sie sich auf die Suche nach der Haltestelle. Auch noch busfahren.

Sie findet einen einzelnen Platz am Fenster, lehnt Kopf und Schulter gegen die Scheibe, obwohl das immer so komisch vibriert in Bussen, und schließt die Augen. Alles war so hektisch gewesen heute Morgen. Sie hatte Béla früh geweckt und ihm klargemacht, dass Mami sehr plötzlich verreisen müsse und er deshalb bei seinem besten Freund Finn ein paar Häuser weiter bleiben dürfe. Ihn dann unter erstaunlich mildem Protest (sie ist immer gewappnet für den nächsten Wutanfall) im Dunkeln zu Finn und dessen Eltern Lot und Léon gebracht. Die werden ihn die nächsten drei Tage zum Kindergarten bringen und abholen, mit warmen Mahlzeiten und Gutenachtgeschichten versorgen. Drei Tage. Muss gehen. *Auch mal was für sich machen, so wichtig als junge Mutter.* Also wird sie noch zwei Tage dranhängen und Mark und Sophia in Moabit besuchen.

Lass dir Zeit, er kann hierbleiben, bis Nikki wiederkommt am Freitag, hatte Lot zum Abschied tapfer gesagt, *Finn freut sich, dass er wen zum Spielen hat.*

Nachbarschaft mal als Segen. Auch wenn ihr mulmig zumute ist. Béla ist ein schwieriges Kind.

Hendrik Oki Jacobsen
05. März 1970 – 13. Januar 2011

In Trauer
Mariko Sato und Hauke Jacobsen
mit Linnea Ayai Sato, Elke Ainu Jacobsen-Meyer
und allen Angehörigen

Die Trauerfeier mit anschließender Bestattung
findet am
Samstag, den 15. Januar um 14:00 Uhr
in der Kapelle des Friedhofs Grunewald statt.

Sie tastet in der Manteltasche unbewusst nach dem verknitterten Brief, das Innenfutter knistert.
Mariko und Hauke hatten auf den üblichen Trauerrand außen auf dem Umschlag verzichtet. Als sie den gestern Abend hektisch und mit bloßen Händen aufgerissen hatte, war ihr das schwarze Rechteck ins Auge gesprungen, das die Traueranzeige sehr endgültig umschloss. Mit zitternden Fingern hatte sie das dicke Büttenpapier herausgezogen.
Als sie sich vom ersten Schock erholt hatte, war ihr aufgefallen, wie nüchtern die Anzeige gestaltet war. Und wie merkwürdig auch, Iggys vollen Geburtsnamen gedruckt zu lesen. Niemand außer seinen Eltern hatte ihn jemals Hendrik genannt, und von der Existenz des eigentlich bedeutend cooleren zweiten Vornamens hatte sie gar nichts gewusst. Er wurde von allen immer nur wie der Sänger der *Stooges* genannt, naheliegend bei seinem dürren sehnigen

Körper und dem dauergebleichten strähnigen Haar, das von Natur aus eigentlich pechschwarz war, wie das seiner Mutter. Anders als die Zwillinge, die mehr nach dem Vater kamen, hatte er auch ihre Augen und hohen Wangenknochen geerbt. Die asiatische Version von Iggy Pop. Genau wie dieser hatte er eine angeborene Skoliose und denselben Drogenkonsum. Der Nachzügler. Das Sorgenkind.

Ohne den Kopf von der Fensterscheibe zu nehmen, holt sie den Umschlag hervor, zieht die Anzeige nochmal heraus, streicht mit den Fingern über das edle Papier. Was war eigentlich passiert? Müsste da nicht zumindest irgendetwas wie *nach langer schwerer Krankheit* stehen? Die Anzeige klingt fast lapidar in ihrer Nüchternheit. Sicher Marikos Idee, sie war in vielem unkonventionell.

Die berühmte Mariko Sato ... das knallorange gefärbte Haar exzentrisch aufgetürmt, die Haut beinah unwirklich elfenbeinhaft, die feinen Hände, die über die Tasten flogen, der zierliche Körper in Ekstase, die Augen geschlossen. Bey hatte sie bewundert, war zusammen mit Iggy zu ihren Konzerten gereist, einmal sogar bis nach Kopenhagen. Aber das Verhältnis blieb einseitig. Mariko mochte Bey nicht.

»Frollein, wollen Se jetze hier raus oder nich? Ick hab nich den janzen Tach Zeit, wa.«

Sie springt auf, ein genervtes Augenpaar im Rückspiegel des Busfahrers, sie stürzt zur Tür, während sich ihr Rollkoffer hinter ihr eigensinnig um seine eigene Achse dreht. Draußen auf der Beusselstraße, die sich als hohe Brücke über ein breites Flussbett aus Gleisen spannt, zwickt ihr die Kälte in Nase und Augen, der tückische Ostwind verbeißt sich in ihrem schwarzen Wollmantel. Gefühlte

minus zehn Grad. Runter zur Ringbahn, aufpassen, dass sie die richtige Richtung nimmt.
Sie hatte den Kontakt abgebrochen nach dem großen Zerwürfnis damals mit seinen Eltern. Sie konnte das nicht, ihre Hoffnung reichte nicht für ein jahrelanges Sitzen an einem Krankenhausbett, in dem ihr Freund einen tückischen Schlaf mit offenen Augen und unsicherem Ausgang schlief.
Immerhin hat sie eine Traueranzeige erhalten. Hauke und Mariko hätten auch gut darauf verzichten können, sie hätte es ihnen nicht übelgenommen. Wer wird kommen heute?

Von Halensee aus sind es noch knappe 500 Meter zu Fuß bis zum Friedhof Grunewald. Es hat wieder zu schneien begonnen, ihr Trolley zieht schlitternde Spuren auf diesem eher unspektakulären Teil des Ku'damms, sie bereut schon jetzt ihre Pfennigabsätze, folgt aber tapfer dem Bogen der Bornstedter Straße, die zur rechten Seite einen schmalen, zu den tieferliegenden Bahngleisen hin stark abfallenden Böschungsstreifen an zwischenweltlicher Utopie offenbart. Bunt angemalte Schuppen, die mit den Zehenspitzen beinahe die Gleise berühren, zusammengeschweißte Schrottskurrilitäten, sogar ein Baumhaus mit der Aufschrift *Hotel Bogotá*.
Einige Schritte weiter den Bogen entlang ein verschnörkeltes, schmiedeeisernes Gitter, dahinter eine würfelförmige Leuchte mit einer aufgeklebten Ziffer: *11*.
Sie hat nicht gewusst, dass Friedhöfe Hausnummern haben. Ein von alten Bäumen und gusseisernen Parkbänken gesäumter Kiesweg führt zu einem hübschen roten Backsteinbau, der aussieht wie eine zu heiß gewaschene Kathedrale im Schnee. Ein perfektes Idyll, wenn man die

Grabsteine drumherum und das kontinuierliche Rattern der Züge ausblendet.
Vor dem hohen Eingang mit gotischem Spitzbogen und blauen Türflügeln erkennt Bey aus der Ferne vier dunkel gekleidete Gestalten, ihre Körpersprache verrät sie auch auf diese Entfernung als Raucher. Vielleicht ist Stella ja da (ach, Stella!). Nervös steuert sie auf die Gruppe zu. Sie erkennt Deus, Malte und Pogo-Tim, und beim Näherkommen einen pausbäckigen Kerl mit blondem Haar und erstaunlich uncoolen Klamotten, der sich gerade verabschiedet hat und ihr jetzt mit schnellen Schritten auf dem Kiesweg entgegenkommt. Sie bleibt stehen.
»Bist du nicht Mike?«
Er sieht auf, wirkt nervös.
»Mike Trenner?«, schiebt sie nach.
Er bleibt zögernd stehen, sieht sie aus wässrigen Augen an, die etwas haltlos in einem rötlich aufgedunsenen Gesicht schwimmen. Wie in einer Alterungs-Simulations-App, nur ohne Simulation, ohne App. Was um Himmels willen ist mit dem passiert?
»Gehst du schon?«
»Äh, ja ... ich muss leider ... mein Beileid.«
»Danke, ebenso.«
Er läuft hastig weiter. Komischer Vogel. Damals schon. Drückte sich auf ihren Konzerten ganz hinten an der Wand herum, hing manchmal mit den *Mutants* ab, aber so richtig hatte der nie dazu gehört. Sie zieht ihren störrischen Trolley weiter in Richtung Kapelle, zu den Rauchenden, ihre alte Szene.
»Beileid zusammen«, murmelt sie in die Runde.
Kaum Reaktion, kurzes Nicken. Geschäftiges Ziehen an diversen Selbstgedrehten, die im Wechsel hellorange aufleuchten in der grauen Luft wie die Augen irgendeiner

raubtierartigen Lebensform. Blicke auf den Boden. Das fängt ja gut an. Ernüchtert zieht sie ihren Trolley an der Gruppe vorbei.

»Bey?«

Na, geht doch.

Deus hat sie erkannt. Seine Augen blitzen. Er trägt einen langen dunklen Wintermantel, dessen Kragen er hochgeschlagen hat. Das gibt ihm etwas unerwartet Fürstliches. Er sieht gut aus, gesund beinah. Ausgerechnet Deus, der immer die Aura eines gerupften Entleins hatte mit seiner wachsbleichen Haut, Boxernase, schiefen Zähnen und hoffnungslos abstehenden Ohren. Trug immer die abgewetztesten Hosen, seit abgewetzte Hosen in Mode waren, sogar der Reißverschluss vorn fehlte. Den hatte er durch eine sehr grobe Kreuzstichnaht ersetzt, die eher an einen misslungenen chirurgischen Eingriff erinnerte und die Frage aufwarf, wie er sich im Notfall aus dem Ding schälen würde. Was den chirurgischen Eingriff betraf, so war dieser tatsächlich erfolgreich gewesen: Deus hatte sich mit achtzehn sterilisieren lassen. Spaß statt ungewollte Kinder. Poppen ohne Ende. Er war der Einzige in der Szene gewesen, der nach einer durchgemachten Nacht um sieben wieder am Start war. Ehrliches Handwerk. Sie geht auf ihn zu, umarmt ihn, er klopft ihr freundschaftlich auf den Rücken. Schweigende Kondolenzbezeugungen.

Sie wendet sich den anderen zu.

»Hey Malte ... Tim ...«

Diese Gesichter haben wenig von der einst sprühenden Jugend hinüberretten können in die Lebensphase von Bauchansatz und Haarverlust. Pogo-Tims Augenringe, die damals als sexy durchgingen, sind noch dunkler und tiefer geworden. Seine Körpermitte scheint den Kampf gegen die Schwerkraft noch nicht vollends aufgegeben zu haben, die

Hoffnung stirbt bekanntlich zuletzt. Das vom dauernden Blondieren und Färben ermüdete Haar trägt er anstatt des stolzen Iros jetzt braun und mittellang in einem Seitenscheitel, wahrscheinlich ist das seine natürliche Haarfarbe. Sie waren sich immer aus dem Weg gegangen, sie weiß so gut wie nichts über ihn, außer dass sein Vater mal ein gefeierter Jazzsaxophonist war. Er hatte den Junkie-Look kultiviert, lange bevor Calvin Klein den mit Kate Moss als Galionsfigur für sich beansprucht hatte. Hier keine Umarmung, er hebt nur flüchtig die Hand, weicht ihrem Blick aus.

Und Malte ... kurzer, unausgesprochener Crush. Der gar nicht erst den Hauch einer Chance bekommen hatte. Als er endlich eines Nachts spontan bei ihr klingelte, saß die mittlerweile nächste Station ihres turbulenten Beziehungslebens gerade in ihrer Küche. Saublödes Timing. Am liebsten wäre sie auf der Stelle mit Tisch und Stühlen im Erdboden versunken.

Malte sieht aus wie vom Leben besiegt. Er sucht ihren Blick, kämpft mit den Tränen. Umarmt sie.

»Oh Mann ...«, atmet er schwer in ihre Haare, »was eine Scheiße.«

»Ja, was eine Scheiße ... Was ... ist eigentlich passiert?«, fragt sie den leicht verschlissenen Kunstfellkragen seiner Jacke. *Musst du immer so mit der Tür ins Haus fallen?* Marikos Worte. Ja, sie muss. Small Talk liegt ihr nicht, sie ist nicht der Typ.

»Hm, OD angeblich«, murmelt der Kunstfellkragen zurück.

»Overdose? Shore?« Sie löst sich aus der Umarmung, sieht ihm prüfend in die bernsteinfarbenen Augen. Die bleiben eine Antwort schuldig. Sie blickt fragend in die Runde.

Der blaue Teppichboden. Der lang ausgestreckte hagere Männerkörper. Die schlaffen Arme. Sie schluckt, sieht Malte suchend an.

»Nicht im Ernst, oder?«, versucht sie nochmal. »Jungs, was soll das: OD?«
Schulterzucken. Keine Ahnung. Drei Altpunks ziehen konzentriert an ihren Selbstgedrehten.
»Iggy lag doch im Koma ...«
Schweigen.
»Jungs, hallo? Wie passt das zusammen? Wie setzt sich ein Komapatient einen Schuss?«
»Er war doch längst wieder aufgewacht, wusstest das nich?«
»Wie bitte?« Ihre Finger geben plötzlich nach, der Trolley entgleitet ihr fast. »Wann das denn?«
»Vor fünf Jahren so circa.«
Sie starrt in die Runde.
»Ihr verarscht mich.«
»Wer abhaut, kriegt halt nix mit.«
Daher weht also der Wind, sie hätte es sich denken können.
»Jungs, mal im Ernst. Jahrelanges Koma, und dann wacht er auf? Das gibts doch gar nicht.«
Schweigen.
»Und nach diesem medizinischen Wunder hat er nix Besseres zu tun, als zum Junk zu werden?«
Dreifaches Schulterzucken. Sinnlos. Sie überlässt den rauchenden Kreis der Schulterzucker ratlos dem wieder einsetzenden Schneetreiben und zieht ihren Trolley in Richtung der eisenbeschlagenen blauen Eichentürflügel. Ihre Finger gehorchen ihr wieder, nur ihre Knie zittern ein bisschen.

Der dunkle Eingangsbereich der Kapelle erhellt sich um den Spaltbreit, den der schwere Türflügel zulässt, während sich Bey samt Trolley einigermaßen würdevoll hindurchzuzwängen versucht. Hundert Kilo Eiche schlagen krachend hinter ihr ins Schloss, es hallt dumpf nach. Der

Hauptraum der Kapelle, dem Mittelschiff einer Kirche nachempfunden, fährt mit seinem Zweiergespann aus apricotfarbenen Wänden und einem Läufer aus Sisalgeflecht eine doppelte Wohnlichkeitsattacke, ungeachtet der beklagenswerten Ereignisse in seinem Inneren. Der Ort war Marikos Wahl, keine Frage. Ablenkungsversuch mittels Farbspektrum.

Er war aufgewacht! Und sie hatte das gar nicht mitbekommen.

Durch die sehr hohen Glasfenster fällt jede Menge Licht auf eine Trauergemeinde, der mit mehr Schatten besser geholfen wäre. Hier steht eine illustre Mischung aus ehemaligen Nachtvögeln und solchen, die es immer noch sein wollen, blassnäsig und mit ähnlich dezimiertem Haarwuchs wie Malte und Pogo-Tim. Sie erkennt Speedy, klein und drahtig wie früher, mit neonblaugefärbtem Haarschopf, daneben Stella, ins Gespräch vertieft. Ihr Herz macht einen Satz, als Stella ihr jetzt das Gesicht zuwendet und sich ihre Blicke treffen. Das Lächeln. So umwerfend wie früher. *Still!*, sagt sie sich, *still!*, und lässt ihren Blick schweifen.

Etwas zur linken Seite des Altars, vor dem auf einem mittelhohen Sockel die Urne mit Iggys sterblichen Überresten thront, ist eine wesentlich eleganter gekleidete Gesellschaft versammelt, aus deren schwarzer Mitte Marikos noch greller als sonst gefärbte Frisur wie eine außer Kontrolle geratene knallorangene Zuckerwatte heraussticht.

Bey schluckt. Stellt ihr bockiges Gepäck neben dem Eingang ab, holt tief Luft, strafft die Schultern. Und steuert dann, ermutigt von Stellas Lächeln, durchs Mittelschiff auf die besser Gekleideten zu.

^^^

I heard one today about the one I love
I heard one earlier that shook me up
– Minutemen

^^^

DOG TAG
Berlin

Der Schlagzeuger ist jünger. Er hat Kopfhörer auf und spielt wie ein Uhrwerk. Pogo-Tim, ein zweiter Gitarrist und ein Bassist, den Bey vage vom Sehen von damals zu erkennen glaubt, wirken wie Karikaturen ihres jüngeren Selbst. Aber sie sind nicht schlecht, im Gegenteil. Und trotz Falten, Bauchansatz und schütter werdender Haarpracht immer noch einigermaßen cool. Die Hooklines sitzen, *Dog Tag* gehen ziemlich ab.
»Willst du ’n Bier?«
Bey muss Malte anschreien. Sie stehen direkt vor der Box rechts von der kleinen Bühne des *Schokoladens*, unweit der Tür, durch die ein dichter Menschenstrom hereinquillt. Erstaunlich für eine niedersächsische Lokalband. Malte nickt. Sie drängelt sich an der Bühne vorbei zur Bar. Keine Ahnung, ob das alles Stamm- oder Fanpublikum ist.
Klassischer Alternative-Laden, rotgestrichene Wände, altersschwache Discokugeln und verspinnwebte Kabel an der Decke, stark frequentierter Tischkicker, Konzertplakate, ein paar ironische Details, vollkommene Abwesenheit vom allgegenwärtigen Hipster-Design.
Mit *Bodenkontrolle* hatten sie hier eigentlich mal spielen sollen, der Gig stand im Tourplan ... war das 1990 gewesen?

Die Tour mit *Universal Congress Of*, zu ihrem vierten Album mit diesem superumständlichen Namen. *The sad and tragic demise of big fine hot salty black wind.* Lange her ... sie muss lächeln. So jung war sie damals, viel jünger als Joe Baiza. Sie war fasziniert von seiner enigmatischen Aura. Studierte ihn Abend für Abend minutiös, wenn sie sich nach ihrem eigenen Auftritt vorne seitlich an den Bühnenrand oder hinten in die Kulisse gestellt hatte, um sein Set zu sehen, das sie mittlerweile auswendig kannte, seine Lässigkeit zu bewundern, mit der er, meist mit entblößter Brust, völlig versunken in seine komplexen Riffs mit erweiterten Jazzakkorden und der irren Rhythmik, leise in sich hineingrinsen konnte und gleichzeitig schlafwandlerisch souverän seine Band zusammenhielt, genau wusste, welcher Einsatz wann von wem zu kommen hatte, die seltsame Motorik seiner Beine dabei. Obwohl sie jeden Abend in lange Gespräche abtauchten, wusste sie nach drei Wochen auf Tour zwar viel über seine Musik, aber nichts über ihn selbst, auch nicht, was er möglicherweise von ihr hielt (und sie hätte nicht im Traum daran gedacht, mal nachzufragen, so sehr verehrte sie ihn seit seiner ersten Band *Saccharine Trust*), und sie konnte sich täuschen, aber sie spürte so etwas wie eine magische Spannung, derart, dass sie, wäre sie nicht zufällig mit dem Drummer ihrer eigenen Band liiert gewesen, alles hätte stehen und liegen lassen, um ihm nach L.A. zu folgen.
Der Gig im *Schokoladen* war aus irgendeinem Grund geplatzt damals, kann gut sein, dass das mal wieder an irgendeiner Auseinandersetzung mit deutschen Hooligans gelegen hatte, von der Joe ein paar gebrochene Knochen davongetragen hatte, sie hat es vergessen.
Wenigstens hat sie es vor der immer wieder angedrohten Räumung noch hierher geschafft. Über allem, was sich nicht mit dem zynischen Begriff *Wertschöpfung* schmücken

kann, sondern sich stattdessen (sehr verfassungsschutzverdächtig) *Solidargemeinschaft mit kulturellem Anspruch* auf die Fahnen geschrieben hat, hängt ein täglich tiefer sackendes Damoklesschwert. Das übliche Spiel. Kennt sie aus Amsterdam. Das letzte Röcheln einer Utopie.

Sie nimmt die zwei geöffneten Bierflaschen von einem zugepiercten Barkeeper entgegen und lässt ihren Blick vom DJ-Pult aus zurück zur Bühne wandern. Eine blondierte Frau mittleren Alters läuft zu einem Mikroständer am vorderen Bühnenrand, während die letzten Akkorde des ersten Songs in einem gewalttätigen Gitarrenfeedback enden. Der Überraschungseffekt *Auftritt rattenscharfe Frontfrau* implodiert ein ganz kleines Bisschen. Eher *Mutti mit Minirock*. Bey schämt sich sofort für den gehässigen Gedanken. Die Sängerin hat zwar alle Statussymbole einer sich selbst respektierenden Punkette: blondiertes Kurzhaar mit dunklem Ansatz, hübsches Gesicht mit rebellischen Kajalaugen, schwarze Klamotten, Nylons mit den einschlägigen Laufmaschen an strategisch platzierter Stelle, schwarze Docs. Und doch wirkt sie wie ein Fremdkörper zwischen den Altpunks, die mittlerweile in Vier-Viertel-Seligkeit sehr geräuschvoll vor sich hin schrammen.
Sie zwängt sich wieder nach vorne durch zu Malte, der bereits mit erhobener linker Faust und wippendem Kopf mitmosht. Sie hält ihm sein Bier hin und beobachtet weiter die Sängerin.
Wie würde sie selbst rüberkommen da oben, jetzt, dreizehn Jahre später? Wie oft hat sie sich in letzter Zeit gedanklich ihren abgerockten Precision-Bass umgehängt (der neben ihrer Betthälfte verstaubt) und in einem unbeobachteten Moment ihr Spiegelbild angesungen, wie oft hat sie sich gefragt, ob sie es im Ernstfall noch in sich hätte, das

Bedingungslose, die Wut, den Mut? Wie würden andere sie sehen, und ab wann wäre es peinlich? Das Badezimmerlicht zu Hause ist immer gnädig, da sieht man die eigenen Krähenfüße nicht so. Bühnenscheinwerfer sind da schonungsloser, so gesehen verdient die Mutti mit Minirock ihren vollen Respekt. Trotzdem ist Bey enttäuscht, als sie zu singen beginnt. Die Lässigkeit, mit der Pogo-Tim seine tiefhängende Gitarre wie ein vertrautes Körperteil bespielt, fehlt leider nicht nur ihrer Stimme. Ihre Handbewegungen, mit denen sie das Mikro erst aus der Halterung zieht (*Hi, wir sind* Dog Tag! *Schön, dass ihr da seid!*) und dann im Takt hin und her bewegt wie ein Waffeleis mit zu vielen Kugeln, wirken seltsam ungelenk.
Bey verliert das Interesse und schaut sich um. Der ungesünder aussehende Teil der Trauergesellschaft ist geschlossen anwesend und nicht gerade in Grabesstimmung. Stella scheint ein intensives Gespräch mit Deus zu führen, ein paar andere Figuren, die sie halbwegs einordnen kann als ehemalige Glockseepunks, stehen lachend herum, wirken wie erlöst, registriert sie ratlos. Nur Speedys blauer Haarschopf leuchtet etwas abseits der Gruppe, ihr Gesicht darunter blass, sie lehnt an der Wand und schaut sich schweigend um. Stella kennt wahrscheinlich jeden hier, der noch heute Nachmittag an dem kalten kleinen Erdloch gestanden hat, in das ein trauriges Gefäß mit Iggys sterblichen Überresten versenkt wurde, das dann unter hilflosen Scheinbewegungen der Trauergäste eher schlecht als recht mit einem Esslöffelchen Sand bedeckt wurde, bevor der Friedhofswärter die Sache rigoros und fachmännisch mit einer Gartenschaufel zu Ende und damit ihren Ex für immer unter die Erde brachte. Exit Iggy. Es bleibt ein markierter Fleck als geographischer Erinnerungspunkt.

Stella hat immer Kontakt gehalten, auch wenn sie längst in Stockholm lebt und das nicht Hannover ist. Hier sind ihre besten Freunde versammelt, ihre Szene, ihr Homeground. Bey ist überrascht, wie wenige sie selbst beim Namen kennt. Und das sind oft noch nicht mal die Klarnamen.
»Geil, wa?« Malte mosht heftig mit.
Der Gesang killt es 'n bisschen, hätte sie vor dreizehn Jahren geradeheraus und sachlich erwidert. Stattdessen nickt sie jetzt nur, ohne Malte anzusehen.
»Yeah, voll.«
Sie verkneift sich ihren Kommentar zur Musik ebenso wie zu seinem erstaunlichen Mangel an Betroffenheit über das traurige Ereignis, das nur wenige Stunden zurückliegt.
»Ich hol mir noch 'n Bier, willste auch eins?«
Malte ist ein schneller Trinker.
»Äh ... klar, ich komm mit.«
Ihre Flasche ist noch halbvoll.
Großer Andrang an der Bar, dem zugepiercten Barkeeper läuft der Schweiß ins Hemd. Das kann dauern. Wohl doch eher Stammpublikum als Fangemeinde. Allgemeines Saufen und Kickern. Wenig Interesse für die Band. Wie gehabt. Das Dilemma einer Szene, die sich seit den Siebzigern aus politischer Überzeugung das Hirn wegschießt und dann keins mehr übrig hat für die Künstler aus den eigenen Reihen. Nicht nur zum Leid von Leuten wie Greg Graffin oder Jello Biafra.

»Sag mal, OD – wie kann das sein?«
Nichtmitdertürinshausfallen, sie wird es nicht mehr lernen. Malte interessiert sich plötzlich sehr für den braunen Hals seiner leeren Bierflasche.
»Ich kann's nicht glauben. Er hat nie geballert, da bin ich mir sicher. Noch nicht mal gelötet,« legt sie nach.

»Wie willste das wissen?«, fragt er widerwillig den Bierflaschenhals. Seine Stimme klingt rau, er sieht plötzlich sehr blass aus.
»Ich war sechs Jahre mit ihm zusammen.«
»Gewohnheiten können sich ändern ...«
Was den Drogenkonsum in der Szene angeht, muss sie ihm völlig Recht geben.
»... und du hattest ja auch die ganze Zeit keinen Kontakt mehr zu ihm ...«
Malte starrt weiter auf den Bierflaschenhals. Schwingt da ein Vorwurf mit?
Er rückt näher zur Bar auf, hält die leere Flasche und zwei Finger hoch und nickt dem Barmann zu, dem die Schweißperlen jetzt am Nasenring hängen. Sie beschleicht zum wiederholten Mal das gleiche seltsame Gefühl, das sie heute Nachmittag nach der Begegnung mit Maltes Kunstfellkragen hatte.
»Glaubst du denn dran?«
»Woran?«
»Na, dass das stimmt mit der Todesursache?«
Malte nimmt die neuen kalten Flaschen entgegen, gibt eine davon an Bey weiter und sieht sich um. Seine Gesichtsfarbe hat sich in der Zwischenzeit nicht verbessert, er schwitzt plötzlich sehr, aber das kann auch an der Raumtemperatur liegen. Er nimmt einen sehr langen Schluck aus seiner vollen Flasche. Sie starrt ihn abwartend an. Er lässt sich Zeit, trinkt sein Bier auf ex. Als er endlich die Flasche absetzt, ist sein Gesichtsausdruck verändert. Er wirkt jetzt einfach nur noch genervt.
»Ey, hör zu, ich hab auch keinen blassen, okay? Vielleicht hat er absichtlich ein Ende gemacht, was weiß ich.«
»Ist ja schon gut. Interessiert mich halt.«
»Ach ja? Das hat es aber lange Zeit nicht so sehr!«

»Na, ihr zwei Turteltäubchen, alles cool?«
Stella. Wie aus dem Nichts aufgetaucht. Sie lächelt erst Bey an, wirft dann Malte einen Blick zu, der am Etikett seiner jetzt leeren Bierflasche herumpult. Sie ist doch nicht etwa eifersüchtig? Erst lange nachdem es zwischen den beiden aus war, hatten Malte und Bey festgestellt, dass sie sich dringend mal zu fortgeschrittener Stunde an einem sehr dunklen Ort ... und das hatte bekanntlich nicht geklappt, also eigentlich alles cool, oder?
»Süße«, Stella schlingt plötzlich ihren Arm um Beys Taille, »kommst du noch mal mit nach vorn? Ich muss ’n Artikel über *Dog Tag* schreiben ...«
Sie lächelt und sieht dabei so hinreißend aus, dass Bey sich bereitwillig durch die Menge zurück zur Bühne ziehen lässt. Ja. Alles cool.
Der Hof vom *Schokoladen* ist stockfinster bis auf ein einsames schwaches Lämpchen, das im Büro des angrenzenden Theaters still vor sich hin leuchtet und den müden Schnee, der in unsortierten Haufen entlang der Hauswände herumliegt, unsicher anstrahlt. Die Rauchenden stehen in dunklen Grüppchen eng beieinander, ihre einzelnen Umrisse sind kaum auszumachen, aus ihrer Mitte leuchten in unregelmäßigen Abständen einige orangene Punkte auf. Stella stakst voran auf ihren Jimmy Choos, schwenkt dabei ihren wohlgeformten Hintern in ihrem hautengen Nadelstreifenanzug provozierend hin und her und steuert zielbewusst auf eins der Grüppchen zu. Bey stochert auf ihren High Heels fröstelnd hinterher. Sie stellen sich dazu und verschmelzen zu einem amorphen Klumpen. Jemand hält ihr eine Nil-Packung vor die Nase. Entgegen ihrer Gewohnheit zieht sie eine heraus. Der blaue Nil. Die stilvollste Zigarettenverpackung der Welt gebietet es geradezu, mal eine Ausnahme zu machen.

»Seit wann rauchst du?«
Maltes Stimme aus dem Dunkel.
»Gewohnheiten können sich ändern, you know.« Sie fühlt sich beobachtet.
Stella geht unmittelbar auf im Gespräch mit den anderen. Bey sieht ihr schweigend dabei zu und zieht an ihrer ersten Zigarette des Jahres. Es wird sich auf nicht viel mehr als etwa drei Stück belaufen bis Jahresende, sie hat sich das Rauchen nie angewöhnen können, schmeckt ihr einfach nicht. Von ästhetischen und sozialen Gesichtspunkten her ist ihr allerdings völlig klar, warum Leute rauchen und, den immer absurderen Abschreckungsmaßnahmen auf den Verpackungen zum Trotz, nicht damit aufhören können oder wollen. Der Informationsaustausch der Raucher findet beinah komplett unter Ausschluss der Nichtrauchenden statt, draußen vor der Tür. Eine gesetzlich auferlegte Ausgrenzung, die den Ausgegrenzten hervorragend zum Identifikationsmerkmal gereicht und die Bey ihrerseits als Ausgrenzung erfährt, weil sie offensichtlich nur Raucher kennt. Seitdem das Rauchverbot zu ihrem Leidwesen auch die Clubs erfasst hat, stellt sie sich halt vor der Tür fröstelnd dazu, hätte aber lieber drinnen weitergetanzt. Draußen ist die Musik einfach zu leise, und die ist doch der springende Punkt, oder? Sie ist wahrscheinlich die einzige Nichtraucherin auf Erden, die sich verrauchte Clubs und Bars sehnlichst zurückwünscht. Was ist überhaupt der gesundheitliche Gewinn? Die Leute saufen einfach mehr und rauchen trotzdem, Drogen nehmen sie auch nicht weniger. Ausgehen ist per se eine ungesunde Angelegenheit, es ist zu laut, man geht zu spät ins Bett, startet den nächsten Tag gejetlagt. Warum also diese eine Ingredienz, die für Verdichtung sorgt, für Atmosphäre, für dieses Alle-in-einem-Boot-Gefühl, dem nicht zuletzt all

die mehr oder weniger folgenreichen Kontaktaufnahmen geschuldet sind durch diese eine universelle Frage nach Feuer, warum das alles eliminieren?

Während ihre Augen sich langsam an die spärlichen Lichtverhältnisse gewöhnen, versucht sie, ihre Gedanken zu ordnen. Versucht, sich den letzten Moment ihres Ex-Freundes vor Augen zu führen. Es will nicht gelingen. Bringen sich Leute um, die ein zweites Leben geschenkt bekommen haben? Höchstens, wenn sie das erste schon nicht gewollt hatten, oder? Aber Iggy war nicht suizidal.

Es riecht nach Gras, jemand hat im schützenden Dunkel der Gruppe einen Joint gebaut, aus dem Augenwinkel sieht Bey, wie Stella einen langen Zug nimmt. Sie selbst raucht ihre eine Nil-Zigarette zu Ende und tritt sie mit der Schuhspitze im Schneematsch aus, der mittlerweile das teure Leder ihrer Salatstecher aufzuweichen beginnt. Ein Punkkonzert hat nicht auf ihrer Liste für den heutigen Abend gestanden, sonst hätte sie sich die Sneaker in die Handtasche gesteckt. Die sind irgendwo in den Untiefen ihres chaotisch gepackten Trolleys vergraben, der jetzt drei Berliner Häuserblöcke entfernt in Stellas Leihauto liegt.

Alle sprachen beim Leichenschmaus von *Dog Tag*. Sie musste letztendlich nachfragen, bis ihr Stella erklärte, dass ihr Ex, Pogo-Tim, eine neue Band hätte, die praktischerweise heute Abend auftreten würde, was für ein irrer ein Zufall!

Bey hatte plötzlich ein komisches Gefühl in der Magengegend, und sie fragte sich, ob das Konzert vor oder nach Iggys beklagenswertem Ableben organisiert worden war. Sie war gar nicht mehr dazu gekommen, vorher ihre Sachen nach Moabit zu Mark und Sophia zu bringen, wo

sie übernachten würde, das Konzert begann erstaunlicherweise schon um sieben.
»Na? Wie gehts dir so?«
Speedy reißt sie aus ihren Gedanken. Stellas älteste Freundin. Bey nickt ihr zu, lächelt wortlos.
»Durch ’n Wind wegen Iggy?«
Na endlich. Die erste Frage zum rosa Elefanten im Raum.
»Hm. Bisschen schon, ja.«
Bey würde sich gern aus der Gruppe entfernen, weg von Malte. Sie sieht in die Runde, spürt Stellas Blick und bemerkt irritiert, dass auch Deus sie zu fixieren scheint. Sie könnte den Blicken jetzt standhalten und abwarten, sieht aber trotzdem weg. Keine Eskalation jetzt. Sie hat wenig geschlafen, bildet sich das sicher nur ein.
Der Joint geht rum, die Gespräche beginnen unmerklich zu kreisen, blähen sich auf zu elliptischen Blasen, die zu Spiralen transformieren und wie imaginäre Papierschlangen die Luft füllen.
Sie reibt sich die Oberarme in ihrem dünnen Top und will gerade den Rückzug ins Warme antreten, als Speedy ihren Blick sucht und neben ihr einen Schritt zurücktritt. Sie versteht sofort und nimmt die Geste wortlos an, löst sich ihrerseits unmerklich von der Gruppe. Speedy spricht so leise, dass sie sich anstrengen muss, um etwas mehr als ein Murmeln zu verstehen.
»Dir kommt es auch komisch vor, oder?«
Bey nickt nur.
»Hatte er jemals was mit Shore in deiner Zeit?«
»Nope.«
»In meiner auch nich.«
»Wie jetzt …?«
»Wusstest du nich? War vor tausend Jahren mal mit ihm zusammen …«

»Ah, wusste ich gar nicht ...«
»Kleinstadt, was erwartest du ...«
»Hast du ihn jemals löten sehen?«
Speedy schüttelt ihren neonblauen Kopf.
»Und was denkst du?«
»Da wird wohl wer nachgeholfen haben ...«
Sie nickt halb erleichtert. Ein ungutes Gefühl erträgt sich besser zu zweit.
»Hmhm ... aber wer?«
Speedy zuckt mit den Schultern, wirkt hier draußen noch kleiner und blasser.
»Iggy scheint was gewusst zu haben ...«
»Was denn, 'ne Art Geheimnis?«
»Na ja, er wollte doch aussteigen damals ...«
»Aus der Band?«
»Nee, Mann. Kurierdienst ...«
»Aus dem Kurierd-?«
»Los, kommt mit rein, ihr Süßen, mir ist kalt!«
Stella. Mittlerweile etwas unsicher auf den Beinen. Speedy und Bey wechseln einen langen Blick. Dann haken sie eine zufrieden kichernde Stella rechts und links unter und laufen zurück in den Club.

^^^

We don't need no first class. Don't need no second class.
All of the best-of, all that can kiss my ass.
– Bad Brains

^^^

Telefonprotokoll BÉLA
Amsterdam

10 verpasste Anrufe

VOICEMAIL
Mama! Wo bist du? Warum antwortest du nicht?

^^^

AVATAR
Berlin

Das vertraute Haus in Moabit.
Nach fünf Berliner Stockwerken ist Bey völlig außer Atem. Ein freistehendes Einfamilienhaus im Grünen versaut die Fitness. Ein Punkkonzert am frühen Abend auch. Sie fühlt sich jetzt schon wie der Morgen danach.
Dunkelgrüne Wohnungstür, knarrende Dielen, Schuhe aus! Lange Umarmungen, Küsse. Ein warmes Willkommen, ein sicherer Hafen. Mark und Sophia sind eigentlich Nikkis Freunde, aber über die Jahre auch immer mehr zu ihren geworden. Sie sind immer da, wenn man sie braucht. Es gibt gute Gespräche, gutes Essen und Autonomie. Ein Deal mit ausschließlich guten Seiten. Man kann kommen und gehen, wann man will. Unausgesprochenes Gesetz ist nur der erste Abend, der ist reserviert für ein gemeinsames Abendessen, das meist in hitzigen Debatten zwischen Mark und Bey endet. Sophia, Verdienerin des einzig verlässlichen und nicht unerheblichen Chirurginneneinkommens in diesem gut sortierten Haushalt, schleicht sich immer frühzeitig Richtung Bett davon. Ihre Arbeitszeiten sind crazy und die Geburt der beiden Mädchen hat ihren chro-

nischen Schlafmangel nicht gerade verbessert. Als Bey ihre müden Augen sieht, hat sie ein schlechtes Gewissen. Sie hat ihnen noch gar nichts von der Beerdigung oder dem Punkkonzert erzählt, die beiden haben trotzdem stundenlang mit dem Essen gewartet.

»Na, was treibt dich her? Doch nicht etwa unser feiner Berliner Winter? Oder ist dir deine bourgeoise Idylle zu viel geworden?«
In Marks Stimme liegt wie immer eine Ladung Spott, die oft ins Schwarze trifft.
Bourgeoise Idylle. Besser hätte man das Paradies im Grünen nicht umschreiben können, aber sie leidet in ihrem Idyll weniger an *zu viel* als vielmehr an *zu wenig*.
Sie sitzt am Esstisch, die Mädchen schlafen schon längst, während Mark und Sophia an der Arbeitsfläche ihrer offenen Küche letzte Handgriffe an ein verspätetes Abendessen legen. Bey hat den Stuhl, auf dem sie sitzt, selbst entworfen, ebenso den Esstisch und alle anderen Stühle auch, die drum herumstehen, sie sitzt sozusagen inmitten ihrer eigenen Kreation.
Mark und Sophia hatten nach dem ersten Ultraschall sicherheitshalber die Wohnung nebenan dazugekauft und sie in einem Anfall von Einrichtungspanik gebeten, so schnell wie möglich ein paar Möbel zu entwerfen. Der Auftrag war dann etwas ausgeufert. Bis auf die Wiener Kommode und die Bauernschränke aus Sophias Erbe sind eigentlich alle Möbel von ihr. Sie hatte ein ganzes Jahr zu tun und ungewöhnlich viel verdient. Mark macht solche Sachen andauernd: seine kreativen Freunde unterstützen, indem er ihnen Aufträge gibt. Die Wände ihrer jetzt riesigen Wohnung hängen voll mit Werken junger, noch völlig unbekannter, aber darum nicht weniger talentierter Maler,

Illustratorinnen, Comiczeichner. Die Küchenschränke quellen über mit Gläsern, Tellern, Tassen und Schüsseln aus der Mösen- und Tittenkollektion einer jungen, vielversprechenden Glas- und Keramikkünstlerin, die gerne primäre und sekundäre weibliche Geschlechtsmerkmale als Ornamente für ihr Steingut wählt. Bey gefällt besonders die Salatschüssel, deren Ränder mit Labia und Klitoris verziert sind. Mark schenkt Rotwein in eins der busenförmigen Weingläser und reicht es ihr.

»Danke.« Sie zögert jetzt. Wo anfangen nach diesem Begräbnis der offenen Fragen.

»Mein Ex ist plötzlich gestorben, komme gerade von der Beerdigung ... na ja, eher von der Feier danach, wenn man das so nennen will.«

»Oh, mein Beileid ...« Zwei küchenbeschürzte Freunde drehen sich simultan zu ihr um.

»Und woran?«

»Das ist das Merkwürdige ... anscheinend eine Überdosis.«

»Wieso merkwürdig?«

»Mehr habe ich nicht herausbekommen können.«

»War er denn abhängig?«

»Soweit ich weiß, nein.«

»Überdosis wovon eigentlich? Heroin?«

Mark leckt den Kochlöffel ab.

»Keine Ahnung. Nehme ich mal an. Das Komische ist nur, dass das eigentlich nie seine Droge war ...«

»Sondern?«

»Eher Koks und Speed.«

»Ach, na dann! Jungejunge, wann warst du denn mit *dem* zusammen?«

Mark lacht und legt den Kochlöffel weg.

»Lange her. Dreizehn Jahre ...«

»Aha. Also doch abhängig!«

»Das war er mal, ja. Aber er hat acht Jahre im Koma gelegen.«
»Wie jetzt?«
»Und ist anscheinend vor fünf Jahren aufgewacht.«
»Ein medizinisches Wunder ...«
»Und spritzt sich dann ins Jenseits?«
»Genau mein Gedanke. Bin ein bisschen durch den Wind deswegen. Werde auch das merkwürdige Gefühl nicht los, dass einige der Trauergäste mehr wissen, als sie zugeben wollen.«
»War es denn eine Erd- oder eine Feuerbestattung?« Sophia, wie immer sachlich.
»Feuer.«
»Dann müsste es sogar zwei Leichenschauen gegeben haben, Standardprotokoll bei Einäscherungen. Also eher unwahrscheinlich, dass da was durchrutscht.«
»Wie und wo hat man ihn denn gefunden?«
»Keine Ahnung. Wie läuft so eine Leichenschau eigentlich ab? Vor allem, wenn da was fishy sein sollte?«
»Na ja, im Prinzip stellt ein Arzt bei der ersten Leichenschau den Tod und die Todesursache fest.« Sophia ist in ihrem Element. Sie wischt ihre Hände an der Schürze ab und setzt sich zu Bey an den Esstisch.
»Schau, eine zweite Obduktion muss halt stattfinden, weil bei einer Kremierung ja alle Hinweise auf einen möglichen unnatürlichen Tod vernichtet werden. Deshalb wird die Todesursache von einem bestellten Gerichtsmediziner ein zweites Mal geprüft. Falls eine unnatürliche Todesursache vorliegen könnte, holt der Gerichtsmediziner sicherheitshalber nochmal Auskunft bei dem Arzt ein, der die Todesursache als Erster festgestellt hat. Wenn dann immer noch Hinweise auf einen unnatürlichen Tod vorliegen, benachrichtigt er die Polizeibehörde. In dem Fall findet die Einäscherung erst statt, wenn die Staatsanwaltschaft sie

genehmigt hat. Die Staatsanwaltschaft ordnet auch die Obduktion an. Wird nichts Verdächtiges gefunden, bleibt es bei äußerlicher Leichenschau. Das ist jedenfalls das offizielle Protokoll ...«

Sophias Wangen sind gerötet, ihre Augen leuchten. Ihr charmantes Wienerisch, das sie sich nach vielen Jahren Berlin abgewöhnt hat, schimmert ein bisschen durch.

Bey mustert nachdenklich die sorgfältig umsäumten Lochmuster der Tischdecke.

»Hm. Das klingt ja nach einer ganz schön langwierigen Prozedur ... was sind denn so die Mindestzeiten, wenn, sagen wir mal, jemand schnell unter die Erde gebracht werden soll?«

»Das ist eigentlich auch alles klar festgelegt. Zwischen dem Eintritt des Todes und der Kremation müssen mindestens achtundvierzig Stunden liegen und die Leiche muss eindeutig identifiziert werden. Die zweite Leichenschau findet dann innerhalb der zwei Tage statt. Wenn du es ganz genau wissen willst, sprech I morgen mal mit meinem Kollegen Gideon von der Forensik.«

Bey springt elektrisiert auf, läuft in den Flur, wühlt in den Taschen ihres Mantels, der nichtsahnend an der Garderobe hängt, kommt mit der mittlerweile völlig zerknitterten Todesanzeige in den Händen zurück und streicht das Papier, so gut es geht, auf der Tischdecke glatt.

»Gestorben am dreizehnten Januar. Heute ist der fünfzehnte. Da haben die sich ganz schön beeilt ... achtundvierzig Stunden, sagtest du?«

Sophia ist aufgestanden und sieht Bey über die Schulter.

»Vor allem wohnen seine Eltern nicht in Berlin. Wie die in der kurzen Zeit so viele Leute zusammengetrommelt haben ... waren beinah alle da, sogar aus dem Ausland.«

»Hm ... das ist in der Tat recht flott, wenn das stimmt mit der Overdose.«
»Bin morgen mit den Eltern verabredet. Werde versuchen, da mal nachzuhaken.«

Mark beginnt, den Tisch zu decken und schenkt ihr nach. Sie nippt am Nippel, der als Ausstülpung außen am Rand des Glases sitzt.
»So, jetzt erzähl mal, wie du in so unterirdische Gesellschaft geraten konntest ... Da hast du uns ja ganz schön was vorenthalten!«
»Ach, das ist doch alles schon so lange her ...«
Aber Mark hat Blut geleckt.
»Doch, doch... los komm, erzähl schon! Wir wollen alles wissen.«
Wobei sich das *Wir* nur begrenzt auf Sophia beziehen kann. Spätestens nach dem Essen wird ihr das Kinn ganz leicht auf die Brust fallen. Dann wird sie sich ruckartig kerzengerade aufrichten, etwas verlegen um sich schauen in der Hoffnung, dass es niemand bemerkt hat. Sie wird sich in ihrer unendlich charmanten Art mit tiefstem Bedauern zurückziehen, und Bey wird wissen, dass Sophia nur zu gern durch diese wie durch jede andere solcher Nächte geredet, gelacht und getrunken hätte. Fels in der Brandung zu sein hat seinen Preis.
»Du willst also echt die lange Version?«
Mark nickt heftig.
Sophia füllt die Titten-Teller, die Brustwarzen in verschiedenen Hautfarben zeigen, mit Reis und dampfendem grünen Curry, Beys Lieblingsgericht. Sophia merkt sich solche Details.

»Na gut. Neunzehnhundertachtundachtzig. Eigentlich war Punk da längst tot, dafür tobte der Hardcore, Crossover. Grunge kam gerade auf, Nirvana und so. Aber in der Szene wurde immer noch die Fahne des klassischen Punkrock hochgehalten. Meine Band fiel da ein bisschen raus, keiner von uns nahm Drogen, was ein absolutes No-Go war. Dafür soffen meine Kumpels wie die Löcher. Musikmäßig waren wir auch alles andere als szenekonform, wir waren wie Dreiecke zwischen lauter Quadraten. Ich glaube, wir haben unser Publikum regelmäßig überfordert ... erweiterte Jazzakkorde, vertrackte Rhythmen, das kannten die meisten Kids nicht. Der Kram, den wir so hörten, *Minutemen, Victims Family, Saccharine Trust, Tuxedomoon* ... das war krudes Zeugs, eigentlich mehr Avantgarde als Punk.«

»Okay, okay! Nicht so schnell!«

Da sind ihr mal wieder die Pferde durchgegangen. Es fällt ihr so leicht, über Musik zu reden, es geht wie von selbst. Das Herumgestehe auf zu lauten Konzerten, das Fachgesimpel über das gerade Gehörte, konspiratives Mitnicken, wenn der Beat stimmt, das fehlt ihr. Es gibt in ihrem Heileweltleben auf dem Deich nicht eine Person, die so was interessieren würde oder die auch nur eine entfernte Ahnung von der Existenz solcher Musik hätte. Von Tjeerd mal abgesehen, aber der wohnt inzwischen im beschaulichen Oost und hat eine Frau, die es nur mittelmäßig amüsant fände, wenn er sich die Nächte mit seiner alten DJ-Kollegin um die Ohren schlagen würde.

Schon damals interessierten sich fast ausschließlich die Jungs für Musik. Die meisten Mädels, die sie kannte, wollten immer nur tanzen oder verliebt den Sänger anstarren. Es war besser gewesen, die Klappe zu halten, wenn sie nicht einen Ruf als arrogante Party-Pooperin etablieren wollte. Falls sie den nicht sowieso schon hatte.

»Na gut. Dachte, ich gönne dir mal einen kleinen Einblick in wirklich gute Musikgenres ...«
Mark verdreht die Augen.
»Also, wir hatten einen entsetzlich hohen Anspruch und einen dementsprechenden Verschleiß an Gitarristen. Zwischendurch hatten wir auch wirklich gute. Sogar einen zweiten Trommler zeitweise. Jason Kahn von *Universal Congress Of*, der war nach der Europatour einfach in Berlin geblieben und kam dann ab und zu zum Üben nach Hannover. Aber dem war unser Zeug auf Dauer glaub ich zu hart, und wir ihm zu chaotisch ... Egal, den Gitarristen brauchten wir wirklich dringend. Eine Zeitlang ging es mit Harry from Hell ganz gut ...«
»Harry wer?«
»Harry from Hell, Gott habe ihn selig ...«
»Künstlername?«
»So was Ähnliches. Eher Punk-Avatar.«
»Aha?«
»So 'ne Art Deckname. Punks benutzten selten ihre Klarnamen, eigentlich so, wie man das heute im Internet macht. Viele hießen Wixer oder Ratte oder so. Und er eben Harry from Hell.«
»Wusste ich gar nicht ...«
»Woher auch.«
»Sorry, kann ja nicht jeder so'n subversives Bezugsfeld haben ... Und warum solche Decknamen?«
»Das war zum Teil Spaß, zum Teil Tarnung.«
»Wegen der konstanten Gewaltbereitschaft, tippe ich mal?«
»Könnte man so sagen. Aber damals hat wenig ausgereicht, um zum Kreis der Verdächtigen, also zu den echten Antifas gezählt zu werden. Wenn du einfach aus Style gerne schwarze Klamotten trugst, gehörtest du für die B... äh, Polizei zum Schwarzen Block dazu. Du weißt schon, das

Fahndungsprofil undsoweiter. Hat sich doch bis heute nicht viel geändert. Und dann waren da noch die Drogen. Das war natürlich der Hauptgrund für die Fake-Namen. Unsere Telefone wurden ja abgehört ...«
»Hm ... ist das nicht Punker-Romantik? Das hättet ihr wohl gerne gehabt ...«
Sophia schiebt ihren Stuhl zurück und steht auf.
»Sei mir net bös, Bey ...«,
Ihre Stimme klingt matt.
»I muss vorschlafen, morgen Abend Bereitschaftsdienst ...«
Ihre Etikette sind trotz Müdigkeit vollkommen intakt, Gespräche über Drogenszenen nicht wirklich ihr Ding.
»Danke fürs Essen, meine Liebe.«
Bey nimmt einen Schluck Wein aus dem Tittenschwenker und dann den Faden wieder auf. Er hat *Punker* gesagt. Wie die fassungslosen Nachrichtensprecher damals, die alle Welt glauben gemacht hatten, dass Hannover tatsächlich, wie angekündigt, *in Schutt und Asche* gelegt worden war. Die Chaostage 1995. Geile Sache. Mark würde das nicht verstehen.
»Du weißt schon, dass nur Spießer *Punker* sagen, oder?«
Mark verdreht die Augen.
»Ich wohnte mit Iggy in der Nähe von der Glocksee, das war ein etwas außer Kontrolle geratenes Jugendzentrum, na ja, für Berufsjugendliche eher ... wir waren ja mittlerweile alle so Anfang Zwanzig. Viele unserer Freunde wohnten auch da. Das Juze und auch alle Wohnungen im Umkreis wurden überwacht. Gab regelmäßig Polizeikontrollen auf dem Glockseegelände. Das hört sich schräg an, wenn man nie dabei war, aber die linke Szene wurde mit Argusaugen beobachtet. Das Übliche halt, auf dem rechten Auge blind.«
Mark grinst.

»Aber es war doch schick bei euch, sich zum Staatsfeind zu stilisieren ...«

»Das war total real, Mann! Die Angst vor dem Kommunismus war doch immer noch da in den späten Achtzigern! Auch nach dem Mauerfall, hat ja nicht wirklich abgenommen bis jetzt! Und was das mit der Blindheit auf dem rechten Auge mit dem BND zu tun hat, das weißt du doch auch, oder?«

»Mhm ...« Er nickt.

»Seit RAF-Zeiten haben sich bei der Polizei so einige Feindbilder eingeschliffen ... wir waren für die potentielle Staatsfeinde. Dabei waren wir nicht der Schwarze Block. Wütend, ja. Frustriert von der immer noch erdrückenden Nachkriegsspießigkeit. Wir suchten einen anderen Lebensentwurf. Antikapitalisten waren wir, wollten eine Alternative zum Mainstream, zum Kommerz. Das führte so weit, dass meine Band ein Interview mit der *Bravo* ablehnte ...«

»Im Ernst?«

»Ja, für die Karriere vielleicht blöd, aber wir hätten da sowieso nicht reingepasst, falsche Zielgruppe. Außerdem wäre unser Ruf in der Szene dahin gewesen ...«

»Jaja,« sagt er grinsend, »der Szenekonformismus.«

»Ja, den Vorwurf muss man sich als alternative Bewegung immer gefallen lassen. Aber auch eine Utopie braucht Prinzipien. Und Freiräume, die du dir erstmal erschaffen musst als Szene. Und das geht, zumindest am Anfang, nur mit einer harten Tür.«

»...?«

»Nicht jeden reinlassen. Und auch nicht alles mitmachen. Gab in vielen alternativen Läden keine Cola zum Beispiel.«

»Haha! Ihr wart schon in einem Paralleluniversum unterwegs, was?«

»Frage der Perspektive. Wir sahen die Wirklichkeit vielleicht sogar schärfer umrissen als der Mainstream. Uns langweilte die Radiomusik entsetzlich. Auch alles andere, was es auf dem Gebiet so gab, der ganze Hippiekram sowieso. Das war uns zu lahm und zu nabelbeschaulich. Was aus England und den USA an Undergroundmusik rüberschwappte, war so frisch und aggressiv, das suchten wir. Das war gar nicht unbedingt nur Punk. Wir hörten auch viel Thrash Metal und Ska ...«

»Metal?«

»Immer.«

»Mehr Mainstream geht ja wohl kaum ...«

»Wie man's nimmt. Kommt auf die Acts an. Die hatten zum Teil auch einen ganz schön langen Weg zum Erfolg. Und The Big Four haben alle gefeiert.«

»Wie bitte?«

»*Metallica, Megadeath, Anthrax* und *Slayer*.«

»Hm ... interessant. Politisch korrekt waren die auch nicht wirklich, oder?«

Bey zuckt mit den Schultern. Für jeden Scheiß musste man sich rechtfertigen, damals schon. Auf *Slayer* lässt sie trotzdem nichts kommen. Klar hätte sie mit der Macho-Truppe nicht im selben Tourbus unterwegs sein wollen. Aber die Energien waren vergleichbar. Schnell, laut, aggressiv und schockierend. Man musste diese Satan-Kacke ja nicht mitsingen ...

»Wie gesagt, Punk war tot, wir befanden uns mitten in der Postpunk-Ära. Musikalisch war die auch interessanter, fanden wir, vielschichtiger. Die Breaks waren spannend. Neue Songstrukturen, schlaue Rhythmuswechsel.«

Und trotzdem hatte Karl Nagel Mitte der Neunziger die Chaostage nochmal aufleben lassen. Was ein kleines bisschen ironisch war, denn auch seine Band war, nicht weniger

als ihre eigene, zu der Zeit schon längst vom US-amerikanischen Crossover beeinflusst. Er hatte sich diesen Strampelanzug selbstgebastelt mit lauter Fotoprints drauf von, ja von was eigentlich? Sah unmöglich aus, vor allem zusammen mit dem Haar, das er seit Beginn der Neunziger zuungunsten eines ziemlich überzeugenden Stachellooks jetzt glatt geföhnt trug. Er sah auf der Bühne ein bisschen aus wie ein verzweifeltes Baby mit sehr langen Haaren. Im Tourbus zogen sie ihn alle damit auf. Aber es ließ ihn völlig kalt. Das größte Unverständnis erntete er für seine Michael-Jackson-T-Shirts. Wenn es *den* Antihelden in der Szene gab, dann Karl Nagel. Der ultimative Nonkonformist. Und obwohl er das Epizentrum der Szene war, hielt er sich abseits. Irgendwer musste ja den Überblick behalten ...

»Hey, nicht einschlafen! Also, ihr wart eigentlich Hardrocker ...« Mark lacht.

»Ich schlafe überhaupt nicht! Wo war ich ... meine Band war auf der Suche nach einem neuen Sound. Das war eine fast philosophische Reise zu anderen musikalischen Landschaften, neuen Strukturen und so, *Fred Frith, Tom Cora*, Jazz und Funk-Einflüsse ...«

Marks Augen werden glasig. Sie gehen ihr schon wieder durch, die galoppierenden Pferde. Und Mark hat keine Ahnung von Musik. Egal, da muss er durch.

»Natürlich waren wir alle links. Die Kohl-Ära empfanden wir als erstickend und politisches Bewusstsein hatten wir alle, aber ernsthaft organisiert waren die wenigsten in der Szene. Wir kamen aus ganz unterschiedlichen Elternhäusern. Es gab natürlich die Kids aus zerrütteten Familien, viele Missbrauchsfälle, aber auch viele Landeier mit dem bedingungslosen Willen zum Abenteuer und die Professorenkids und solche, die ganz unbemerkt nebenbei studierten.«

»So wie du, nehme ich mal an, Tochter aus behütetem Elternhaus ...«

Sie ignoriert sein Gestichel.

»Die politischen Vereinigungen«, fährt sie unbeirrt fort, »die da so infrage gekommen wären, machten uns eher misstrauisch. Wir waren Freidenker. Die meisten wollten einfach nur Spaß, Musik und ihr Recht auf Rausch. In einer linken Partei hätten wir uns dem straffen Regiment von Parteikadern unterwerfen müssen, dazu waren wir viel zu anarchistisch.«

»Also doch staatsfeindlich!« Mark schmunzelt.

»Schon mal von der APPD gehört?«

»Wie bitte?«

»APPD.«

»Keine Ahnung.«

»Anarchistische Pogo-Partei Deutschlands.«

»Du verarschst mich.«

»Im Gegenteil. Die hatten sogar Wahlwerbespots, die im Fernsehen liefen mit Wahlsprüchen wie *Arbeit ist scheiße* und *Saufen, saufen, jeden Tag nur saufen.*«

»Wie uninspiriert ...«

»Superwitzig war das! Du hast halt keinen Humor!«

»Pfff ...«

Mark macht irgendwas mit IT. Ideologisch trennen sie Lichtjahre, er kann das nicht verstehen: Es prägt einen für immer.

»Wir wurden aber oft zum Sprachrohr linker Zellen gemacht. Gab da so einen Laden, in dem wirklich gute Konzerte stattfanden, aber auch Rechtsberatungen bei Hausbesetzungen, und da verlief ungefähr die Trennlinie zu den Mitgliedern politisch aktiver Vereinigungen. Das waren Männer und Frauen um die dreißig, mit so albernen Haschischpfeifchen, gemäßigter Frisur und irgendwie

bürgerlicher, uncooler Ausstrahlung. Die hatten halt Jobs und richtige Wohnungen mit Bad und Zentralheizung und so, nicht diesen täglichen Existenzkampf wie wir, Kohleofen, Klo halbe Treppe, Dusche in der Küche und am Monatsende Nudeln ohne Soße, weil das Geld alle war. Meine Band und ich, wir hielten uns immer fern von solchen Polit-Leuten, wir trauten denen nicht. Es kam oft genug vor, dass Bands, die in dem Laden spielen wollten, vorab ihre Texte zur Kontrolle auf Frauenfeindlichkeit und Rassismus überprüfen lassen mussten. Auch wir, was wir nur unter Protest taten. Um dann abgelehnt zu werden. Die Band von Schlampe, mit der wir zusammen auftreten wollten, die *Screaming Hollows*, durften nicht spielen. Begründung: *Insgesamt zu frauenfeindlich.* Dass alle Texte aus Schlampes Feder stammten, ließ das Prüfungskomitee vollends ungerührt, im Gegenteil, es sei ein Beleg für ihre *Unterdrückung durch und Assimilation an die vorherrschende Gesellschaftsordnung*, dazu noch Schlampes supersexy Outfit: eindeutiger Fall von Stockholmsyndrom.«
»Schönes Verständnis von freier Meinungsäußerung, haha!«
Mark beugt sich vor und schenkt ihr einen großzügigen Schluck Wein nach.
»Ja klar, militante Prinzipienreiter und moralinsaure Hardcore-Veganer gehörten halt auch dazu.«
»Veganer, damals schon?«
»Was hast du jetzt gegen vegan?«
»Also, dieser Harry from Hell, was war jetzt mit dem?«
Immerhin ist er ein aufmerksamer Zuhörer.
»Tja, Harry ...«
Sie schaukelt gedankenverloren die träge rote Flüssigkeit in ihrem Designerschwenker, starrt auf die Lichtpunkte. Harry war einfach nicht mehr aufgewacht. Am selben Mor-

gen, an dem Iggy ins Koma gefallen war. Seine völlig aufgelöste Freundin, die Halt suchte bei ihr. Ausgerechnet. Wo sie den doch selbst verloren hatte, sich von Moment zu Moment hangelte.

»Ich hab euch das noch nie erzählt, oder?«

Sie hat die leise Hoffnung, dass er *doch* sagt, sie fühlt ihre Müdigkeit. Aber Marks Augen flackern, er ist wie angefixt, hält ihrem Blick stand, will die ganze Geschichte hier und jetzt zu Ende hören. Sie seufzt, setzt sich zurecht.

»Harry packte das nicht, unsere Stücke waren zu kompliziert für sein Lebensgefühl, er ging danach zu den *Mutants* ... jedenfalls suchten wir mal wieder einen Gitarristen. Wir hatten unseren Übungsraum vor ein paar Jahren aus der Oststadt in die Glocksee verlegt, das war mehr unsere Szene, und da hatten wir Harry kennengelernt. In dem Umfeld schwirrten natürlich jede Menge andere Kids herum, die auch in irgendwelchen Bands spielten. *Supernaturals* zum Beispiel, da sang Malte, oder *Band Aid* und die *Mutants*, die Band von Iggy.«

Ihre Gedanken fallen ins Weinglas, die Lichtpunkte, Scheinwerferlicht, Kornstraße, jedes Konzert ein Heimspiel.

»Hoho, langsam ... das sagt mir alles gar nichts!«

Mark holt sie wieder zurück.

»Jaja.«

Sie wischt die Bemerkung mit einer Handbewegung fort. Will es hinter sich bringen.

»Wo war ich ... Iggy. Das war so'n dürrer, sehniger Typ mit strähnigen blondierten Haaren, bisschen wie sein Namensgeber halt ...«

»Iggy wer?«

»Iggy Pop natürlich. Also wie gesagt, Iggy war Gitarrist bei den *Mutants*. Ich kannte ihn nur flüchtig vom Sehen, aber

Per, unser Drummer hatte nach einigen Flaschen Bier zu viel die Schnapsidee gehabt, ihn abzuwerben. Das würde er noch sehr bereuen.«

»Wieso?«

Mark ist, stellt sie nicht ohne einen leisen Anflug von Genugtuung fest, vor Spannung bis auf die äußerste Stuhlkante gerutscht.

»Ich war ja mit dem Drummer zusammen.«

»Ah, der Klassiker: Schöne Sängerin bumst alle Kerle in der Band!«

Der alte Spruch. Nicht aufregen jetzt.

»Bassistin.«

»…?«

»Ich war die Bassistin, nicht die *schöne Sängerin.* Ich weiß, schwer vorzustellen offenbar, aber man kann das als Mädchen auch lernen, Gitarre und so.«

»Sei mal nicht gleich eingeschnappt. Aber im Ernst, gab's da nicht 'ne Statistik, welches Instrument am besten landet bei den Mädels?«

Sie verdreht die Augen.

»Ich hab 's – der Gitarrist!«

Sie wird rot und ärgert sich darüber, fährt aber fort:

»Irgendwann stand Iggy bei uns im Übungsraum, und ich war wie vom Blitz getroffen.«

»Das geht ja schnell bei dir …«

»Eben nicht. Das war's ja gerade. Es passierte erst mal weiter gar nichts. Ich wusste nur, dass es irgendwann passieren *würde.* Er fing also bei uns an als zweiter Gitarrist, ich habe vergessen, ob wir überhaupt so weit kamen, mit ihm auf Tour zu gehen, in meiner Erinnerung ist da nur das Loreley-Festival, auf dem die Bombe platzte, mein Freund, also der Drummer, total durchdrehte und ich endlich mit Iggy zusammenkam.«

»Wie lief das dann in der Band mit euch beiden?«
»Eigentlich gar nicht. Iggy stieg schnell wieder aus, flüchtete regelrecht vor dem Psycho, den mein Ex schob. Aber abgesehen davon war er auch nicht der Richtige für den Job. Musikalisch natürlich, das lag auf der Hand, aber als Drogist passte er halt auch nicht ...«
»...?«
»Unsere Band bestand aus Alkis, und Iggy kam aus der Drogenszene.«
»Ah ... wieso du eigentlich nicht? Ist nicht das Umfeld immer prägend für unsere So-zia-li-sa-tion?«
Er dehnt die Silben so, als würde er von einem Prompter ablesen. Hat er das aus irgendeinem verirrten Semester Soziologie? Sie stammen aus komplett unterschiedlichen Galaxien. Sie gähnt.
»Soll ja Ausnahmen geben. Ich war halt eine. Keine Ahnung, warum. Ich hatte einfach keinen Bock, die Übersicht zu verlieren, wenn alle um mich herum außer Kontrolle gerieten. War nicht mein Ding. Jedem sein Recht auf Rausch ... aber ich wollte und brauchte halt keine Drogen, hab so 'ne Art natural high. Wenn alle drauf sind, geh ich stimmungsmäßig irgendwie mit.«
»Wie vorteilhaft, auch in finanzieller Hinsicht.«
»Iggy gebrauchte, und das nicht zu knapp, kann ich dir sagen. Er zog sich so ziemlich alles rein, was in Pulverform zu haben war. Ob er jemals auch Shore ausprobiert hat, weiß ich nicht, halte das aber für unwahrscheinlich, weil das niemand in seinem direkten Umfeld nahm. Jedenfalls war das immer mein größter Horror, und ich war bereit zur Flucht, hätte es jemals Anzeichen davon gegeben.«
»Shore?«
»Heroin.«
»Oh ...«

»Ja, genau. Das ging übel rum in der Szene. So viele Kids, die die Dreißig nicht schafften, vor allem so viele Mädels, die auf dem Strich verreckten. *Jung kaputt spart Altersheime.*«

»Puh ...«

»Ja, es hatte Schattenseiten.«

»Aber wie ging das, in so einer Beziehung?«

»Nicht einfach. Am Anfang dachte ich noch, mein Einfluss rettet ihn. Da hatte ich nicht wirklich einen Schimmer vom Ausmaß seiner Sucht. Den Schlüsselmoment hatte ich auf 'ner Party bei Ratti und Rocker, die wohnten bei uns im Haus in der Goethestraße. Echter Punkhaushalt, wie sich das gehörte, alle Wände schwarz gestrichen, als Lichtquelle ein paar Neonröhren am Boden, obligatorischer Einkaufswagen, Schuhe, Bierpullen, Schallplatten, die Speaker am Anschlag, die Nachbarn trauten sich schon längst nicht mehr, die Bullen zu rufen.

Also fette Party, und irgendwann sitze ich plötzlich allein im Raum, laufe auf den Flur, um zu sehen, wo eigentlich alle hin sind. Da fliegt am Ende des Ganges 'ne Tür auf, rappelvolles Zimmer, alle drin, und zentral in der Türöffnung steht mein Kerl, der sich ein gefaltetes A4-Blatt an die Nasenlöcher hält und irgendwas Pulverisiertes reinrieseln lässt. Dass er sich noch nicht mal die Mühe gemacht hatte, eine Line zu ziehen, diese Ungeduld, dass er sich in kürzester Zeit die maximale Menge in sein System kippen wollte, das fand ich am schlimmsten.«

»Da warst du aber schon ganz schön abgehärtet ...«

»Geht so ... Ich kam ins Zimmer und alle versteckten ihre Spiegel undsoweiter, damit ich's nicht sehe. Als ob. Da habe ich endgültig begriffen, dass man nicht wirklich dazugehören kann in so einer Szene, wenn man nicht auch gebraucht. Das Misstrauen, dass du als Einzige am

nächsten Morgen noch weißt, was für einen Schwachsinn jeder gelabert hat die ganze Nacht. Keiner hat mich jemals gefragt, warum ich mir das gebe.«

»Und warum?«

»Weil ich genau das suchte. Ich mochte das. Das Fertige, den Exzess.«

»Aber die Fingerchen schmutzig machen wolltest du dir nicht?«

»Ich kann nicht umgehen mit Kontrollverlust. Aber ich verstehe, warum andere ihn brauchen. Wie gesagt, ich hatte noch nie was gegen Drogen. Nur dass sie meine Leute fertig machten. Die Depressionen, der Turkey. Und irgendwie auch eine irreale Angst, dass ich doch ein Bullenspitzel sein könnte.«

»Bitte was?«

Mark verschluckt sich am Wein.

»Du denkst echt, dass ich das alles frei erfinde, was?«

»Ich will nicht lügen ... ein bisschen surreal klingt das schon.«

»Drogen machen verrückte Sachen mit Leuten. Rocker stiefelte regelmäßig nachts um drei los, wenn sein Kontakt versagte, auf der Suche nach irgendeiner noch so weit entfernten Quelle, oft kam er nicht vor acht Uhr morgens zurück. Oder zum Beispiel Crazy Alec, so'n Schmächtiger mit einer riesigen Nase. Immer high, immer wütend. Auf dem Konzert der *Rhythm Pigs* ist er durchgedreht. Seit Wochen hatte die komplette Szene auf den Gig der Amis in der *Korn* hingefiebert. Die Jungs waren noch nicht mal halb durch ihr Set, der Raum tobte, das Wasser tropfte schon von der Decke, und plötzlich springt ein völlig zugedröhnter Alec auf die Bühne und brüllt: *Heil Hitler!*«

»Das musst du mir erklären ...«

Mark sieht jetzt tatsächlich schockiert aus.

»Pure Provokation. *Die Rhythm Pigs* waren natürlich not amused. Dachten, sie sind im falschen Club gelandet und von Faschos umgeben. Die Angst kannte jede Punkband: dass der Booker es verbockt hatte. Wir konnten gerade so eine Schlägerei verhindern und Alec mit Mühe von der Bühne zerren. Aber die Band weigerte sich, weiterzuspielen, die waren echt sauer. Per und ich sind dann zusammen hoch zu den Jungs und haben versucht, dem Frontmann Ed Ivey zu erklären, dass Alec kein Rechter ist. Erinnere mich heute noch an Eds Blick. So hasserfüllt. Ich war wirklich verzweifelt darüber, dass diese Band, deren Platten wir rauf und runter hörten, vor allem die geniale *Choke on this*, wieder nach Hause fliegen würde mit dem Gedanken, dass wir hier die letzten Nazis wären. Hab meine Hand auf seinen Arm gelegt: Thanks for coming, man. *Thanks for coming!*«

»…?«

»So hieß der letzte Song des Albums. Da hat er dann endlich gepeilt, dass wir wirklich einfach nur Fans waren und sie haben zum Glück ihr Set zu Ende gespielt.«

»Du wolltest mir noch erklären, wie Heil-Hitler-Geschrei und Antifaschismus zusammenpassen.«

»Punks haben doch schon immer auch Nazi-Symbolik verwendet. Um sie zu entkräften, umzudeuten«

Dass das nie einer rafft.

»Im Ernst?«

»Ja klar. Siouxsie Sioux von *Siouxsie and the Banshees* zum Beispiel … ist im Hakenkreuz-T-Shirt aufgetreten, das Logo der APPD war in Fraktur-Schrift gehalten … und der sarkastische Kommentar für besonders Beschissenes war in unserer Szene *Sieg Heil.*«

»Uiuiui …«

»Ja, hatte auch schon Mühe, das Nikki zu erklären. Aber

Punk sein hieß ja nicht, politisch korrekt zu sein, das war der Unterschied zur politischen Linken.«
Aber Mark runzelt nur die Stirn.
»Schau nach England: Kahle Schädel und Fred-Perry-Jacken gehörten zur Standardausrüstung der Redskins.«
»Redskins?«
»Linke Skinheads. Es ist eigentlich ganz einfach. Redskins tragen schwarze Schnürsenkel in den Docs und Koteletten zur Glatze. Nie im Leben würde ein Redskin weiße Schnürsenkel tragen.«
»Wieso nicht?«
»White power.«
»Puh, gefährliche Gratwanderung im Kleiderschrank, was?«
»War für uns normal. Jedenfalls ist Crazy Alec zwei Wochen später völlig zugedröhnt aus dem Fenster gesprungen.«
»Oh ... Living on the edge ...«
»Immer.«
»Hatten diese Kids eigentlich irgendwelche Jobs? Wie haben die ihr Geld verdient, wenn die dauernd high waren?«
»Ach, ganz unterschiedlich ... Deus zum Beispiel war gelernter Heizungsmonteur, der hatte als einer der wenigen in der Szene einen geregelten Job, der einigermaßen gut bezahlt wurde, aber gnadenlos frühes Aufstehen erforderte. Er war eine der wirklich krassen Ausnahmen: Schlug sich die Nächte um die Ohren, soff und gebrauchte, was es so gab, stand aber um sieben auf der Matte mit seinen Sanitärfachmannskollegen. Hab mich oft gefragt, wie er das packt. Wie gesagt, es gab viele schlaue Kids in der Szene, die studierten. Schlampe zum Beispiel hat ihr Astronomiestudium cum laude abgeschlossen und war

gleichzeitig Punk der ersten Stunde. Auch einer mit abgeschlossenem Medizinstudium und Doktortitel hing da ab, Leute halt, die auf der Suche waren nach mehr als einem glattgebügelten Lebenslauf. Aber viele hatten irgendwelche Dulli-Jobs, Messebau oder so. Gab da einen Kurierdienst, für den viele aus der Szene fuhren.«
Sie hält inne. *Kurierdienst!* Den hatte Speedy vorhin auch erwähnt. *Er wollte doch aussteigen damals.*
»Was ist?«
Mark wird ungeduldig.
»Ach nichts«, winkt sie ab. Was soll sie dazu auch sagen? Alles rund um die Todesursache von Iggy erscheint ihr immer rätselhafter.
»Und warum hattest du später keinen Kontakt mehr zu der Szene?«
Sie wirft einen Blick auf die roten Digitalziffern über dem Einbaubackofen. *Viertel vor zwei* ... Jetzt ist es auch egal.
»Wir waren Nachtvögel, lebten mehr in den Clubs als zu Hause. Mit Mitte zwanzig packst du das noch, diese wilde Energie, die nicht in einen Tag passt. Jedenfalls waren Iggy und ich für viele eine Art Traumpaar und mit unseren Bands sehr sichtbar. Das ruft natürlich über kurz oder lang die Hyänen auf den Plan.«
»...?«
»Wenn du jung bist, siehst du das nicht in der Schärfe, aber es beginnt früh, dass Mädchen sich gegenseitig die Jungs klauen. In meinem Fall eine gewisse Karina. Ich habe immer einen Bogen um sie gemacht, aber es hat nicht geholfen ...«
»Aha!«
Marks Augen glänzen. Wieso ist der immer noch so wach?
»Ich führte eine Art Doppelleben: Tagsüber studierte ich und nachts war ich Musikerin. Nach einer Weile wurde mir

das zu anstrengend und ich ging statt um zehn oder elf Uhr morgens lieber schon um fünf nach Hause. Es hätte mich misstrauisch machen müssen, aber wir wollten uns Freiräume gönnen und deshalb habe ich nicht so darauf geachtet, dass er immer viel später nach Hause kam als ich. Manchmal auch gar nicht. Ich dachte dann jedesmal, dass er wieder mit Rocker auf einem dieser Streifzüge durch die Stadt auf der Suche nach Dope gewesen war.«

»Nicht gerade ein sicherer Hafen, diese Beziehung, was?«

»Irgendwann fand ich es aber heraus, ist ja immer nur eine Frage der Zeit. Wenigstens habe ich ihm noch einen gezielten Faustschlag verpasst, seine Koksernase blutete auf der Stelle. Und sie habe ich aus dem Club gezerrt und zur Rede gestellt, und alle hinterher, dachten, ich hau der jetzt eine. Hatte ich auch vor, aber als sie dann vor mir stand, da war mir meine Musikerhand plötzlich zu schade für ihr Gesicht.«

»Jungejunge! Aber vielleicht hat sie ihn wirklich geliebt?«

»Ich wusste, dass du sie verteidigen würdest!«

Diese Eigenschaft hasst sie an Mark, er ergreift immer Partei für die Gegenseite. IMMER! Nordeuropäer kennen das Konzept Stolz nicht. Komplett sinnlose Diskussion.

»Ist ja gut. Aber mal ehrlich: War der Verlust denn so groß für dich? Du konntest doch froh sein, dass du ihn los warst.«

»Könnte man denken. Du wirst es nicht glauben, aber es war eine Beziehung, die mir anfangs wirklich guttat. Er war süß, liebevoll, wir hatten tollen Sex.«

»Na ja, hat offensichtlich nicht gereicht, um dir treu zu bleiben, oder?«

»Ich hätte es wissen können, irgendwie war es auch ausgleichende Gerechtigkeit. Er war verheiratet, als ich ihn kennenlernte ...«

»Wow! Aber wieso verheiratet? Ich dachte, Punker hätten was gegen Spießer?«
»Entkräftung durch Aneignung.«
Sie zuckt ungerührt mit den Schultern.
»Iggy war verheiratet und lebte mit der Frau zusammen. Das wusste ich natürlich nicht, als ich ihn kennenlernte. Als er es schließlich erwähnte, habe ich ihn vor die Tür gesetzt. Der sollte das zu Hause erstmal klären. Drei Tage später stand er wieder vor mir auf seinem abgerockten Skateboard mitten in meinem Zimmer und hatte nichts geklärt. Meine Mitbewohner hatten ihn reingelassen, während ich in der Uni war. Da konnte ich ihn nicht nochmal rausschmeißen. Für die andere Frau war ich natürlich die Oberbitch. Mir tat das alles sehr leid, aber es war ja nicht vorsätzlich ...«
Sie ärgert sich darüber, wie schwach diese Rechtfertigung klingt.
»Hm. Für die andere Frau hat sich's bestimmt genauso beschissen angefühlt wie für dich später.«
»Hast ja Recht«, gibt sie widerwillig zu. »In beiden Fällen ist ein Traum zerplatzt, ich habe ihn auf dieselbe Art verloren, auf die ich ihn bekommen habe.«
»Und deshalb hast du mit der Szene nichts mehr zu tun?«
»Nein, das Ganze hatte ein längeres Nachspiel. Ich zog aus und zeigte ihm die kalte Schulter. Natürlich kam er dann an, weil er das alles sauinteressant fand plötzlich ... Wir waren kurze Zeit später auch wieder zusammen, dem Anschein nach also alles gut.«
»Dem Anschein nach?«
»Ich konnte mich nicht entscheiden.«
»Wieso?«
»Es kam vor, dass er 'ne Nacht wegblieb. Es fiel mir so schwer, ihm dann zu vertrauen, auch wenn er hundert-

mal mit großen treuen Augen versicherte, dass er nur im Übungsraum versackt wäre. Ich zog aus, kam aber kurz darauf zurück. Das ging ein paar Monate hin und her. Seine Ma hat mich echt gehasst dafür.«

»Na ja, du hattest immerhin ihre Schwiegertochter auf dem Gewissen ...«

Er hat völlig Recht. So hat sie das noch nie gesehen.

»Es war eine wirklich wilde Zeit. Ich hatte Affären, weil ich wusste, dass die Beziehung eigentlich am Ende war, aber ich war mitten im Diplom und hatte keine Energie für eine Trennung. Gedanklich schob ich es auf für die Zeit danach. Habe das unterschätzt. Wie sehr er gelitten haben muss, ahnte ich erst, als es zu spät war.«

»Wow, Erika Berger, wie reflektiert! Aber gute Nehmerqualitäten hattet ihr beide nicht so, was?«

Halb drei blinkt der Einbaubackofen.

»Es waren die letzten Tage vor dem Diplom. Wir hatten die ganze Nacht im Arbeitsraum gezeichnet und waren um acht Uhr morgens zum Copyshop gegangen. Gegen zehn kam ich dann völlig verstrahlt nach Hause. Und da fand ich ihn.«

^^^

Thanks for coming, we need you here
You had to come the longest way
– Rhythm Pigs

^^^

VOR VIER JAHREN. AUGUST 2007

TEMP
Amsterdam

Der Computer stand auf einem alten Holztisch im Grachtenzimmer.

Bey hing erschöpft davor auf einem wackeligen Stuhl, der wahrscheinlich wie der Tisch und alles andere Mobiliar auch, das sie von ihrem Vermieter Arthur übernommen hatten, aus dem Goldenen Zeitalter stammte. Die Wohnung am Singel war voll davon. Arthur Parsley, wohlbeleibter, vielschwitzender Schöngeist und Liebhaber des Gestrigen, frönte der ungezügelten Leidenschaft, in Auktionshäusern nebst durchaus wertvollen Reliquien auch bedeutungslosen Schrott (wie zum Beispiel ausrangierte Straßenlaternenpfähle oder das eiserne Eingangstor eines drittrangigen Geldhauses in London) zu ersteigern, der sich bereits in den Kellergewölben des Grachtenhauses bis unter die Decke stapelte. Arthur hatte mit mehreren Internetstartups so viel verdient, dass er sich das offenbar leisten konnte. So auch den Deal, den er Bey und Nikki angeboten hatte: Sie zahlten nur eine symbolische Miete für zweihundert Quadratmeter direkt an der Gracht. Dafür nahmen sie allerdings in Kauf, dass Arthur ab und zu angerauscht kam, oft unangemeldet, um seine diversen Antiquitäten aus einem der vielen Schränke oder aus dem Keller hervorzukramen, weil er sie vielleicht doch zu verkaufen gedachte. Bey glaubte allerdings, dass er ohne den Krempel nicht leben konnte und ihn ab und zu berühren musste.

Als sie und Nikki kurz vor der Geburt von Béla in dieses vollgestopfte Haus an der Gracht eingezogen waren, fan-

den sie im Souterrain beim Aufräumen neben gruseligen Jagdtrophäen auch Kartons voller Londoner Tageszeitungen aus den Sechzigerjahren und stapelweise homoerotische Fotomagazine, die Bey fasziniert durchblätterte.
In aller Eile hatten sie die zahlreichen Löwen- und Eberschweinköpfe in den uralten Schränken verstaut. Ihren Übernachtungsgästen blieb auf der Suche nach einem Handtuch regelmäßig das Herz stehen. Im Salon stand eine kleine Kirchenorgel aus der zweiten Hälfte des 17. Jahrhunderts, die bei sehr emotionalem Gebrauch der Klaviatur die Neigung hatte, einem mit all ihrer goldzeitalterlichen Pracht nach vorn auf die Füße zu kippen. Einmal wurde Béla von einer antiken Soßenterrine fast erschlagen, als er in seinem Körbchen in der Küche lag, während sie nichtsahnend seinen Brei anrührte. Irgendetwas musste sich durch eine Erschütterung der empfindlichen Pfahlfundamente (eine weitere Antiquität des Hauses) in einem der Hängeschränke verschoben haben. Eine der Türen sprang auf und heraus hopste aus drei Metern Höhe die Soßenterrine aus dem Hochzeitsservice von Katharina der Großen. Sie verfehlte Béla nur um Haaresbreite. Mit barocken Reliquien zu leben, war nicht ganz ungefährlich.

Hinter ihr gähnten die zehn Meter Raumlänge des Grachtenzimmers mit den hohen Stuckdecken, man konnte das Wasser des Singel von hier aus zwischen den Hausbooten glitzern sehen.
Sie hätte gestern eigentlich dringend arbeiten müssen, ihr Produzent wartete auf ein Detail ihrer neuen Möbelserie, aber Béla hatte morgens leichtes Fieber gehabt und durfte nicht in die Krabbelgruppe, hatte keinen Mittagsschlaf halten wollen und stattdessen fast ununterbrochen

geschrien. An solchen Tagen kam sie zu nichts. Dann hatte ein Freund von Nikki, Noholy, angerufen, er sei in der Stadt, ob er sich selbst zum Abendessen einladen dürfe. Sie mochte Noholy, sie teilten denselben Humor. Er lebte in Berlin, kam vorbei, wenn er geschäftlich in Amsterdam zu tun hatte, und Nikki war wegen seiner Kongresse so oft im Ausland unterwegs, dass sie sich immer ein bisschen langweilte, wenn sie selbst hier festsaß mit Béla, die Abwechslung war ihr willkommen.

Sie hatte kaum aufgelegt, da stand ihr Vermieter Arthur in der Tür, weil er mal wieder etwas aus seinen Schränken brauchte, irgendein kostbares Väschen, und sie musste noch einkaufen. Als sie zurückgekommen war mit schweren Taschen, den schreienden fiebernden Béla auf dem Arm und mit den Nerven am Ende, war Arthur gerade dabei, seine Preziosen wieder in Zeitungspapier zu wickeln. Er hatte offenbar gefunden, was er gesucht hatte.

Abends hatte sie für sich und Noholy gekocht, den Abwasch stehengelassen und sich um Béla gekümmert. Das Fieber war etwas gesunken. Nach einer längeren wortlosen, doch darum nicht minder lautstarken Beschwerde über die Zubettgehzeiten war er zum Glück endlich eingeschlafen. Danach hatte sie mit Noholy lange im Salon gesessen und war viel zu spät ins Bett gekommen. Als sie gerade eingeschlafen war, hatte Béla wieder geschrien.

Heute Morgen ging es ihm zum Glück besser, sie hatte ihn ins *Berkenbosje* gebracht, seine Krabbelgruppe, und sich dann zu Hause direkt an den Schreibtisch gesetzt. Die E-Mails vom Vortag stapelten sich in ihrer Inbox, die wichtigsten musste sie schnell noch beantworten, bevor ihr der Kopf vor Müdigkeit auf die Tastatur sinken würde.

Eine Mail vom Produzenten mit mehreren Bilddateien im Anhang … sie klickte auf die erste, ein Foto des Prototyps …

gedankenverloren benutzte sie irrtümlich die Pfeiltaste fürs nächste Bild, anstatt auf die nächste Datei zu klicken, sie bemerkte ihren Fehler nicht und klickte immer weiter, klickte sich durch eine Reihe ganz merkwürdiger, vollkommen zusammenhangloser Bilder. *Das hier hat gar nichts mit Möbeln zu tun*, dachte sie schläfrig, da waren Pfeile und Buttons und Hunde und Fotos von Kindern ... sie war so müde, vielleicht träumte sie schon, sie sollte sich kurz hinlegen. Sie klickte aber weiter, weil sie selbst zum Aufstehen zu müde war. Immer mehr Fotos von Kindern ... Was hatte das zu bedeuten? Sie klickte nervös vor und zurück mit den Pfeiltasten, vor und zurück ... *kiddy-land.ph* stand auf einem unteren Bildrand. Ph ... Philippinen? Sie fand die dazugehörige Website und musste sich beinahe übergeben. Sie war plötzlich hellwach, Panik schoss ihr wie heißes Quecksilber durch die Adern.
Wie kam so was auf ihren Rechner? Der war doch passwortgeschützt ... wer konnte den denn benutzt haben außer ihr? Vielleicht ein Virus? Sie öffnete niemals Attachments von unbekannten Absendern, und das Anti-Virus-Programm lief, sie sah zur Sicherheit nochmal nach: keine Meldungen, keine besonderen Vorkommnisse.
Sie kaute auf ihrem Daumennagel herum, rief das philippinische Portal nochmal auf, schloss es aber direkt wieder. Nahm das Telefon in die Hand, Polizeinotruf ... legte schnell wieder auf. Was sollte sie sagen? Hatte sie sich nicht selbst schuldig gemacht mit dem Aufruf der Website? Wie konnte sie beweisen, dass sie mit diesem brechreizerregenden *kiddy-land* und den heruntergeladenen Bildern auf ihrem Rechner nichts zu tun hatte?
Deze PC is van u, toch? Ihr Rechner, oder? Und Sie sind verheiratet? Nein? Aber der Kindsvater lebt bei Ihnen? Soso. Die Statistiken sind Ihnen bekannt, nehme ich an? Name des Vaters ...

So was passierte. Hatte das nicht gerade noch in der Zeitung gestanden, dass ein Vater zu Unrecht des Kindesmissbrauchs verdächtigt worden war, und dass, obwohl der Täter längst ermittelt worden war, der Verdacht an dem Vater kleben blieb? Er hatte seinen Job verloren, die Familie musste umziehen. Sie legte das Handy weg.

Aber was konnte sie ohne nennenswerte IT-Kenntnisse selbst herausfinden? Wo waren diese Bilder überhaupt gespeichert auf ihrem WinXP-Rechner? So beschissen gedankenlos konnte nicht mal ein Mensch mit perversen Neigungen sein ... zu vergessen, die Spuren zu verwischen, zu löschen, was auch immer man löschen musste, wenn man so etwas verschwinden lassen wollte. Es sei denn, jemand war in Zeitnot gewesen, unterbrochen worden. Sie versuchte sich zu erinnern, Nikki jemals an ihrem Rechner sitzen gesehen zu haben. Negativ. Er hatte seinen eigenen Hochleistungslaptop vom Institut. Was natürlich nicht viel heißen musste. Wie gut kannte sie Nikki eigentlich?

Es war alles so schnell gegangen bis hierher: Das Picknick, bei dem sich Nikki den bescheuertsten Anmache-One-Liner überhaupt in Beys Datinghistorie einfallen ließ (er hatte sich zu ihr gesetzt mit eindeutiger Absicht, Champagner, Melone, Parmaschinken und den Worten: *Ich bin ziemlich schlau*), gefolgt von einer Einladung in seine Wohnung in der Koggestraat, die Britney-Spears-CD, die sie im Regal fand, er hatte wirklich die mit Abstand beschissenste CD-Kollektion (aber sie plante insgeheim allerhöchstens einen One-Night-Stand, so gesehen konnte ihr sein miserabler Musikgeschmack egal sein), der erste Sex nach dem Open-Air-Shakespeare in einem vermeintlich abgelegenen stockfinsteren Teil des *Amsterdamse Bos*, der dann doch ungeahnt viel Laufpublikum hatte (später auf dem Rad,

auf dem Weg nach Hause, drehte sie ihren Rock so, dass ihre Umhängetasche den riesigen Spermafleck verdeckte), die vielen Partys und Konzerte, der mittlerweile soundsovielte Sex auf dem Dach eines Hochhauses auf der Upper East Side (wobei dieses Dach bei nüchterner Betrachtung bei weitem nicht das höchste gewesen war und Tausende Fensteraugen beste Aussicht auf eben diese Dachterrasse genossen), der Termin beim taktlosesten Frauenarzt seit Beginn der Aufzeichnungen taktloser Verhaltensweisen von Frauenärzten (der sich um zwei Wochen verrechnet und die Empfängnis fälschlicherweise bestimmt hatte für einen Zeitpunkt, zu dem Nikki in den USA geweilt hatte, keine sehr vertrauensbildende Situation für ein junges Paar, woraufhin Nikki auch allen Ernstes zunächst einen Schwangerschaftsabbruch vorgeschlagen hatte, sicherheitshalber sozusagen), die unfreiwillige Rutschpartie auf einem schon recht stattlichen Vier-Monatsbauch einen rollsplittübersäten Abhang auf Ko Tao hinab, die Fahrt danach auf der offenen Ladefläche ins dunkle Nirgendwo des Urwalds, bis sich nach gefühlten Stunden in der Ferne tatsächlich der besagte Notschwesternposten aus dem Dickicht schälte (wo die erstaunlich kompetente Nachtschwester mit einer riesigen Pinzette den Rollsplitt aus ihren Knien operierte und diese anschließend fachfraulich verband und ihr versicherte, der Embryo sei *alive and kicking*), an einem Abend im Februar plötzlich das Wasser zwischen den Beinen und die hektische Fahrt ins Krankenhaus im vollbesetzten Auto eines Freundes nach einem vorzeitig abgebrochenen Männerabend (wobei der Freund wegen Aufregung und Alkoholpegel den Haupteingang erst nicht finden konnte und sie wertvolle Minuten lang das Gebäude umkreisten), zehn Stunden später zwei Müllsäcke voll blutiger Tücher, das blonde Wunder

in den Armen, die ersten Monate zu dritt wie auf Drogen, der erste vorsichtige Sex danach, das erleichterte Lachen zusammen, als alles noch genauso ineinander passte wie davor. Ein wirres Karussell aus schicksalsprägenden Ereignissen wirbelte ihr durch den Kopf. Irgendwelche Aussagen zu jahrelangen Gewohnheiten ihres Lebenspartners, wie zum Beispiel dem Internetgebrauch, waren schwer zu treffen, wenn man sich seit eineinhalb Jahren kannte und schon ein halbjähriges Kind zusammen hatte.

Bey überprüfte den Browserverlauf, aber der war leer. Komplett leer bis auf ihren Suchauftrag von eben, *kiddy-land.ph*. Jemand musste sich daran zu schaffen gemacht haben, alles gelöscht haben und das noch vor Kurzem. Sie nutzte das Internet täglich, bis auf solch chaotische Tage wie gestern. Sollte etwa ... nein, das konnte nicht sein ... sie kaute weiter an ihrem Daumennagel. Alles, was beim Internetgebrauch automatisch heruntergeladen wurde, landete doch in diesen temporären Ordnern, richtig? Sie klappte den Systemordner auf, durchsuchte die Struktur. Zwanzig Temp-Folder. In jedem Folder geschätzt fünfzig Bestände. Ihr einziger Anhaltspunkt, mit dem Betriebssystem kannte sie sich nicht aus. Sie klickte sich durch alle Folder, eine wilde zusammenhanglose Aneinanderreihung aus automatisch heruntergeladenen GIFs, PNGs, Textausschnitten, Buttons, Überschriften, alles, was unmerklich im Hintergrund gespeichert worden war. Dazwischen die unzähligen Portraitfotos minderjähriger Kinder von dem philippinischen Portal mit dem zynisch harmlosen Namen *kiddy-land*. Dass es solche Websites überhaupt gab ... und tauschten sich Pädophile nicht mittlerweile in diesem Darknet aus? Warum wurde so was nicht aus dem Netz genommen? Ihr wurde heiß vor Wut.

Sie sah sich die Eigenschaften jedes einzelnen verdächtigen Bildes aus den Temp-Dateien an und begann, Datum und Uhrzeit auf Post-its zu schreiben. Zwei Stunden und einen vollgekritzelten Post-it-Block später war das Ergebnis von erstaunlicher Klarheit und bestätigte, was der gelöschte Verlauf vermuten ließ: Alle Kindergesichter des Portals waren innerhalb eines kleinen Zeitfensters an einem einzigen Tag heruntergeladen worden. Und dieser Tag war der gestrige.

Nikki war schon seit einer knappen Woche im Ausland unterwegs.

Und jetzt? Erschöpft ließ sie sich gegen die Stuhllehne fallen.

^^^

Don't shut your heart out
don't cry your tears out
– The Fall

^^^

4r7ygf3jk5aczy2b.onion
15.09.2007 01:35

softpeach13	What you got?
under-wonder	Some nice old hardcandies on VHS. Very rare.
softpeach13	VHS? You sure?
under-wonder	It's the best! Ceremony shit in some vault.
softpeach13	Wow! You wanna upload some of it?
under-wonder	You bet.

^^^

Gimme gimme gimme
I need some more
Gimme gimme gimme
Don't ask what for
– Black Flag

^^^

TAG DREI. SONNTAG 16. JANUAR 2011

CHAN
Los Angeles

Karina starrt abwechselnd auf ihren Monitor und auf die nächtliche Gesteinsformation vor ihrer Fensterfront und kaut dabei an den Fingernägeln. Es ist kein gutes Zeichen, wenn der Fels nicht mehr hilft als Beruhigungsmittel.
Goran hatte die Belgier und Trenner nach wiederholten Versuchen endlich erreicht. Sie noch einmal losgeschickt in die Wohnung von Iggy, nicht ohne sie vorher zusammenzufalten. Sie hatten, wenn man ihrem Rapport Glauben schenken durfte, alles umgekrempelt, jedes Glas hochgehoben, jede Topfpflanze ausgegraben, jeden Schrank von der Wand gerückt. Nichts. Natürlich hat Iggy keine VHS-Kassetten. Jedenfalls nicht die, die Karina sucht. Außerdem wollten die Belgier mehr Geld, denn auf Trenner aufzupassen schien sie zu überfordern.

Wenn sie zusätzlich zu dem Sandsturm, den die Belgier in den vergangenen Tagen veranstaltet haben, nicht noch mehr Staub aufwirbeln will, dann bleiben ihr außer der digitalen nicht mehr viele Suchoptionen. Sie nimmt den Finger aus dem Mund, streckt den Rücken durch, atmet ein, die Felswand, atmet aus.
Sie ist in den vergangenen Stunden in die Tiefen des Darknet abgetaucht, hat stoisch alle Chatrooms und Imageboards, über die sie Kontakt mit Kunden hält, einen nach dem anderen abgegrast, jeden ihr bekannten Nickname, jeden Thread akribisch weiterverfolgt.
Die neun Sekunden sind längst viral gegangen innerhalb

der Darknet-Community. Wandern weiter von Chatroom zu Chatroom. Wie zu erwarten bei dem Inhalt. Verschwiegenheit der Szene? Tja. Nur noch eine Frage der Zeit, bis sie ins Clearnet gelangen, bis sich die Tagespresse geifernd daraufstürzen wird, bis Ermittler anbeißen. Und keiner weiß, ob der Spaßvogel, der den Filmschnipsel ins Netz gejagt hat, nicht noch mehr hochlädt. Karinas Zeitfenster schmilzt sekündlich zusammen zu einem hässlichen kleinen Häufchen. Wo ist das verfickte Videotape.

Eher durch Zufall ist sie auf einen Thread gestoßen, in einem auf den ersten Blick recht unschuldig wirkenden, Hentai-lastigen Imageboard, *endchan5*, das jedoch bei ihren Kunden beliebt ist, weil es Links zu weiteren, weit weniger unschuldigen Sites enthält.
Mehrere User hatten sich dort erregt ausgetauscht über ein Videotape, das angeblich *ceremony shit in some vault* enthalten sollte. Sie hat sich mühselig durch jeden einzelnen Thread jedes einzelnen Users zurückgearbeitet, um endlich in den frühen Morgenstunden tatsächlich auf eine Quelle zu stoßen. Mit Disziplin gelingt alles.
Ein ihr unbekannter User, ein gewisser *under-wonder* hatte bereits vor vier Jahren auf *endchan5* mit dem Fund einer Videokassette geprahlt. Und hatte im weiteren Verlauf den besagten Filmausschnitt hochgeladen unter dem Namen *Vault File*. Die neun Sekunden. Erstaunlich, dass ihm das gelungen war. Um den verschlüsselten Film aus dieser Art von Videokassette zu extrahieren, braucht es spezielle Hardware, die auch vor vier Jahren kaum noch zu haben war. Und genauso erstaunlich, dass die neun Sekunden den geschlossenen Schutzraum von *endchan5* nicht schon viel früher verlassen haben.
Dieser *under-wonder* war offenbar an eine dieser besonderen

Videokassetten gelangt, die Iggy verschlampt hatte. Und besitzt sie wahrscheinlich immer noch. Diese Szene neigt zum Horten. Tausende Bilder und Videos. Obwohl sich der Verkauf lohnen würde. Einen fünfstelligen Betrag würde das Tape abwerfen. Andererseits hat nicht jeder Loser auf dem Mainstreammarkt so viel Cash herumliegen oder ist mit dem altmodischen Datenträgerformat und dessen Funktionsweise überhaupt vertraut, von jeglichem Gespür für die Qualität des Inhaltes ganz zu schweigen. Die einzige Währung dieser Stümper ist heutzutage die profane Quantität des Materials, das sie in terabyte-dicken Festplatten in den Ritzen ihrer traurig eingerichteten Buden zwischen verdorrten Yukkapalmen und schlechtgemusterten, ausgeleierten Sitzlandschaften von irgendeinem scheiß XXL-Möbelparadies bunkern, um es irgendwann mit irgendeinem anderen dieser verachtenswert unkultivierten Versager zu tauschen. Dabei werden sie den Großteil dieser Datenmassen, mehrere tausend Bilder und Filme, selbst niemals zu Gesicht bekommen. Zeitlich ist das gar nicht zu schaffen. Geldlose Transaktionen, mit denen sich kein Cent verdienen lässt. Vollkommen uninteressanter Markt.

Vier Jahre lang waren die neun Sekunden also im Darknet relativ unbeachtet geblieben.
Aber irgendwer musste den Filmausschnitt vor Kurzem auf *endchan5* entdeckt, die Brisanz erkannt und ihn daher weitergepostet haben. Das Darknet ist gewachsen seit 2007. Die Zahl der User auch. Und die fühlen sich sicher, trauen sich mehr.
Denn die Bullen haben immer noch keine Ahnung vom Internet. Aber sie holen auf. Wohl auch deshalb sind bei einem ihrer ehemaligen Kunden aus Deutschland, einem

mittlerweile hochrangigen Politiker, mit dem sie und ihr Bruder Geschäfte gemacht hatten, gestern früh die Sicherungen durchgeknallt. Das hatte Onkel Theo noch zu berichten gewusst.
Der Kunde hatte ihren Bruder angerufen. Eher angeschrien als angerufen. Das wusste der Onkel so genau, weil er das Gespräch mitgehört hatte. Der Innere Kreis sei gerade versammelt gewesen und er habe direkt neben ihrem Bruder gesessen. Die Stimme des Kunden habe sich überschlagen. Verständlich. Er ist auf den neun Sekunden Film deutlich zu erkennen. Vor vier Jahren noch ein Unbekannter, ist er seit kurzem aufgrund seiner innovativen Haushaltspolitik ein politischer Senkrechtstarter und Liebling der Öffentlichkeit. Das würde erklären, warum die neun Sekunden erst jetzt innerhalb der Community viral gegangen sind. Leid tut es Karina nicht um den Kunden. Jeder, der sich in diese Gefilde begibt, weiß um das Risiko. Und soll verdammt nochmal nicht jammern. Dazu neigen Kerle leider. Und der Kunde, der hochrangige Politiker, ist da keine Ausnahme.

Er selbst habe, sagte Onkel Theo, ihren Bruder nach der Sitzung zur Rede gestellt. Der gab zu, den Link zu den neun Sekunden vor ein paar Tagen an sie beide, Karina und Onkel Theo, geschickt zu haben. Und auch an den gesamten Inneren Kreis, mit der zynischen Mitteilung: *Ihre Daten in sicheren Händen bei Königin K.*
Der Innere Kreis habe getobt. *Geheimes Filmmaterial im Netz!* Das käme davon, wenn man Frauen die Geschäfte überließe, das müsse sofort ein Ende haben. Doch Onkel Theo wäre nicht Onkel Theo, wie er selbst sagte, wenn er sich durch die perfide Verwirrtaktik des Bruders ablenken ließe. Unbeirrbar habe er, so berichtete er weiter,

den Inneren Kreis darauf hingewiesen, dass nicht etwa Karina, sondern ihrem Bruder aufgrund seiner Affinität zu allem Technischen die Aufgabe zugefallen war, die vielen Überwachungskameras des Anwesens zu betreuen und das Filmmaterial sorgfältig zu archivieren. Das Filmmaterial, die Versicherung für das Schweigen eines jeden der ranghohen und einflussreichen Kunden bis in alle Ewigkeit. Jeder Kunde wusste, dass überall und zu jeder Zeit, in jedem Raum der weitläufigen Gemächer der Burg aufgezeichnet wurde.
Niemals jedoch, so habe er, Onkel Theo, den anderen Mitgliedern des Inneren Kreises zu verstehen gegeben, niemals sei es der Plan des Inneren Kreises gewesen, das Material der Überwachungskameras als Kopie an zahlende Kunden zu veräußern! Er selbst habe eben erst von diesem hinterhältigen Geschäftsmodell erfahren, mit welchem der Bruder das Vertrauen des Inneren Kreises jahrelang aufs Schändlichste missbrauchte. Ganz zu schweigen vom lukrativen Ertrag dieser hochriskanten Angelegenheit, an welchem der Bruder sich bereichert habe.

All das wusste Onkel Theo gestern zu berichten. Karina musste sich trotz aller Abgebrühtheit hinsetzen. Denn obwohl sie selbst zwei Jahre lang, 1997 und 1998, genau dieses Videomaterial aus den Überwachungskameras an Kunden ausliefern ließ, als verschlüsselte Dateien in unverdächtig wirkenden analogen Videokassetten versteckt, hatte sie angenommen, das dies stets im Auftrag des Inneren Kreises geschehen wäre. Aber niemand wusste davon. Ihr Bruder hatte sie komplett verarscht. Und nicht nur sie. Auch den Inneren Kreis, die gesamte Scheißfamilie.
Dem Onkel ist der Bruder schon lange ein Dorn im Auge, das weiß Karina. Er macht Onkel Theo seinen hohen Pos-

ten im Inneren Kreis streitig, schert sich einen Dreck um die Altehrwürdigen Statute der Familie und des Ordens, ist süchtig nach Aufmerksamkeit, sucht die Presse auf, wo immer er kann, ist mit voller Inbrunst VIP. Dabei war Unauffälligkeit seit dem vierzehnten Jahrhundert das Erfolgsrezept der Familie gewesen, die Verbindung zum Orden immer schön unterm Radar von Öffentlichkeit und Medien. All das zerrt ihr Bruder ins Scheinwerferlicht. Nicht, dass Karina jemals irgendeinen Scheiß auf die Altehrwürdigen Statute gegeben hätte, aber gemeinsame Feinde verbinden. Und so hatten sie und der Onkel über die Jahre eine geheime Allianz gebildet.
Zu seinem wachsenden Unmut habe er, so der Onkel, zudem beobachten müssen, dass nicht alle Mitglieder des Inneren Kreises die Dinge in dieser Klarheit sähen, oder nicht den Mut besäßen, ihrem Bruder zu widersprechen, dass sich leider die Mehrheit von seinem Charisma einlullen ließe. Er sei für die Zukunft der Familie eine Gefahr.

Karina dagegen, so hatte Onkel Theo sie am Telefon noch wissen lassen, sei von klein auf sein Sonnenschein gewesen, mehrfach habe er bereits seine schützende Hand über sie gehalten, habe harte Urteile, die der Innere Kreis über sie zu fällen gedachte, noch abzumildern gewusst, und sei auch nach ihrer Verstoßung nicht müde geworden, wo immer ihm das möglich gewesen sei, ein gutes Wort für sie einzulegen.
Unmissverständlich hatte er ihr klargemacht: Sie müsse die verschollenen Videokassetten finden, bevor ihrem Bruder das gelänge. Schaffe sie das, dann sei zum einen belastendes Beweismaterial aus der Welt, das sonst nur übereifrigen Ermittlern in die Hände fiele, zum anderen würden diese Videos auch zum Todesstoß ihres Bruders

gereichen. Er wäre diskreditiert, der Innere Kreis, das Machtzentrum der Familie, würde ihm für immer verwehrt bleiben. Und der Posten des Onkels wäre gesichert. Eine für beide Seiten lukrative Sache. Helfen könne er ihr allerdings nicht bei der Suche nach den Videos. Das müsse sie allein tun. Nach allem, was er für sie getan habe. Gelänge ihr das nicht, könne er nicht garantieren, sie weiterhin zu protegieren.

Karina starrt auf den Monitor, der seit Stunden dasselbe unveränderte Bild zeigt: das graue Chatroomfenster von *endchan5*. Ihre Füße beginnen zu kribbeln. Sie rutscht in ihrem Lederpolster hin und her, wackelt mit den Zehen.

Theo also auch. Jeder kocht sein eigenes stinkendes Süppchen in dieser Familie. Am schlimmsten ist es im Inneren Kreis, dem sie niemals wird angehören dürfen. Natürlich. Männerverein. Patrilineare Erbfolge, seit Jahrhunderten. Tradition, da kann man nichts machen. Die Vergangenheit legitimiert Gegenwart und Zukunft. Aus männlicher Sicht daher absolut logisch, dass die Nachkommen der Urväter, die das Kloster errichtet hatten, bis heute den Stall sauber halten: Den Inneren Kreis, der sich seit seiner Gründung vor über achthundert Jahren ausschließlich aus den Männern ihrer Familie und denen des Ordens rekrutiert. Neben einigen einflussreichen Politikern, nicht zu vergessen. Auch diese ausschließlich männlich. Die Erbsünde der Frau. Undsoweiter. Wenn sie jemals geglaubt hatte, dass Onkel Theo tatsächlich hinter ihr stünde, dann hat sich das hiermit endgültig erledigt.
Sie kämpft also mal wieder allein. Sie muss die verdammten Dinger finden. Alte VHS-Kassetten mit unschuldigen Hüllen. Die nur identifizierbar sind durch ein kleines

Erkennungsmerkmal auf der Unterseite des schwarzen Plastikgehäuses, eine kleine, für Uneingeweihte nur als Materialfehler wahrnehmbare Gravur, ein Stempel, der unter Hitze in das Gehäuse eingebracht wurde: eine Schachfigur, der Turm. Darunter eine fünfstellige Ziffer. Sie hat nur einen schwachen Anhaltspunkt: diesen *underwonder.*

Sie hatte um 00:05 Uhr Ortszeit als *Sir Lancelot* über das Imageboard Kontakt aufgenommen und hofft inständig, dass dieser *under-wonder* online ist, dass er anbeißt.
Der Thread ist immer noch totenstill, keine neuen Einträge seit zwei Uhr. Auch diese nachtaktive Klientel haut sich irgendwann mal aufs Ohr. Oder geht auf der anderen Seite des Globus arbeiten. Sie hat sich seit ihrem Eintrag nicht vom Laptop wegbewegt, ist in ihrem Eames Chair mittlerweile ganz nach unten gerutscht, ihre nackten Zehen bohren sich in den dicken Berberteppich, mit der Nase fast auf Tischplattenhöhe starrt sie wie hypnotisiert auf den Bildschirm.

Schon wieder ihr Bruder. Schon immer ihr Bruder. Ihr gottverdammter allseits beliebter alles bestimmender Bruder. Dem sie aufs Wort gehorcht hatte damals. Was hätte sie auch sonst. Sie hatte die Videothek in Hannover eröffnet und den beschissenen Kurierdienst aufgebaut.

Im grauen Fenster des Chatrooms von *endchan5* zuckt es. Eine neue Zeile hat sich an das obere Ende der Liste geschoben. Wie elektrisiert setzt sie sich in ihrem Chefsessel auf und klickt auf die neue Nachricht.

^^^

endchan5kh6efkj3.onion
16.01.2011 02:56

under-wonder	what brings u here, dark fellow of the night?
SirLancelot	what u have that i might want?
under-wonder	what u have for what i think u want?
SirLancelot	will have 2 c 1st.
under-wonder	maybe i dont wanna sell
SirLancelot	i'll pay good money
under-wonder	how much?
SirLancelot	10K
under-wonder	double that
SirLancelot	i say 15
under-wonder	18. Last offer
SirLancelot	deal. I'll make a btc transfer on location. Where u @?
under-wonder	Central Station Berlin. Platform 14. Tomorrow noon?
SirLancelot	can do 17:00. Lookout for man in hat, ask for Escher tattoo.

^^^

Camera's trying to watch us
Mirrors and TV
But they're not gonna catch us
– The Slits

^^^

SPHINX
Berlin

Ein schriller Summer dröhnt unangenehm nach in Beys empfindlich verkatertem Kopf. Die hohe, mit üppigen Jugendstilornamenten verzierte Eingangstür lässt sich nur ungern aus dem Schloss schieben und will offensichtlich auch schnell wieder dorthin zurück. Sie muss sich mit der ganzen Kraft ihrer linken Körperhälfte dagegenstemmen, um nicht zwischen gründerzeitlichem Türholz zermalmt zu werden.

Drinnen sind die Wände vom Boden bis Schulterhöhe in Blutmarmor gekleidet, eine hölzerne Kassettendecke schwebt in schwindelerregender Höhe. Am Ende der Halle glänzt das vergoldete Gehäuse eines Fahrstuhls aus der vorletzten Jahrhundertwende. Ein museumsreifes Relikt, das Bombenhagel und Sanierungswut unbeschadet überstanden hat. Schwer zu sagen, ob das Ding noch funktioniert. Der Fußboden ist mit wunderschönen alten Fliesen ausgelegt. Sie erkennt erst beim näheren Hinsehen mit Schaudern, dass die blumigen Muster in den Ecken, dort, wo sich vier Fliesen treffen, lauter kleine Hakenkreuze bilden. Ihr Tritt hallt auf den faschistischen Motiven wider, als sie statt auf den Lift sicherheitshalber auf die hölzerne Treppe zusteuert.

Mit zunehmendem Herzklopfen steigt sie die knarrenden, mit einem dicken moosgrünen Läufer bedeckten Stufen hinauf ins erste Obergeschoss. Dort steht Hauke rahmenhoch in der Türöffnung. Er sieht bedeutend müder aus als gestern, da hat ihm das Protokoll der Trauerfeier wohl zu mehr Haltung verholfen. Seine ehemals rötlichen, aber nun schneeweißen Locken stehen als wilder Kranz von seinem Kopf ab, seine Nase forsch wie früher, seine Augen

aber ringbekränzt, sorgenverwittert. Er trägt einen schlichten schwarzen Rollkragenpullover über einer ebensolchen Hose aus feinem Stoff, die das dazugehörige Jackett vermissen lässt, dazu schwarze Socken. Seine Arme baumeln von trauernden Schultern.
Sie hatte immer viel Sympathie für ihn gehabt. Die Art Sympathie, die eine tiefere Freundschaft zwischen ihnen ermöglicht hätte, wäre da nicht Mariko gewesen, die sich mit einem erstaunlich feinsinnigen Gespür für Timing zwischen all ihre Gespräche geworfen hatte.
Er legt ihr seine große Hand freundschaftlich auf die Schulter und führt sie in einen breiten, dunklen Flur, der endlos scheint.
»Danke, dass du gekommen bist. Ich muss dich aber warnen. Sie war sehr sauer, dass ich dich eingeladen habe. Versuch, es nicht persönlich zu nehmen.« Er seufzt und macht eine einladende Handbewegung: »Willkommen.«
Im Halbdunkel erkennt sie viele geschlossene Türen zu beiden Seiten, verschnörkelte Klinken, üppige Stuckdecke, alles Originalzustand. Die Dielen knarren beharrlich unter ihren Schritten. Es hallt merkwürdig nach, der Flur ist kahl. Am Ende des Ganges schimmert eine hohe, doppelflügelige Tür, die angelehnt zu sein scheint.

Hochaufgetürmtes Haar, eleganter Hosenanzug, Mariko von hinten.
Bey betritt eine Art Ballsaal, einen hohen, beinah leeren quadratischen Raum mit wunderschön verlegtem Fischgrätparkett und Stuck an der Decke, aus dessen zentraler Rosette ein Kristallleuchter bedrohlich tief auf zwei fragil anmutende Art-Déco-Sessel herabbaumelt. Das einzige weitere Möbelstück im Raum ist ein winziges, wacklig aussehendes Beistelltischchen aus den späten Fünfzigern,

auf dem sich ein glänzend schwarzes Bakelittelefon mit Drehscheibe und klobigem Hörer mit einer Packung Pall Malls und einem marmornen Aschenbecher um den wenigen Platz drängelt, und das die Sitzgruppe auf beinahe ironische Weise vervollständigt. Mariko steht auf der anderen Seite des Raumes, an einem der drei riesigen, reichverzierten Doppelfenster zur Straße, einer rothaarigen Dominique Francon nicht unähnlich, ihre Silhouette fast jugendlich im Gegenlicht. Sie muss mittlerweile um die siebzig sein. Die Türangeln und das Parkett haben Beys Eintreten geräuschvoll angekündigt, jetzt herrscht völlige Stille. Sie sieht sich um. Erst jetzt bemerkt sie linkerhand das Sofa, auf dem die Zwillinge sitzen und sie schweigend anstarren. Sie sind symmetrisch gealtert. Als sie ihnen zunickt, starren sie weiter. Bey fühlt sich wie ein Eindringling.

Dabei war Hauke es gewesen, der gestern nach der Trauerfeier, als Mariko mit anderen Gästen sprach, den Moment genutzt, sie beiseite genommen und in leisem Ton gebeten hatte, sie möge am nächsten Tag vorbeikommen und ... er brach mitten im Satz ab, als Mariko neben ihnen auftauchte, hatte ihr nur mit einer verstohlenen Bewegung einen Zettel in die Hand gedrückt. Sie ist seiner Bitte daher auf Verdacht nachgekommen, hat keine Ahnung, was sie erwartet. Auf das kleine, jetzt zerknitterte Stück Papier hatte Hauke in ausladenden Bleistiftlettern eine Adresse gekritzelt: *Giesebrechtstraße 20, erster Stock*

»Hallo, Bey. Wie schön.«

Marikos Stimme ist tiefer geworden, rauchiger. Bey wartet ab. Der Tonfall kann alles bedeuten. Nach zehn weiteren Sekunden dreht die Silhouette sich langsam um.

»Hallo, Mariko«, entgegnet Bey den noch immer dunklen

Konturen, die kaum ein Gesicht erahnen lassen. »Mein Beileid nochmal.«
»Kaffee?«
Marikos merkwürdige Synonyme. *Unfall* für *Wachkoma, Kaffee* für *total unerwarteter Todesfall.*
»Gern, danke.«
Nichts anmerken lassen, kein Befremden, keine Empörung. Marikos zierliche Gestalt löst sich von ihrer sicheren Position am Fenster, die Haarskulptur flammt orangerot auf im Licht. In großem Bogen segelt sie an Bey vorbei und verschwindet durch eine kleinere Tür in der linken Seitenwand. Bey sieht sich um, inspiziert mit ihren Blicken die spärlichen Sitzgelegenheiten. Da sie weder zum Ablegen ihres feuchten Mantels noch zum Sitzen aufgefordert worden ist, bleibt sie winterlich angezogen mitten im Raum stehen, in respektvoller Entfernung zum Kronleuchter, der wirklich erstaunlich tief hängt.
Die Zwillinge starren sie von ihrem Sofa aus unverändert an, Hauke lehnt in der Türöffnung. Sie dreht sich in seine Richtung, sucht fragend seinen Blick. Er sieht sie mit verlegenem Grinsen an. Fährt sich durchs Haar. Schiebt die Hand in die Hosentasche. Sieht schweigend auf seine schwarzen Socken. Diese Bühne ist offensichtlich nicht seine. Entferntes Klappern von Geschirr. Mariko kommt zurück, mit diesem hüftwiegenden Schritt. Erstaunlich, dass der Kaffee es bis hierhin geschafft hat. Sie drückt ihr einen dampfenden Becher in die Hand mit einer verstörenden Mischung aus Gastfreundschaft und Herablassung, lässt sich in eines der beiden Sesselchen gleiten, schlägt elegant die Beine übereinander.
»Setz dich doch.«
Ihre schmale Pianistinnenhand weist auf die gepolsterte Sitzfläche neben ihr.

Du musst dich mal entscheiden, wo du wohnen willst, mein Kind. Mariko hatte ihre Konzertreise unterbrochen, um sie zum Gespräch zu laden. Das andauernde Aus-und-Wieder-Einziehen sei eine Zumutung für ihren Sohn.
Bey macht ein paar Schritte auf das Beistelltischchen zu und stellt ihren Becher zu Bakelittelefon und Pall Malls, womit die statischen Möglichkeiten des Möbelchens erschöpft scheinen, zögert dann. Angesichts der nicht sehr viel robuster erscheinenden Sitzgelegenheit schält sie sich erst aus dem schweren Mantel, bevor sie sich vorsichtig auf das Jugendstilrelikt setzt. Legt das sperrige Stoffbündel als Schutzwall auf ihre Knie. Nimmt den Kaffeebecher in ihre fröstelnden Hände, dankbar für die abstrahlende Wärme. Sie sieht Mariko an. Man kann nie wissen, was kommt. Im Kronleuchterlicht kann Bey erkennen, dass sie kaum gealtert ist. Ihre asiatischen Mandelaugen haben noch dasselbe intensive Tiefbraun, das wie früher eigenartig dissoniert mit der unnatürlichen Haarfarbe. Die wachsbleiche Haut und hohen Wangenknochen wie eine ältere Möglichkeit ihres Sohnes. Die es nicht geben wird. Bey schluckt.

»Hauke wollte ja unbedingt, dass du kommst«, eröffnet Mariko unvermittelt das Gespräch, schweigt dann sphinxartig, greift nach den Zigaretten auf dem Beistelltischchen und zieht eine aus der Packung. Bey schweigt. Wartet ab. Als das erste Rauchwölkchen zur Stuckdecke steigt, fällt ihr das leichte Zittern an Marikos Fingern auf.
»Meine liebe Bey, ich nehme an, du weißt, dass er an Herzversagen gestorben ist?«
Pause, weiterer Zug, Rauchwölkchen.
»Er hat keine Drogen genommen, wie du weißt.«
Nichts zu den Ärzten über Drogen. Auf gar keinen Fall!
»Natürlich, Mariko.«

Iggy hatte seit fünf Tagen auf der Intensivstation gelegen. Fünf Nächte, in denen Bey regelmäßig hochgeschreckt war, mit rasendem Herzklopfen, und nicht wieder hatte einschlafen können. Sie war täglich hingefahren in diesen verschissenen Notbau aus Containern, hatte auf die kleinen roten und hellgrünen Leuchtdioden der diversen Apparate gestarrt, an denen Iggys Leben jetzt ganz unübersehbar mit Tausenden von Schläuchen hing. Am sechsten Tag hatte der Chefarzt sie auf dem Gang vor Iggys Zimmer beiseite genommen:

»Sagen Sie, Frau ... äh, Fräulein ...«, hatte er mit gedämpfter Stimme begonnen und dann suchend in die aufgeschlagenen Akte in seiner Hand gesehen.

»Hammadi«, hatte sie ihm ausgeholfen. Der Chefarzt hatte erleichtert aufgesehen. Er hatte durchaus etwas Sympathisches gehabt.

»Wissen Sie, Frau Hammadi«, begann er von vorn, »es ist nämlich so, dass wir wissen müssen, ob er irgendwelche Substanzen zu sich genommen hat ...«

»Was für Substanzen?«

Sie stellte sich vorsichtshalber dumm. Dass man in den üblichen Szeneklamotten, auch ganz ohne sichtbare Piercings, Tattoos und Laufmaschen in den Nylons vor allem in Krankenhäusern und Behörden gerne mal für potentiell drogenabhängig und kleinkriminell gehalten wurde, war ja nichts Neues.

»Wir müssen wirklich wissen«, setzte der sympathisch aussehende Chefarzt zum dritten Mal an, und seine Stimme klang nun weniger gedämpft als vielmehr eindringlich, »ob er regelmäßig Drogen genommen hat. Um die Diagnose richtig stellen zu können. Und um die Behandlung darauf abstimmen zu können. Ich sage Ihnen das ganz im Vertrauen«, hier senkte er die Stimme wieder zu einem bei-

nahe konspirativen Flüstern: »Wir haben die Eltern schon befragt, aber wir haben den Eindruck, dass sie uns gewisse Informationen, äh, gewissermaßen ... vorenthalten. Es wäre wirklich wichtig, wenn Sie uns da weiterhelfen könnten. Im Interesse Ihres ... äh, Freundes.«
Sie gab keine Auskunft an diesem Tag.
Stattdessen sprach sie mit Hauke und Mariko. Die reagierten harsch. Auf gar keinen Fall würde man irgendwelchen Ärzten irgendwelche Auskünfte zum Thema Drogen geben. Es gäbe da gar keine Notwendigkeiten. Schon allein der Akte wegen. Sie zweifelte mittlerweile, ob das der richtige Weg war. Was war so schlimm an einem Arztbericht, der den Tatsachen entsprach? Außerdem gab es die ärztliche Schweigepflicht. Was, wenn er jetzt starb, obwohl man ihn durch das Geständnis dieser Tatsachen hätte retten können?
»Du verstehst das nicht«, hatte Mariko ihr auf dem Gang vor seinem Zimmer entgegnet, »wenn sowas erstmal schwarz auf weiß irgendwo steht, wird ihm das sein Leben lang nachhängen, bei jedem Arztbesuch. Es wird ihn stigmatisieren.«
Sie fand, Mariko übertrieb maßlos, gab das Gespräch mit seinen Eltern auf. Als Iggys Zustand sich verschlechterte, suchte sie den sympathischen Chefarzt auf. Sie sagte: *Off the record.*
Dass er sich nicht an sein Versprechen gehalten hatte, erkannte sie, als Hauke und Mariko ihr ein paar Wochen später aufgebracht den Arztbericht zeigten. Warum sie ihren Sohn verraten habe. Sie konnten ihr nicht verzeihen.
Bey ging bald darauf, nach einigen hässlichen Szenen, endgültig. Aus Iggys Leben, aus der Szene, aus der Stadt.

Mariko wirft ihr einen strengen Blick zu, drückt wortlos ihre Zigarette aus, schweigt, zündet sich eine neue an, lehnt sich zurück und sieht aus dem Fenster. Wieder dieses Zittern ihrer Hände. Die früher so resolut in die Tasten gegriffen hatten, über jeden Zweifel erhaben. Händel und Rachmaninow, Mozart und Bartók. Ob sie noch spielt?
Bey ist plötzlich zum Lachen zumute. Zu einem hysterischen Lachen mit verzweifelt zuckenden Mundwinkeln. Sie kann es nur schwer unterdrücken. Schaut in den immer noch warmen Becher in ihren Händen. Konzentriert sich auf ihr Zerrbild auf der unruhigen Kaffeeoberfläche. Es hat keinen Sinn. Dabei gäbe es so viel zu besprechen. Auch sie zweifelt ja, ob das mit der Überdosis stimmen kann, aber gerade deshalb müsste man dringend ein offenes Gespräch führen. Es war idiotisch von ihr, darauf zu hoffen.
Hauke verlagert sein Gewicht.
»Du weißt, dass Hendrik aufgewacht war, nicht wahr?«
Seine Stimme klingt warm und dunkel, beschwichtigend und trauergeschwängert zugleich. Sie nickt.
»Seit gestern.«
»Es ging ihm so viel besser. Hendrik lebte seit einem Jahr allein.«
Bey fällt fast von ihrer unsicheren Sitzgelegenheit. Mit lautem Klatsch landet ein Schwall Kaffee auf dem Parkettboden, verfehlt Marikos edlen Hosenanzug nur um Haaresbreite. Sprachlos starrt sie die beiden an, der Geburtsname des Toten hängt in der Luft zwischen ihnen. Marikos Gesicht gleicht der spiegelglatten Wasseroberfläche eines Bergsees, kein Häutchen bewegt sich. Wie schafft sie das bei den zitternden Händen? Hauke scheint sich für den frischen Kaffeefleck zu interessieren.
»Was steht denn im Obduktionsbericht?«

Ihr Herz rast jetzt. Hauke wird unruhig, räuspert sich.
»Gibt es ...?«
»Nein.«
Mariko schneidet ihr das Wort ab.
»Ich lasse meinen Sohn nicht aufschneiden.«
Sie erhebt sich wortlos, läuft zum Fenster, schaut sekundenlang hinaus. Bey bezwingt einen starken Impuls zum Widerspruch. Sie sucht Haukes Blick. Doch der hat genauso den ihren gesucht. Team Hilflos. Na super.
Er verlässt den Raum. Sie sitzt wie vom Blitz getroffen auf ihrem Sesselchen und schaut zum wiederholten Mal auf Marikos Rücken. Eine neue Stille erschlägt die Luft im Raum. *Es ging ihm so viel besser.* Wo hat er gelebt und wie? Wie passt das zur Todesursache Überdosis, wer waren seine Freunde, wer hat ihn gefunden? Die Gedanken verkanten sich in ihrem Rachen.
»Wie ist er gestorben?«, bringt sie krächzend heraus, es hallt anklagender nach, als sie beabsichtigt hat.
»Was soll das heißen?«, schießt Mariko zurück. Sie umklammert das Fensterbrett.
»Mam ...« Die Zwillinge springen simultan vom Sofa auf und eilen hinzu, halten ihre Mutter rechts und links.

Hauke betritt den Saal wieder, eine große quadratische Blechkiste in den Händen. Er durchquert beinahe geräuschlos den Raum und setzt sich zu Bey, legt eine Hand auf den Deckel der Kiste, die mit silbrigem Gaffer-Tape zugeklebt ist.
»Das hier ist für dich. Aus seinem Nachlass.«
Er klingt beinahe feierlich. Sie erkennt den Metallbehälter. Er war ein Geschenk für Iggy gewesen. Sie hatte ihn auf dem Flohmarkt am Hohen Ufer gekauft, fünfzehn Jahre muss das her sein, eine überdimensionale Keksdose in

Weiß und Orange. Sie war beim Kauf schon ziemlich ramponiert gewesen, und Bey hatte sie auf fünf Mark herunterhandeln können. Hauke ist sicher nicht bewusst, dass er ihr gerade gewissermaßen ihr eigenes Geschenk zurückgibt.
»Weißt du, was drin ist?«
»Alte Musikkassetten von eurer Band.«
Sie nimmt den Wintermantel von ihren Knien, steht auf, zieht ihn an und nimmt Hauke die Kiste aus den Händen.
»Alles Gute für dich, Mariko.«
Sie wendet sich zum Abschied noch einmal den schmalen Umrissen am Fenster zu, ein *Auf Wiedersehen* vermeidend, die schweigenden Zwillinge ignorierend.
»Danke«, sagt die Form ohne Gesicht zum Fensterglas.
Hauke ist aufgestanden, begleitet sie durch den dunklen Flur zurück zur Tür, legt ihr zum Abschied die Hand auf die Schulter, spricht leise.
»Er hat so hart an sich gearbeitet, war so stolz auf seine Selbständigkeit.«
»War er clean?«
»Soweit ich weiß, ja. Er hatte ein gutes Umfeld in letzter Zeit. Er hatte Pläne.«
»Warum dann OD?«
Er seufzt, zögert.
»Weil man ihn mit einer Spritze im Arm fand.«
Beide flüstern jetzt, sprechen ihre Sätze hastig, wissend um das schmelzende Zeitfenster, bis Marikos bestimmter Schritt ihrer Konversation ein jähes Ende bereitet wird, wenn nicht bald das Geräusch einer ins Schloss fallenden Wohnungstür und mit abschließender, zeitversetzter Gewissheit auch das der Haustür zu hören sein wird.
»Aber er hatte nie was mit Heroin zu tun. Jedenfalls nicht in meiner Zeit.«

»Ich weiß, ich weiß ...« Hauke seufzt.
»Warum hat es keine Obduktion gegeben?«
Hauke zögert wieder.
»Mariko hat ...« Er bricht ab, setzt neu an: »Die Beweislage war eindeutig. Und bei seiner Vorgeschichte, die es ja leider auch schriftlich gibt ...«
Die alte Krankenakte. Marikos Angst vor Stigmatisierung. Sie hatte Recht gehabt.
»Fingerabdrücke sind auch nicht genommen worden?«
Hauke zuckt müde mit den Schultern.
»Bei Drogentoten spart man sich die Mühe anscheinend. Berliner Polizei, die haben andere Sorgen ...«
»Wo wurde er denn gefunden? Zu Hause?«
Hauke nickt langsam, fährt sich mit einer Hand durch die weißen Locken, sieht sie ratlos an. In seinen Augen stehen Tränen. Sie schlingt einen Arm um ihn, die Kiste unter den anderen geklemmt. Die Tür zum Ballsaal öffnet sich und erhellt den dunklen Flur kurz bevor Hauke die Wohnungstür hinter Bey geschlossen hat.

^^^

Tell me a story, tell me just another lie
Well, I can tell you set your expectations high
– Hüsker Dü

^^^

SPEX
Berlin

Bey steht benommen draußen auf der Giesebrechtstraße. *Wer hat ihn gefunden?* Sie hat es nicht geschafft, diese Frage

zu stellen. Die Blechkiste ist schwer und zu sperrig für ihre Handtasche, sie hält sie unter den Arm geklemmt. Vor dem Antiquariat von *Cassel & Lampe* bleibt sie kurz stehen und fischt mit ihrer freien Hand aus ihrer rechten Manteltasche eine kleine rote Karte. *Hotel Bogotá.*

Hol mich ab, alles nach elf passt. Bin sowieso da und schreibe, hatte Stella im Auto gesagt, auf dem Weg zum Konzert von *Dog Tag.* Sie war gestern früh morgens von Stockholm nach Berlin geflogen und hatte sich am Flughafen einen Leihwagen genommen. Offensichtlich hält es auch sie noch länger in der Stadt. Auf die Rückseite der Karte hatte sie eine schwedische Handynummer geschrieben.

Stella. Vor dreizehn Jahren aus den Augen verloren, ganz bewusst aus den Augen verloren, nachdem die tiefe Freundschaft, die beide verbunden hatte, in dem Vakuum nach Iggys Unglück zu etwas gänzlich Unbekanntem, atemlos Spannenden mutiert war. Es hatte beide verwirrt. Die Stadt wurde zu klein für sie und Bey ging als Erste. Dass Stella kurz darauf auch für immer ihre Zelte abbrechen sollte, hatte sie gar nicht mehr mitbekommen, so sehr war sie in Amsterdam erst mit ihrer Integration und später ihrem Kleinfamilienglück beschäftigt gewesen.

Stella hatte fantastisch ausgesehen gestern in der Kapelle. Nach den obligatorischen Beileidsbekundungen an die Adresse von Hauke und Mariko, ihre ehemaligen Beinaheschwiegereltern, hatte Bey sich sobald wie möglich wieder von der Gruppe gelöst, um bei der deutlich nachlässiger gekleideten Gesellschaft zu stehen. Stella hatte da wiederum herausgestochen mit ihrer durch den Lockenstab gedrehten dunkelblonden Haarfülle, den teuren Pumps und einem extrem gutsitzenden anthrazitfarbenen Wollanzug mit sehr feinen Nadelstreifen. Sie war corpo-

rate auf eine nonchalante Art, hatte Bey festgestellt und auch, wie sehr sie ihr gefehlt hatte. Sie waren Soulsisters, trotz ihrer komplett unterschiedlichen Sozialisation.
Stella hatte weder Club noch Droge noch Kerl ihres Beuteschemas ausgelassen. Bey kam dagegen erst 1988 über einen Schulfreund zur Band und zum Punk, als der, obwohl schon mehrfach für tot erklärt, nun endgültig in seinen allerletzten röchelnden Zügen lag und gerade, zum Vorteil von Bey, zu einer etwas weniger tödlichen Jugendbewegung mutierte. Stella mit weißblondiertem Iro, Bey erst rotgefärbt, dann schwarz und letztendlich kahlrasiert, weil es schon auf die Neunziger zuging und es sich deshalb nicht mehr lohnte, mit zuckerwassergetränkten Frisuren zu experimentieren und weil eine irische Sängerin ohne Haare ganz neue Formen des Wutausdrucks gefunden hatte. Sie spielte sich als Bassistin ihre postpubertären Traumata vom Leib, Stella brachte einen erstaunlichen Spagat zwischen Mainstream und Punk zustande. Bey kann sich an keine Lebenslage erinnern, in der Stella nicht souverän gewirkt hätte.
Während sie selbst jeden Morgen ein ansonsten tiefschlafendes Haus verließ und verspätet zur Uni raste, wusch Stella sich zeitgleich das Zuckerwasser raus, kämmte ihre Haare glatt und war unterwegs zum nächsten Job. Denn, schwer vorstellbar für Außenstehende, neben dem Sumpf schuf die Szene auch Arbeitsplätze: Musiker, Veranstalterinnen, Grafiker, Tourmanagerinnen, Roadies, Toningenieurinnen, Agenten, Plattenvertreiberinnen, Herausgeber, Journalistinnen waren nur ein Bruchteil des Spektrums. Letzteres war Stella geworden. Sie verdiente schon während des Studiums nicht schlecht, indem sie erst fürs Stadtmagazin, später für die *SPEX* und den *Rolling Stone* schrieb. Dass sie stets mit einem Bein ziemlich tief im Kommerz

stand, wurde ihr erstaunlicherweise immer verziehen in der eigentlich kapitalismusfeindlichen Szene. Sie schrieb (sehr wohlwollende) Konzertkritiken über *Bodenkontrolle*, als sie Bey nur vom Sehen kannte und entweder übersehen oder unterschätzt hatte, dass diese fest mit dem Drummer der Band liiert war. Der offenbarte ein etwas loser definiertes Treueverständnis als Bey und ließ nichts anbrennen. Woraufhin Bey ihren geballten Zorn auf Stella herniederkrachen ließ, aber die bewies erstaunlich gute Nehmerqualitäten, und damit war eine Freundschaft besiegelt. Der Drummer hatte das Nachsehen und wurde umgehend von Stella und, mit kurzer Zeitverzögerung, auch von Bey gedumpt. Das ließ er natürlich nicht auf sich sitzen und beschimpfte die beiden als Lesben, ohne zu ahnen, wie nahe sich die zwei Frauen noch kommen würden.
Als Bey aus der gemeinsamen Wohnung mit dem Drummer auszog, musste der sich für längere Zeit in psychiatrische Behandlung begeben, nachdem er im Zuge einer temporären Psychose sein komplettes Mobiliar durch sein Wohnzimmerfenster im dritten Stock auf die Straße befördert hatte. Für *Bodenkontrolle* eine eher ätzende Zeit.

Ein seltsames Gefühl war das gestern, sie nach all den Jahren ausgerechnet auf einem Friedhof wiederzusehen. Hoffentlich ist Stella heute gesprächiger als Malte und Mariko, hoffentlich kann sie etwas mehr Licht in das Dunkel um Iggys letzte Minuten bringen.
Bey schiebt die Kiste unter den anderen Arm und sucht dann in der linken Manteltasche nach ihrem Smartphone. Nur zehn Minuten zu Fuß, das ist auch mit sperrigem Handgepäck zu schaffen. Sie läuft die Giesebrechtstraße in Richtung Ku'damm runter. Schneematsch. Baumskelette. Die Hauswände grau und ermattet. Ideal für eine ordent-

liche saisonale Depression. Gegen den Berliner Winter kommt noch nicht mal die Architektur des Charlottenburger Großbürgertums an.
Nach einem kurzen Stück Ku'damm wechselt sie die Straßenseite, biegt rechts ab in die Schlüterstraße und sieht schon von der Kreuzung aus den Baldachin mit dem Schriftzug *Hotel Bogotá*, der wie ein orangefarbener Wurmfortsatz an einem ansonsten eindrucksvollen Gründerzeitbau klebt.
Innen dunkle Holzvertäfelung, schweres Möbelgetier, viel senkrecht Gestreiftes in Weinrot und Gold an den Wänden. Gealterte Liebenswürdigkeit, vergangene Glorie. Viele Schwarz-Weiß-Fotografien, von denen ihr einige seltsam bekannt vorkommen.
»Frau Bachmann lässt ausrichten, dass sie sich verspätet. Möchten Sie sich solange setzen?«
Ein irgendwie zu junger Rezeptionist. Ein sehr steifer Hemdskragen.
»Sehr gerne.«
Sie stellt ihre Blechkiste auf einem der schweren Sessel in der Lobby ab, setzt sich auf die Armlehne und wartet.

»Hi, du Hübsche!«
Stella im langen, eleganten Wintermantel. Wie immer mit entwaffnender Selbstverständlichkeit zu spät, wie immer entwaffnend schön. Wangenküsse.
»Hi, Hübsche yourself.«
»Was ist *das*?«
Stella zeigt auf die Kiste.
»Nachlassverwaltung Iggy. Komme grade von Hauke und Mariko. Habe sozusagen mein eigenes Geschenk an ihn zurückgeerbt.«
»Oh. Und? Was ist drin?«

»Tapes.«
»Was für Tapes?«
»Unser alter Kram aus dem Übungsraum. *Bodenkontrolle.*«
»Ah, wow. Schon beinah antiquarisch. Legendär sozusagen.«
»Ja, total. Trip zurück, den ich mir lieber erspare, kann ich dir sagen ...«
»Ach was, ist doch cool, dass du die jetzt wiederhast! – Kaffee?«
Stella hat sicher noch nicht gefrühstückt und wird bestimmt auch das Mittagessen ausfallen lassen. Sie ist, wie damals, eine Spur zu dünn, wenn man genauer hinsieht.
»*Paris Bar?*«, fragen zwei sehr große grüne Augen.
»Lieber was Stilleres.«
Ihr Kopf dröhnt immer noch. Nichts mehr gewohnt. Stella dagegen sind die Joints und Biere von gestern nicht anzumerken.
»Was Stilleres? Alles okay mit dir?«
»Jaja.«
»Literaturhaus ruhig genug für Madame?«
»Prima.«
Stellas Vorliebe für gutbürgerliches Interieur, die ihrem akademischen Elternhaus entspringen muss, hat den finstersten Punksumpf unbeschadet überstanden.
Bey bestellt Croissant und Cappuccino, Stella einen schwarzen Kaffee und Streichhölzer. Minus zwei Aspirin, denkt Bey, die zum *Nuttenfrühstück* noch gefehlt hätten. Oder eine Prise Koks. Die Zigaretten hat Stella zweifelsohne in der Manteltasche.
»Isst du nichts?«
»Zu früh.«
»Aha.«
Es ist mittlerweile halb eins. Stellas ständiger Flirt mit der

Anorexie. Überbleibsel einer Zeit, zu der ein anämischer Hunger-Look als unverzichtbares Modeaccessoire galt. Der Preis: eine chronisch latente Depression, die vor anstehenden Deadlines in nachtaktiven manischen Phasen kulminieren kann. Stella ist damit in guter Gesellschaft, das Muster ist Bey nur allzu vertraut. Im Rückblick muss sie sich selbst für die kompletten Achtziger und Neunziger eine trotz vieler Therapieversuche ziemlich widerspenstige Essstörung attestieren. Auf allen Bandfotos zu dünn. Niemand hatte einen Plan. Schon gar nicht die Ärzte und Therapeuten. Das Trauma der Pubertät war so schleichend in anhaltenden Pessimismus übergegangen, dass man es in der Szene eher für ein weltanschauliches als für ein psychisches Phänomen gehalten hatte. Chronischer Schlafmangel tat ein Übriges. Und die Drogen. Zumindest bei denen, die sie nahmen.
Sie beschließt, dass Stella das selbst wissen muss. Sie hat keine Lust auf Streit, es gibt Wichtigeres.
»Komische Sache das, oder, OD?«
Jaja, die Tür, das Haus. Sie wird nie lernen, geschmeidiger zu sein.
»Hm, ein Kind von Traurigkeit war er nicht gerade ...«
»Aber wusstest du, dass er aufgewacht war?«
»Stimmt das also ... ich hatte das immer für ein Gerücht gehalten.«
»Hauke sagte, er wäre gut drauf gewesen ... also ich hätte da zumindest ein paar Fragen.«
»Kann man ja einfach klären so was. Gab's 'ne Autopsie?« Stella klingt lakonisch und nicht ganz bei der Sache, schielt dauernd zu der Kiste, die neben Bey auf einem Stuhl steht.
»Nee, das ist ja das strange. Mariko wollte ihren Sohn nicht aufschneiden lassen. Scheinbar hat sie sich da durch-

setzen können. Aber ich hätte an ihrer Stelle schon gern die Todesursache gewusst. Sie war ziemlich aggro, kann ich dir sagen.«

»Ach, lass sie doch, sie trauert … aber beliebt warst du bei der nie, oder?«

Stella scheint die Todesumstände von Iggy nicht sonderlich suspekt zu finden. *Er wollte doch aussteigen damals …* Speedys Worte gestern Abend. Was stimmte nicht mit dem Kurierdienst? Aber sie beschließt, das Thema vorerst nicht anzuschneiden.

»Woran schreibst du denn grade?«

»Expats in Berlin.«

»Spannend … für wen?«

»*Financial Times Deutschland.*«

»Aha, nicht schlecht.«

»Ja, zahlen ganz gut. Muss ja irgendwie die Family über Wasser halten …«

»Wie jetzt …?«

»Ach, mein Kerl ist doch bei der Bank rausgeflogen 2008, hat es seitdem nicht mehr auf die Reihe gekriegt, Burn-Out … irgendwer muss die drei Blagen durchfüttern und das Haus abbezahlen… Stockholm ist auch nicht gerade das billigste Pflaster, kann ich dir sagen…«

»Uff, das tut mir leid. Ich wusste gar nicht …«

»Ach, passt. Verdiene ganz gut, mach auch viel fürs Ministerium mittlerweile und hab 'ne Professur … Jetzt mach schon endlich die Kiste auf.«

Sie muss grinsen. Stella unverändert zielstrebig nach all den Jahren. Wenn sie sich etwas in den hübschen Kopf gesetzt hat, muss alles andere warten. Sie hebt die Kiste vom Stuhl neben sich, stellt sie auf den Tisch und zieht vorsichtig das silberne Gaffer-Tape ab, es lässt sich nur schwer lösen.

Sie berührt die Klebeseite des Gewebebandes probehalber mit den Fingern. Sie kennt das Zeug gut genug. Wer jemals eine Band hatte und länger auf Tour war, der weiß, wie sich Gaffer in all seinen Alterungsstadien anfühlt. Es ersetzte auf den *Bodenkontrolle*-Tourneen neben seiner eigentlichen Funktion auch defekte Scharniere an Gitarrenkoffern, versagende Reißverschlüsse an Jeanshosen, hielt zersplitterte Drumsticks ebenso zusammen wie aufgerissene Chucks und kaputte Kassettenhüllen. Alles, was unterwegs zu Bruch ging oder auf andere Art seinen Dienst versagte. Dieses Gaffer-Tape hier ist neu. Iggy muss die Kiste erst vor kurzer Zeit damit verschlossen haben. Sie nimmt den Deckel ab.

Randvoll. Ein undisziplinierter Haufen aus bespielbaren Audiokassetten, manche mit beschriftetem Label und Hülle, viele ohne alles. Bey zweifelt, ob man die überhaupt noch abspielen kann, oder ob die mikroskopisch dünne Schicht aus Ferrochrom, die als das akustische Gedächtnis ihrer Generation bis tief in die Neunziger hinein verlässliche Dienste leistete, nicht inzwischen das Zeitliche gesegnet hat.

Es sind auch Fotos dabei von einem sehr lebendigen, noch gesunden Iggy, der übers ganze Gesicht strahlt. Und von ihrem jüngeren Selbst. Ohne Kohle, aber glücklich und frei.

»Wie gut wir mal ausgesehen haben ...«

»Du solltest dir einen Tape Recorder organisieren.«

»Pfff, das kann warten, bis ich zu Hause bin ... muss mir das alte Geschrammel jetzt nicht anhören.«

»Ich schreibe noch gelegentlich für die *SPEX*. Wär doch 'ne geile Story: Unveröffentlichte Aufnahmen von *Bodenkontrolle* im Nachlass von Ex-Gitarrist entdeckt.«

»Echt jetzt?«

Eine Welle von Stolz schwappt in Beys Innerem hoch und verbreitet ein dermaßen angenehmes Gefühl, dass sie hofft, es möge nicht allzu schnell abebben, sondern weiter und weiter anschwellen, bis ihre letzte Körperzelle zum Bersten voll davon wäre. Aufmerksamkeitsjunkies waren sie alle. Rampensaumäßig unterwegs. Wer einmal den Beifall eines kochenden Saals erlebt hat, ist sofort angefixt. Und landet böse beim Abkicken, wenn der Hype nachlässt. Cold Turkey auf Lebenszeit. Auch das prägt einen für immer.

»Die Kids von Mark haben bestimmt noch so'n altes Ding für Märchenkassetten. Wie lange bist du denn hier?«

»Die ganze Woche. Deadline am Freitag. Brauche gerade den Tapetenwechsel zum Schreiben.«

»Cool, lass uns morgen Mittag treffen, ja?«

»Okay. Komm auf mein Zimmer, dann können wir schön aufdrehen. Und jetzt stell den Kram mal weg. Ich muss dich mal richtig anschauen.«

Bey nimmt gehorsam die Kiste vom Tisch (Stella kann diese Wirkung auf einen haben), und wendet sich ihr zu. Stella sieht sie an und lächelt ihr Lächeln und greift dann unvermittelt nach ihren Handgelenken ... Bey ertrinkt augenblicklich im Grün ihrer Augen und müsste lügen, wenn sie behaupten würde, dass ihr gerade kein heißer Blitz zwischen die Beine schießt. Ihr wird schwindelig ... Nur ein bisschen, aber es ist ja auch erst Mittag und keiner hier hat ihr irgendwas in den Tee getan, oder?

^^^

The heartbeats were echoing
Echoing the revolver
Emptying into my mouth
I pulled a face from my pocket
– Siouxsie and the Banshees

^^^

NO MATTER
Los Angeles

Berlin also. Sie wird selbst vor Ort sein diesmal, in Begleitung von Goran, seinen drei schwarzen Gürteln und seinem Escher-Tattoo. Nichts mehr Team Belgien überlassen, den Volltrotteln.
In der Zwischenzeit wird sie mithilfe ihres IT-Typen Blake versuchen herauszufinden, von welchem Rechner aus dieser *under-wonder* geschrieben hat. Blake zu erreichen, kann allerdings kompliziert sein, da er selbst dem Darknet nicht mehr vertraut. Er hatte sich in sehr jungem, aber dennoch straffähigem Alter zu seinem eigenen Erstaunen ins Pentagon gehackt, und war danach untergetaucht. Diese Zeit muss den damals Vierzehnjährigen nachhaltig traumatisiert haben, denn seine paranoiden Anfälle kommen in Schüben. Sehr seltenen Schüben zum Glück, denn er ist dann tagelang elektronisch nicht erreichbar. Wer das Pech hat, ihn in einer solchen Periode doch dringend sprechen zu müssen, dem bleibt nichts anderes übrig als abzuwarten. Oder zum Kontaktpunkt zu fahren, einem Diner weit außerhalb von L.A. im Nirgendwo nahe Camarillo. Doch selbst dann ist nicht gesagt, dass man zu ihm vorgelassen wird.

Sie hat es mehrmals versucht, er reagiert nicht. Also muss sie sich in den verbleibenden Stunden bis zum Abflug auf den Weg zum Diner machen.

»Ma'am, hier sind die Pässe und die Boardingtickets und auch alles andere, worum Sie mich baten.«
»Perfect.«
»Und ich habe Sie, wie geplant, auf den 18:00-Uhr-Flug heute Abend gebucht.«
Gustav steht auf der obersten Stufe der breiten Glastreppe, die im Obergeschoss in den Officebereich mündet, in dem sie nach wie vor an ihrem wuchtigen Executive-Schreibtisch sitzt und nach draußen starrt. Sie dreht sich im Sessel herum.
»Good job, Gustav.«
»Goran ist unterrichtet und wird Sie am Flughafen treffen. Kann ich noch irgendetwas für Sie tun, Ma'am?«
»No thanks.«
»Dann werde ich mich auf den Weg machen zum Match von Elia. Have a save trip. Und viel Glück bei Blake.«
»Thanks ... and ... Gustav?«
Er ist bereits im Gehen begriffen, die Hand am gläsernen Geländer.
»Passen sie gut auf Elia auf.«
»Natürlich, Ma'am. Of course.«
»Ich meine ... egal, was kommt. No matter what.«
Er hat längst begriffen.
»No matter what, Karina.«
»Und sagen Sie ihm, dass es mir Leid tut.«
»Of course, Ma'am.«
»Und wenn irgendjemand fragt, ganz besonders mein Bruder oder diese Belgier: Ich bin auf einem Inland-Businesstrip. In drei Tagen zurück.«

Sie sieht seinem kleiner werdenden Rücken in der rostbraunen Multifunktionsjacke nach, atmet aus, strafft dann die Schultern und steht auf. Ihre Gelenke schmerzen, sie streckt sich. Wie viele Stunden hat sie in ihrem Sessel zugebracht? Fünfzehn? Zwanzig? Im Darknet geht jegliches Zeitgefühl verloren. Egal, sie muss packen, Goran wird mit den Koffern vorfahren. Sie läuft die Treppe hinunter ins Erdgeschoss, das dunkler gehalten ist. Kleinere Fensteröffnungen, schwere satte Farben und viel edles dunkles Tropenholz an den Wänden. Im Flur auf dem Weg zum Schlafzimmer hält sie abrupt vor Elias Zimmer inne. Sie öffnet die Tür, tritt ein und bleibt mitten in dem großen Raum stehen. Schließt die Augen. Atmet ein. Das Zimmer eines Siebzehnjährigen. Der Geruch (leicht muffig, mit einem Hauch von Teenagerschweiß), die Dunkelheit (immer zugezogene Vorhänge), die Nachlässigkeit (Bettwäsche in einem zerknüllten Haufen auf dem Bett, Klamotten flächendeckend auf dem Boden und allen Sitzgelegenheiten verteilt). Sie sucht auf seinem Schreibtisch nach einem funktionsfähigen Stift und einem Stück Papier. Findet ein altes Vokabelheft, Deutsch. Ein waschechter Amerikaner ist aus ihm geworden, Football-Talent, großgewachsen, gutaussehend. Athletisch, akzentfrei. Dafür weist sein Deutsch Lücken auf, auch in der Aussprache ein wenig, aber vor allem im Vokabular. Er hat ein wichtiges Turnier dieses Wochenende, und sie hatte ihm versprochen zu kommen. Noch nicht mal richtig verabschieden kann sie sich. Ihre Hände zittern nur ganz leicht, als sie das Heft vom Schreibtisch nimmt, die linierten Seiten mit der kindlich krakeligen Handschrift in dunkelblauer Tinte rascheln unruhig zwischen ihren Fingern. Sie atmet ein, *reiß dich zusammen!*, sie atmet aus. Trennt entschieden ein Blatt heraus und beginnt zu schreiben.

^^^

Telefonprotokoll NIKKI
New York

Dein Ex? ... Echt? Komische Geschichte ... und wie lange soll das dauern, Schatz? ... Ein paar Tage? ... Glaubst du, das geht gut, Béla da so lange abzustellen? ... Na ja, komm ... du weißt doch, wie schwierig er sein kann ... Können wir Lot und Leon nicht antun ... komm morgen zurück, ist echt besser. Ruf Lot am besten nochmal an vorher ... *Ik ook van jou, doei.*

^^^

DISKREPANZ

Die Rechtslage im Obduktionswesen ist nach wie vor unsicher, lückenhaft und uneinheitlich und behindert insbesondere die autoptische Klärung medizinisch unklarer Todesfälle. Zugleich besteht weiterhin eine erhebliche Diskrepanz zwischen den klinischen Angaben zur Todesursache in den Todesbescheinigungen einerseits und den autoptisch gesicherten Todesursachen andererseits.
– *Ärzteblatt 2002*

^^^

INSEKT
Berlin

»Bey, isst du mit nachher? I mach vegetarischen Rostbraten – Bey?«
»Äh, ja?«

»Alles gut?«
Sophias Gesicht erscheint im Türspalt.
»Du siehst ein bisserl durch den Wind aus ...«
Bey, auf dem Gästebett, ihren Laptop auf den Knien balancierend, zieht ihre Stirn in Falten.
»Das ist ja gar nicht richtig geregelt in Deutschland ...«
Sophia sieht sie fragend an, kommt ins Zimmer herein, küchenbeschürzt.
»Hier, schau mal. Aus dem Ärzteblatt ... hm, von 2002, vielleicht nicht mehr ganz aktuell, oder?«
Bey hält ihr den Laptop hin.
»Mal angenommen, diese zweite Leichenschau ... also der Gerichtsmediziner findet was Verdächtiges. Kann es heutzutage trotzdem noch passieren, dass es gar keine Obduktion gibt?«
Sophia wischt sich die Hände an ihrer Küchenschürze ab, setzt sich neben sie aufs Bett, nimmt den Laptop entgegen und überfliegt den Artikel.
»Leider ja. I hab gestern meinen Bekannten von der Forensik gesprochen, den Gideon. Der sagt, die Gesetze sind zwar verschärft worden in den vergangenen Jahren, aber es kommt immer noch recht oft vor, dass Angehörige eine so starke emotionale Bindung zu den sterblichen Überresten des Toten verspüren, dass sie sich mit aller Macht dagegenstemmen. Ist eine dumme Situation für den Arzt. Aber im Prinzip hat er das Gesetz mittlerweile im Rücken.«
»Verstehe ...« Bey hat sofort detailreich vor Augen, wie sich Mariko sehr physisch gegen Arzt und Obduktionsgebot stemmt.
»Wo findet diese zweite Leichenschau eigentlich statt?«
»Wenn der Tote zu Hause gestorben ist, dann meistens im Krematorium. Wie war es eigentlich bei den Eltern? Du warst dort heute, oder?«

»Das war schräg. Die Mutter wollte ausdrücklich keine Obduktion. Meinst du, das Bestattungsinstitut gibt mir den Namen des Arztes?«

»Wohl kaum, wenn du keine Angehörige bist. Aber ich frag Gideon nochmal, der ist gut vernetzt in der Rechtsmedizin. Gideon sagt auch, dass das ein enorm kurzes Zeitfenster ist für die Polizeiarbeit. Und dann noch die Angehörigen. Alles in zwei Tagen zu organisieren, ist eigentlich nicht zu schaffen.«

»Es sei denn ...«

»... jemand wusste von Iggys Tod und hat vor der Polizei die Eltern informiert«, denkt Sophia laut ihren Gedanken zu Ende.

»Die Nachbarn? Vielleicht kannten die die Eltern?«

Bey zuckt mit den Schultern.

»Am besten, du fragst sie einfach nochmal, wer sie benachrichtigt hat.«

Bey seufzt.

»Das Verhältnis ist nicht so, dass ich da Fragen zum Eingemachten stellen kann. Ich müsste dazu Hauke allein sprechen, habe aber keine Nummer von ihm. Sobald sie auch nur ahnt, dass ich mit ihm reden will, ist was los, kann ich dir sagen.«

»Weil sie's nicht wahrhaben will?«

»Sie mochte mich noch nie, erstens, und zweitens habe ich, wie gesagt, so ein merkwürdiges Bauchgefühl, dass sie mir was verheimlicht. Wenn ich nur wüsste, was ...«

Es wird laut im Flur. Mark hat die Mädchen vom Kindergarten abgeholt. Sophia verdreht lächelnd die Augen, erhebt sich von der Bettkante.

»Also, Rostbraten?«

»Klingt super.«

Sie legt den Laptop beiseite und lässt sich rücklings aufs Bett fallen (das zweistimmige Geschrei, das zwischenzeitlich ins Esszimmer vorgedrungen ist, entfernt sich jetzt zum Glück in Richtung Spielzimmer), und starrt zwischen bodenlangen cremeweißen Vorhängen zum Altbaufenster hinaus in den Moabiter Winterhimmel.
Bisher statt Antworten bloß offene Fragen, ihr schwirrt der Kopf. Und ihr läuft die Zeit davon. *Fahr morgen zurück, ist echt besser für Béla,* hat Nikki gesagt.
Ausgeschlossen. Sie kann jetzt nicht zurück. Sie hat Iggy schon einmal im Stich gelassen, als er ganz am Boden war, ihn abgeschüttelt wie ein lästiges Insekt, ihr junges Leben einfach weitergelebt, während ihm nichts anderes übrigblieb, als in seinem Körper gefangen dazuliegen. Dass er nach so vielen Jahren aufgewacht ist, das an sich ist schon unvorstellbar. Dass er aber auch, wenn man Hauke glauben durfte, ein selbstbestimmtes Leben geführt hat, mit Ambitionen und Träumen vielleicht, ist das eigentliche Wunder. Und es erfüllt sie nachträglich mit Stolz. Stolz, der ihr gar nicht zusteht, denn wo war sie all die Jahre? Jetzt zurückzufahren würde bedeuten, ihn ein zweites Mal im Stich zu lassen. Sie versteht plötzlich Marikos Bedürfnis, den Sohn nicht mit einer solch erbärmlichen Todesursache in die Geschichtsbücher eingehen zu lassen. Vielleicht urteilt sie zu hart, vielleicht sollte sie einen zweiten Anlauf nehmen, die beiden zu sprechen. Doch sie braucht gar nicht erst ihre Handykontakte zu durchforsten, sie weiß auch so, dass sie außer Stellas schwedischer Nummer niemanden von damals finden wird.
Sie tastet trotzdem, immer noch auf dem Rücken liegend, nach ihrem Smartphone, hält es auf Augenhöhe, öffnet Facebook. Unwahrscheinlich, aber wer weiß? Sie tippt den Namen ihres Ex in den Suchbalken. Sein Profilbild.

Öffentlich. Sie schluckt. Ein altes Foto ist eine Sache, ein aktuelles eine ganz andere. Sie schaut in ein Augenpaar, das noch vor einer knappen Woche in ein sehr lebendiges Gesicht gehört hat. Sie scrollt sich durch seine Kontakte. Bingo. Auch sein Vater Hauke ist Teil der zuckerbergigen Scheingemeinschaft. Sie berührt die kleine Tilde neben seinem Namen mit der Fingerkuppe, die Messenger-App öffnet sich.

17. JAN 17:02
Lieber Hauke,
Ich hoffe, ihr seid
gut zu Hause
angekommen. Ich würde
dich gerne nochmal
sprechen, wenn dir das
möglich ist.
Herzlichst,
Bey

Sie hofft, dass er die App öfter nutzt als sie selbst oder zumindest die Benachrichtigungen im Sperrbildschirm eingeschaltet hat. Und dass er sich meldet.
Mehr kann sie jetzt nicht tun. Sie legt das Handy beiseite und schließt die Augen. Versucht, an ihren Ex zu denken, mit all den ihr unbekannten Faktoren. Sich ihn wach und lebendig vorzustellen, fällt ihr leicht. Bis hierhin fühlt sich die Gedankenübung angenehm an (wie oft hatte sie damals die Vorstellung gehabt, er käme jetzt gleich, jeden Moment zur Tür herein, liefe über den tiefblauen Teppichboden, lachend sein Mountainbike schulternd, als wäre nichts gewesen). Doch dann geht es ans Eingemachte: Iggy in einer ihr unbekannten Berliner Wohnung, einen Arm

entblößt. Den Rest von Haukes Beschreibung zuzulassen, schafft sie nicht, ihr gedanklicher Blick heftet sich an sein Gesicht. Sein hübsches eigenwilliges Gesicht mit dem strähnigblondierten Haar. Die Augen geschlossen ... oder vor Schreck weit aufgerissen ... ist das möglich bei einer Überdosis ... oder erstickt man da immer im Delirium ... kann das ein tröstlicher Gedanke sein? Egal, weiter ... versuchen, sich Iggys letzten Moment in allen Einzelheiten vorzustellen. Sie braucht dazu noch nicht mal ein Drahtmodell, nur Synapsen für ein inneres Rendering.
Wie sah das Zimmer wohl aus ... hell ... dunkel ... eingerichtet? Mit einem richtigen Bett oder wie früher, einfach die nackte Matratze auf dem Boden ... gab es einen Kleiderschrank oder ein Regal oder irgendein anderes ordnendes System im Raum? Das Rendering flackert. Oder lagen Kleider, Müll, das bisschen Geld, Bierpullen überall junkiestyle auf dem Boden verteilt? Und dazwischen leere Plastikbeutelchen, Feuerzeug, Esslöffel und alte Kanülen?
Es passt nicht. Er liebte eine sehr spezielle Art von Ästhetik. Ein eigenwilliger Schöngeist. Ohne viel Struktur oder Selbstdisziplin. Aber ein Junk war er nie. Er hatte eine gutsortierte Plattensammlung, viele Videos, Bücher und Comics, Fernseher, Plattenspieler und Verstärker auf einer umgestülpten Bierkiste, die beiden Strats und die Les Paul in ihren Koffern an der Wand, die halbakustische Ibanez lehnte immer offen davor, weil er die zum Songschreiben zu Hause benutzte, viele T-Shirts (von jeder guten Undergroundband seit 1982 mindestens eins) in einem alten, etwas streng riechenden Kleiderschrank und, ganz wichtig: einen Tisch, an dem er schrieb. Er hätte Schriftsteller werden sollen. Vielleicht war das ja genau das, was er vor seinem Tod vorgehabt hatte in Berlin? Sie hofft es so inbrünstig wie sinnlos.

Wenn das mit der Überdosis stimmt, dann ist er in letzter Konsequenz, wie Sophia gesagt hat, auch an Herzversagen gestorben, komplett gelogen war das also nicht … nicht ablenken lassen, weiter … eine Hand … eine fremde Hand? Nein, falsch. Sie kann nicht glauben, dass er zugelassen hätte … aber andererseits, wie viel Kraft hatte er? *Es ging ihm so viel besser.* Haukes Worte. Wie gut war *so viel besser*? Wenn es also eine fremde Hand gab, hätte er gewollt, dass diese Hand seinen Ärmel hochkrempelt, das Venenband darumlegt und festzurrt? Das Spritzenbesteck hervorholt … sie reißt die Augen auf. Hyperventiliert. Moabiter Winterhimmel. Ausatmen. Ihre Phobie vor Fixern. Er hatte doch gerade erst sein Leben zurück, hätte die fremde Hand niemals zugelassen, hätte versucht, sich zu wehren. Zumindest geschrien. Bestimmt. Und das hätte sicher die Nachbarn auf den Plan gerufen und die hätten sofort die Bullen alarmiert, oder? *Verdacht auf Gewaltdelikt in Privatwohnung*, da verging sicher noch eine weitere gute halbe bis dreiviertel Stunde, wenn nicht mehr, und gegen eine Überdosis konnten die auch nichts machen, mussten erstmal den Arzt rufen. Vielleicht nochmal 'ne Stunde, bis der kam? Nicht zur Rettung, sondern nur, um das Offensichtliche zu bestätigen. Dann nächste Verwandte ausfindig machen, sicher erst bei Frühschichtbeginn, so gegen sieben oder acht? (Wann fangen Polizisten morgens an zu arbeiten? Die Wissenslücken einer notorischen *Tatort*-Verweigerin.) Die Eltern mussten erstmal den Schock verdauen und die Nerven besitzen, trotz allem unvermittelt das Nötigste in einen Koffer zu werfen, eine Unterkunft zu organisieren und loszufahren. Bis zu ihrer Ankunft in Berlin wäre es schon Donnerstagnachmittag. Am selben Abend oder am sehr frühen Freitagmorgen mussten also alle Traueranzeigen rausgegangen sein. Die Eilzustellung

war am Freitagnachmittag kurz nach fünf bei ihr in Amsterdam eingetroffen.
Hauke musste in der riesigen, fast leeren Jugendstilwohnung, in der sie untergekommen waren, ununterbrochen am Telefon gehangen haben (das schwarze Bakelittelefon auf dem Beistelltischchen?), um die Adressen von Iggys ehemaligen Szenekumpels herauszufinden, während Mariko wie wahnsinnig Karten schrieb und den Stapel zur Post brachte. Bevor sie sich in den Räumen eines Berliner Krematoriums mit dem Rechtsmediziner stritt, der das Skalpell schon am Anschlag hatte ... Augen auf. Moabiter Winterhimmel. Ausatmen. Danke, das reicht. Rendering beendet. Die Eltern mussten Unterstützung gehabt haben.
Das schwarze Bakelittelefon. Mit einem Ruck setzt sie sich auf. Eine Festnetznummer lässt sich herausfinden. Giesebrechtstraße 20, erster Stock. Welcher Name hatte auf dem Klingelschild gestanden?

^^^

Telefonprotokoll BÉLA
Amsterdam

Mama, wo bist du?
Ich bin gerade bei Mark und Sophia. Und Anni und Lina.
Oh. In Balim? Kann ich da auch hin?
In Berlin, genau. Wir fahren mal zusammen hin, okay?
Wie ist es mit Finn? Spielt ihr schön zusammen?
Ja ... wann kommst du wieder?
Bald, mein Süßer.

^^^

XZ
Berlin

Die Mohnblüten riechen frisch gewaschen und strahlen Bodenständigkeit aus. Bodenständigkeit und Zuversicht. Bey liegt darunter auf dem Rücken. Bewegungslos liegt sie da und schaut in die ungefähre Richtung der Zimmerdecke, die aufgrund von Zimmerhöhe und Dunkelheit nur vage auszumachen ist. Es ist totenstill in der Wohnung.
Sie fühlt sich erschöpft, findet aber keinen Schlaf. Jeder Körperteil schmerzt. Den Trip zurück in die Giesebrechtstraße hätte sie sich auch sparen können, aber es hatte ihr keine Ruhe gelassen. Nach dem Abendessen mit Mark und Sophia, währenddessen sie beinah ununterbrochen auf ihr Handy geschielt hatte in der Hoffnung, dass Hauke sich melden würde, hatte sie im Internet nach einer Festnetznummer gesucht, die der Giesebrechtstraße 20 zuzuordnen wäre und zu einem Namen passte, der ihr bekannt vorkäme. Fehlanzeige. Und ein analoges Telefonbuch, mit richtigen Seiten und so, haben die beiden längst nicht mehr, dafür aber einen alten Kassettenrecorder. Sie hatte sich dann wohl oder übel auf gut Glück nochmal aufgemacht, war widerwillig durch die winterdunkle Kälte nach Charlottenburg gefahren, war in der Giesebrechtstraße sicherheitshalber dicht an den schon halb schlafenden Hauswänden der gegenüberliegenden Straßenseite entlanggeschlichen. Nichts wäre peinlicher gewesen, als in flagranti Mariko in die Arme zu laufen, die Unwahrscheinlichkeit vorausgesetzt, dass sie und Hauke sich aus irgendeinem Grund noch in der Stadt aufhalten sollten.
Das Klingelschild der Wohnung im ersten Stock der Hausnummer 20 zeigte ein jungfräulich weißes Papier hinter

dem Plexiglas. Sie hätte schwören können, dass da gestern noch ein Name gestanden hatte, zögerte lange, klingelte dann doch. Die prachtvollen Fenster zur Straße, an denen Mariko vor zwei Tagen so gerne und ausgiebig gestanden und dem rückwärtigen Raum ihre Silhouette präsentiert hatte, blieben dunkel und regungslos. Es öffnete niemand. Warum auch. Was hielt einen in einer Stadt, in der man gerade sein eigenes Kind zu Grabe getragen hatte. Aber sie wollte nichts unversucht gelassen haben, um Hauke noch einmal zu sprechen.

Aber auch auf der Messenger-App immer noch keine Nachricht von ihm. Wie Iggy gestorben ist, wer ihn gefunden hat, das alles bleibt also ebenso ein Rätsel wie die Sache mit dem extrem kleinen Zeitfenster. Und jetzt ein fehlendes Klingelschild. Sie hat das Gefühl, mit jedem Schritt ungewollt eine weitere Büchse der Pandora zu öffnen. Eine ganze Konservenfabrik voller Pandorabüchsen.

Ping. Ihr Handy sendet, aktiviert von einer eingehenden Nachricht, einen schwachen Schein in den Raum. Sie nimmt das Gerät vom Nachttisch. Eine Messenger-Nachricht von Hauke: *Bist du noch wach?* Dazu seine Nummer. Elektrisiert schiebt sie das Mohnblütenfeld zurück und setzt sich auf.

»Hauke!«

»Nur ganz schnell. Ich weiß, was du fragen willst: Er hat mich kurz vor seinem Tod angerufen. Um mir zu sagen, dass du die Kiste haben sollst, falls ihm was zustößt. Er muss eine Vorahnung gehabt haben.«

»Wer ...«

»Nein. Ich habe keine Idee, von wem oder was er sich bedroht gefühlt haben könnte.«

»Aber wenn ihr wusstet, dass er in Gefahr war ...«
»Wir sind in derselben Nacht los nach Berlin. Waren um fünf da.«
»Und?«
»Was und? Wir haben ihn gefunden ... Bey, lass es gut sein. Geh nicht zur Polizei, unter keinen Umständen. Ich bitte dich.«
»Wollt ihr nicht wissen, wer ...«
»Unser Sohn wird davon auch nicht wieder lebendig.«

Das Brechen seiner Stimme nur angeschnitten, bevor die Leitung stirbt. Das Gespräch abrupt beendet, bevor sie etwas erwidern kann. Sie lässt das Handy auf die Bettdecke sinken, lehnt Kopf und Rücken gegen die kalte Wand.
Iggy hatte Angst gehabt, Todesangst sogar, und in diesem Moment an sie gedacht. Nach all den Jahren. Sie schließt die Augen. Und endlich kommen die Tränen. Strömen ihr in Sturzbächen übers Gesicht. Sie atmet tief und ruhig und lässt sie laufen, lässt sich endlich fallen in die Trauer. Trauer um seinen Tod, Trauer um ihren Verrat, Trauer um sein zweites Leben, von dem sie nichts gewusst, an dem sie nicht mehr teilgehabt hatte, weil nichts sie mehr verband. Die Kälte kriecht unter den dünnen Stoff ihres Oversize-T-Shirts. Sie zieht die Nase hoch, wischt sich mit dem Handrücken übers Gesicht, tastet nach der Schnur des Nachttischlämpchens, findet den Schalter. Im warmgelben Schein, der nun sparsam Bett und Fußboden erleuchtet, steht sie auf, holt die Blechkiste von Sophias Schreibtisch und stellt sie behutsam aufs Bett, kniet sich davor auf den Boden und schaut darauf wie auf einen Altar. Schlingt ihre Arme außen um das Metall und legt ihren Kopf auf den Deckel, presst Ohr und Wange an die kalte Fläche,

die sicher noch seine Fingerabdrücke trägt, und schließt die Augen. Die letzte Verbindung. Er wollte sichergehen, dass sie die Kiste erhält. Deshalb hatte Hauke so feierlich gewirkt. Warum hatte er nichts gesagt, als er sie ihr übergab? Wegen Mariko? Und warum keine Polizei? Sie hebt den Kopf, ihre Wangenhaut löst sich nur unwillig von dem erwärmten Metall.

Sie nimmt den Deckel ab, die Fotos liegen obenauf. Das feine Gesicht mit den hohen Wangenknochen, die schmalen Augen seiner Mutter, das Lächeln so breit, dass sich kleine Grübchen bildeten, das Haar als Mittelfinger gegen jegliche Form von Erwartung. Mariko hatte das so unjapanisch gefunden. Says who?, hatte er nur gesagt und gelacht.

Sie legt die Fotos zur Seite, nimmt ein paar Tapes heraus, klappt ein paar Hüllen auf. *Bodenkontrolle live Fabrik HH 94.* Ein Zettel fällt aus dem gefalteten Inlay heraus.

HEY SÜSZE!
HOFFE, ALLES IST DRAUF!
YOU ROCKED DA FUCKIN HOUZE!
XXIGGX

Lauter Ausrufezeichen, die statt dem Punkt unter dem senkrechten Strich ein × tragen und ihr einen Stich versetzen. Sie kennt diese Art von Ausrufezeichen. Seine Ausrufezeichen. Sein Markenzeichen. *Hey Süsze!* Er hatte Xe und Zs geliebt. Wie jeder sich selbst respektierende Punk. Brachte sie in jedem Satz irgendwie unter, schrieb Dinge absichtlich falsch, wie man das halt so machte damals. Xe und Zs waren der heiße Scheiß. Die Fanzine-Kultur. Hardcopies, bis zur Unkenntlichkeit weiterkopiert. Handschriftliches und Getipptes. Fragmentarisch. Absicht-

lich verranzt. Das Zine *PUNK* aus den USA, das an der Namensgebung der Subkultur beteiligt war, das half, die Schublade zu beschriften, in die ab jetzt jede und jeder mit stacheligem Haar und einer gewissen Renitenz gegen alles Herkömmliche untergebracht werden konnte. Und aus Großbritannien das *Sniffin' Glue*. Beide markierten sie den Beginn der Fanzine-Kultur für sehr laute und schnelle Musik. *Hackfleisch, ZAP, Trust*, die kamen aus ihrem eigenen Umfeld. Karl Nagel, Moses Arndt, Dolf Hermannstädter ... Komplett Wahnsinnige, die sich so sehr für die Sache hergaben, dass ihnen kontinuierlich drohender finanzieller Ruin nichts anzuhaben schien. *They loved rock 'n roll and hated pretentious crap.* Der alternative Lebensentwurf. Nicht nur anders leben, anders feiern und anders Musik machen, auch anders schreiben. Anders denken. Und Rechtschreibung war bloß eine weitere Repräsentation der alten Ordnung.

Der Zettel ist alt. Er hatte am Mischpult gestanden und darauf geachtet, dass der Tontechniker von der *Fabrik* die Kassette auch wirklich mitlaufen ließ. Ausverkauft. Die Leute quetschten sich auf der Galerie in dem hohen Raum. Sie kann sich genau erinnern. Er war ihr größter Fan gewesen und ihr ehrlichster Kritiker.

Aber in einem Moment der Angst ausgerechnet wegen einer zerbeulten Blechkiste mit ein paar veralteten Tonträgern seinen Vater anzurufen und dabei an sie zu denken, eine seit dreizehn Jahren Verflossene, die ihn im Stich gelassen hatte, das ergibt keinen Sinn.

Sie durchwühlt den Kassettenhaufen. Hat keine Ahnung, wonach sie sucht. Und natürlich findet sie nichts. Das hier sind nur Aufnahmen von *Bodenkontrolle* und den *Mutants*. Von Live-Konzerten oder aus dem Übungsraum, oder Mas-

terkopien zum Austesten in der Anlage zu Hause und im abgerockten Auto-Tapedeck. Die Dokumente einer Jugend mit großen Träumen. Die nicht jeder überlebt hat. Die Jugend nicht und die Träume auch nicht. Sie lässt sich rückwärts in ihr Mohnblütenfeld fallen.

^^^

And everytime I try to find some sleep
Somebody's headlights cut too deep
Pan across one wall and then sweep
Across the next, I know, my soul to keep
– Beefeater

^^^

LAX
Los Angeles

Pünktlicher Abflug. Gut. Sie wird von Tegel aus direkt zum Treffen mit diesem *under-wonder* im Hauptbahnhof fahren. Obwohl das den goldenen Regeln von Dr. Leander Huff widerspricht: Erst ins Hotel. Power Nap. Duschen. Beherrschte Körpersprache ist wichtig für solche Treffen, und zu der in der Lage ist man ausschließlich mit guter Zeitplanung und ausreichend Schlaf. Aber ihr Zeitfenster schmilzt weiter. Die neun Sekunden. Den Power Nap kann sie vergessen. Sie muss auf guten Schlaf in ihrer Business-Class-Koje hoffen. Die sie hoffentlich auch nach vierzehn Stunden Flug einigermaßen taufrisch in die Gangway entlassen wird. Benommen aus dem Flieger zu stolpern, um einem Unbekannten zu treffen, ist keine gute Idee.

»Guten Abend, Frau Doktor Hoffmann, auch für Sie eine kleine Erfrischung? Kann ich Ihnen einen Sekt einschenken? Und würden Sie sich bitte anschnallen und Ihren Tisch hochklappen?«
Karina schaut zwischen sorgfältig geföhnten, dunkelbraunen Locken von ihrem Laptop auf, für Sekundenbruchteile irritiert. Die Stewardess hat sie tatsächlich auf Deutsch angesprochen. Der zweite Reisepass, natürlich.
»Nein, danke, ich bin bestens versorgt.« Sie lächelt ein hinreißendes Lächeln, rückt die große Hornbrille elegant mit Daumen und Zeigefinger in ihrem ungeschminkten Gesicht zurecht, atmet durch, als die Stewardess endlich verschwindet.

Der Trip zum Diner in Camarillo war umsonst gewesen, Blake, ihr neurotischer IT-Typ, wollte niemanden sehen. Ihn unter Druck zu setzen bringt nichts, sie hat das in der Vergangenheit probiert, mit gegenteiligem Effekt.
Sie hofft auf Nachricht von ihm bei ihrem Transfer in New York, klappt ihr Notebook zu und schaltet ihr Handy auf Flugmodus.

Die Lichter von L.A. verschwimmen zu einem leuchtenden Teppich im nächtlichen Schwarz dieses Kontinents. Dessen Boden sie vor dreizehn Jahren ungewollt betreten und seitdem nicht mehr verlassen hatte.
Wie sehr in Watte gebettet sie als Europäerin trotz allem gewesen war, wurde ihr erst bewusst, als sie unfreiwillig von heute auf morgen aufhörte, eine zu sein. Die späten Neunzehnneunziger in L.A. Die Ausläufer von Rezession und Arbeitslosigkeit, vom Northridge-Erdbeben, den Rodney-King-Riots und dem Abgang der Rams und der Raiders waren immer noch spürbar. Dazu AIDS, eine verkümmernde Luftfahrtindustrie, Drogenhandel und Straßenkämpfe, Straßenkämpfe, Straßenkämpfe. Der ideale Wohnort für eine junge mittellose Immigrantin mit Kind.
Ihr Bruder hatte sie zynischerweise in der Success Avenue einquartiert. In einem muffigen Bungalow in Watts, South Central. Auf einem deprimierenden Eckgrundstück, dessen Eingang sich gegenüber einem eingezäunten, meist leerstehenden Parkplatz eines (entgegen dem Omen der Postanschrift) eher erfolglosen Unternehmens befand. Zur Linken flankiert von der E 99th Street, wo gegenüber ein schon seit Jahren verrammelter Bungalow seine Rollläden niemals öffnen sollte, vor dem aber hin und wieder ein Auto (allerdings stets ein anderes) geparkt stand. Im

Rücken des Grundstücks ein Hochspannungsmast, der bei feuchtem Wetter die Luft knistern ließ.
Nachdem sie sich 1998 nach der ersten Woche mit zitternden Knien und Ringen unter den Augen, den kleinen Elia vor sich her schiebend, endlich aus dieser elenden Bleibe hinaus auf die desolaten Straßen ihres neuen Viertels gewagt hatte, das in nichts ihrem europäisch geprägten Sinn für Stadtlandschaften entsprach, und sie sich deshalb von einer Welle der Verlassenheit überspült, hemmungslos heulend wie eine Ertrinkende, an den Griffen der Kinderkarre festgekrallt hatte, war ihr klar geworden, dass sie Hilfe brauchen würde. Professionelle Hilfe. Die beste, die diese fremde Stadt zu bieten hatte. Und schnell. Sie war traumatisiert. Man musste es einfach so nennen, das wurde ihr durch den riesigen räumlichen Abstand, den ihr Bruder so geschickt wie gewaltsam zwischen sich und die Familie auf der einen und sie auf der anderen Seite des Ozeans gebracht hatte, mit einem Mal sonnenklar.

Dass sie immer noch lebt, und das sogar sehr gut, muss ihrem Bruder ein ständiger Dorn im Auge sein. Er wird ihr nie verzeihen, dass sie in der Nacht ihres achtzehnten Geburtstages heimlich aus der gemeinsamen WG ausgezogen und abgetaucht war. Der Innere Kreis hatte ihm die vollumfängliche Schuld an ihrem Verschwinden gegeben, sie war, getreu den Altehrwürdigen Statuten, seiner Obhut unterstellt gewesen.
Die Punks vom Sprengelgelände hatten sie sofort aufgenommen. Sie kannte die Kids dort, seit sie mit sechzehn angefangen hatte, sich heimlich in der Szene herumzutreiben. Er war ahnungslos. Ein halbes Jahr brauchte er, um sie zu finden. Als er schließlich im Morgengrauen doch an

ihrem improvisierten Bett stand, in dem sie neben Pogo-Tim im Komaschlaf gelegen hatte, neben sich auf dem nackten Betonboden das Körbchen mit dem neugeborenen Elia, sah sie den Hass in seinen Augen flackern. Hass auf ihren Eigensinn, ihre Art zu leben, Hass darauf, dass ihr immer wieder verziehen wurde. Trotz der empfindlichen Strafe des Inneren Kreises, die sie in der Geschlossenen hatte absitzen müssen. Sein Hass flackerte weiter, als er bei ihrer Entlassung seinerseits aus der Verantwortung für sie nicht entlassen wurde, obwohl sie sich endlich fügte, sich endlich, aus Angst um Elia, dem Willen der Familie ergab. Weil sie Geschick besaß, weil es ihr gelang, das Unmögliche wahr zu machen und die Videothek und den Kurierdienst in kürzester Zeit aus dem Boden zu stampfen.

Das Schnarchen ihres Kojen-Nachbarn verschmilzt mit den Fluggeräuschen zu einer nervenzersägenden Kakophonie. So ist an Schlaf nicht zu denken. Noch drei Stunden bis JFK, sie versucht es mit Atemübungen. Schließt die Augen. *Schlaf!* Aber ihre Gedanken schwirren unaufhaltsam weiter. Der Schnarcher legt den nächsthöheren Gang ein.

Ihre Verbannung muss der Kompromiss gewesen sein, auf den sich der Innere Kreis hatte einigen können: lebend, aber unschädlich. Zum Kompromiss gehörte wohl auch, dass Karina weiter für die Familie arbeiten sollte, nicht so sehr aus altruistischen Beweggründen (ihren Statuten eher wesensfremd), sondern aus wirtschaftlichem Interesse: Da sie nun schon einmal dort war, würde sie einen neuen Kundenstamm an der Westküste der USA aufbauen. Ihr selbst wurde bis auf Weiteres untersagt, europäischen Boden zu betreten. So lange, bis der Innere Kreis zu einem

nicht näher definierten Zeitpunkt die Verbannung aufheben würde.
Ihr miserabler Bungalow in South Central war daher bei ihrer Ankunft bereits ausgestattet gewesen mit technischen Standards, die jeden Hacker vor Neid hätten erblassen lassen. Ihr Bruder hatte alles vorbereitet und bestimmt, sogar den Grad ihrer Armut. Zu viel zum Sterben, gerade so wenig zum Leben, dass sie noch nützlich sein konnte. Das hatte sie in dem Moment begriffen, als sie ihren Fuß widerwillig über die schimmelige Schwelle ihres neuen Zuhauses gesetzt hatte. Was ihr Bruder allerdings nicht beeinflussen konnte, war ihr goldenes Händchen für Netzwerk, das ihr recht bald den ebenso hochtalentierten wie verschwiegenen Blake zugespielt hatte.
Wenn auch Karinas eigene Startsituation erbärmlich war, so half ihr die Familie immerhin beim Aufbau des neuen Kundenstammes und verschaffte ihr einen Eingang bei einem befreundeten Orden. Die *Sacred Brothers Into The Light* hatten durch das Northridge-Erdbeben ihre Bleibe verloren und waren dankbar für die großzügigen Spenden, die Karina im Namen des Inneren Kreises in Aussicht stellen konnte. Sie suchte und fand den idealen Ort für das neu zu planende Anwesen der Ordensbrüder.
Die *Murphy Ranch* im Topanga State Park nördlich von L.A. war ein augenscheinlich verfallener Ort, dessen wahrer Wert sich unter der Erde verbarg. Das Gelände, in den Neunzehndreißigern von Nazis errichtet, verfügte über einen Wasservorratstank, einen Treibstofftank, einen Luftschutzbunker sowie verschiedene Nebengebäude und weitere Bunker. Geradezu ideal für das Geschäftsmodell, das der Orden der *Sacred Brothers* mit Karinas Hilfe plante. Das verwahrloste Gelände war für einen Spottpreis zu haben gewesen in der postbebentraumatisierten Zeit in L.A. Das

Bauamt war dankbar für die Initiative, die Baugenehmigung kam postwendend nach Einreichung der Pläne für den Neubau.
Danach war es Zeit für Schritt zwei ihres Etappenplans gewesen. Karina hatte sich an den Inneren Kreis gewandt und sehr überzeugend argumentiert, weshalb eine (zugegeben recht üppige) Immobilie am Ende einer sich in Serpentinen windenden Straße, mit Blick auf die Felsen desselben Topanga State Parks in unmittelbarer Nähe zum neuen Anwesen der *Sacred Brothers*, zwingend notwendig war. Kostenpunkt nur wenige Millionen. Ein Schnäppchen. Der Innere Kreis gab nach. Ihr Bruder tobte. Sollte er doch. So wurden sie zu Nachbarn, der Orden und sie. Wer sich in der bergigen Gegend auskennt und entsprechend motorisiert ist, schafft den Weg zur *Murphy Ranch* von Karinas Villa aus in einer halben Stunde: Den Sunset Boulevard entlang in nordöstliche Richtung bis nach Riviera, am Ende der Casale Road in die Sullivan Fire Road, die man besser mit einem ernstzunehmenden SUV oder Jeep oder einem robusten Crossbike befährt. Von hier aus schlängelt sich dieser unbefestigte Weg unterhalb des Grats einer der Topanga Berge entlang in die Höhe, bis zu einem kleinen Roundabout. Die Ausfahrt gen Süden führt zum Ort der früheren *Murphy Ranch*. Dort erhebt sich nun, oberhalb des in den Herbst- und Wintermonaten lieblich plätschernden Rustic Creek, das neu errichtete Anwesen des Ordens der *Sacred Brothers Into The Light* mit seinen Sakralräumen und einem ökologischen Schul- und Pfadfinder-Freizeitheim: die *Rustic Creek Ranch*, die sich seit ihrer Errichtung maximaler Beliebtheit bei allen edukativen Einrichtungen der weitläufigen Umgebung erfreut.
Der nördliche Abzweig führt zu den ehemaligen Stallungen der *Murphy Ranch*, wo jetzt das Edel-Wellness-Resort

Seventh Heaven sein Zuhause hat, das ausschließlich von äußerst Wohlhabenden frequentiert wird.

Der Nordatlantik weit unter ihr: ein riesiges Feld aus bleierner Schwärze. Sie versucht, sich trotz des beengenden Sicherheitsgurtes in ihrer Businessclass-Koje in eine Position zu bringen, die den Sitz ihrer Haarpracht nicht gefährdet. Schlafen. Das einzig Sinnvolle. Bei dem Krach leider undenkbar. Ihr Kojennachbar ein Fall für eine Schnarchtherapie. Goran wird ein Stockwerk tiefer in der Holzklasse wahrscheinlich sowieso kein Auge zumachen. Sie schließt ihre übermüdeten Augen und stellt die Kopfhörer lauter.

^^^

REW
Berlin

»Das Helmut-Newton-Zimmer.«
»Aha ...?«
»Nummer 418, vierter Stock. In Yvas ehemaliger Wohnung. Einmal durch die Halle und hinten rechts den Gang runter.«
Der freundliche, irgendwie zu junge Rezeptionist mit dem sehr steifen Hemdkragen weist beflissen in Richtung Lift. Den hatten Stella und sie gestern Nachmittag noch genommen, nach dem Treffen im Literaturhaus hatten sie es eilig gehabt, es konnte gar nicht schnell genug gehen, auf Zimmernummer oder Stockwerk hat sie nicht geachtet.
»Danke, ich nehme lieber die Treppe.«
Er schaut zweifelnd auf die große Blechkiste unter Beys linkem Arm und den Kassettenrecorder in ihrer rechten Hand.

»Passt schon.«
Sie muss Zeit gewinnen. Gedanken sortieren. Ihr Kopf schwimmt. Oder das, was drin ist. Kann man sich des schwimmenden Zustands seiner Gehirnmasse bewusst sein? Treppengeländer. Schweres dunkles Holz. Wände. Tropisches Safrangelb. *Bogotá*. Wo ist das nochmal? Ach ja. Kolumbien. Die Ausstrahlung überraschend wohnlich, intim beinahe, kein hoteltypisch abwaschbarer Pragmatismus. Rotgemusterter Teppichboden. Auf jeder Etage der große Lichthof. Als würde sie in die Privatgemächer älterer, ehemals wohlhabender Herrschaften eindringen. Sie fühlt sich nervös und aufgekratzt zugleich. Nervös wegen Iggy. Wegen der Kiste, die sie jetzt zum zweiten Mal in dieses Hotel schleppt. Wegen der Erklärung, auf die sie hofft, für seinen Tod und für seine Vorahnung. Aufgekratzt wegen Stella.
Was war das überhaupt gestern? Stella hatte im Literaturhaus eine so heftige Flirtattacke gefahren wie zuletzt vor dreizehn Jahren. Hatte ihr Gesicht über dem kleinen Kaffeetisch in beide Hände genommen und irgendwas musste dann bei ihr ausgesetzt haben. Ihr fehlen da ein paar Bilder. Als nächstes hatte sie Stellas neugierige Zunge überall im Mund, während ihre eigene die Innenwände von Stellas Mundhöhle abtastete. Sie leckt sich unruhig die Lippen, während sie die letzten Stufen ins vierte Obergeschoss nimmt. Ist das wirklich passiert? Muss sie ein schlechtes Gewissen haben? Sie hat doch gar nicht angefangen, und wie schuldfähig ist man mit zwischenzeitlichen Aussetzern überhaupt? Sie stolpert über den Teppichboden.
Ein Gang wie ein Tunnel. Lauter kleine Fenster mit Rundbogen. Nummer 413, 412, 411 ... Sackgasse. Irgendwo muss sie falsch abgebogen sein. Wo ist diese Halle? Die Kiste drückt sich in ihren Arm. Sie läuft den Gang zurück, fin-

det rechter Hand einen hohen Raum über zwei Geschosse mit Treppe zu einer Galerie mit Balkon, Kronleuchter, Fischgrätparkett, Wandvertäfelung, Perserteppich. Und überall diese Schwarzweißfotografien. Zwanziger Jahre vielleicht. Das Hotel hat irgendwas mit Fotografie am Hut. *Helmut Newton Zimmer* ... Keine Ahnung, wer Yva sein soll.

»Komm rein, ist offen!«
Stella sitzt an einem übervollen Schreibtisch. Ihre Finger bearbeiten die Tastatur ihres Laptops derart, dass jeder Anschlag ihrer Finger von den Tischbeinen mit einem beleidigten Zittern kommentiert wird. Sie ist ungeschminkt, ihr Haar mit zwei Klammern zu einer nachlässigen Skulptur hochgesteckt, was ihr, noch bestärkt durch einen Schatten unter den Augen, ein dramatisches Aussehen verleiht. Sie schaut nur flüchtig auf, winkt mit den Fingern. Tippt weiter. Bey sieht sich um. Registriert, was ihr gestern im winterfrühen Nachmittagsdunkel entgangen ist: die Wände geteilt, unten blutrot, darüber cremeweiß gestrichen, Gardinen mit Blumenmotiv, gesellige Schirmlämpchen, Waschbecken. Auch hier überall Fotografien.
»Wer ist Yva?«
»Fotografin, Jüdin, Lehrmeisterin von Helmut Newton ... später deportiert, schreckliches Schicksal.« Stella schreibt währenddessen unbeirrt weiter. Sie kann so was.
»Oh Gott ... daher die vielen Fotos. Zwanziger Jahre?«
»Mhm ...« Stella nickt und tippt. Bey wartet. Stella tippt. Ihre stürmische Zuneigung von gestern Abend scheint komplett verflogen. Wie früher. Unberechenbar. Das aufgekratzte Gefühl, das Bey im Treppenhaus noch gespürt hat, ebbt langsam ab. Und schwillt wieder an, als ihr Blick auf das Bett fällt. Reingestolpert waren sie gestern im Dun-

keln. Keine Zeit für Lichtschalter. Noch im Küssen rücklings auf die zu weiche Hotelmatratze. Stellas Zunge überall, ihre Möse salzig. Beys Fingerkuppen kribbeln. Nichts anfassen jetzt, sonst explodiert hier noch was. Stella war nach Stockholm geflüchtet, sie nach Amsterdam, weit, weit auseinander. Und beim ersten Wiedersehen sofort dieser Wahnsinnssog. Anode und Kathode. Bloß nicht an Nikki denken ... Telefonieren müssen war schlimm genug gestern. Sie bleibt mit den Händen vorsichtshalber von den Wänden. Stella schreibt und schreibt. Bey gibt sich einen Ruck. Stellt die Blechkiste auf den Tisch.

»Komm, Schatz, hör mal auf.«

»Einen Satz noch ...«

Bey beäugt ihre Freundin. Sie muss aufpassen. Nach den Augenringen zu urteilen, hat sie die ganze Nacht durchgeschrieben. Sicher eine manische Phase. Das würde auch die jähe Flirtattacke erklären, den hektischen, impulsiven Sex. Bey kennt ihre Launen. Cool bleiben jetzt. Ihre Erregung implodiert schlagartig und löst sich in Luft auf. Sie wird ihr nichts sagen von Haukes Anruf. Nichts von Iggys Angst. Vorerst zumindest.

»Hast du überhaupt gefrühstückt?«

Stella wird rot, wohl wissend, worauf Bey abzielt.

»Falsches Thema«, zischt sie und sieht zum ersten Mal wirklich auf. Immerhin hat Bey jetzt ihre Aufmerksamkeit.

»Ich hab Croissants mitgebracht.« Sie hält ermutigend eine braune Papiertüte in die Höhe.

»Doch kein Croissant! Ich hasse Croissants!«

Die Haarskulptur wippt wütend, einige Strähnen lösen sich.

Sinnlos. Bey zuckt mit den Schultern, verzieht ansonsten keine Miene, öffnet die Tüte und beißt demonstrativ ungerührt in eins der Hörnchen. Dreht sich kauend um, sucht

mit den Augen die Wände ab und findet in Knöchelhöhe eine altmodische Steckdose neben dem Bett, stellt den Kassettenrecorder davor aufs Parkett und stöpselt ihn ein.
Sie nimmt die von Stella immer noch keines Blickes gewürdigte Kiste vom Schreibtisch, und hebt den Deckel hoch, wühlt in dem Haufen aus der Mode gekommener Tonträger. Die meisten haben eine extrem kurze, marktunübliche Bandlänge von dreißig Minuten. Bei den Bands in ihrem Umfeld waren die damals sehr beliebt, wenn auch nicht viel günstiger als Tapes von doppelter oder dreifacher Spieldauer, weil man viel weniger hin und her spulen musste und weil man für Demotapes die vollen sechzig oder neunzig Minuten meist eh nicht brauchte. Sie entscheidet sich für *LP Mix Bodenkontrolle 2 – Gut! 08.02.98* und legt es in das Kassettenfach. *Play.* 100 Dezibel stehen senkrecht im Raum.

Die Lärmattacke tut ihre erhoffte Wirkung. Stella schiebt ihren Sessel zurück und fischt aus den Untiefen ihrer Morgenmanteltaschen eine zerknautschte Nil-Packung, zieht lässig eine heraus und zündet sie an. Raucherzimmer. Macht Sinn. Von einer Nikotinwolke umgeben kommt sie hinter ihrem Schreibtisch hervor und stellt sich ganz nah zu Bey, die am Boden neben dem Recorder hockt, lehnt Kopf und Schulter an die Wand. Sie grinst, nickt leicht mit dem Kopf, spitzt die Lippen wie zum Kuss und nimmt den nächsten Zug. Bey starrt auf die weiche Linie, die ihr Hals von ihrem halb entblößten Schlüsselbein aufwärts bis zum Ohr beschreibt und bezwingt den Impuls, diese Linie mit den Fingern jetzt sofort berühren zu müssen. Wieder das Kribbeln.
»Ganz schön krasses Zeug!«
Stellas Stimme am Anschlag, um den Krach, den der

kleine Apparat von sich gibt, zu übertönen. Beys verzehrender Blick bleibt wirkungslos.
»Aufnahme zum zweiten Album!«, schreit sie zurück. Was soll sie auch sonst. Das Kribbeln lässt schon wieder nach.
»Mit Iggy?«
»Nee, hat doch vorher die Flucht ergriffen! Wegen Per, dem Drummer, weißte noch?«
»Ja! Klar!« Stella grinst. Der große Knall, der das Ende der langjährigen Beziehung zwischen Bey und dem Drummer von *Bodenkontrolle* markiert hatte, war an niemandem im Umfeld der Band unbemerkt vorbeigegangen. Schon allein des Soap-Gehaltes wegen.

Sie hören sich durch ein paar der Kassetten, viele sind nur zur Hälfte bespielt, einige von *Bodenkontrolle*, andere offensichtlich von den *Mutants*, Iggys Band.
Eine wilde Mischung von misslungen bis studioreif dröhnt durch die Löcher des Plastikgehäuses, sporadisch unterbrochen von mehr oder weniger deutlichem Gemurmel, Geklirre von Bierflaschen. Die übliche Übungsraum-Klangkollage.
Die Kassetten bewirken sofort eine Zeitreise im Kopf, aber Bey ist sich ziemlich sicher, dass der Krach von vor eineinhalb Jahrzehnten heute niemanden mehr hinterm Ofen hervorlocken würde. Außer, mit viel Glück, eine Handvoll Ewiggestriger mit einem Hang zu kruden Offbeats und außergewöhnlicher Instrumentierung. Weshalb wollte Iggy ihr das alles unbedingt zurückgeben? Vielleicht steigert sie sich auch bloß in etwas hinein. Vielleicht war er tatsächlich suizidal gewesen, hatte seinen Vater deshalb um Hilfe angerufen, dann aber trotzdem ein Ende gemacht. Und ihr zugeteilt, was ihr rechtmäßig ohnehin zugestanden hätte: die alten Übungsraumtapes ihrer Band.

Ihr knurrt mittlerweile der Magen, trotz des zweiten, für Stella gekauften Croissants. Stella dagegen scheint in ihrem Element, macht sich frenetisch Notizen. Ganz sicher eine manische Phase. Sie hat nur einmal zwischendurch die Sitzung unterbrochen, um die Rezeption anzurufen wegen neuer Zigaretten. Wie hält sie das bloß aus?
»Los, wirf die nächste ein!«
»Aber das ist dann die Letzte ...« Bey holt eine 60er heraus, hofft, dass die zweimal dreißig Minuten zu weniger als einem Drittel bespielt sein mögen und dass sie sich danach endlich, endlich auf die Suche nach etwas Essbarem machen können. Der späte Ruhm kann warten. Sie öffnet die Plastikhülle, auf der ein abgerockter *Bodenkontrolle*-Sticker klebt, ein Scharnier ist abgebrochen. Sie legt das Tape ein.
Eine Jamsession mit einem sägenden Gitarrenriff, hypnotischem Basslauf und einem außer Rand und Band geratenen Akkordeon. Stella hat schon Recht. Geiler Scheiß.
»Willst du das wirklich bei der SPEX rausbringen?«
»Klar«, sagt Stella nüchtern, als sei es das Normalste der Welt, über eine Band zu schreiben, die keinen nennenswerten Bekanntheitsgrad außerhalb einer eingeschworenen Fangemeinde errungen hatten.
»Echt jetzt? Wollen die so'n alten Kram?«
»Voll im Kommen. Haste wohl verpasst, wa?«
»Hm, cool wär's ja ... Aber ist doch eher was fürs *Trust*, würde ich mal tippen ...«
»Das alte Fanzine von Dolf ...«
»... Hermannstädter, genau.«
»Gibts das noch?«
»Alive and kickin'.«
»Wow.«
»Ja, ziemlich. Haben nie aufgegeben. Haste wohl verpasst«,

äfft Bey sie nach und kneift schelmisch ein Auge zu, »wer dauernd für die *Financial Times* schreibt ...«
Immer dünnes Eis, Witze auf Kosten von Stella zu machen. Aber die reagiert gar nicht, ist mit ihren Gedanken woanders.
Die *Bodenkontrolle*-Session bricht abrupt ab, stattdessen ein trashiges Schlagzeug, unterbrochen von Gerede, dann ein Bassriff. Das sind die *Mutants*, die offensichtlich ein Tape von *Bodenkontrolle* überspielt hatten. Ganz schön frech. Sie benutzten damals denselben Übungsraum, und die *Mutants* bedienten sich gerne am besseren Equipment der Band von Bey, jeden Schrott nahmen die mit dem Fostex auf. Sie hatten oft Streit gehabt deswegen.
Es hört sich nicht nach einem wirklich koordinierten Üben an, hier und da ein bisschen Gejamme, das halbherzige Anspielen eines Songs, der ihr vertraut vorkommt, das aber recht schnell wieder unterbrochen wird von Bierflaschengeklirr und Gerede.
Stella tippt. Bey liegt auf dem Bett. Draußen beginnt es zu dämmern.
»Lass uns Essen gehen, ich sterbe!«
»Nur ein paar Notizen noch ...«
Bey kapituliert wortlos seufzend und dreht sich auf den Bauch, drückt ihr Gesicht in das Kissen, das noch den Geruch von gestern trägt. Das kann dauern. Ihre Gedanken driften davon. Stellas Zunge ... warm und rau ... sind ihre Augen eigentlich wirklich grün oder ist da nicht auch ein Splitter Orange ...?

Eine schrille Stimme lässt sie senkrecht im Bett hochfahren. Sie muss kurz eingenickt sein, sieht jetzt erschrocken zu Stella, die an ihrem Schreibtisch zur Salzsäule erstarrt ist.

Iggy schreit. Wie keine der beiden Frauen diesen Kerl zu Lebzeiten je hat schreien hören. Seine Stimme überschlägt sich. Der Klang ist dumpf und gleichzeitig scheppert etwas in den Höhen, was entweder den Aufnahmekapazitäten des Fostex im Übungsraum oder der Klangqualität des Kassettenrecorders geschuldet ist. Vielleicht auch beides.
Bey reagiert als Erste. Springt wie elektrisiert aus dem Bett hoch und landet in einem Satz vor dem Recorder. *Stop.* Stille.
»Was war das? Hast du was verstanden?«
Aber Stella sieht schweigend geradeaus. Bey drückt die *Rewind*-Taste. Das anachronistische, längst aus dem akustischen Gedächtnis einer digitalisierten Gesellschaft verschwundene Geräusch eines zurückspulenden Magnetbandes. *Start.* Wieder das ohrenbetäubende Geschrei Iggys. Dazu Gitarrenriffs wie wütende Projektile. Sie versucht, dem Wortlaut zu folgen.

Pedophiles, pedophiles, I'm surrounded by fuckin' pedophiles
We have to stop this business
We have to stop them tapes

Die Stimme eines Toten. Gestern sein Facebookfoto. Heute seine Stimme auf Band. Eine digital-analoge Geisterbahn.

We have to stop this greedy mess
Primitives like apes
Pedophiles, pedophiles, I'm surrounded by fuckin' pedophiles

Sie sieht zu Stella auf, die immer noch wie erfroren vor ihren Notizen sitzt und ins Leere zu blicken scheint.
»Was zur Hölle singt er da?«
Sie spult nochmal zurück, hat diesmal eine ruhigere Stelle erwischt. Jetzt kann sie die Stimmen von Deus, Rocker

und Harry from Hell auseinanderhalten. Das Rauschen des Magnetbandes wird immer wieder unterbrochen von Gerede und dem Öffnen von Bierflaschen.
Sie dreht lauter. Und erkennt ein für ihre Ohren sehr vertraut klingendes Geräusch: Das dumpfe Zufallen der mit silbernen Steinwollematten schallisolierten Tür des Übungsraums, in dem sie selbst so viele Abende zugebracht hatte. Eine Pause. In die Stille hinein räuspert sich jemand. Dann eine ruhige, kalte Stimme. Eine vage Erinnerung schiebt sich in Beys Bewusstsein.

Schön' Abend zusammen. Habe gehört, ihr habt Beschwerden?
Ja, genau, Beschwerden, echot eine zweite Stimme, die sie nicht genau zuordnen kann.
Man hört Rascheln, Bierflaschen scheinen umzufallen.
Alter, wir steigen aus. Nicht mit uns, diese Pornokacke. Wir wissen jetzt Bescheid mit euren Videos. Ihr Scheißpädos! Die *Mutants* schreien durcheinander.
Soso. Aussteigen. Wieder die kalte Stimme, ein Grinsen liegt jetzt darin. *Das könnt ihr verg...*

Ein leeres Rauschen, dann springt die *Play*-Taste des Kassettenrecorders zurück, das Band ist zu Ende. Wer auch immer damals den Aufnahmeknopf gedrückt hatte, hatte offenbar vergessen, wieder auf *Stop* zu drücken. Der Fostex hatte durchgehend bis zum Ende der dreißig Minuten aufgenommen.
Pornokacke. Es klingt wie ein schlechter Witz. Und eigentlich müsste man jetzt laut loslachen, Lydia-Lunch-Pornos sind immerhin Kult und an Tabus hat die Szene bekanntermaßen nicht wirklich gelitten. Doch da ist das andere Wort: *Scheißpädos.* Und der Songtext von Iggy. Und die kalte Stimme zum Schluss, die Bey einen Schauder über

den Rücken jagt. Sie sieht zu Stella hinüber, die sich eine weitere Zigarette anzündet. Ihre Hände zittern dabei. Und jetzt fällt es ihr plötzlich ein.
»War das Rotze? Der Dealer?«
Stella deutet ein Nicken an. Doch das Nicken kommt zu schnell und sie weiß es, wird rot und sieht weg. Die Stimme des Szenedealers auf einem Magnetband von erbärmlicher Wiedergabequalität noch nach so vielen Jahren auf Anhieb zu erkennen, sagt alles. Wobei das Rotwerden völlig unnötig wäre, ihr damals exorbitanter Drogenkonsum war kein Geheimnis gewesen, auch für Bey nicht. Sie muss an die Schweißperlen auf Maltes Stirn denken.
Rotze. Von dem alle immer gekauft hatten, bis es schiefging. Auch danach noch, als wäre nichts gewesen. Als wären Harry und Rocker nicht tot und Iggy in kein Wachkoma gefallen. Mit Rotze hatte man besser keine Meinungsverschiedenheiten. Er war skrupellos, streckte sein Zeug mit allem Möglichen. Ein großer, seltsam kantiger Typ mit Stiernacken, Händen wie Baggerschaufeln und einem üblen Unterbiss, der ihn optisch in die Nähe eines Kampfhundes rückte. Sie hatte ihn gemieden, war froh, seine Dienste nie in Anspruch nehmen zu müssen.
»Und der andere? Das war doch Trenner, oder?«
Stella zuckt mit den Schultern.
»Und was für Tapes sollen das sein? *Pornokacke?*«
Stella studiert aufmerksam das Parkett.
»Stella! Hey!«
Zwei leere Augen, so nichtssagend wie zwei unbenutzte Aschenbecher, schauen an ihr vorbei und begutachten jetzt ausgiebig die blutrote Wandfläche, vor der Bey immer noch neben dem Kassettenrecorder kauert.
»Hallo? *Pädos? What the fuck!* Kannst du mir mal was dazu sagen bitte?«

Er wollte doch aussteigen damals. Speedys Worte. *Aus dem Kurierdienst.* Was zur Hölle stimmte nicht mit dem Kurierdienst? Aber Stella ist intensiv mit dem Anzünden einer neuen Zigarette beschäftigt. Als das endlich vollbracht ist, zuckt sie nur hilflos mit den Schultern. Verschlossen wie eine Auster.
Bey greift nach der Kassettenhülle und versucht, das Datum in der gekritzelten Beschriftung auf dem Inlay zu entziffern. *18. April 98*, erkennt sie aus der mehrfach durchgestrichenen und immer wieder übereinander geschriebenen, unbeherrschten Handschrift … das war der Monat, in dem Iggy ins Koma gefallen war.
Stella saugt an ihrer Zigarette und schweigt. Woran denkt sie? Bey sieht die Spannung in ihren langen schlanken Fingern, in der Linie ihrer Halsmuskulatur. Die sie so gerne berühren würde. Aber jetzt ist nicht der Moment.

^^^

She is me
I am her
She is me
– Bikini Kill

^^^

Telefonprotokoll STELLA
Berlin

Geht so, danke. (Ausatmen Zigarettenrauch) Totaler Deadline-Stress … Bis Freitag. Werd's schon packen. Nur das mit Iggy macht mich fertig, was eine Scheiße! Deus, hör zu, da stimmt was nicht … was weißt du von den Videotapes von

damals? … Nee, ich meine, mit dem Filmmaterial selbst. Irgendwas mit Pädokram … Altes Ü-Raum-Tape von Iggy, hat wohl irgendwer mitgeschnitten, wie ihr euch deswegen mit Rotze streitet … War in seinem Nachlass … Hat Bey von seinem Dad gekriegt heute Morgen … Alle eure Stimmen sind drauf … Seit wann wusstest du das? … Warum hast du nie was gesagt? … Mann, Deus! Das ist Kindesmissbrauch! Da hättet ihr doch was machen müssen! … Wie meinst du das? … ja, klar haben wir alle dringehangen, weiß ich selber … du meinst echt, sie geht gleich zur Polizei? … Deus, das glaub ich nicht … lass mich doch bitte mit ihr reden … Jetzt mach mir doch nicht so 'ne Angst! … Keine Ahnung, wo sie übernachtet … kann ich rausfinden.

^^^

OK, let's play another game. I could tell you my secrets.
We'll call it – Telephone
And then you tell someone else until the truth is distorted and –
Unrecognizable
We could make mountains out of molehills, out of nothing,
out of dust – Betray your trust
– Victim's Family

^^^

Telefonprotokoll BÉLA
Amsterdam

Mama, wann kommst du nach Hause?
Bald, mein Schatz.
Morgen?
Übermorgen.

Papa hat gesagt, du kommst morgen …
Hast du mit Papa gesprochen? Das ist toll! Wann kommt Papa denn wieder?
Später. Ich will, dass du morgen kommst!
Schatz, wie ist es mit Finn?
Okay … Mama, ich will, dass du morgen kommst!
Schatz, ich hab dich ganz doll lieb und ich komm so schnell wie möglich, okay? Gibst du mir mal Lot?

^^^

REFLEX
Berlin

Die Blechkiste schneidet in Beys linken Arm, rechts graben sich die Rillen des Handgriffs vom Kassettenrecorder in ihre Finger. Iggys Stimme dröhnt von innen gegen ihre Schädeldecke. *Pedophiles.*
Es schneit wieder. Orangefarbener Schnee tanzt vor den vorbeischiebenden Scheinwerfern, bleibt aber nicht liegen. Früher Feierabendverkehr. Sie tritt unter dem *Bogotá*-Baldachin hervor und setzt sich langsam in Bewegung Richtung Savignyplatz. Sie muss raus aus dem Schnee, aus dem Matsch, aus dem Verkehr. Sie muss nachdenken. Treppe rauf, S 3. Nur eine Haltestelle bis Zoo. Steht schon da, schnell rein. Sie bleibt an der Tür stehen. Im Anfahren bleibt ihr Blick hängen an einer Ausstellungsankündigung im Erotik-Museum. *Beate Uhse – ein mutiges Leben.*
Sie sieht den Schriftzug des Namens noch vor sich, der auf den Schaufenstern aller Filialen gestanden hatte. Und darunter *Fachgeschäft für Ehehygiene*. Bevor das Geschäftsmodell nicht mehr zog und die Läden verschwanden. *Fachgeschäft für Ehehygiene* … so hieß auch die Videothek, die

Ende der Neunziger neu eröffnet hatte, in der Celler Straße in Hannover, und bei der alle Punks ihre Filme ausliehen. Das Schaufenster und die Leuchtreklame aus den Siebzigern hatten die neuen Besitzer so gelassen. Von außen betrachtet hätte man es immer noch für einen heruntergekommenen Erotikladen halten können, was naheliegend war, wenn man wusste, dass sich dahinter ein als Herrenklo getarnter Eingang in einen Puff befand. Der Herrenklopuff. Die alten Freier kauften ihre Pornos immer noch in dem Laden. Keiner hatte damit ein Problem, warum auch? Das Sortiment war einfach erweitert worden um Splattermovies, Horror, Arthouse, Film Noir. Und Musikvideos, viele, viele Musikvideos. Metal, Rock und Punk. Und natürlich den ganzen Mainstreamscheiß. Der Laden war Kult.
Auch Iggy hatte stapelweise VHS-Kassetten von dieser Videothek in seinem Zimmer herumliegen, und einige seiner Kumpels arbeiteten dort.
Zoo. Fast verpasst. Sie stolpert in letzter Sekunde auf den Bahnsteig. Wo gehts nochmal zur U 9? Treppe runter. Ihre Arme schmerzen.

VHS-Kassetten. Bis in die späten Neunziger immer noch der goldene Standard für bewegte Bilder zu Hause, wenn das Fernsehprogramm versagte. Andere handelsübliche Formate aus der Zeit fallen ihr nicht ein, von DAT mal abgesehen, *digital audio tape*, aber das kannte sie nur aus dem Aufnahmestudio. Also Porno und Videokassetten. Prädigitale Zeiten, bevor Kanäle wie YouPorn oder *herfirstbigcock* an expliziter Darstellung nichts mehr vermissen ließen. Schwer vorstellbar in einer hochaufgelösten Welt aus Flüssigkristallen, dass Porno mal als illegal unter der Ladentheke real existierender Videoverleihgeschäfte ver-

schoben worden war. Kopien von Kopien oft, zur Unkenntlichkeit verwaschen, was den konspirativen Charakter noch erhöhte. Mit den Sehgewohnheiten verschieben sich Tabus. Aber um diese Art von Tabus geht es ja gar nicht.
Die Stimmen der *Mutants* auf dem Tape ... verzweifelt, aber wildentschlossen. Ihr Kopf dröhnt. Was meinten sie? Was hatte der Kurierdienst mit Videos zu tun? Lieferte der die Filme der Szenevideothek aus? Das erklärte vielleicht, warum Iggy so viele davon zu Hause hatte.
Wir wissen jetzt Bescheid. Jetzt? Sollte das heißen: *Wir haben eine Zeit lang Videokassetten mit Kinderpornos durch die Gegend kutschiert und es nicht gepeilt?* So viel Naivität ist kaum vorstellbar. Welcher Punk, dem auch nur ein bisschen anarchistisches Blut durch die Adern rann, wäre nicht längst auf die Idee gekommen, mal so eine Kassette abzuzweigen und sich den Inhalt genüsslich bei ein paar spätnächtlichen, nachlässig gekühlten Dosen Karlsquell zu Gemüte zu führen? Nein, falsch. Nicht genüsslich. Nicht einfach nur Porno. *Kinder*porno. Sie streicht das genüssliche Karlsquell wieder durch.
Westhafen. Shit! Zu weit gefahren. Sie bleibt beim Aussteigen mit dem Kassettenrecorder hängen, ein Händepaar greift helfend in die Gummilippen der schließenden Türteile. Herzrasen. Zugiger Bahnsteig. Andere Seite. Die nächste in sieben Minuten. Sie friert.
Fuckin' pedophiles! Iggy hatte es laut und deutlich ins Mikro gebrüllt. Kinderporno, im Ernst? Das brechreizerregende Ergebnis der schmerzhaften Summe aus Entführung, Erpressung und Missbrauch. Das bloße Anschauen schon Straftat. Das war doch auch jedem Punk empfindlich bewusst, und niemand aus der Szene hätte das toleriert oder wäre sonst wie involviert gewesen. Niemals. Es hatte einen Ehrenkodex gegeben, trotz allem. Eine rote Linie,

die nicht überschritten wurde. Trotz des groben Humors, der Außenstehenden schwer politisch unkorrekt erscheinen musste. *Jackass* und *Beavis and Butt-Head*: gingen immer. Nazis und Kinderschänder: niemals. Die befanden sich auf der anderen Seite dieser Linie. Jeder Punk hätte, aus komatösem Tiefschlaf geweckt, diese rote Linie aus dem Stand beschreiben können. Gegen Nazis und Pädos sein war ein Reflex. Rückenmark. Dafür brauchte keiner sein Hirn einzuschalten.

Endlich die U 9 Richtung Rathaus Steglitz. Raus aus dem eisigen Wind. Sie lehnt sich an die Scheibe neben der Tür, nicht wieder vorbeifahren, sind nur zwei Haltestellen ...
Waren die Videos irgendwie verschlüsselt gewesen? Sie denkt an die gescrambelten Pornokanäle in Hotelzimmern. Ob er wusste, dass der Fostex immer noch auf Aufnahme gestanden hatte, als Rotze den Übungsraum stürmte?
Sie hat alle Stimmen der *Mutants* wiedererkannt auf dem Tape. Iggy, Rocker, Harry und Deus. Die jede Session aufnahmen. Sinnlos und verschwenderisch fanden die *Bodenkontrolleure* das, jeden Furz zu dokumentieren, meistens soffen und koksten die *Mutants* doch eh nur. Die beschimpften wiederum *Bodenkontrolle* dafür gerne mal als Scheiß-Spießer-Alks, so richtig passten die hier halt nicht her. Saufen alleine reichte nicht.
Nächster Halt Turmstraße. Treppe rauf. Die Alt-Moabit runterlaufen Richtung Westen. Der Fußweg ein Parcours aus gefrierenden Schneematschhaufen. Im Straßenlampenlicht tückisch schimmernde Eisflächen. Gegenüber vom Ottopark biegt sie ein in die Elberfelder, ihre Füße taub in den nassen Schuhen.
Sie mussten sich ein oder zwei Tage nach dem Streit mit

Rotze den gleichen gestreckten Schnee gezogen haben, den kauften sie ja alle bei ihm. Die Nacht, in der sie selbst im Arbeitsraum durchgemacht hatte fürs Diplom. Und ihn morgens gefunden hatte. Tiefblauer Teppichboden.
Vor ein paar Tagen muss dann in Berlin irgendetwas vorgefallen sein. Etwas, das Iggy hatte kommen sehen.

Haustürschlüssel. Fliesenboden, der zum Glück ohne Hakenkreuze auskommt. Treppenläufer. Sie greift die Kiste unter ihrem Arm fester, mit der anderen Hand den Kassettenrekorder. Gleich geschafft.
Fünfter Stock. Wohnungsschlüssel. Schuhe aus. Mit einem Seufzer lässt sie Kiste und Rekorder auf den Boden gleiten. Reibt sich die Rippen, bewegt die Finger, die Zehen. Geht schon wieder. Die Wohnung ist erstaunlich still. Nur Mark sitzt am Küchentisch vor seinem Laptop.

»Hi. Wo sind deine Frauen?«
»Schwimmen.«
Er sieht vom Laptop auf. »Mit unserem alten Freund Noholy. Den kennst du doch auch noch, oder?«
Bey friert augenblicklich am Boden fest. Noholy. Der gemeinsame Freund von Nikki und Mark.
»Ist was?«
»Nein, nein.«
Sie schluckt und schweigt.
»Zieh ruhig deinen Mantel aus. Oder bist du auf der Durchreise?«
Sie grinst mühsam. Wo kommen so plötzlich diese Bauchschmerzen her? Badezimmer, Wasserhahn. Frotteetuch. Spiegel. Ein Scheißlicht hat dieses Badezimmer.

Mark ist am Küchentisch wieder in seinen Laptop versunken. Sie schafft das jetzt nicht. Trägt Kassettenrekorder und Blechkiste wortlos an ihm vorbei ins Gästezimmer, schließt leise die Tür. Er weiß es ja nicht. Niemandem hatte sie das erzählt. Außer Nikki. Was hätte sie auch sagen sollen. Sie wusste selbst nicht, wer von beiden ihren Rechner für seine Schweinereinen benutzt hatte. Jeder hätte sofort Nikki verdächtigt, oder aber sie. Sie hatte stattdessen in derselben Nacht *kiddy-land.ph* bei der niederländischen Meldestelle für Kindesmissbrauch angezeigt. Die Webseite war sofort aus dem Netz genommen worden. Wenigstens das.
Sie zieht endlich den schweren feuchten Mantel aus, lässt sich rückwärts aufs Bett fallen, starrt zur Decke.
Als Nikki aus New York zurückkam, erzählte sie ihm alles. Sie beschlossen schweren Herzens, den Kontakt zu Noholy abzubrechen und auch zu Arthur, sobald sie das Deichhaus in Noord gefunden hatten. Sie zogen überstürzt aus, obwohl der Mietvertrag noch fast einen ganzen Monat lief.

Sie liegt im Bett, drückt eine heiße Wärmflasche fester an ihren Bauch, einen Becher dampfenden Kamillentee in der Hand. Mark ist ein häuslicher Mann. Sie klappt ihren Laptop auf, öffnet Google. Tippt *Kindesmissbrauch Neunziger Jahre Norddeutschland* in den Suchbalken. Viele Treffer zu Missbrauchsfällen in der Kirche und in Schulen. Den mehrseitigen Forschungsbericht Nr. 59 des Kriminologischen Forschungsinstituts Niedersachsen mit dem sperrigen Titel *Zur Epidemiologie physischer und sexueller Gewalterfahrungen in der Kindheit* überfliegt sie, die vielen niederländischsprachigen Artikel aus dem Jahr 1996 zur Bestie Dutroux erspart sie sich lieber. Die Vergangenheit ist voll von solchen Verbrechen. Aber keine Einträge zu Vorfällen in Hannover.

Pedophiles. Meinte Iggy das wirklich? Oder gebrauchte er bloß ein drastisches Wort in uneigentlichem Kontext? So wie jeder Spießer für jeden Punk sofort ein *Scheißnazi* war? Subtilität konnte man ihnen damals nicht wirklich vorwerfen.

Unter dem Querverweis *Kindesmissbrauch und Forschung* starrt sie plötzlich ein Augenpaar an. Grün denkt sie. Aber nein. Das Foto ist schwarz-weiß. Eindringlich und resigniert zugleich. So einen Blick aus dem Gesicht eines schätzungsweise elfjährigen Mädchens hat sie noch nie gesehen. Gebannt starrt sie in diese Augen. Dann erst gleitet ihr Blick nach links. Dort, wo man neben dem weißen Träger des Feinripp-Unterhemds die arglose Wölbung einer kindlichen Schulter vermuten würde, ruht eine Männerpranke, dick, schwer, schmutzig. Falsch. Die Hand ruht nicht, sie greift. Selbstbewusst und mit einer wie selbstverständlichen Geste umgreift sie kraftvoll und besitzergreifend mit Daumen und Fingern das blasse kleine Schultergelenk. *Foto: iStockphoto* liest sie unter dem Bild. Haben die jetzt auch Motive zum Thema Kindesmissbrauch in ihrer ausufernden Datenbank gespeichert? Für welche Zielgruppe? Sie scrollt wieder hoch zum Titel. *Sexueller Kindesmissbrauch: Zum Stand von Forschung und Therapie.* Ein Artikel im *Deutschen Ärzteblatt.* Sie liest. Und liest Zeilen zweimal, dreimal, dann ganze Absätze nochmal. Was hier steht, muss ein Missverständnis sein. *Politischer Feminismus*, steht da, und *kulturelle Dissoziation von Libido und Destrudo.* Weiter unten: *Erotik des Kindes. Erotik des Leibes und des Herzens. Human. Paradiesisch.* Was zur Hölle soll das? Die Sprachwahl des Artikels klingt heterogen, zwischen durchaus plausiblen wissenschaftlichen Abhandlungen stehen da tatsächlich auch Sätze wie: *Das Stück Sex, das sie eher eklig fanden, hätten sie ihrem großen Freund »geschenkt«.* Wie

bitte? Was steht hier wirklich? Vor allem in Kombination mit dem schockierenden Bild unter der Kopfzeile. Ob es jedem auffällt, der den Artikel liest? Als ob eine versteckte Botschaft in die Zeilen hineingewoben wäre. Sie googelt den Autor. Aber nichts als Lobeshymnen über seine Verdienste auf dem Gebiet der Sexualforschung. Sie sieht sich das Foto wieder an. Diese Augen. Der harte, beinah bittere Zug um den kleinen Mädchenmund. Unten im Wikipedia-Eintrag des Autors ein Dutzend Quellennachweise. Das führt jetzt zu weit ... sie klappt den Laptop zu.
Was hatte es mit diesem Kurierdienst wirklich auf sich gehabt? Für den Iggy gearbeitet hatte. Mit dem sie so lange zusammen gewesen war. Sie weiß nichts. Mal wieder. Sie muss dringend mit irgendwem reden.
Er wollte doch aussteigen. Speedy. Natürlich! Wieso hat sie die nicht längst kontaktiert? Sie steht vom Bett auf, öffnet die Balkontür, lässt den schneidenden Ostwind und ein paar verirrte Schneeflocken herein. Sauerstoff. Einen klaren Kopf.
Speedy ist auf ihrer Seite, das spürt sie. Von allen Trauergästen hat sie sich als Einzige normal verhalten. Bey unterhält zu ihr seit Jahren eine ihrer passiven Facebook-Freundschaften, sieht sich ihre Posts an und *liked* sie, mehr nicht. Sie versucht es auch bei ihr über Messenger.

Hi Speedy,
War cool, dich wiederzusehn!
Können wir kurz quatschen??
Schreib mir! Thnx
xxBey

Hoffentlich meldet sie sich. Bey wendet sich wieder dem Haufen aus analogen Datenträgern eines anderen Jahr-

tausends zu. Sie hört schon Nikkis sorglose Stimme. *Warum gehst du nicht einfach zur Polizei? Was hast du damit zu tun?* Nichts. Alles. Das Unaussprechliche. Das rote Tuch jeder Mutter. Die Urangst. *Jeder Mann kann einer sein.* Warum geht sie in der Tat nicht zu den Bullen? Äh, hallo, ich glaube mit der Todesursache von Herrn Jacobsen stimmt was nicht, weil. Ich glaube, Sie haben da was übersehen? Ich glaube, die Mutter lügt und der Gerichtsmediziner hat versagt? Außerdem gab es da einen Kurierdienst, der was mit Pädos zu tun hatte? Super Idee.

^^^

TXL
Berlin

Landeanflug. An einen spärlich leuchtenden Punkt inmitten einer gähnend nachtschwarzen ostdeutschen Fläche. Glückwunsch an den Piloten, dass er nicht einfach dran vorbeigeflogen ist. Europa. Deutschland. Berlin. Tegel. Je näher man an diesen Kontinent heranzoomt, umso kleiner scheinen die Dinge. Und langsamer. Unbedeutender. So unglaublich verschlafen. Ach Europa. In Watte gebettet und ahnungslos.
Die Startbahnlichter werden größer. Die im Dunkeln unscharfen Ränder der Rasenflächen rasen als wirre Streifen vorbei, auch das Gelb und Schwarz der erleuchteten Rollbahnschilder ziehen Schlieren in den Wassertropfen, die sich außen auf den Scheiben der Flugzeugfenster gebildet haben. Es ruckelt leicht, als die Räder aufsetzen. Sie schließt die Augen. Einen Augenblick noch, bevor sie zum ersten Mal seit dreizehn Jahren ihren Fuß auf den Boden der Alten Welt setzen wird. In der Ankunftshalle von Tegel,

die den kurzen Moment lang, die der Vorsprung der Businessclass ihr üblicherweise gewährt, nahezu menschenleer sein wird.
Entgegen ihrem Vorhaben hat sie kaum ein Auge zugetan. Dr. Leander Huffs Atemübungen kommen gegen ein derart lautes Schnarchen nicht an. Schon die zweite Nacht ohne Schlaf. Sie wird den Tag trotzdem irgendwie bewältigen müssen. Neun Sekunden. *Reiß dich zusammen!* Sie streckt den Rücken. Schaltet den Flugmodus ihres Handys aus. Immer noch nichts von Blake. Verdammt. Sie schreibt eine SMS an Goran.
Das Fasten-Seat-Belt-Zeichen erlischt. Wie auf Kommando schnellen zwanzig sehnige Triathlon-Leiber in ähnlichen Businessanzügen aus ihren geräumigen Sesseln, beeilen sich in ihre ähnlichen Kaschmirmäntel und ziehen ihre ähnlichen Cabintrolleys aus den vom Kabinenpersonal bereits geöffneten Gepäckfächern, als würden Preise vergeben. Karina schnaubt unmerklich. Businessclass. Ihr Jahreseinkommen ist höher als das eines jeden Einzelnen hier. Sie lässt sich Zeit. Streicht noch einmal unauffällig über ihre ungewohnte Haarpracht, zieht den Stoffgürtel ihres schwarzen Wintermantels fester. Schminken wird sie sich später im Hotel. Sie rückt die Brille zurecht und wartet. Niemand beachtet sie.

^^^

We're gonna wreak havoc on this rancid mill
I'm searchin' for something even if I'm killed
– Germs

^^^

Telefonprotokoll SPEEDY
Berlin

Hey
Biste noch in B?
Treffen?
Ruf mich an
0170-67016482
XS

^^^

M
Berlin

In der Nähe der Elberfelder Straße 8 parkt ein alter weißer Mercedes mit Hannoveraner Kennzeichen. Die Touris kommen jetzt neuerdings auch bis nach Moabit. Sie läuft weiter die Elberfelder runter zum Taxistand.

»Goltzstraße bitte.«
Ausgerechnet das *Café M.* Nick Cave, David Bowie, Blixa Bargeld. Die Ikonen der Nacht. Alle da gewesen. Der Hype hatte auch die Provinz irgendwann erreicht, aber Zeit und Raum hatten sich zwischen Absicht und Ausführung geschoben. Als sie Ende der Achtziger anfing, zum Feiern nach Berlin zu fahren, waren da die allerwildesten Zeiten längst vorbei. Solche Orte deprimieren sie mittlerweile. Erinnern sie höchstens daran, dass sie sich selbst zu der stetig anschwellenden Masse feierwütiger Touristen zählen muss, die auf der Jagd nach Authentizität ironischerweise selbige verwässern zu einem dünnen *Lonely-Planet*-Einheitsbrei und die alten Schauplätze entweihen. Zuletzt hatte

sie in der *Ankerklause* einen Selbstversuch probiert. Es war mehr in einem Ankergraus geendet, umgeben von vielen lärmigen, angestrengt gutgelaunten Reisebusinsassen, die alle auch diese einzigartig arme, aber geile Berliner Luft schnuppern wollten. Um hinterher, wegen der ungewohnten Anzahl der Schnäpse und Biere, Länge der Nächte und Härte der Drogen in den nächstbesten Rinnstein zu kotzen. Kannte sie ja zu genüge aus Amsterdam: Die drei schüchtern beieinanderstehenden Japanerinnen in der Tram. Zehenspitzen nach innen gedreht, kurze Röckchen, niedlich nackte Knie. Als sie verlegen ausstiegen, konnte man sehen und vor allem riechen, dass die eine auf das Drehscharnier der Straßenbahn, da, wo es zwischen zwei Waggons immer so wackelt, gereihert hatte. Na ja.
Sie wäre lieber in die Prollkneipe um die Ecke gegangen, die es in keinen Reiseführer der Welt je schaffen wird.

»Fuffzehnachzich wär'n das«, drängelt die Stimme des Taxifahrers.
»Äh ... klar, machen Sie Achtzehn draus.«
Er streicht das Trinkgeld von mehr als zehn Prozent wortlos ein.
Kaltes Licht, rotes Flechtmobiliar, ein ziemlich schrecklicher Mosaiksteinboden. *Wenn der Geist der Stunde verflogen ist / hält das Interieur nicht mehr, was es verspricht.* Sie sollte wieder mehr Songtexte schreiben.
Speedy hat die dunkelste Ecke ausgewählt, die das *Café M* zu bieten hat. Ist aber trotzdem gut zu erkennen, denn sie trägt jetzt nicht mehr Trauerschwarz, sondern ist von Kopf bis Fuß in alle Farben des Regenbogens gehüllt. Konsequent daneben für einen waschechten Punk. Aber wenn sich irgendwer das leisten konnte, dann sie. Stilistisch war sie schon schräg drauf gewesen, als sie sich 1985

als Kinderpunk auf der Bahnhofstreppe von Hannover die erste, mit einem großzügigen Schluck Doppelkorn vom Pennermarkt halbherzig desinfizierte Sicherheitsnadel durch ihr jungfräuliches Ohrläppchen gejagt hatte. Sie war die Jüngste gewesen auf der Treppe, die Jüngste und Niedlichste der Assenpunx. Eine lebende Legende, die sich darauf nie etwas eingebildet hatte. Und niemand von denen, die ihren Werdegang verfolgt hatten, hätte zu hoffen gewagt, sie 2011 quietschlebendig und ebenso bunt, wenn auch ohne Sicherheitsnadeln in den nicht mehr ganz so jungfräulichen Ohrläppchen, anzutreffen. *Live fast – die young* hatte, wenn auf irgendwen, dann auf sie gepasst. Aber sie hatte sich beizeiten gefangen, die Finger von den ganz harten Sachen gelassen, und gute Gene halfen da vermutlich auch nicht ganz unwesentlich mit.

Sie lacht zur Begrüßung ihr freches Wangengrübchenlachen unter dem leuchtend blauen Haarschopf. Vor ihr stehen zwei Flaschen Astra.

»Hab dir gleich mal eins mitbestellt ...«

Bey ist erleichtert, sie zu sehen. Ihre innere Kompassnadel bleibt ruhig, zittert nicht ansatzweise in Richtung Argwohn. Sie stürzt ihr Bier zur Hälfte runter. Scheiß auf die Bauchschmerzen.

»Ahhh ... genau, was ich brauchte!«

»Same here. Wollte dich auch schon anrufen ... lässt mir keine Ruhe, das Ganze.«

»Mir auch nicht ... warum bist du eigentlich noch hier?«

»Schreibe grad an meinem neuen Album, mit eurem alten Schlagzeuger by the way, der lebt ja hier.«

»*Jason Kahn*? Nicht im Ernst! Wann ist der Release?«

»Juni.«

»Saucool.«

Biertrinken. Leute gucken. Nichtumdenheißenbreiherumredenwollen.
»Sag mal, was meintest du eigentlich mit *Iggy wollte aussteigen*?«
»Ach so, du wusstest das gar nicht?«
»Wusste was nicht?«
»Der Kokskurier. Hingen fast alle mit drin ...«
»Nicht im Ernst. Und ich hab immer geglaubt, die fahr'n bloß Pakete durch die Gegend.«
»Na, haben sie ja auch im weitesten Sinne ...«
Speedy grinst schief und nuckelt an ihrer Flasche.
»Du auch?«
»Neenee. Hab gern mitgefeiert und so. Aber das war mir dann doch 'ne Nummer zu heiß. Geht ja immer schief am Ende, so was. Frage der Zeit. Ich hatte immer 'n gut bezahlten Job. Aber die Jungs hatten halt nie Kohle. Und Rotze hat ihnen 'n guten Deal gemacht. Wenn sie für ihn arbeiteten, gab's Kohle plus immer was umsonst ... reichte locker für zwei Wochen.«
»Oh Mann, was war ich für 'n Schaf damals ... vielleicht wollte ich's auch nicht wirklich wahrhaben ...«
»Haben eben alle dichtgehalten, schoben die mega Paranoia, dass du was spitzkriegst und zu den Bullen rennst. Aber dass selbst Iggy dir gegenüber die ganze Zeit dichtgehalten hat ...«
»Ja, schon krass. Aber andererseits: Vielleicht wollte er mich da einfach nicht mit reinziehen.«
»Hast den echt ganz schön geliebt, was?«
»Mhm ... 'ne Zeit lang. Er hatte halt ein gutes Herz.«
»Stimmt. Zu weich für diese Welt. Hat er von seinem Dad.«
»Und darum hat er verdient, dass sich wenigstens seine zwei Exen dafür interessieren, woran der arme Kerl in echt abgekratzt ist. So. Cheers.«

»Cheers.«
Sie stoßen ihre Astras gegeneinander. Trinken darauf.
»Hast du eigentlich auch geglaubt, dass ich euch verklicker?«
»Quatsch. Bin doch nicht bescheuert ...«
»Und wie lief das mit dem Kokskurier? Haben die mit dir drüber geredet?«
»Es gab da ja noch diese Videothek ...«
»Das *Fachgeschäft für Ehehygiene*?«
»Genau, neben dem Herrenklopuff. Die hing zusammen mit dem Kurierdienst und die Jungs haben für beide gearbeitet. War schon genial, das Koks in den Kassetten zu verstecken.«
»In Kassetten? Nicht im Ernst, oder?«
»Ohne Scheiß, die Dinger lassen sich öffnen, wusstest du das?«
»Los, komm mit zu mir, ich muss dir was zeigen.«

^^^

I don't want to live
To be thirty-four
I don't want to die
In a nuclear war
Live fast die young
– Circle Jerks

^^^

VHS
Das Magnetband einer VHS-Kassette ist von einer Klappe geschützt. Erst im Recorder wird diese geöffnet und die Mechanik zieht so viel Band heraus, dass die Videotrom-

mel halbseitig umschlungen werden kann. Die Klappe lässt sich auch öffnen, indem man an der rechten Seite der Kassette den kleinen Riegel in der Nähe des Klappengelenks mit dem Finger eindrückt. Dabei entsperrt man die Schließmechanik der Klappe und hat nach dem Hochklappen freie Sicht auf das Magnetband.
– *Wikipedia*

^^^

BLACK EYE
Berlin

»Black Eye for Sabrina?«
»Yes, that's me, thanks.«
Karina nimmt ihren eddingpersonalisierten Becher entgegen. Immerhin das hat sich geändert in Berlin. Starbucks. Ausschließlich englischsprechendes Personal.
Sie sucht einen unauffälligen Platz neben dem Eingang mit Blick auf die Galerie der ersten Etage des Berliner Hauptbahnhofs. Selbst im Inneren dieses Kolosses ist es zugig und ungemütlich. Über dreizehn Jahre her, dass sie hier mal gestanden und Meinhard von Gerkan den baldigen Tod gewünscht hatte. Eine Glas-Stahl-Architektur so schwerfällig und unsexy wirken zu lassen, das kriegen nur die Deutschen hin. Kein Vergleich zur Eleganz der schwebenden Betonplatten eines Richard Neutra. Als sie dann später erfuhr, dass MvG auch Tegel mitentworfen hatte, relativierte sie das mit den Todeswünschen wieder.
Sie stellt ihren Doppeltverstärkten auf einen runden schwarzen Bistrotisch, setzt sich in einen der plüschigen Sessel und zieht das Nokia aus der Manteltasche. Immer noch keine Nachricht von Paranoia-Blake. Dafür eine von

ihren Männern in L.A. Die Belgier, die angeblichen *top guys*, sind unerreichbar. Sie hätten sich längst zurückmelden sollen, scheinen aber wie vom Erdboden verschluckt. Nichts funktioniert von alleine. Karina spült ihre aufflammende Wut mit einem großen Schluck Black Eye hinunter, schreibt mehrere SMS-Nachrichten und konzentriert sich auf ihre Atmung.

Goran ist im Stockwerk über ihr in Position. Sich vertraut machen mit den lokalen Gegebenheiten, Fluchtwege checken, ein räumliches Modell im Kopf erstellen, wissen, wer sich wo befindet. Immer bereit zum ersten Schlag. Gorans jungen, sehnigen Körper dort über ihrem Kopf an Gleis 11 zu wissen, wachsam, stark und tätowiert, nur getrennt durch eine Schicht Stahlbeton, ist der einzig beruhigende Aspekt an dieser Katastrophe. Und die Aussicht auf die VHS-Kassette, die dieser *under-wonder* in den nächsten Minuten an Goran übergeben wird. Sie hat die Sache im Griff, alles wird nach Plan verlaufen.
Ihr selbst bleibt jetzt nichts anderes zu tun als zu warten und nicht aufzufallen. Die High Heels und die Bulgari-Sonnenbrille hat sie in L.A. gelassen. Sie trägt einen schlichten schwarzen Wintermantel zu ihrer brünetten Langhaarperücke, darunter einen unverfänglichen Businesslook, Seidenbluse in Creme und schwarze Wollhose, dazu ein paar Allerweltpumps. Auch in Berlin laufen jetzt Hunderte Frauen zur Feierabendzeit so in den öffentlichen Nahverkehrsmitteln herum. Skijacke trägt hier keiner mehr.
Eine alte, äußerlich unscheinbare Videokassette ... ihre Fahrkarte zurück in die Alte Welt. Deren Gravitationsfeld so viel schwerer an den Schuhsohlen zieht als die Erdkruste des leichtfüßigen Kaliforniens. Diese entsetzliche Schwer-

fälligkeit hier. Aber es ist ihre eigene verdammte Scholle. Zeit, zurückzukehren. Zumindest zeitweise. Sobald sie das Video eigenhändig ihrem Onkel übergeben hat. Der wiederum mit diesem harten Beweis in den Händen dafür sorgen wird, dass ihr Bruder für alle Zeiten vom Inneren Kreis ausgeschlossen bleibt. Und dafür, dass ihre Verbannung endgültig aufgehoben wird. Das ist der Deal.

Sie schaut durch die Glasscheibe auf die Galerie. In der Ferne kann sie das runde Zifferblatt einer Bahnhofsuhr erkennen. Sie lehnt sich zurück, schließt kurz die Augen. Ihr Imperium in den Topanga-Bergen wird sie natürlich nicht aufgeben. Das unvergleichliche *Seventh Heaven.* Ihr ganzer Stolz. Das sie förmlich from scratch aufbauen musste, nachdem sie die paar erbärmlichen Holzverschläge, die schon seit Jahren auf der verlassenen Lichtung verrotteten, hatte abreißen lassen.

Auch der Tunnel war ihre Idee gewesen. Die Ordensbrüder hatten schnell begriffen und ihrerseits Ressourcen beigesteuert, die aus der mittlerweile florierenden *Rustic Creek Ranch,* dem ökologischen Schul- und Pfadfinder-Freizeitheim, hereinsprudelten. Das erweiterte Geschäftsmodell würde die langwierigen und kostspieligen Bohrarbeiten durch vierhundert Meter Basaltgestein in Kürze wieder einspielen.

Das *Seventh Heaven* betreibt sie allein. Das Freizeitheim für Kinder der Altersgruppe vier bis zwölf liegt dagegen komplett in den fürsorglichen Händen der Ordensbrüder. Und was überirdisch durch ehernen Fels und viel Grün getrennt scheint, ist nun unterirdisch über die erweiterten, sehr weitläufigen Gänge des ehemaligen Prepperbunkers der *Murphy Ranch* auf für beide Geschäftspartner lukrative Weise miteinander verbunden und gereicht dem Groß-

teil der fast ausschließlich männlichen Klientel, mit einem Hang zum ganz besonders Exklusiven, zur Befriedigung ihrer Gelüste. Siebter Himmel. Wellness plus. Die pubertierenden Jungen und Mädchen der Altersgruppe dreizehn bis siebzehn zu rekrutieren, ist ein Leichtes für Karina. Ihr goldenes Händchen. Sie kennt Subkulturen. Und ihre Schwächen auch. Drogen und Geldmangel. Die Traumkombination. Ihr Ansehen wuchs dank ihres Ressorts weit über die Grenzen von L.A. hinaus. Ihre Kunden reisten bald von weither an. Das Gelände erhielt einen privaten Heliport. Und als dann einer ihrer ältesten Stammkunden aus Deutschland, Gert, der die vergangenen Jahre in L.A. gelebt hatte, nach Amsterdam auswanderte, weil er sich dort in einen gewissen Milan verliebt hatte, vergrößerte sich ihr perfektes Win-Win-Modell unterhofft.
Denn Milan arbeitete als Betreuer in Kinderkrippen. Die ganz kleinen. Null bis zwei. Dank ihres Geschickes hatte sie nichts anbrennen lassen und Milan sofort in ihr Imperium eingebunden. Sie zahlte gut. Er machte sich dann selbständig mit einer Babysittingagentur. *Nannyboy.* Es gab genug Yuppie-Eltern mit permanenter Zeitnot, die saufroh waren, ein männliches Role Model für ihre kleinen Jungs gefunden zu haben.
Die Werbefirma Yellow hatte sie ein paar Jahre später dazugekauft, um das viele Bargeld zu waschen, das über das *Seventh Heaven* und über Milan hereingespült wurde. Und wegen der Nähe zum Hafen. Ihre Männer kümmern sich um die Kinder, die von Mexiko aus hier ankommen und von da auch zum *Seventh Heaven* gebracht werden. Ein perfekter Deal.
Bis irgendwelche Yuppie-Eltern in Amsterdam Verdacht schöpften. Und gleichzeitig der Filmausschnitt von einem verschollenen Videotape in den einschlägigen Chatrooms

herumging, auf dem ein erfolgreicher deutscher Politiker in Aktion zu erkennen ist. Die Gleichzeitigkeit beider Ereignisse schmeckt ihr gar nicht.

Es vibriert in ihrer Manteltasche. Das Nokia. Goran.
»Ma'am, I'm still waiting.«
Das Zifferblatt. Zehn Minuten über die Zeit. Sie spürt eine zunehmende Spannung im Nacken.
»Get out of there.«
»Sollte ich nicht noch fünf Minuten warten?«
»No. Wir sind verarscht worden. Get out of there *now*.«
»Okay, Ma'am.«
Während Goran an Gleis 11 über ihr im nächsten Moment gehorsam das Nokia in die tiefen Taschen seiner Skaterhosen gleiten lassen, sein Beanie, das den Escher verdeckt, zurechtrücken, sein Skateboard unter den Arm klemmen, gehorsam die oberste Bahnsteigebene des Hauptbahnhofs Richtung Washingtonplatz verlassen und sich dann als einer von vielen Kapuzenpulliträgern unter die Massen schieben wird, unterdrückt Karina nur mit Mühe einen Tobsuchtsanfall. Scheinbewegung in die Manteltasche. Wo früher die Zigaretten geparkt waren. Jederzeit verfügbar zur unmittelbaren Befriedigung eines plötzlich aufkommenden postnatalen Saugbedürfnisses. Doch Dr. Leander Huff hatte ihr dringend zu Abstinenz geraten. Einer der vielen Bausteine zu machtvollem Auftreten. Sie hatte wochenlang unter Aufgebot ihrer äußersten Selbstdisziplin der Sogwirkung ihrer Sucht standgehalten. Sich stattdessen die Unterlippe blutig gebissen. Woraufhin weitere Sitzungen zur Kontrolle der Körperspannung nötig gewesen waren.
Sie nimmt den letzten Schluck ihres Black Eye und steht auf. Gerade flutet eine Gruppe durchgefrorener Rucksacktouristen den kleinen Laden, die Glasfront beschlägt.

Geschäftsleute und Feiertouristen. Wenigstens *der* Plan ist aufgegangen: Sie geht unter in der Menge, niemand interessiert sich für sie.

Draußen vor dem Starbucks auf der Galerie zischt ihr die Kälte um die kalifornisch verwöhnten Ohren. Ihre Wut pocht bis in die Schläfen und ihr schwimmen die Felle davon. Ist sie in die Falle von Ermittlern getappt? Sie hat eher ihren Bruder im Verdacht. Dass er den Kerl selbst aufgespürt und dann abgefangen hat. Die Schwachstelle könnte aber ebenso gut dieser *under-wonder* selbst sein. Er könnte zu einem dieser vermeintlich gutmenschlichen Hackerkollektive gehören. *Gute* Menschen. Was ist schon *gut*? Niemand ist gut. Anonymous zum Beispiel. Diese Vollidioten. Glauben, die Moral auf ihrer Seite zu haben. Dabei sind das doch auch Kriminelle! Genau wie sie. Sie hat keine andere Wahl. Deshalb die Flucht nach vorn. Immer nach vorn. Ja, sie ist eine Kriminelle. Und stolz darauf. Verdammt noch 'mal. Wer hat schon Kontakte in die obersten Schichten der Gesellschaft. Den meisten bleibt nur der Schlamm, der Bodensatz, durch den sie sich mühsam Tag für Tag wieder hindurchwinden müssen mit ihren armselig unförmigen, schleimigen Leibern. Würmer. Alle. Sie schnaubt so leise, wie es sich unauffällig verächtlich schnauben lässt, und nimmt die Rolltreppe nach unten zum Ausgang. Mit unaufgeregt wirkenden Schritten überquert sie den Europaplatz und bewegt sich zielstrebig auf den Taxistand zu. Ein Schritt nach dem anderen.

»Skalitzer Straße bitte.«

»Ham'se ooch 'ne Hausnumma für mir oder wat?«

»Sechzehn. Direkt am Kotti.«

Sie ignoriert den schroffen Ton. Keine Konflikte. Alles ver-

meiden, was auch nur die Spur einer Unregelmäßigkeit, den Hauch einer Erinnerung provozieren könnte.
Und nein, sie will nicht in die Skalitzer 16, sondern in die Reichenberger 26. Ins *Jamesetta*. Geht den Taxifahrer natürlich nichts an. Goran wird bis zum Potsdamer Platz skaten, oder angesichts der Wetterlage eher laufen, und von da aus die S-Bahn nehmen müssen. Das verschafft ihr ein Zeitfenster, um alte Kontakte aufzufrischen.

^^^

You can't have one without the other
Flip side of the coin but both are masters
– Th' Inbred

^^^

TAXI I
Berlin

»Tschuldigung, die Dame? Da vorne is' jesperrt. Ich müsste'n Stück umfahr'n, dauert aber länger. Einmal durch Schöneberg, kriegen'se auch wat zu seh'n, haha.«
Sehr witzig.
»Wie viel länger?«
»Zehn Minuten.«
»Kein Problem.«
Dass das *natürlich* ein Problem ist, braucht er nicht zu wissen. Keine Erinnerung generieren ... Apropos Baustelle: Trenner und die Belgier sind auch eine.
»Fahren Sie geradeaus weiter.«
»Ick müsste aber jetzte hier links ...«
»Folgen sie den beiden Frauen da.«

»Die zwee da?«
»Wer sonst!«
»Man wird ja wohl fragen dürfen.«
»Langsamer. Nicht so schnell!«
»Immer mit der Ruhe.«
»Machen Sie schon! Ich zahl Ihnen mehr.«
Sie starrt gebannt zwischen den Vordersitzen hindurch nach vorne auf die Straße. Dort laufen am rechten Straßenrand zwei Frauen. Von hinten ein ungleiches Gespann. Die eine mittelgroß, mit Pagenkopf und einem klassischen schwarzen Wintermantel, ihrem eigenen sehr ähnlich. Die andere gut einen Kopf kleiner, in einer knallroten Bikerjacke, gelben Schuhen und blauen Haaren. Sie gehen schneller. Haben das Taxi bemerkt. Jetzt rennen sie.
Plötzlich fliegt etwas, Glas splittert. Das Taxi schlittert. Ein zweiter Gegenstand landet krachend unmittelbar vor dem Kühlergrill auf dem Asphalt.
»Verdammt!«
Der Taxifahrer macht eine Vollbremsung. Karina muss sich am Beifahrersitz abstützen. Die beiden Frauen haben tatsächlich ihre Bierflaschen auf die Straße geschleudert.
»Wat wollen Se denne von denen? Ick lass mir nur unjern meene Karre demolier'n.«
»Ich sagte, ich zahle. Fahren Sie weiter. Nicht zu schnell!«

^^^

Not as much but with such intensity
I'd like to be what they would not want me to be
– Bad Brains

^^^

TAXI II
Berlin

Jacken- und bierflaschenbewaffnet vorm *Café M.* Speedy sieht blass aus im Leuchtreklamelicht. Sie muss sofort dieses Tape hören.
»Taxistand?«
Weiße Atemwolken.
»Glaub der nächste is' da vorn, beim Pallasbunker.«
»Komm.«
Sie laufen schweigend die Goltzstraße nach links runter zur Pallasstraße. Der Wind schneidet auf der Kreuzung empfindlich, das braune Flaschenglas wird schnell zum umgekehrten Brandsatz in den Händen. Schockfrost. Schnell austrinken. Rechts runter. In der Ferne schon die Wohnmaschine als Gedankenbügel über Straße und Bunker. Nur dass wer drin wohnen muss letztendlich. Im Vorbeilaufen aus den Augenwinkeln hinter kahlem Geäst auf der anderen Straßenseite der ideologische Gegenentwurf. Die Ballerkita. Den Baller hatte Bey immer gemocht, trotz des alten Szene-Leitspruchs *Never trust a fuckin' hippie.* Baller war der Anti-Speer. Deshalb konnte man bei ihm mal eine Ausnahme machen, für einen Hippie war er einfach verdammt cool, integer auf eine rebellische Art. Das waren die Glockseepunks auch gewesen. Zumindest hatte sie das immer geglaubt. Da kracht gerade ein Gedankengebäude ganz gewaltig in sich zusammen.
Ein Auto schiebt sich seitlich in ihr Blickfeld. Das zu langsam fährt. Und zu nah an der Bordsteinkante. Sie greift Speedy am Ärmel.
»Los, renn!«
Taxistand. Nur noch hundert Meter. Doch das Auto holt auf, langsam, aber unverdrossen. Sie wirft ihre Bierflasche

auf die Fahrbahn, Speedys fliegt hinterher. Glasklirren, Reifenquietschen, dann schwerfällige Durchstartgeräusche. Wohl ein Diesel ... Ihr Atem sticht in der Kälte.
Bitte, bitte, lass wenigstens ein gottverdammtes Taxi da stehen!
Sie rennen unter den aufeinandergestapelten Wohneinheiten der Sozialutopie hindurch. Da steht eins. Höhe Bunkereingang. Tür aufreißen. Aber nicht zu dolle, Fahrer nicht erschrecken, sonst nehmen die einen nicht mit. Mimöschen allesamt. Durchrutschen für Speedy, Tür zu.
»Elberfelder 8, Moabit ... Bitte!«
Immer schön freundlich, sie versucht, nicht atemlos zu klingen. Speedy scheint noch weniger im Training als sie, es pfeift bei jedem ihrer keuchenden Atemzüge.
»War wohl wer hinter euch her, wa?«
»Keine Ahnung ...«
»Dann woll'n wa mal. Kleene Spritztour jefällich?«
Und schon rast er los. Sie starren sich mit erhobenen Augenbrauen an. Das Verfolgerauto im Rückspiegel ist auch ein Taxi.
»Den hab ick in nullkommanix abjehängt, die lahme Ente! Meener is zumindest mal jetuned, haha. Keen Schimmer, wer ditte sein könnte? Stiller Verehrer oder so?«
»Nee, keine Ahnung ...«
»Können Sie den anfunken?«
»Nee, tut mir leid, andere Firma, wa.«
»Mist.«
»So, die Damen, jut festhalten!«
Sie umklammern die Türgriffe, werden trotzdem auf dem Rücksitz hin- und hergeschoben bei dem rasanten Fahrstil. Das andere Taxi gibt alles, aber ihr Fahrer ist einer aus Leidenschaft, wie's scheint, und hat es nach ein paar sportlichen Zickzack-Sprints am Landwehrkanal abgehängt.

»Woohoo! Die sind wa los, wa!«
Er triumphiert. Coole Sau. Er fährt von der Tiergartenstraße rechts ab Richtung Siegessäule und saust die Altonaer runter, biegt dann hinter der Spreebrücke rechts ab in die Elberfelder.

»Alter. Scheißeeywerwardas?«
»Keinen Blassen.«

Vor der Elberfelder 8, die nur von einer schlecht gelaunten Straßenlaterne halbherzig in trüborangenes Licht getaucht wird, ist es einen kurzen Moment lang mausstill, als sie aussteigen.
»Hier, falls ihr 's mal wieder eilig habt!« Er drückt Bey lachend seine Visitenkarte in die Hand.
MURAT TAXI SERVICE.
»Danke. Echt, tausend Dank!«
Während er hinter ihnen den Motor startet und sich mit qualmenden Reifen in Richtung Alt-Moabit entfernt, kramt Bey im Gehen hektisch nach dem Hausschlüssel. Kein herannahendes Motorengeräusch, vor allem kein blubbernder Diesel ist zu hören. Zum Glück. Der weiße Mercy mit dem Hannoveraner Kennzeichen steht immer noch da. Sie huschen nach drinnen, machen kein Licht. Schuhe aus. Im Dunkeln auf Socken durchs Treppenhaus. Ab dem dritten Stock pfeift Speedys Atem schon wieder. Das war knapp. Mit der Raucherlunge wären sie keinen Meter weiter als bis zu Murats Taxi gekommen.
»Wie weit noch?«
»Fünfter.«

»Wer war denn hinter euch her, haha! Ihr seid ja ganz außer Atem!«
Mark grinst, hat eine Augenbraue hochgezogen, mustert Speedy.
»Das ist Speedy.«
»Hi, Speedy. Kommt doch rein.«
»Wenn wir das wüssten.«
»Was wüssten?«
»Wer hinter uns her war.«
»Nicht im Ernst.« Er grinst schon wieder.
»Ohne Scheiß. Ohne Murat hätten wir heute echt alt ausgesehen.«
»Welcher Murat?«
»Rotzes Leute?«
»Hat der noch Leute? Der sitzt doch im Knast, dachte ich ...«
»Was für Leute? Wer sitzt im Knast?«
Mark grinst nicht mehr.
»Aber wieso Rotze? Was kann der von uns wollen?«
»Hat Stella ihm vielleicht gesteckt ...«
»Was hat Stella damit ...«
»Wer ist jetzt Stella?«
»Setzt euch. Ich erklär's euch.«

^^^

Vaguely aware of a distant waving
traversing the lines of the crazy paving
– Eyeless in Gaza

^^^

VHS II
Berlin

»Und das ist alles aufgenommen worden?«
Mark und Speedy sehen sie ungläubig an.
»Kommt mit.«
Bey steht vom Küchentisch auf und läuft vor ins Gästezimmer, die beiden folgen ihr benommen. Sie holt den Kassettenrecorder hervor und stellt ihn aufs Bett. Das Tape mit dem vollgekritzelten Etikett steckt noch drin.
Play.
Etwas Kaltes breitet sich von ihrem unteren Rücken her aus, als sie wieder Iggys sich überschlagende Stimme hört.
Fuckin' pedophiles.
Sie lässt das Band durchlaufen, bis die Taste zurückspringt.
»Holy shit!«
Speedys Gesicht leuchtet weiß unter dem blauen Haar, Mark sieht nicht viel besser aus.
»Der Kerl zum Schluss ist Rotze, der Szenedealer von damals«, erklärt sie ihm, Speedy hat alle Stimmen längst erkannt.
»Meinst du, das hat jemand absichtlich mitgeschnitten?«
Mark denkt mit. Gut.
»Könnte sein.«
»Hat dein Ex denn irgendwas unternommen danach?«
»Du meinst, Anzeige erstattet? Wie denn? Er ist kurz darauf ins Koma gefallen.«
»Aber er ist vor ein paar Jahren wieder aufgewacht, hast du gesagt.«
»Mann, denk doch mal nach! Mit Kinderpornos zur Polizei gehen, noch dazu als Punk, ist ja wohl die schlechteste Idee, die man haben kann! Da hätte er sich bloß verdächtig gemacht. Muss ein riesiges Dilemma gewesen sein ...«

Speedy hat wahrscheinlich recht. Mark legt die Stirn in Falten.

»Also nochmal von vorn: Dein Ex, dieser äh ... Iggy, ruft vor ein paar Tagen seine Eltern an, weil er sich von irgendwas bedroht fühlt, sagt ihnen, dass du eine Kiste mit alten Musikkassetten haben sollst, falls ihm was zustoßen sollte, und stirbt kurz darauf.«

Bey nickt stumm.

»Und auf einer dieser Kassetten wurde vor vielen Jahren zufällig aufgenommen, wie sich dein Ex und seine Kumpels mit einem Dealer streiten, weil sie aussteigen wollten aus einem Kurierdienst, für den sie Drogen in Videokassetten getarnt ausgeliefert hatten ...«

Bey sieht Speedy an. Mark schüttelt den Kopf.

»Da muss man erstmal draufkommen! Also, wo war ich ... und aussteigen wollten sie, weil sie den Verdacht hatten, dass sich auf den Videokassetten außer Drogen auch noch kinderpornographisches Material befinden könnte, richtig?«

»Mhm.«

»Wovon aber vorher keiner was gewusst haben will, und ein paar Tage nach dem Streit mit dem Dealer waren zwei Leute tot und dein Ex lag im Koma.«

»Ja.« Beys Stimme ist heiser.

»Mann, wart ihr in schlechter Gesellschaft unterwegs!« Mark fährt sich ins Haar, sie hat ihn noch nie so bestürzt gesehen.

»Ich muss eine rauchen, sorry ...« Speedy fummelt ihre Zigaretten hervor, stolpert auf den Balkon, lässt die Tür offenstehen. Von drinnen sieht man ihren blauen Haarschopf knapp über der Balustrade leuchten, das Gästezimmerlicht spiegelt sich in ihren riesigen Brillengläsern. Ein paar Schneeflocken landen darauf, schmelzen. Mark sieht auf die Uhr.

»Die Kids müssten demnächst aus dem Schwimmbad zurück sein ... aber eine brauch ich jetzt auch.«
Mit fahrigen Schritten geht er hinaus zu Speedy.

Bey bleibt fröstelnd am Bettrand sitzen. Die Bauchschmerzen melden sich mit solcher Wucht zurück, als hätte eine Abrisskugel sie in der Magengegend getroffen. Warum fällt ihr das jetzt erst ein: Ihre Videos waren verschwunden. Ihre alten Punkvideos, die streng genommen gar nicht ihre waren, sondern Iggys. Die er immer aus der Videothek mitbrachte in die gemeinsame Wohnung mit dem tiefblauen Teppichboden. Als er im Koma gelegen hatte, ohne Aussicht auf Besserung, hatte sie beim Auszug ein paar davon mitgenommen. Ihre Lieblingsvideos. Die sie bis ins Detail gekannt hatte. Gewusst hatte, was sich auf jedem dieser abgenutzten, bräunlichen, oxydbeschichteten Polyethylenbänder befand. Hundertmal geschaut. Trotz dieses komischen Rauschens zwischendurch. Schlechte Qualität. Liveaufnahmen bei erbärmlichem Licht und noch mieserem Sound in den rappelvollen Punkschuppen der Achtziger und Neunziger. *Dead Kennedys* zum Beispiel, die Punkurgesteine, die zornigen Hände von Jello Biafra. Oder *Bad Brains*, kein aggressiveres Reggae-Derivat war denkbar, der Sänger H.R., der mit einer für menschliche Ohren kaum verständlichen Geschwindigkeit seine Lyrics herausschleuderte. *Black Flag*, die Durchgeknallten, Henry Rollins mit seiner keilförmigen Körperform und einer unbeschreiblichen Wut, die der eines Jello Biafra in nichts nachstand, aber auf Dauer nicht gut für seine Halsschlagadern sein konnte. *Rude Boy*, diese eigenwillige *Clash*-Rockumentary, Ian MacKayes *Minor Threat* und die total verpeilte *Sonic-Youth*-Tour-Doku *1991: The Year Punk Broke* mit einem jungen, noch ziemlich unberühmten, aber

dafür ziemlich lebendigen Kurt Cobain ... *Hüsker Dü*, die Schnelligkeit neu definierten, und natürlich Iggy Pop, an den das derwischhafte Herumgespringe von H.R. nicht zur Gänze heranreichte, aber das konnte durchaus an der unterschiedlichen Art von Drogen liegen. Sie hatten diese Videos mit Iggy zusammen angesehen. Immer sonntags. Sein Auskatertag. Fasziniert waren sie gewesen. Jung. Das eigene Leben noch vor sich. Alle Chancen offen. Die verklärte Hoffnung, es auch irgendwann auf eine solche Bühne zu schaffen und auf ein solch begehrtes Tape.

Sie hatte das Fehlen dieser Videos bisher ihrem eigenen Organisationschaos zugeschrieben, hatte gedacht, dass sie bei dem hektischen Umzug zum Deich verloren gegangen wären. Sie und Nikki hatten alles wahllos in Kisten geworfen, hatten beide nur weg gewollt aus diesem gruseligen Haus am Singel mit den Tierköpfen in den alten Schränken und der Kirchenorgel im Salon. Und einem Internetanschluss, der an einem Tag für das Anschauen von Kinderpornografie benutzt worden war.

Der Tag, an dem Noholy gerade angekommen war und Arthur beschlossen hatte, die Schränke im Grachtenzimmer zu durchwühlen auf der Suche nach einer seiner vielen Antiquitäten. Sie war kurz zum Einkaufen aus dem Haus gegangen. Als sie zurückkam mit schweren Taschen, den heulenden Béla auf dem Arm und mit den Nerven am Ende, war Arthur gerade dabei, seine Preziosen wieder in Zeitungspapier zu wickeln. Er saß dabei auf dem Sofa, neben dem Fernseher und dem TV-Schrank. Die Türen vom TV-Schrank waren geöffnet. Auf dem Sofa lagen ein paar ihrer alten Punk-Videokassetten, sie hatte sich nichts dabei gedacht.

Am nächsten Tag war der TV-Schrank wieder verschlossen gewesen wie immer, sie hatte nicht hineingeschaut, war

vollkommen abgelenkt gewesen von dem grauenhaften Fund auf ihrem Rechner.

Ihr wird übel vom kalten Rauch, den Speedy und Mark jetzt mit der Januarluft ins Zimmer tragen.
»Vielleicht irre ich mich auch und das eine hat mit dem anderen gar nichts zu tun ...«
»Was meinst du, Bey?«
»Ich hätte dir das schon viel eher erzählen müssen, Mark.«

^^^

VALUTA
Berlin

Sie ist von Losern umgeben. Man kann es nicht anders nennen. Sogar der Taxifahrer hat keine Eier. Eine Null! Genau wie die nutzlosen Belgier. Die man noch nicht mal zum Beschatten von Speedy einsetzen konnte. Es kann nur Speedy gewesen sein. Die ihre Bierflasche vors Taxi geschmissen hatte. Wenige Menschen sind so klein und haben gleichzeitig diesen dauerhaften Hang zu geschmacklosen Farbkombinationen. Nichts hat sich geändert, nicht der Blauton ihrer immer gleichen Frisur, nicht ihr Gang, nicht ihr Stil. Die andere, wesentlich größere, wesentlich eleganter gekleidete Person konnte sie von hinten nicht erkennen. Und ihr Taxifahrer hat sich doch tatsächlich in kürzester Zeit abhängen lassen! Aber Speedy und die andere Frau sind in Richtung Moabit davongefahren. Das ist immerhin ein Anhaltspunkt.

Das Taxi stoppt am Kotti. Karina läuft die Reichenberger runter bis zur Mariannenstraße.

Das *Jamesetta*. Klassisches Loch in der Wand. Nur eine unscheinbare Aluminiumtür mit Glaseinsätzen. Dahinter die Rockerkneipe. Teil ihres alten Netzwerks, das sie wieder aktivieren musste, weil die Belgier ein Totalausfall sind. Der Laden hatte früher durchgehend geöffnet, war jedoch weitgehend unbeleuchtet. Man bestellte am besten einen Kaffee oder Gin. Alles andere hielt der Eigentümer James für Pillepalle und dementsprechend schmeckte es auch. Das Bier war lau, der Whisky billig. Daran wird sich nichts geändert haben. Doch wegen der Getränke kommt Karina auch nicht her. Sie hat ihren doppelten Schuss Espresso schon gehabt, mehr ist nicht gut für die Körperspannung.

»Hi James.«
»Madam ...«
James verbeugt sich ironisch tief, bis seine forsche Nase beinahe seine Knie berührt, und wedelt dabei kabarettistisch einladend mit den Armen. Als er sich aufrichtet, steht Karina ganz nah vor ihm, greift gezielt nach seiner Gürtelschnalle und zieht ihn zu sich. Er ist zwei Köpfe größer als sie.
»Viel zu lange her, Miss ...«
»Komm.«
James rollt mit den Augen, lacht, zieht das Geschirrtuch aus dem Bund seiner Lederhose und wirft es dem Barkeeper zu. Folgt dann Karina durch die Tür in der Rückwand, greift ihr von hinten mit einer Hand in den Schritt, während sie ihren Reißverschluss öffnet, und packt mit der anderen durch den dünnen Blusenstoff hindurch ihre Brust. Sie stolpern die Treppen hinauf, er zieht einen schweren Schlüsselbund hervor, schließt mit einer Hand die Tür zur Wohnung über der Bar auf, schubst sie vor sich her ins Zimmer. Sie tritt nach hinten, trifft zielsicher sein Schienbein, und wäh-

rend er sich von dem Überraschungsangriff erholen will, hat sie ihm den Hosenstall aufgeknöpft und greift nach seinem Schwanz, der, befreit aus der Enge, steil nach oben schnellt. Er scheuert ihr eine. Sie spuckt ihm ins Gesicht, umgreift ihn, bewegt ihre Hand langsam auf und ab. Er stöhnt. Seine Finger suchen und finden ihre Nippel. Sie schlägt ihm mit der Faust ins Gesicht. Er hält sich die Nase, während sie sich bückt und seine Eichel zwischen die Zähne nimmt. Er stöhnt. Sie könnte zubeißen jetzt, ihr altes Zeichen für den Beginn eines sich über mehrere Stunden hinziehenden Aktes, nach dessen Ende sie früher mit blauen Flecken und diversen Schürfwunden erschöpft und nassgeschwitzt in gegenüberliegenden Zimmerecken langsam wieder zu sich gekommen waren. Aber ihnen bleibt nicht viel Zeit. Stattdessen umschließt sie ihn nur mit den Lippen und schiebt sie über seine Erektion, bis er beinah kommt. Er stöhnt. Sie bricht abrupt ab, steht auf, schlägt ihm mit der flachen Hand ins Gesicht. Er jault enttäuscht auf.
»Nicht so schnell.«
Schubst ihn nach vorn aufs Bett.
»Zieh dich aus.«
Gehorsam schält er sich aus der Lederhose und dem lose sitzenden Hemd. Darunter trägt er nichts. Sie selbst steigt aus ihrem edlen Businessoutfit und rittlings auf ihn.
Er fixiert ihren Blick, während er zwischen ihren Schamlippen ihre Klit findet. Er greift so fest zu, dass sie aufschreit, und massiert sie so lange, bis sich die Kontraktionen rhythmisch um seine Finger schließen. Sie greift nach seinem Schwanz und hilft ihm hinein. Verpasst ihm einen Kinnhaken und beginnt, sich langsam auf und ab zu bewegen.
Sie finden ihren Rhythmus. Wie früher.
Er wirft sie von sich.

»Knie dich hin!«
Er schlägt so lange zu, bis ihre Pobacken schmerzen, dann ist der Rhythmus ein anderer. Sie kommen gleichzeitig.
Er entspannt sich, rutscht aus ihr, wälzt sich schwitzend und schwer atmend zur Seite.
Karina gleitet vom Bett, hebt ihre Businessgarderobe vom Boden auf, geht in das wie früher versiffte, stinkende Bad und pinkelt in die Dusche. Wäscht sich und zieht sich an. Ein Blick in den erblindenden Spiegel: Ihre rechte Wange ist gerötet. Sie holt aus und schlägt sich mit voller Wucht auf die linke. Findet in ihrer Hosentasche den Tom Ford und setzt ihn an die Lippen. Ein letzter prüfender Blick: ein roter Schimmer auf beiden Wangen. Sie strafft die Schultern, ignoriert den brennenden Schmerz ihrer Pobacken, atmet tief ein und kontrolliert wieder aus.
Sie ist entspannter jetzt. Und hat James nach all den Jahren immer noch am Haken, er ist weich wie Wachs. Sie betrachtet zufrieden ihr Spiegelbild. Nicht viele Frauen stehen auf beide Seiten von SM. Aber offenbar jeder zweite Kerl. Ihre Valuta. Das Geheimnis ihres Netzwerks. Sie kriegt jeden damit. Jeden, der kein Kernpädo ist. Die Würmer. Totale Kontrolle. Sie muss nach vorn. Bei dieser Art von Scheißproblemen. Immer weiter. Neun Sekunden. Immer nach vorn.
Sie geht, sich die Bluse zuknöpfend, zurück ins Zimmer.
»Update?«, fragt sie wie beiläufig.
»Ich dich auch, Hase«, sagt er, beleidigt grinsend, Rauch ausblasend, sich am Sack kratzend. Sein erschlaffter Penis reicht ihm auch so bis zum Bauchnabel. In einer anderen Welt hätte sie vielleicht Zeit für Romantik.
»Habt ihr die Belgier gefunden?«
»Yep, wir haben sie, my Lady. Weiß man mehr über den Typen, der euch versetzt hat?«

»*Under-wonder*? Nein. Erwarte jederzeit Intel von Blake. Los, komm jetzt, Goran ist sicher schon da.«
Sie schlägt ihm mit der Faust aufs Schienbein. Er jault wieder auf und reibt die schmerzende Stelle, schwingt sich aber folgsam über die Bettkante und steigt nackt in Hose und Hemd.

^^^

'Til the fearless come and the act is done
A love like blood, a love like blood
– Killing Joke

^^^

HOUDINI
Berlin

Bewegungsmelder. Grelles Licht. Ein Hinterhof der heruntergekommenen Sorte. Wie es das in Berlin kaum noch gibt. Die blätternden und zugetaggten Hauswände und Kellerfenster atmen eine scharf nach Salmiak riechende Luft aus. Bey mag diesen Geruch. Ein Geruch von Vernachlässigung und Desinteresse. Und Desinteresse ist das Ding der Stunde, wenn man unterm Radar von Standortscouts und Maklern bleiben will. Desinteresse bedeutet Freiraum. Die Spuistraat und das Vrankrijk haben so gerochen in den späten Achtzigern in einem langsam verrottenden Amsterdam, dessen ehedem so stolze Grachtenhäuser jederzeit in das faulige Wasser der Grachten zu kippen drohten, deren Kaimauern sie wie betäubt säumten. In einem morbiden Wien rochen so noch Anfang der Neunziger ganze Stadtteile. Rohrbruch hatten sie gehabt im Flex, hinter der unscheinbaren, voll-

getaggten Metalltür diese verstörende Malerei von einem zu handlichen Steaks zerhackten Menschenkörper über die ganze Wand, der Fußboden geflutet. *Bodenkontrolle* hatten ihr gesamtes Equipment mit Storchenbeinen nach hinten zur Bühne tragen müssen, das Wasser lief ununterbrochen aus der Wand. Egal.

Mark läuft voraus.

Zeig diese Kiste mit deinen Musiktapes nochmal her, hatte er schließlich gesagt, nachdem sie ihm die Sache mit Noholy, der Website *kiddy-land* und den verschwundenen Videokassetten erzählt hatte. Aus seinem Gesicht war die Farbe verschwunden. Er hatte den Inhalt aufs Bett geschüttet und mit seinem Handy in die leere Kiste hineingeleuchtet. Hatte sie an sein Ohr gehalten und geschüttelt, eine kleine Schere am Boden der Kiste angesetzt und mit einer erstaunlich routinierten Bewegung einen doppelten Boden herausgehebelt. Darunter hatten sich zwei Videokassetten befunden: Ein *Black-Flag*-Livekonzert von 1984, aufgenommen im *The Stone* in San Francisco und eine Aufnahme von *Hüsker Dü*, aus dem *Camden Palace* in London, 1985.

Bey hatte wortlos erst Mark angestarrt und sich gefragt, ob sie ihn vielleicht all die Jahre grundlegend falsch eingeschätzt hatte, dann auf die beiden VHS-Kassetten, deren Hüllen sie so gut kannte: Auf der einen neben dem Namen die vier verschobenen Balken, für die Punkszene der Achtziger so emblematisch wie Marlboro für den Rest der Welt, das Werk des unglaublichen Raymond Pettibon. Dazu das grobkörnige Bild des entblößten, stets befremdlich gestählten Torsos von Henry Rollins, der damals noch nicht die Sonne auf dem Rücken trug, nur den Schriftzug darüber: SEARCH & DESTROY. Ekstatisch nach hinten gebogen im Akt des Singens, anders ließ sich das, was er da tat, nicht

beschreiben. Er gab alles. Immer. Auf der anderen Kassette ein Blitzeinschlag. Passend zum *New-Day-Rising*-Gewitter, mit dem das Set von *Hüsker Dü* losbrach, dazu die zweistimmigen Melodiebögen von einer harmonischen Schönheit und gleichzeitigen Verzweiflung, wie das außer ihm und Grant Hart niemand beherrscht hatte. Die Band ab Minute sieben durchgeschwitzt.

Wie in Trance hatte sie wieder zu Mark aufgesehen, der erst ein Telefongespräch angefangen, dabei die beiden Videos in die Blechkiste zu den Musikkassetten geworfen, seine Jacke angezogen und ihnen *Los, wir fahren zu Houdini, nehmt alles mit!* zugerufen hatte, er war schon halb zur Tür raus. Als sie dann mit der Blechkiste und dem Kassettenrecorder in seinem Auto saßen, sagte er noch, *Houdini*, das sei so was Ähnliches wie der Chaos Computer Club.

Bey atmet im Gehen nochmal tief ein und beeilt sich, Mark und Speedy zu folgen.

Die Tür zum Hinterhaus ähnelt mehr dem Zugang zu einem Verschlag als zu einem mehrstöckigen Wohngebäude, das Treppenhaus ist eng, dunkel und stinkt. Erdgeschoss. Eine große blonde Frau mit sehr kurzem Pony und Bridge-Piercing macht auf. Ihre Augen kajalschwarz. Hinter ihr ein fensterloser Raum mit einer weiteren Tür.

»Hallo, Xana.«

»Handys.«

Sie hält ihnen eine schwarz ausgeschlagene Kiste hin. Wortlos geben Mark, Bey und Speedy ihre Smartphones ab und dürfen eintreten. Es riecht muffig. Der Raum dahinter ist groß und grau, schmucklose Büroeinrichtung.

»Wir sind nicht *C-Base*. Dafür haben wir mehr Ruhe.«

Xana führt sie zu einem Treppenloch.

Das feine Gehör von Bey nimmt entfernt Drum'n'Bass-

Rhythmen wahr. Sie hält die Kiste an sich gepresst, Speedy trägt den Kassettenrecorder. Unter einer lauter werdenden, nicht abreißenden Kaskade von Amen-Breaks steigen sie eine Wendeltreppe hinab in einen riesigen Keller, der um ein vielfaches größer ist als der nichtssagende Raum oben. Alles in einem coolen Dunkelgraugrün gestrichen, auch Kabel und Lichtschalter, einfach alles. Einige Kids sitzen, unbeeindruckt von dem jetzt ohrenbetäubenden Jungle, der aus zwei im Halbdunkel unscharf auszumachenden Boxentürmen dröhnt, vor riesigen Flatscreen-Monitoren, die jungen Gesichter weißblau erhellt. Xanas Definition von *Ruhe*. Viele weitere Tische stehen herum, übervoll mit Bildschirmen, Tastaturen, externen Harddrives und anderen nicht näher identifizierbaren Elektronika. Als Lichtquellen dienen ein paar Schrauberlampen, die in die Metallstäbe eines unter der Decke angebrachten Gitterbodens eingehakt sind, aus dem auch hier und da Kabel herausbaumeln, die all die Geräte auf den Tischen speisen. Einzig dekoratives Element ein paar Camouflagenetze mit Sommerlaub. So einen Ort kennt Mark? Was hat er ihr all die Jahre verschwiegen?
»Zeigt mal her!«, überbrüllt Xana die Musik.
Bey hält ihr zögernd die Kiste hin.
Xana nickt und weist bestimmt auf zwei Bürostühle mit müden Polstern. Speedy und Bey sehen sich an, zucken mit den Schultern und setzen sich. Mark läuft mit Xana zu einem Tisch voller Apparate. Der Jungle dröhnt. Wozu reden, man versteht eh nichts. Sie warten. Xana verkabelt ein paar Geräte, ein Röhrenbildschirm flackert auf. Der Jungle beruhigt sich, fließt weiter in leichteren, warm rollenden, beinah jazzigen Basslines. Das *New-Forms*-Album. *Roni Size.* Wer hätte gedacht, dass die Computerkids so Old School sind. Xana und Mark reden, dann telefonieren sie. Bey schwirrt der Kopf. Kinderpornografie und Punk, diese

Kombination überfordert sie, diese Kombination kann nicht sein. Sie hofft, dass Mark gleich zu ihr kommt, breit grinsend, und mit ausladender Geste versichert, dass diese Videos nichts, aber auch gar nichts damit zu tun haben. Sie fühlt sich erschöpft, schließt die Augen, lässt sich fallen in den Drum'n'Bass.

New forms of movement
into new on-on-on into millenium
Live swing like pendulum
Pure soul m-m-maximum

Nach Postpunk ihre erste große elektronische Liebe, ethnischer Melting Pot, magische Zwischenwelt, bunt, vielschichtig, unkommerziell. Der Dark Soul des elektronischen Zeitalters. Neuer Underground-Sound, zu dem kein Glockseepunk tanzen konnte, noch nicht. Zoff mit Iggy in Soho, weil sie plötzlich lieber Jungle-Mixtapes und D'n'B-Whitelabels kaufen wollte als Westcoast-Hardcorepunk, allein weitergezogen zum *Blue Note*, *Kemistry & Storm, Goldie, Metalheadz* und *Asian Underground*. Die Anfänge. Und das Ende von *Bodenkontrolle*. Das unausweichlich geworden war, als sie ihre ersten Breakbeat-Platten mit einer kleinen geneigten Hörerschaft geteilt hatte. Es war eine fundamentalistische Frage gewesen. Wer elektronische Musik liebte, stand mit einem Mal am anderen Ufer. Weil in der Szene nur *echte* Musik zählte ...

Der Drum'n'Bass stoppt abrupt.
»Los jetzt, kommt mal mit.«
Sie muss kurz eingenickt sein. Xana thront über ihr mit strengem Blick, ihr Bridge-Piercing funkelt im Licht der Schrauberlampen. Sie führt sie zu dem Tisch, auf dem

zwischen anderen Apparaten und Kabeln der Röhrenfernseher steht, der jetzt an einen Videoplayer angeschlossen ist. Mark steht davor und schaut auf die pinken Lettern, die auf dem Bildschirm flimmern. *Live from London.* Xana drückt auf Play. Grant Harts Maschinengewehr-Snare bricht unvermittelt los, Bob Mould mit geschlossenen Augen, die Riffs so schnell, als ginge es um Leben und Tod (und genau darum ging es ja tatsächlich). *New day rising.*
Xana spult vor. Minute 24. *The sky's the limit on this chartered trip away.* Die Gesichter der drei Wahnsinnigen schweißglänzend.
»Hier.«
Mark nickt. Bey und Speedy schauen angestrengt auf den Monitor. Xana hält das Video an. Eine pixelige Fläche. Die Ästhetik der Achtziger und Neunziger. Bey runzelt die Stirn.
»Schlechte Qualität?«
Xana schüttelt den Kopf.
»Seht genau hin. Seht ihr diese Pixel hier?«
Sie spult bis zum Ende.
»Hier. Struktur wie eine gewebte Fußmatte.«
Mark nickt wieder. Speedy schiebt ihre Brille zurecht.
»Hatten das nicht viele Videos damals?«
Xana schüttelt den Kopf: Das hier ist ein sicheres Zeichen, dass das Filmmaterial manipuliert wurde. Es wurden andere Inhalte gespeichert. Digitale Inhalte.«
»Aber wie? Ich sehe nichts Verdächtiges.«
»Das ist gerade der Trick.«
»Aber wie kann man das sichtbar machen? Ich muss sehen, was auf diesen Videos drauf ist!«
Xana zögert. Sieht Mark an, dann Bey.
»Wirklich? Willst du das wirklich *sehen*?«
Ihr Bridge-Piercing funkelt blau.

»Ja ... äh, nein. Sehen vielleicht nicht. Aber ich muss *wissen*, was drauf ist.«

»Okay. Dann müsst ihr nach Polen.«

Xana mustert die beiden Frauen, seufzt. Telefoniert auf Polnisch.

»Können die *Houdinis* uns nicht helfen, Mark?«

»Nein. Seltene Hardware. Haben die nicht.«

Xana beendet ihr Gespräch.

»Szymon weiß, dass ihr kommt.«

»Szymon?«

»Spezialist für Entschlüsselung undsoweiter.«

»Ah. Und wo ...?

»Nowe Biskupice. Gleich hinter der Grenze.«

»Nowe wie?

»*New Biscuit*, ist leichter zu merken.«

Mark macht eine entschlossene Handbewegung.

»Ich bin raus, muss nach Hause, mit Sophia reden. Gibst du ihnen eins von euren Autos?«

Xana nickt und stoppt das *Hüsker-Dü*-Video. Mit einem summenden Geräusch spuckt das Gerät die Kassette aus. Bey legt sie zu dem *Black-Flag*-Video und den Musikkassetten in die Blechkiste.

»Viel Glück«, sagt Mark, der ein Hackerkollektiv kennt und nie darüber geredet hat, und ist verschwunden.

^^^

Horizon is oblivious
chartered trip away
Guess I better stay away
– Hüsker Dü

^^^

VOR DREIZEHN JAHREN. JANUAR–APRIL 1998

WC
Hannover

»Ich bau uns noch einen.«
Rocker blieb so plötzlich im Gebüsch des Bahndamms stehen, dass sich Deus, Harry und Iggy in einer kleinen Massenkarambolage gegenseitig auf die Kutten prallten und sich die Wangen an den Nieten aufbohrten.
»Alter, deine Spikes!«
Sie rieben sich noch die Köpfe, während Rocker, heiser lachend, schon die Paper aneinander geklebt hatte und aus einem kleinen Beutel ein klebrig weiches, glänzendes Stück guten Afghanen zog. Party in Bothfeld. Of all fucking places. Sie hatten geprobt, waren dann zum Vorglühen in die *Korn* gelaufen und warteten jetzt auf Malte, der nach seiner letzten Kurierfahrt noch die Kohle in der Videothek abliefern musste. Dann würden sie mit seinem Ford zu dieser Party am anderen Ende der Stadt fahren.
»Lass mal da sitzen.«
Deus zeigte auf eine flachere Stelle in der steilen Böschung. Der Joint ging rum im Dickicht, geschützt vor der Straßenbeleuchtung. Sie flüsterten sicherheitshalber.
Von hieraus hatte man Ausblick auf die Rückseite vom Herrenklopuff. Ludwigstraße. Die Leuchtschilder der anderen Etablissements in Rot. Der *Love-is-Life*-Puff, die Nacktbar und das Erotikkino.
»Was'n das für'n fettes Teil da vorm Kino?«
»Alter, fick mich! Das is'n Bentley.«
»Geiles Teil! Ein echter Continental R Azure ...«

»Hahaha, Deus, Alter! Immer der Gott, immer der Alleschecker!«
»Ey, Jungs, seid mal still! Is' das nich' Karina, die da aussteigt?«
»Alter, wie sieht die denn aus? Und wer is' der Kerl da?«
»Haltet doch ma' die Fresse, ey!«

Karina trug Perlenohrringe und Nerzmantel. Darunter Nylons und teure Pumps. Das schwarze Haar hatte sie hochgesteckt und statt des schwarzen Lippenstifts trug sie jetzt roten. Sie war tatsächlich aus dem Fond des fetten Bentley ausgestiegen und auf einen Kerl zugegangen, der durch die Hintertür vom Herrenklopuff kam.
Karina sagte etwas zu dem Kerl. Iggy machte eine genervte Handbewegung, sie sollten jetzt wirklich mal still sein.
»In Zukunft lieferst du uns besseres Material. Wir brauchen fürs nächste Mal mindestens zwei.«
Karina wirkte so überlegen, sah so anders aus. Krasse Scheiße.
»Alles klar. In zwei Wochen hast du sie.«
»Nächste Woche.«
Der Mann nickte zögernd.
»Lasst es über den Kontaktmann laufen, der hat immer was.«
»Jugendamt?«
Karina nickte.

Iggy verbrannte sich die Finger am Joint, verkniff sich den Schmerz und blieb so still wie die anderen.
Sie hielten den Atem an, bis Karina wieder in den Bentley stieg und davongefahren wurde. Der Kerl, mit dem sie gesprochen hatte, lief zurück in den Puff.

^^^

No tears for the creatures of the night.
No tears.
– Tuxedomoon

^^^

SOIA
Hannover

Er hatte nichts mehr. Ebbe. Vollkatastrophe. Absoluter Super-GAU.
Iggys Finger zitterten, als er in dem kniehohen, unsortierten Kleiderhaufen neben seinem Bett alle ungewaschenen Hosen- und Jackentaschen durchwühlte und sicherheitshalber von innen nach außen kehrte, während vom Wohnzimmer *Saccharine Trust* herüber dröhnte. Nichts da. Nicht mal einen Piece-Krümel, kein einziges Flöckchen Gras. Er war um kurz nach eins aufgewacht, Bey war längst weg gewesen zur Uni, wie immer, ihre Betthälfte ausgekühlt, und er hatte sich zunächst mit noch halb geschlossenen Augen aus ihrem und seinem zusammengeknüllten Kissen einen kleinen weichen weißen Berg gebaut und sich mit nacktem Oberkörper hineinsinken lassen, tastend den zerknautschten Beutel auf dem Fußboden neben dem Bett gefunden und sich dann in aller Ruhe eine gedreht. Erstmal rauchen. Erstmal klarkommen. Erholen vom Schock des Erwachens. Es war zu hell im Zimmer, aber Gardinen waren auch scheiße, sowas hatten nur Spießer. Er wartete auf Anzeichen eines Katers, aber es ging erstaunlich gut, trotz der vielen Kümmerlinge zum Schluss. Der Schock saß tief gestern Nacht. Sie hatten sich auf dem Weg nach

Bothfeld im Auto fett gezofft. Darüber, was das bedeutete. Was Karina da zu suchen, und vor allem, was sie gesagt hatte. *Jugendamt.* Für ihn war klar, dass sie der Sache nachgehen müssten. Die anderen zweifelten, ob das stimmte, was sie da gehört hatten, wollten erstmal die Finger davon lassen. Feige Säue. Auf der Party in Bothfeld gaben sie sich ziemlich die Kante.

Nach der Zigarette im Bett war er ins Bad gestolpert. Hatte, während er auf den dunkelgelben Urinstrahl starrte, plötzlich doch ein aufziehendes Kopfschmerzgewitter registriert und beschlossen, erstmal 'ne Line zu ziehen, das half am schnellsten. Auf dem Weg zurück vorm Plattenspieler im Wohnzimmer Halt gemacht, die Nadel reflexhaft auf die erste Rille der Platte gesetzt, die Bey am Abend davor gehört hatte. Und es sofort bereut.
What is the giver really taking? / Is it the taker / Who's directing traffic here, anyway?
Joaquin Brewers existentialistisches Stakkato-Gebrüll. Und diese Texte. Sie liebte die *Surviving you, always* mit der schönen Frau vorne drauf, die aus dem Leben gesprungen war, aber aussah, als ob sie schlief. Sie verehrte *Saccharine Trust* (insgeheim war er überzeugt, dass sie seit der Tour mit *Universal Congress of* verliebt war in Joe Baiza, es aber selbst nicht peilte. Es war lächerlich. Ihn nervte das Album einfach nur, ihn nervte die ganze Band, ihn nervte vor allem Joe Baiza). Die Kopfschmerzen dröhnten mittlerweile pulsierend von innen gegen seinen Schädel. Aber er ließ die Platte laufen, denn er war schon auf halber Strecke zurück ins Schlafzimmer, es gab Dringenderes. Er musste nachdenken. Und zum Nachdenken brauchte er einen klaren Kopf. Einen klaren Kopf bekam man am besten mit ein bisschen Nachhilfe. Besonders bei einem dermaßen krassen Kater.

Auf der Suche nach einem der kleinen weißen Briefchen, die er für gewöhnlich in dieser ansonsten nutzlosen, winzigen vorderen Hosentasche rechts trug, war es ihm dann wieder eingefallen. Dass er nichts mehr hatte. Dass er sich die Line nicht würde ziehen können. Panik hatte sich in seinem unteren Rücken ausgebreitet und war ihm von da aus bis in die Fingerspitzen gekrochen, die zu zittern begonnen hatten und mit denen er jetzt fieberhaft den Kleiderberg durchwühlte. Aber weder eine der winzigen Hosentaschen rechts vorne noch irgendeine andere Hosen- oder Jackentasche des Klamottengebirges, das er Stück für Stück abzutragen begann, hatte auch nur ein Molekül des heißbegehrten Benzoesäurederivats zu bieten. Er stemmte die Matratze hoch, nichts. Ließ sie mit einem dumpfen Geräusch zurückfallen, wobei das lose Laken durch den Luftzug nach oben wehte. Er zog es vollständig ab, nichts. Nur eine erbärmlich ausgenuckelte Federkernmatratze mit diesem merkwürdig glänzenden Bezug, den man nicht abnehmen konnte und der aus unerfindlichen Gründen immer irgendein Rosenmuster aufwies. Dieser Bezug hier hatte außerdem Flecken. Ein paar helle mit dunklen Rändern am oberen Ende, Spuckeflecken vom Komaschnarchen, und ein paar rostrote bis bräunliche in der Mitte, oxidierte Menstruationsflecken von Bey und mindestens noch zwei ihrer Vorgängerinnen. (Er hatte oft überlegt, die Matratze als Kunstwerk auszustellen, eine Art umgekehrte Tracey-Emin-Skulptur. *Everyone I have ever slept with.* Es wäre ein Skandal. Ein noch größerer als der um ihr Zelt. Wie die öffentlich ausgestellten Tagebücher aller Ex-Freundinnen, nur besser. Der Antifeminist. Ein Aufschrei würde durch die *Emma* lesende Community der Althippies gehen, sein Kunstwerk würde verboten werden und er auf einen Schlag berühmt. Aber irgendwie fehlte immer die Kohle

für eine neue Matratze, und auf irgendwas musste man ja schlafen.)
Er zog eine der ebenso beklagenswert cleanen, aber ansonsten ungewaschenen Hosen mit großen ausgefransten Knielöchern vom Haufen neben seinem Bett und stieg nackt hinein, schrie kurz auf, als sich mehrere Sackhaare im Reißverschluss verfingen, fand ein sauberes *NOFX*-T-Shirt, fuhr sich flüchtig mit allen zehn Fingern durch das strähnig blondierte Haar und lief durchs Wohnzimmer, wo sich Joaquin Brewer inzwischen durch den letzten Song der A-Seite arbeitete (*I was the catalyst / I was the motivator / I was the receiver of fault*) Warum schrieb jemand solche Schwachsinnstexte? So konnte kein Mensch auch nur einen klaren Gedanken fassen! Unerträglicher experimenteller Kram, dachte er, als er zum wiederholten Mal den blauen Baumarktteppich entlangstolperte, der so schlecht verlegt war, dass er sich schon nach wenigen Wochen zu wellen begonnen hatte, stieß sich die Zehen im dunklen Flur am Katzenklo (apropos Katze, wo steckte die eigentlich?), fluchte wieder, riss unwirsch die Wohnungstür auf und machte sich trotz der Kälte barfuß auf den Weg nach unten in den ersten Stock zu Rocker.

»Was?«
Rocker sah scheiße aus. Ganz mieser Hangover. Mindestens so mies wie sein eigener. Er behielt den Türknauf in der Hand und versperrte Iggy mit seiner Körperbreite den Zutritt zu seiner nachtschwarzen Wohnung, aus deren unergründlichen Tiefen ein *Sick Of It All*-Song zwischen Rockers Beinen hindurch nach draußen röhrte. *Scratch the surface*, gutes Album ... *Such empty life night after night* ...
Seine Schultern hingen schief, die stolzen schwarzen Spikes vom Vorabend bogen sich müde in Richtung Kopf-

haut, sie hatten offensichtlich genauso kurz und schlecht geschlafen (wenn überhaupt) wie Rocker selbst.
»Haste was auf Tasche?«
»Was'n?«
»Halbes Gramm reicht mir …«
»Wovon laberst du, Alter?«
»Kriegste heute Abend wieder.«
»Vergiss es. Hab nix.«

Iggy sah, dass er log. Auch wenn er genau genommen nicht mehr in Rockers Gesicht, sondern in die Milchglasscheibe schaute, die dieser ihm samt Wohnungstür vor die Nase geknallt hatte. Klar hatte der was. War sicher immer noch sauer wegen des Streits gestern. Er wusste ja selbst nicht, was er von der Sache mit Karina halten sollte. Aber dazu musste er verdammt noch mal nachdenken und zum Nachdenken brauchte er einen klaren Kopf!
Er drehte sich um und lief wieder nach oben, fand unterwegs die Katze, die sich mit schuldbewusst angelegten Ohren wegzuducken versuchte, griff ihr souverän ins Nackenfell und trug sie an einer kleinen, streng riechenden Lache im zweiten Stock vorbei ins Dachgeschoss. Die Wohnungstür stand noch offen, auf dem Plattenteller kratzte die Nadel in rhythmischen Intervallen ans Label der A-Seite. Er trat die Tür mit dem rechten Fuß zu und ließ die Katze unsanft auf den Teppichboden fallen, hockte sich vor den Plattenspieler und erlöste die Nadel, nahm die *Saccharine-Trust*-Scheibe herunter und legte *Fugazi* auf. Schon besser.

^^^

Sitting in a waiting room.
I wait, I wait, I wait I, wait.
– Fugazi

^^^

AUS
Hannover

Das ist ein verspäteter Aprilscherz.
Dachte Iggy zuerst. Aber da hatte er noch nicht ihre Augen gesehen. Lag wahrscheinlich daran, dass er vorsichtshalber seine Sonnenbrille aufbehalten hatte, die mit den dunklen Gläsern, dass man drinnen so gut wie nichts sah. Er nahm sie dann doch ab, was keine gute Idee war. Für solche Pupillen war selbst ein trüber Tag wie dieser noch zu hell. Wenigstens war der Kater noch in weiter Ferne, die letzte Line hatte er vor einer Stunde gezogen, die hielt noch ein bisschen vor.
Sie konnte so wütend werden! *Das sind die Kamele in deinem Kopp*, sagte er immer. Meistens musste sie dann lachen. Aber heute Morgen konnte er besser die Klappe halten. Während sie wutschnaubend durch die Wohnung rannte und Sachen aus Schränken riss und in Taschen stopfte. Sie würde gehen. Müssen. Mal wieder. Er würde ihr keine Wahl lassen. Wann er endlich damit aufhören würde, nachts wegzubleiben.
Er war kaum zur Tür rein, da hatte sie ihn schon konfrontiert, ihm keine Atempause gelassen. Am liebsten hätte sie das Schloss ausgewechselt, sagte sie noch, aber dann doch beschlossen, ihn mit nach Katzenpisse stinkendem

Kleiderschrank und vollgequarzten Wänden verrecken zu lassen.
Deep Shit. Verdammt. Aber sie hatte ja recht. Er hatte die vergangenen Monate über selten zu Hause geschlafen, neben ihr, der Frau, die mehr an ihn glaubte als alle anderen. Und seit Monaten verlor sie immer mal wieder die Nerven, zog aus, kam aber nach ein oder zwei Wochen zurück, weil er hoch und heilig versprach, sich zu bessern. Und sie glaubte ihm jedes Mal. Sie konnte nicht ahnen, dass er das Richtige tat. Aber die Kacke war heiß, und er wollte sie da nicht mit reinziehen.

Dabei hatte letztes Jahr alles so gut angefangen: Rotzes Geschäft ging plötzlich durch die Decke, er hatte diesen Kurierdienst eingerichtet und seine Kumpels eingestellt. Seitdem hatten sie Pappe ohne Ende. Endlich mal.
Klar hatten sie auch schon vorher unter der Hand Rotzes Schnee weitervertickt. An die Producer und Journalistinnen und Tourmanager in der Südstadt mit ihren prallen Brieftaschen. Deren Wänste proportional zum Hubraum ihrer Autos wuchsen, die sich aber nicht die Fingerchen schmutzig machen wollten bei den echten Dealern, und die an der Musik, die sie hier in den feuchten Kellerlöchern erfanden, gutes Geld verdienten, während sie sich untereinander die Pfandflaschen klauen mussten.
Aber seit sie für Rotze arbeiteten, war das verboten. Keine Nebeneinkünfte mehr. Alles lief nur noch über ihn. Und mit Rotze wollte keiner Ärger. Die feisten Südstadtkunden jammerten über die neuen Preise und wollten Vorzugsbehandlung. Aber Rotze konnte es sich leisten, ein paar Kunden weniger hätten den nicht gekratzt. Und als Trenner die Videothek in dem alten *Fachgeschäft für Ehehygiene* auf der Celler Straße eröffnete, die neben dem

Herrenklopuff, hatten sie ihre Geschäfte zusammengelegt. Ziemlich genial.
Alle seine Kumpels jobbten seitdem als Fahrer für Trenner und Rotze. Er selbst fuhr für die Videothek oder machte dort den Versand klar zusammen mit Rocker, Harry und Stella. Sie wogen den Stoff und verpackten ihn in Tüten, öffneten die Kassettenhüllen und versteckten die Beutel im Inneren. Schlossen die Gehäuse wieder, schoben sie zurück in die Hüllen und versiegelten sie. Die Kuriere holten die Bestellungen ab. Er hatte sich von der Kohle die Les Paul und die Ibanez gekauft. Und Schallplatten. Ohne Ende Schallplatten. Der Rest ging fürs Feiern drauf.
Bey hatte er erzählt, er würde für einen Kurierdienst arbeiten. Pakete. Lange Arbeitstage, Schichtdienst. Ja, seine Kumpels würden da auch arbeiten. Sie hatte ihm das anfangs geglaubt, aber sie wurde misstrauisch.
Und er hatte Karina geglaubt. Wie alle anderen auch. Dass sie ein stinknormales Glockseekid wäre. Das schwarzen Lippenstift und Iros trug, gerne auf Punkkonzerte ging und in der Videothek die Buchhaltung machte, weil sie gut mit Zahlen konnte. Nichts war weniger wahr. Ihr gehörten der Kurierdienst und die Videothek. Sie war der Boss, Trenner und Rotze bloß Angestellte.

Ja, er log Bey an. Ziemlich übel sogar. Aber sollte er ernsthaft sagen: Du Schatzi, ich bin da die vergangene Wochen am Ermitteln in so 'nem Puff, weil ich was rausfinden will über einen Kinderfickerring? Und ja, da muss ich dann aus Gründen der Glaubwürdigkeit auch mal mit der einen oder anderen Dame, neenee, nix mit Kindern, das spielt sich da alles in einem Hinterzimmer ab, so etwa? Und das mit Karina, Schatz, das ist alles ganz anders, als es aussieht, die Karina muss ich geschmeidig halten, die hat was

mit den Kinderfickern zu tun? Hätte er ihr das etwa sagen sollen? Sie hätte doch nur gewollt, dass er sofort die Finger davon lässt und zu den Bullen geht. Er musste das durchziehen. Um zu verstehen, was da wirklich abging.
Denn außerdem war irgendwas fishy mit den Videos, aber keiner von den Freiern hatte ihm dazu mehr sagen können. Vergangene Woche hatte er während der Nachtschicht zwei VHS-Kassetten mitgehen lassen. Vom Stapel für die sogenannten *Spezialkunden*. Äußerlich sahen die aus wie ganz normale Punkvideos: eins von *Black Flag* und eins von *Hüsker Dü*. Auch als er sie zu Hause auf dem Videorecorder abspielte, während Bey in der Uni war, hatte er nichts Verdächtiges entdecken können. Die Qualität war nicht besonders, aber es waren wahrscheinlich Kopien von Kopien, das kannte man ja. Er hatte beide Bänder komplett zurückgespult und in slow motion nochmal angesehen, in der Hoffnung auf einen Hinweis, aber er fand nichts. Hatte sie wieder in die Hüllen gesteckt und zwischen seinen anderen Videokassetten versteckt, die er als Freiexemplare von der Videothek bekommen hatte, eine ganz ordentliche Sammlung mittlerweile. Später hatte er dann festgestellt, dass er das *Black-Flag*-Video jetzt doppelt hatte: eins davon musste eins der beiden Entwendeten sein, aber er konnte beim besten Willen nicht mehr sagen, welches. Er würde sich dringend Rat von irgendwem holen müssen, der Ahnung von Technik hatte.

Das alles wollte er klären, bevor sie irgendwas davon mitkriegte. Okayokay, vielleicht hatte er es ein bisschen übertrieben mit dem Dope und dem Wegbleiben in letzter Zeit, vom Saufen gar nicht erst zu sprechen. Aber anders kam man ja kaum durch die Nächte, und wenn man was angeboten bekam und ablehnte, wurden alle misstrauisch.

Da vertraute einem niemand was an. Und die Freier aus dem Herrenklopuff, die auch nur irgendwas wussten über den Kinderfickerring, die schon mal gar nicht.
Verdammt, die Süße zieht aus.

^^^

And I know
I'll never feel that way again
She's just my ex
- All

^^^

BOOT
Berlin

Sie war gekommen. Deus hatte nicht wirklich daran geglaubt. Gründe dagegen hätte sie sicher genügende gehabt. Sie hatte gut ausgesehen. Eigentlich wie früher, alterslos beinahe. Nur ihre Kleidung war eleganter geworden, erwachsener. Und ihr Haar. Pechschwarz. Musste wohl ihre natürliche Haarfarbe sein (denn die passte besser zu ihren schwarzen Augen als das Wasserstoffblond oder das krasse Neonrot, mit dem sie damals ihre Tomboy-Frisur gefärbt hatte), und sie trug jetzt einen sehr klassischen Bob. Den strengen, durchdringenden Blick hatte sie immer noch.
Er war ihr ähnlicher, als sie ahnen konnte, hatte nur seine ganz eigene Art von straight edge gekonnter verborgen. Wie er sonst jemals um sieben Uhr stramm auf seinen Baustellen hatte stehen können in der dunklen Eiseskälte, mit Kupferrohren und Biegezangen bewaffnet, die Frage war in den Köpfen ihrer gemeinsamen dauerbreiten Freunde niemals aufgetaucht. Er hatte sie stets aus dem Augenwinkel beobachtet und sich im Stillen gefragt, wie sie das durchhielt als Freundin eines der härtesten Kokser der Szene. Was sie gewollt hatte, sich versprochen hatte, sich erhofft hatte von den vielen Nächten in den düsteren Clubs und den Sonnenaufgängen danach auf dem Weg nach Hause in eine bitterkalte Wohnung mit Kohleofen, der garantiert ausgegangen war, Klo halbe Treppe, Dusche und Waschbecken in der Küche, Alditüte an der Türklinke statt Mülleimer, die Spüle voller Kaffeetassen mit grünschimmligem

Bodensatz und Spraytags quer über die Wände von Räumen, die andere Leute Wohnzimmer nannten, in eine Art Höhle, wie sie alle Punks eher behausten als bewohnten, was sie gewollt hatte von dem ohrenbetäubenden und oft unkoordinierten Krach auf wackligen Bühnen, dem assigen Pogogerempel in der ersten Reihe, dem Schweiß, der an den fauligen Wänden der unbelüfteten Clubs kondensierte, die natürlich keine Notausgänge kannten, dem beißenden Rauch in den Augen, dem Gestank der knöcheltiefen Gülle rund um die übergelaufenen, improvisierten Klos in der *Korn*, was sie gesucht hatte in der abgestandenen Luft der halbherzig schallisolierten Kellerlöcher, die nur aufgrund der aus ihnen quellenden rhythmischen Geräusche den Namen Übungsraum verdienten, was ihr Deal war, das hatte er sich mehr als einmal gefragt.

Sein Deal dagegen entging allen. Wenn der eigene Bruder sich ständig in die gröbste Scheiße ritt und damit sogar die Mutter beinah in den Knast brachte, dann konnte es von Vorteil sein, wenn keiner das komplette Bild kannte. Die Mutter, die sich so abgerackert hatte. Die nach der Scheidung monatelang heulend am Küchentisch zubrachte, während er als kleiner Knirps notgedrungen das Geld verdiente mit dem recht einträglichen Verkauf der Münzsammlung, die sein Vater bei der Trennung im Zorn zurückgelassen hatte. Die paar Nachmittage, an denen der Alte, vermutlich angetrieben von einem schlechten Gewissen, seinem etwas anämischen, aber dafür hellwachen kleinen Sohn den Wert dieser alten runden Taler in ihren vergilbten Plastikhüllen erklärt hatte, waren gut investiert und hielten jetzt Mutter und Sohn über Wasser. Dann kam eine neue Phase, die das Ende dieser traurigen Zeit einläutete. Mutter stand vom Küchentisch auf, wusch

sich das Gesicht und schminkte sich wieder, steckte das Haar hoch und zog ihre wunderschönen Kleider an, besonders das aus blauem Samt mochte er. Dann kam Gert. Und spätestens jetzt war klar, dass die neue Phase vielmehr das Glockenläuten vom Anfang des Endes gewesen war. Gert schlug. Alles. Kurz und klein. Dann kam das Baby, auf dessen Ankunft er hingefiebert hatte, weil es unbekannt war und auch unheimlich, wie so etwas einfach im Bauch der geliebten Mutter heranwachsen konnte. Gert rasierte sich jetzt morgens und zog ein frisches Hemd an, bevor er aus dem Haus ging.
In den kommenden Monaten wich Deus der Mutter und dem kleinen Bo nicht von der Seite. War das vorbildlichste Geschwisterkind, das man sich wünschen konnte. Weil kommen musste, was kam. Und ihm das unterbewusst in seinem kleinen Kinderhirn irgendwie sonnenklar gewesen sein musste. Gert verlor das Interesse und begann wieder zu saufen und zu spielen und krumme Geschäfte zu machen. Kam schlechtgelaunt nach Haus und schlug wie zuvor auf alles ein, was nicht bei drei auf den Bäumen saß. Wie zum Beispiel das Baby Bo. Die Nacht in der Notaufnahme markierte glücklicherweise das Ende von Gert, aber sie mussten weg aus der Wohnung mit dem schönen Hof, weg von seinen kleinen Freunden, weit weg zu einem Frauenhaus mit einer geheimen Anschrift und anderen Kindern, die blöd waren, anders waren als er.
Bo wuchs heran und war ein süßes Kind. Bis er diese Anfälle bekam. Epilepsie. Und nicht nur das. Er konnte schäumen vor Wut, als Dreijähriger schon. Aber er war sein Bruder.

Deus hatte seinen ersten richtigen Job nach der Klempnerlehre, gut bezahlt, zog in eine WG in der Innenstadt und

genoss die Freiheit und die ungekannte Leichtigkeit, als die Last endlich von seinen Schultern zu fallen schien. Raus aus der dunklen Enge der winzigen Sozialwohnung im Vorort, raus aus der ewigen Sorge um Mutter und Bruder, rein in die Punkszene. Endlich machen, was er wollte, er hatte einen riesigen Bock drauf. Er lernte Gitarre spielen und Bass, wurde gut und besser und bei den vielen Bands, die während der Achtziger überall wie Psilocybinpilze aus dem Boden schossen, herumgereicht, wenn jemand gebraucht wurde, der das richtig konnte. Er genoss Ansehen in der Szene. Hatte sein altes Leben hinter sich gelassen, und in den seltenen Augenblicken, in denen er sich erlaubte, daran zu denken, stellte er fest, dass er sich wie erlöst fühlte, der sich immer stärker abzeichnenden kriminellen Energie, die sein kleiner Halbbruder Bo von seinem Schlägervater geerbt zu haben schien, nicht mehr andauernd ausgesetzt zu sein. Immer öfter hatten in letzter Zeit die Bullen dort geklingelt und gedroht, entweder den Kleinen ins Heim oder die Mutter stellvertretend in den Knast zu stecken. Er konnte nichts mehr ausrichten. Nicht mal einen Ansatz von schlechtem Gewissen spürte er. Mit achtzehn ließ er sich von einem entsetzten Chirurgen die Samenstränge stutzen.

Das Glück währte ganze zwei Jahre. Das Telefon musste schon länger geklingelt haben. Drei Uhr morgens. Es dauerte eine ganze Weile, bis er mit seinem schlaftrunkenen Kopf kapierte, dass sein Bruder heulte. Flüsternd heulte. Verb und Adjektiv für sich genommen schon erstaunlich im Zusammenhang mit Bo. Er müsse ihn holen kommen. Jetzt sofort. Wo? Es brauchte mehrere Anläufe, bis er ihm eine ungefähre Adresse entlocken konnte.

Bo saß zu einem bebenden Bündel zusammengekauert in einem Holzschuppen und blickte mit weit aufgerissenen Augen um sich. *Siekommenmichholensiekommenkommenmichholen!*, flüsterte er nur immer und immer wieder. Ein entsetzlicher Anblick. Als der Zustand seines Bruders sich nicht besserte und es langsam hell wurde, fuhr er mit ihm in die Notaufnahme.

Akute Psychose. Die Mutter drehte durch. Verständlich, aber wenig hilfreich angesichts der zwei Jugendamtsmitarbeiter, die das Krankenhaus auf den Plan gerufen hatte, da sich die vollkommen überforderte Frau vehement gegen jede Maßnahme sträubte. Je mehr sie tobte, desto ruhiger wurde er selbst, umso klarer wurden die Dinge um ihn herum, ordneten sich in seinem Kopf. Pure Routine nach all den Jahren als notgedrungen frühgereiftes Kind. Er wusste, was zu tun war, und hasste die Erkenntnis, aber es half ja nichts. Er war schließlich sein Bruder. Schweren Herzens stand er auf. Vollkommen ruhig sah er die beiden unentschlossen wirkenden Jugendamtsmitarbeiter an.

Sie waren erleichtert, dass ein Familienangehöriger mit gesichertem Einkommen und fester Bleibe sich bereit erklärte, die Vormundschaft anstelle der sichtlich unfähigen Mutter zu übernehmen. Dass er eine komische Frisur hatte und ziemlich kaputte Hosen trug, blendeten sie geflissentlich aus. Der Ärger, die Polizei hinzuziehen zu müssen, der ganze Papierkram. Die Chefin sah es nicht gerne, wenn Fälle eskalierten. Alles, was innerhalb der Familien bleiben konnte, war die optimale Lösung.

Es war schnell geregelt. Am Ende derselben Woche war Deus gesetzlicher Vormund seines kleinen, kriminellen Halbbruders, dessen Hirn sich gerade in Wahnvorstellungen aufzulösen drohte. Es war davon auszugehen, dass Bo lebenslänglich einen Vormund brauchen würde.

Als der viele Wochen später die Geschlossene, einigermaßen stabilisiert und auf teure Psychopharmaka eingestellt, verlassen durfte, holte er ihn ab, brachte ihn nach Hause, fuhr zurück in die Stadt zu seinen Punkkumpels, überwies die Hälfte seines Gehalts auf Mutters Konto, zahlte die teuren Pillen, weil die Kasse das nicht übernahm, und hoffte wider besseres Wissen das Beste.

Es dauerte nicht lange, bis Bo, mittlerweile dreizehn, in der Innenstadt auftauchte und offenbar beschlossen hatte, eine schillernde Karriere als Kinderpunk aufs sumpfige Parkett der Glocksee zu legen. Wegen seines jungen Alters nannten ihn die anderen Punks lachend *Rotzlöffel*. Deus fand das alles weniger zum Lachen, knöpfte sich den Kleinen vor, der mittlerweile so groß war wie er, und rang ihm ein Versprechen ab: Niemand in der Szene würde jemals erfahren, dass sie Halbbrüder waren. Unter gar keiner Bedingung. Sonst konnte er sich auf einen anderen Vormund gefasst machen. Denn er hatte so eine dunkle Vorahnung.
Aus Rotzlöffel wurde nach einiger Zeit Rotze, und Rotze hatte ganz andere Interessen als er selbst. Er spielte kein Instrument, Musik ging ihm am Arsch vorbei. Was er aber trotz der starken Medikamente messerscharf erfasst hatte, war die Marktlücke. Rotze mietete sich einen der Übungsraumkeller und begann dort, Hasch zu verticken. Von hier aus war es ein Katzensprung zu härterem Zeug, binnen dreier Jahre hatte er sich zum Dealer der Szene gemausert. Da war er gerade Sechzehn. Jeder, der ihm krumm kam, bekam es früher oder später mit der Angst zu tun. Er war kräftig gebaut, sein angeborener Unterbiss prägte sich von Jahr zu Jahr stärker aus, seine Gesichtszüge wurden härter, seine Stimme kälter. Er hatte für sich die perfekte Nische

gefunden, eigentlich genial, dachte Deus widerwillig anerkennend auf seinen frühen Fahrten zu seinen Baustellen im kalten Lieferwagen. Rotze würde niemals einen Führerschein machen können wegen der Anfälle. Daher verzichtete er aufs Fahren, überließ das anderen und verdiente als Spinne im Netz seine nicht unwesentlichen Einkünfte an allen Ämtern und Behörden vorbei. Er scheffelte Geld, blieb aber in dem Kellerloch, das sich hervorragend zur Tarnung eignete, weil es nur über eine versteckte Tür in einem Übungsraum zu erreichen war. Kein Bulle würde das jemals ausheben. Rotze behielt jeden Pfennig für sich, die Mutter bekam nichts. Das war für Deus schwer zu ertragen, schob er selbst ihr doch noch immer sein halbes Gehalt zu. Aber Bo war sein Bruder. Was sollte er machen.

Anfang 1997 explodierte Rotzes Geschäft. Er verkaufte mehr als je zuvor. Deus hatte sich gewundert. Sich gefragt, wo diese neuen Kunden so plötzlich herkamen. Weil die ihm förmlich die Bude einrannten, war Rotze auf die Idee mit dem Kurierdienst gekommen. Er stellte ein paar Kumpels ein und ließ die Ware durch die Stadt fahren.
Dann übernahm Trenner diesen alten Pornoladen und machte eine Videothek daraus. Wo er wohl die Kohle hergehabt hatte, ausgerechnet der! Brummifahrer war der gewesen, hatte dann anscheinend einen Burnout gehabt (das musste man erstmal schaffen als Trucker), war irgendwie in die Szene gerutscht, bisher aber eher Randfigur geblieben, allein schon wegen der Klamotten. Und dieser Trenner wurde jetzt auch noch Rotzes Partner. Das war schon ein ganz kleines Bisschen verrückt. Deus hatte versucht, mit seinem Bruder darüber zu reden, aber Rotze hatte nur seinen vorstehenden Unterkiefer grimmig an

den darüber befindlichen Kopf gepresst und gar nichts mehr gesagt.
Danach überschlug sich förmlich alles. Der harte Kern um die *Mutants* arbeitete jetzt regelmäßig für den Kurierdienst oder für die Videothek oder für beide, war ja dieselbe Klitsche. Noch nie in seinem Leben hatte Deus so viele Punks mit so viel Asche gesehen.

Aber nicht alle machten mit. Speedy zum Beispiel, war ihm aufgefallen, und natürlich Bey. Es wurde kaum über den Kurierdienst geredet in der Szene, er vermutete, dass sich Rotze jeden, der mit ihm zu tun hatte, einzeln vorknöpfte und hinreichend zur Diskretion zwang. Erpressung und körperliche Gewalt waren schließlich zwei der schmerzhaften Säulen seines Geschäftsmodells. Er selbst hatte sich abseits gehalten, diese Art von Kohle wollte er nicht, und Rotze wäre nicht im Traum auf die Idee gekommen, ihn da hineinzuziehen. Seine Drohung, beim kleinsten Übergriff die Vormundschaft an Dritte zu übertragen, erwies sich als äußerst nachhaltig.
Aber von seinen Kumpels wurde er schief angesehen, weil er sich nicht die Hände schmutzig machen wollte. *Wir sitzen alle in einem Boot, auch du.* Sie konnten ihn mal. Er wollte Mucke machen, morgens früh zum Job und sich ab und zu am Wochenende wegschießen. Fertig.

Als sein Klempner-Chef dann im März den Autounfall hatte und zwei Tage später seinen Verletzungen erlag, trat die Witwe an ihn heran. Sein letzter Wille. Er hatte es natürlich gehofft im Stillen, ja, der Alte hatte es oft erwähnt. Aber doch nicht so! Er war noch völlig benommen von der schlechten Nachricht, als sie ihn zum Gespräch bat. Er musste sich entscheiden. Ob er die Nach-

folge antreten würde. Sie wollte ehrlich sein, der Laden war hochverschuldet. Ihm fiel das Kinn herunter, aber sie zuckte mit keiner Wimper. Der Alte war Spieler gewesen und sie einiges gewohnt. Binnen einer Woche musste seine Entscheidung fallen. Sonst würde sie verkaufen. Es gab einen Interessenten, der allerdings keinen der zehn Mitarbeiter übernehmen würde. Was solle sie machen, er müsse das verstehen. Er verstand sehr gut, aber er hatte noch nicht mal 'nen Taui zur Seite legen können, gar nichts hatte er. Alles, was über gewesen war die vergangenen Jahre, hatte die Mutter bekommen. Natürlich konnte er sich woanders einen Job suchen, aber woanders gab es empfindlich weniger Gehalt. Auch wenn er selbst nicht viel zum Leben brauchte (die paar zerschossenen Hosen und T-Shirts, das bisschen Miete für den Ü-Raum, ab und zu ein neuer Satz Gitarrensaiten, das übrige Equipment schnorrten sie sich eh von *Bodenkontrolle* zusammen, paar Flaschen Bier und 'ne Pizza, die winzige, viel zu laute, aber spottbillige Wohnung über der Glocksee), so würde es doch nicht mehr reichen, um auch die Mutter durchzufüttern. Und die Aussicht auf einen eigenen Laden, sein ganzer Hoffnungsschimmer (falls der Erfolg mit der Band ausbleiben sollte), wäre dann auch gestorben.
Er fing Rotze eines Nachts heimlich auf dem verlassenen Glockseehof ab. Sein kleiner Bruder war mittlerweile einen halben Kopf größer als er und muskelbepackt vom Kickboxen bei *Ozuye* im Rotlichtviertel. Das Gespräch war kurz gewesen. Rotze hatte nur stumm genickt.
Er war wieder einer von ihnen. *Alle in einem Boot.*
In der Woche darauf war er mit der Witwe zum Notar gegangen. Im Dezember 1997 hatte er den Klempnerladen saniert. Die Mutter war safe. Und das Koksgeschäft von Rotze hatte eine weitere Geldwäscherei hinzugewonnen.

Das war *sein* Deal. Wenn er Bey nach ihrem gefragt hätte, hätte sie wahrscheinlich *Musik.* geantwortet. Auf ihre Geradeherausart. *Musik.* Aber das stimmte nur zum Teil und er wusste das. Da war noch mehr. Eine unstillbare Sucht nach dem Kaputten, dem Morbiden, dem schwarzen Herz der Nacht. Das teilte sie mit allen, minus die Sucht nach Rausch.
Sie kam aus gutem Hause, so was sah man sofort. Was kein Ausgrenzungskriterium gewesen wäre, es trieben sich genügend gestrandete Lehrer- und Professorenkinder hier herum, das waren oft die schlimmsten aller Finger. Diese erdrückende Last des Guten, korrekt Geregelten, Konventionellen, nicht zuletzt der Erwartung. Was das betraf, war sie in guter Gesellschaft. Was sie unterschied, war ihre Rationalität, ihre Strenge. So eine Geradlinigkeit, die ermüdend war. Und mit dieser Haltung stand sie ziemlich alleine da in Iggys unmittelbarem Umfeld. Sie hatte nicht nur Freunde gehabt.
Warum hatte sie eigentlich Per, den Drummer ihrer Band, verlassen? Und das ausgerechnet für Iggy, sein komplettes Gegenteil. Per hatte viel besser zu ihr gepasst ... ein arroganter, kompromissloser Zyniker, immer schon Punk, begnadeter Autodidakt, ein heller Kopf, der über die diversen Tellerränder der Szene weit hinauszuschauen verstand und sich ganz ungewöhnlicher musikalischer Referenzen bediente. *CAN, Captain Beefheart, Fred Frith, Minutemen*, das war nicht die gängige Hörlektüre eines Bahnhof- oder Glockseepunks. Und genauso wenig wurden auch *Bodenkontrolle* verstanden in ihrer Anfangszeit. Er konnte sich noch genau an ihr erstes Konzert in der Glocksee erinnern, oben auf der großen Bühne, wie ungelenk sie auf ihn gewirkt hatten, wie Nerds irgendwie. Nerds mit Instrumenten. Wobei man auch schon beim nächsten Thema

war. Die Instrumente. So uncool! Akkordeon! Saxophon! Wer brachte so was in der Zeit (von *Tuxedomoon* und den besseren Ska-Bands mal abgesehen)! Aber ihr Sound war so brachial, so ungehört, so unverständlich auch, er war ratlos ein Bier holen gegangen, und danach in immer kürzeren Abständen ein zweites, drittes und viertes, vielleicht auch ein fünftes und sechstes, es hatte nicht geholfen. War das noch irgendein Crossover-Avantgarde-Scheiß oder schon Freejazz? Die Songstrukturen waren für ihn nicht nachvollziehbar gewesen. Wo war das gute alte A B A B A C A B geblieben (oder, wenn man als absolut minimalistische Punkband etwas auf sich hielt, ging es auch prima mit A B A B A B oder, noch besser, A A A A A A)? Ihm fehlte die Übersicht. Die Songs waren aggressiv, kurz und schnell, genau so, wie gute Punkmusik zu sein hatte, aber bei den Melodiebögen hörte es dann auch schon auf, die waren völlig durchgeknallt.

Viel später, musste er zugeben, war der Groschen endlich gefallen. Nachdem eine nicht enden wollende Welle an Postpunk/HC-Amibands nach Europa geschwappt war und die Gehörgänge der Kellerlöcherkids ordentlich durchgespült und geweitet hatte für wesentlich komplexere Songstrukturen. *Rhythm Pigs, Victims Family, Meat Puppets, Dinosaur Jr., Universial Congress of, Nomeansno* (eigentlich aus Kanada, aber egal). *Black Flag* und *Fugazi* waren wesentlich geradliniger und eingängiger und vielleicht deshalb die Wegbereiter (zumindest hier in Hannover) für das Verständnis des neuen Sounds gewesen. *Bodenkontrolle* schwammen mit einem Mal obenauf. Sie spielten mit diesen gebrochenen Strukturen, die alles, was Pop und Rock ausmachte, und damit nicht zuletzt auch den guten alten Punkrock, infrage stellten. Er hatte sich gefragt, warum sie aus ihrem Erfolg nicht mehr gemacht

hatten. Kam das durch den Bruch zwischen ihr und Per? Er konnte sich erinnern, dass sie für ein viertes Album im Studio gewesen waren, von dem man aber irgendwie nichts mehr gehört hatte, wonach sich die Band recht bald auflöste.

Es musste im Jahr darauf gewesen sein, Anfang 1998, im Winter. Alles stand noch schmerzhaft klar vor seinem inneren Auge: die Nacht, in der sie Karina aus dem Bentley in der Ludwigstraße hatten steigen sehen. Der Typ, der aus dem Hinterausgang des Herrenklopuffs auf sie zugelaufen kam, das merkwürdige Gespräch, das sie mitgehört hatten. Seitdem bildeten sie eine kleine Schicksalsgemeinschaft, Iggy, Harry, Rocker und er selbst. Sie hatten zusammengesessen und überlegt, was sie machen sollten, waren aber zu keinem wirklichen Schluss gekommen: Die Bullen kamen nicht infrage und harte Beweise hatten sie eh keine, abgesehen davon hätte ihnen doch keiner geglaubt.
Er hatte sich gewundert, wieso Iggy nach diesem Vorfall ausgerechnet mit Karina eine Affäre angefangen hatte. Sie vögelten dauernd in der Wohnung von Trenner, das wusste er, weil sie neben seiner lag und er die beiden durch die papierdünnen Wände hörte. Aber es ging ihn schließlich nichts an.
Ein paar Wochen später platzte im Übungsraum die Bombe. Iggy hatte etwas geschafft, was niemand ihm zugetraut hätte. Er hatte sich eingeschlichen in den Herrenklopuff, als Undercover-Freier sozusagen. Und herausgefunden, dass Karina tatsächlich mit Kinderprostitution zu tun hatte. Dass er nur deshalb mit ihr, aus strategischen Gründen sozusagen, in Trenners Wohnung undsoweiter. Und dass die Videokassetten, die sie mit Koksbeutelchen füllten und durch die ganze Stadt fuhren, voll mit Kin-

derpornoschweinkram waren, obwohl die Hüllen ganz unschuldig aussahen.
Rocker war rausgerannt, um in den Glockseehof zu kotzen. Schlecht war ihnen allen.
Spätestens da war es keine Frage mehr, was zu tun war. Aussteigen. *No matter what.* Solche Schweinereien machten sie nicht mit.
Er schlug vor, dass sie sich doch lieber am nächsten Tag nochmal mit klarem Kopf zusammensetzen sollten, er wollte noch allein den einen Riff üben. Um klarzukommen mit der Situation. Das verstanden alle. Sie gingen. Er blieb lange alleine sitzen in dem von Glaswollematten silberglänzenden Raum auf dem fleckigen alten Perserteppich zwischen den leeren Flaschen und den zu vollen Aschenbechern und dachte nach. Dass er aussteigen musste wie die anderen, war keine Frage. Aber die Dinge verhielten sich nicht so einfach. Er musste mit Rotze reden. Allein. Musste herausfinden, wie viel der davon wusste. Und ihn zu der Einsicht bewegen, dass damit eine rote Linie überschritten war. Dass das so nicht weiter ging. Schon allein der Mutter wegen. Und weil er sein Bruder war, trotz allem. Er packte seinen Bass ein und machte sich auf zum Kellerloch von Rotze.

Es war eine Gewissensentscheidung, darüber waren sich alle vier immer noch einig gewesen, als sie sich am nächsten Abend wieder im Übungsraum trafen. Deus verschwieg sein heimliches Gespräch mit Rotze vom Vorabend, das nicht so gelaufen war, wie er gehofft hatte. Rotze hatte auf all seine Fragen hin geschwiegen, auch von Deus alter Drohung, die Vormundschaft abzugeben, schien er diesmal unbeeindruckt. Er hatte keinerlei Autorität mehr über seinen jüngeren Bruder, schlimmer noch: Er hatte zum ersten Mal Angst vor ihm.

Rotze heute nochmal zu konfrontieren, war deshalb keine so gute Idee. Aber Iggy wollte sofort zu ihm, war kaum zu bremsen. Als Deus sah, dass Rocker und Harry auch zögerten, schlug er vor, erstmal ein Bier zu trinken. Für den Mut. Als der auch nach dem zweiten Bier ausblieb, zogen sie ein paar Lines, und als auch das nicht sofort half, begannen sie eine wilde, unkoordinierte Session, Rocker an den Drums, er selbst am Bass wie immer, Harry machte die Rhythmusgitarre und Iggy, der eigentlich endlich mit Rotze reden wollte, ergab sich und spielte Lead.
Sie nahmen für gewöhnlich alles auf mit dem Fostex und einer der vielen frischen 30er-Kassetten, die die *Bodenkontrolleure* netterweise immer wieder anschafften, die Spießer ... Iggy hatte wutschnaubende Lyrics rausgehauen. Die Sache mit Karina und dem Herrenklopuff ging ihnen allen an die Nieren.
Sie hatten eine kleine Verschnauf-, Schnief- und Bierpause eingelegt und Deus hatte gerade vorgeschlagen, doch besser am nächsten Tag mit Rotze zu sprechen, diverse Flaschen ploppten auf, als plötzlich die Tür aufflog und Rotze und Trenner im Übungsraum standen.
»Schön' Abend zusammen. Habe gehört, ihr habt Beschwerden?«
»Ja, genau, Beschwerden«, echote Trenner.
Deus sah das Entsetzen in den Blicken von Harry, Rocker und Iggy.
»Woher wisst ihr ... Alter, wir steigen aus! Nicht mit uns, diese Pornokacke ... Wir wissen jetzt Bescheid mit euren Videos ... Ihr Scheißpädos!«
Die *Mutants* schrien durcheinander. Rotze blieb völlig ruhig. Schob seinen Unterkiefer noch weiter vor, kratzte sich langsam unterm Kinn und grinste.
»Soso. Aussteigen.« Seine Stimme klang metallisch.

»Das könnt ihr vergessen. Ihr habt keine Ahnung, mit wem ihr es zu tun habt.«

Ein paar Tage später waren Rocker und Harry tot, Iggy lag im Koma.
Und den Mitbewohnern von Karinas WG fiel auf, dass sie und ihr kleiner Sohn Elia gar nicht mehr nach Hause kamen. Sie blieben auch die Wochen und Monate und Jahre darauf spurlos verschwunden. Was merkwürdig war: Karina schien so gut wie nichts mitgenommen zu haben. Neben all diesen Ereignissen verblasste die Tatsache, dass auch Trenner seit dem Tag nicht mehr in der Szene gesehen worden war.
Nur Rotze war nachts abgeholt worden von ein paar Zivi-Bullen. Wie die das Kellerloch gefunden hatten ... dreizehn Jahre bekam er, und nicht eine einzige weitere Verhaftung in der ganzen Zeit. Wer einen kompletten Drogenring hochgehen lassen wollte, der buchtete doch normalerweise jeden ein, dessen er habhaft werden konnte. Besonders, wenn Punks involviert waren. Besonders vor dem Hintergrund, dass die Bullen zu dem Zeitpunkt immer noch stinksauer waren wegen der Neuauflage der Chaostage 1995. (*Hannover in Schutt und Asche.* Die Schlagzeile war damals sogar um die Welt gegangen. Alle Spießer in *Angst und Schrecken.*) Nur Rotze hatten sie verknackt. Seine psychischen Vorerkrankungen interessierten den Richter eher weniger. Die ganze Sache roch ziemlich übel nach Absprachen.
Hatte Karinas scheiß Kinderpornonetzwerk auch noch Kontakte zur Bullerei?

»In vierzehn Tagen lassen sie mich raus.«
Klar würde Deus nach Berlin fahren, um Rotze aus dem Moabiter Knast abzuholen, wo er die vergangenen Jahre

abgesessen hatte. Auch wenn sich seine Nackenhaare aufstellten bei dem Gedanken daran, mit ihm mehrere Stunden in einem Auto sitzen zu müssen. Aber er war schließlich sein Bruder, trotz allem.
Dann war alles schiefgelaufen, was man sich an Schiefgelaufenem nur vorstellen konnte: Rotze war aus irgendwelchen Gründen schon früher entlassen worden, hatte aber ihn, Deus, nicht benachrichtigt und war, wahrscheinlich in einem Anfall von Wut oder Rache oder bereits im Wahn einer aufziehenden Psychose, das konnte Deus im Nachhinein nur vermuten, mitsamt seinen Entlassungspapieren zu Iggy in die Görlitzer Straße marschiert. Um ihn zur Rede zu stellen für den Verrat vor dreizehn Jahren, wie er sagte. Sie hätten sich gestritten und ja, Rotze meinte sich zu erinnern, ihn geschubst zu haben, aber nur ganz leicht, Iggy hatte angeblich das Gleichgewicht verloren, war nach hinten getaumelt, und regungslos auf dem Fußboden liegengeblieben.
Rotze war abgehauen, allerdings ohne seine Entlassungspapiere, hatte Deus angerufen und sehr verwirrt geklungen. Er war sofort aufgebrochen, hatte Berlin um drei Uhr früh erreicht (schneller fuhr so ein alter Diesel eben nicht) und hatte Rotze in einem sehr dunklen und sehr kalten Görlitzer Park gefunden, an einer kleinen Steinmauer kauernd, mit den vertrauten Symptomen. Eine Stunde lang war er ziellos mit ihm durch die Nacht gefahren, hatte sich zunächst seine unzusammenhängenden Schilderungen der Vorfälle angehört, und dann versucht, ihn zu beruhigen. Was aussichtslos war angesichts seiner immer stärker werdenden Wahnzustände. Gleich morgen früh würde er ihn in die Charité einliefern.
Gegen vier Uhr hatten sie in der Görlitzer Straße gegenüber von Iggys Haus geparkt mit dem vagen Plan, sich

ungesehen Zutritt zu dessen Wohnung zu verschaffen. Während Rotze sich im Auto weiter in Rage redete, sprang einer der großen Torflügel auf, und heraus kamen recht zügig drei schwarz gekleidete Gestalten gelaufen, die sich nervös umschauten, während sie sich, scheinbar zielstrebig, auf den Strich-Achter zubewegten. Er war augenblicklich in seinem Sitz erstarrt, hatte die Gruppe nur mit den Augen verfolgt: zwei hünenhafte Kerle, dazwischen eine wesentlich kleinere Person. Als sie das Auto auf der Fahrerseite passierten, traf ihn der Blick des mittleren Mannes und sein Herz setzte aus. Die schmächtige Statur, unter der Kapuze das blonde Haar und das rundliche Gesicht: Trenner.

Als die Luft rein war, schlichen sie zu Iggys Wohnung, die sie noch nicht mal aufzubrechen brauchten, weil die Tür offen stand. Sie traten vorsichtig ein und erstarrten zum zweiten Mal in dieser Nacht.

Iggy lag nicht mehr so da, wie sein Bruder ihn nach eigener Aussage Stunden zuvor zurückgelassen hatte. Um seinen entblößten linken Arm war ein Venenband geschnürt und in seiner Armbeuge steckte eine Nadel.

^^^

Sanity is a full-time job
In a world that is always changing
And sanity is a state of mind
That you believe in
Sanity
– Bad Religion

^^^

STRICH-ACHT
Berlin

Deus versucht sich im Sitz aufzurichten und stößt mit dem Brustkorb schmerzhaft ans Lenkrad, hält sich die Rippen, flucht. Er ist schweißgebadet, muss im Auto eingepennt sein.

Inzwischen ist es dunkel geworden, wie spät kann es sein? Er tastet nach seinem Handy. Mist. Ausgegangen. Er wischt mit einer Hand über die beschlagene Scheibe. Der Hauseingang der Elberfelder Straße 8 in trübem Straßenlaternenlicht. Stella hatte ihm die Adresse gegeben, er war sofort losgefahren nach Moabit, hatte den Strich-Achter nicht weit von Beys Unterkunft geparkt und seitdem gewartet. Er wird ihr folgen, sobald sie das Haus verlässt. Danach wird er improvisieren müssen, hat sowas noch nie gemacht. Er findet die Zigaretten und das Feuerzeug in der Ritze vom Beifahrersitz, steckt sich eine an.

Wahrscheinlich hatte es Iggy keine Ruhe gelassen, nachdem er aus dem Koma aufgewacht war. Die alte Sache, Karina und die Kinderpornos. Und sein alter Freund Trenner hatte das wohl mitbekommen. Der aber noch mit Karina im Kontakt stehen musste, wo auch immer sie war, denn warum sonst verwischte er professionell die Spuren eines Todes, an dem Rotze in irgendeiner Form beteiligt war?

OD bedeutet *ad acta*, das weiß jeder. Bei Fixern schaut kein Ermittler zweimal hin. Schon genial, einen Tatort so zu manipulieren.

Deus reibt sich die schweißnasse Stirn, drückt die Zigarette aus, während er die Haustür der Nummer 8 im Auge behält, und steckt sich eine neue an.

Die alte Angst war sofort wieder da, als Iggy leblos vor ihm lag. Als nächster dran zu sein. Die lähmende Frage von damals, warum er als einziger ungeschoren davongekommen war. Zwei seiner besten Kumpels tot und einer im Koma, seine komplette Band von einem Tag auf den anderen ausgelöscht, sein Bruder hinter Gitter, das war die grauenhafte Bilanz einer Wahrheitssuche, für die er selbst keinen Mut mehr hatte aufbringen können. Die Zeit stand plötzlich still, er war in ein Loch gefallen. Hatte wochenlang apathisch im Bett gelegen. Der Weg zurück ins Leben war mühsam gewesen und gelang nur, indem er die Ereignisse verdrängte, auch wenn sich das erbärmlich anfühlte. Er war nicht wie Iggy, der versucht hatte, das Richtige zu tun, ohne über die Konsequenzen nachzudenken.

Denn Karina hochgehen zu lassen hätte auch bedeutet, sich selbst und die gesamte Szene zu belasten. Als Punk hatte man vor Gericht verloren. Kein Richter und kein Staatsanwalt der Welt hätte ihnen geglaubt, dass sie ahnungslos Kinderpornografie ausgeliefert hatten. Außerdem war da noch der Drogenhandel, der wahrscheinlich viel härter bestraft worden wäre. Dem entkam man nur als Kronzeuge. Er hatte damals beschlossen, den Ball flach zu halten und sich bisher mit dem Gedanken getröstet, dass die Kinderpornos, von deren Existenz Iggy nur über Dritte erfahren hatte, rätselhaft unsichtbar blieben. Denn Iggy hatte, wie er sagte, die Videokassetten angesehen, mehrmals sogar, schließlich vor- und zurückgespult, sie in Zeitlupe laufen lassen: nichts. Streng genommen war also gar nicht gesagt, dass irgendetwas davon stimmte. Streng genommen gab es gar keine Beweise.

Ihm war klar, dass das eine beschissene Art von Rechtfertigung war, und er schämte sich dafür. Er war eine feige Sau.

Jetzt ist er wirklich der letzte Überlebende. Die alte Angst sitzt ihm wie eine räudige Katze im Nacken.
Er steckt sich eine neue an. Fährt sich über den kurzrasierten Schädel. Es hat wieder zu schneien begonnen, die Kristalle zeichnen Muster auf die Windschutzscheibe, und langsam kriecht ihm die Kälte in die nassgeschwitzten Klamotten.

Stella hatte ihn Donnerstagvormittag aus Stockholm angerufen, erschüttert von Iggys Tod berichtet. Traurige Neuigkeiten, die er längst kannte. Er tat überrascht. Entsetzt war er darüber, dass sie das jetzt schon wusste, wenige Stunden nach Iggys Tod. Selbst für die alleroberflächlichsten polizeilichen Ermittlungen ein extrem kleines Zeitfenster. Jemand anders hatte also die Eltern benachrichtigt.
Als er zwei Tage später mit seinen alten Kumpels Malte und Pogo-Tim draußen vor der Friedhofskapelle stand, um eine zu rauchen, tauchte Trenner wie aus dem Nichts neben ihnen auf und ließ sich Feuer geben, sagte: »Haltet die Klappe, sonst seid ihr als nächstes dran«, und verschwand wieder.
Deus erstarrte innerlich und fragte sich, wo Trenners muskelbepackte Begleiter von Donnerstagnacht waren, ließ sich aber nichts anmerken.
Dann erschien auch noch Bey am Friedhofstor. Sie beobachteten schweigend, wie sie auf Stilettos durch den Schnee stocherte und einen Trolley mit kaputten Rädern hinter sich herzog.

Der Schnee bleibt liegen auf der Windschutzscheibe. Es wird unerträglich kalt in dem alten Mercedes, Deus reibt sich die Wangen, er ist erschöpft. Die vergangenen

Tage und Nächte waren einfach die Hölle, eine Katastrophe jagte hier die nächste: jetzt auch noch der Streit im Übungsraum auf Tonband! Seine und Rotzes Stimme! Stella und Bey wissen also Bescheid. Stella war außer sich am Telefon, aber mit ihr konnte man reden, Bey war eine andere Sache. Dass Trenners Versuch, Iggy eine Überdosis anzuhängen, doch keine so geniale Idee gewesen war, war Deus in dem Moment schlagartig bewusst geworden, als sie auf der Beerdigung anfing, Fragen zu stellen: Sie wusste, dass OD nicht stimmen konnte. Er behielt sie auch auf dem Konzert von *Dog Tag* im Auge, sah, wie sie erst lange mit Malte und dann noch länger mit Speedy redete. Trenner hat sich zum Glück nicht wieder blicken lassen. Aber die Angst ist geblieben. *Sonst seid ihr als nächstes dran.* Bey hat keine Ahnung. Sie bringt sie noch alle in Gefahr.

Sein Kopf dröhnt. Er findet in der Türhalterung eine offene Coladose, nimmt einen Schluck. Schmeckt zum Kotzen. Schnell noch eine Zichte hinterher, den Geschmack wegbrennen.
Mittlerweile hat sich eine geschlossene Schneedecke auf der Windschutzscheibe gebildet. Als er aus dem Seitenfenster schaut, glaubt er, Speedys blauen Haarschopf zu erkennen, als sie gerade zusammen mit Bey und einem sehr großen Mann in einen schwarzen SUV steigt. Bey trägt eine Blechkiste, Speedy hält etwas in der Hand, das wie ein Kassettenrecorder aussieht.
Er glüht vor, dreht den Zündschlüssel. Nichts. Autobatterie auch am Arsch.

^^^

We have no control, we have no control.
We have no control, we do not understand.
You have no control, you are not in command.
– Bad Religion

^^^

Telefonprotokoll STELLA
Berlin

Bist du dir sicher? Speedy auch? … Beide zusammen von Moabit aus? … Und die Kiste, wie sah die aus? … Ja, das muss sie sein … Aber Deus, was ist so schlimm daran, wenn sie wirklich zu den Bullen geht … Irgendwer muss das doch endlich mal machen. Warum nicht sie? Sie hat mit allem anderen nichts zu tun gehabt, sie wird uns nicht verraten … Wer? Trenner? … Ach du Scheiße! Wieso erzählst du mir das jetzt erst? …

^^^

SAAB I
Polen

»Nächste musste raus.«
Speedy sieht angestrengt und abwechselnd auf Schneetreiben und Smartphone. Aus dem Fußraum des 99ers dröhnt von der Beifahrerseite her ein unbekannter, aber vielversprechender Riff im Offbeat. Hätte man es nicht besser gewusst, hätte man das für den Beginn eines ziemlich entspannten Roadtrips halten können. Aber die beiden

Frauen haben bis jetzt schweigend nebeneinandergesessen, benommen von den Ereignissen der vergangenen Stunden.

Du nimmst am besten den Saab, hatte Xana kurzerhand beschlossen, als Mark sich auf den Weg nach Hause gemacht hatte, und Bey die Schlüssel zu einem schwarzen Zweitürer mit niedlichem Spoiler zugeworfen, der im Hof neben einem himmelblauen Schneewittchensarg geparkt stand. *Wir sind auf Spenden angewiesen*, sagte sie noch. *Und beeilt euch, Szymon wartet nicht lange auf euch beim Treffpunkt.* Bey hatte nur genickt und sich ans Steuer gesetzt, Speedy hat keinen Lappen. Das Dashbord aus einem Zeitreisefilm, die Polster passend zum Lack, unter einem Kippschalter mit kryptischem Symbol eine beharrlich rot leuchtende Anzeige: Fasten Seat Belts, Cockpitfeeling von vorgestern. Der noble *Houdini*-Spender scheint einen Hackerclub mit schwedischer *James-Bond*-Romantik zu verwechseln.
Speedy balanciert die Blechkiste mit den alten Übungsraumkassetten und den beiden Videotapes auf dem Schoß, minus doppelten Boden, den Kassettenrecorder hat sie in den Fußraum gestellt. Sie hören die Kassetten durch. Das lenkt ab und wer weiß, ob sich da nicht noch mehr Geheimnisse offenbaren. Sobald ein Tape zu Ende ist, beugt sich Speedy umständlich an der Kiste vorbei, um bei rasender Fahrt die richtige Taste zu erwischen.
Sie schaut wieder auf ihr Smartphone.

»Du, wir könnten über Frankfurt (Oder) fahren. Ist nur fünf Minuten um. Können wir uns auch gleich Słubice anschauen, zwei Weltstädte mit einer Klappe.«
Sie grinst gequält.
»Nicht dein Ernst.«
Frankfurt. Oder. Konjunktion ohne Anschluss. Die Ge-

beutelte. Ehemalige Zonenrandheilige der Trostlosigkeit. Nach der Wende war Bey mal mit dem Tourbus durchgefahren. Was der Dreißigjährige und zwei Weltkriege nicht geschafft hatten, erledigte später der Sozialismus. Die Wiedervereinigung hatte auch nicht wirklich geholfen. Der Lauf der Geschichte als immerwährende Arschkarte. Nein danke.
Seit sie die Grenze südlich von Frankfurt (Oder) bei Świecko passiert haben, schneit es ununterbrochen, Bey muss sich konzentrieren, um in der Dunkelheit hinter den altersschlaffen Wischblättern, die nachlässige Schlieren auf die Windschutzscheibe zeichnen, noch die Wegmarkierungen zu erkennen. Ein nicht nachlassender Strom an Lastwagen will auf der Gegenfahrbahn dorthin, wo sie gerade herkommen. Auf den vorbeiwirbelnden Reklameschildern sind nur die größten Buchstaben zu entziffern. Orlen. Kantor. Palet. Polen im Grenzgebiet: Ein riesiger Open-Air-Baumarkt mit Tankstellen. Shell, BP, BP, BP, Carrefour. Carrefour? Autoshop. Alles neu. Alles sauber. Soweit sich das durch die Schneeflocken hindurch erkennen lässt. So anders als die schlaglöchergespickten brüchigen Asphaltdecken ohne Mittelstreifen unmittelbar nach der Wende. Poznań auf allen Autobahnschildern.

Poznań. 1991. Club *Eskulap*, brechend voll, wegen *Nomeansno*. Und *Bodenkontrolle* als Support. Das Wasser lief in Strömen von den Wänden und aus dem Haar der erstaunlich textsicheren Fans in den ersten Reihen, die Bühne bestand aus losen Elementen, die irgendein Spezialist vergessen hatte, miteinander zu verbinden, und die jetzt unter der konstanten Erschütterung der Bassdrum stetig auseinanderdrifteten, bis neben Bey ein metertiefer Spalt klaffte. Als Per dann plötzlich mit scheppernder

Hi-Hat nach hinten und vom Podium kippte, und sie eine Weile ohne ihn weiterspielen mussten, bis er, übersät von blauen Flecken, und unter der schuldbewussten Mithilfe der Stagehands, sein Drumkit wieder halbwegs zusammengeschraubt hatte, verzichtete sie lieber auf jegliches Herumgespringe, blieb stoisch auf ihrem sicheren Platz stehen, Bass auf Kniehöhe, Ponyfransen über den Augen, und drosch blind ihre Riffs herunter. Es war so heiß, dass sie alle nach zehn Minuten schweißdurchnässt waren und notgedrungen während des Auftritts ein Bier nach dem anderen hinunterstürzten, weil das Mineralwasser hier so unerklärlich salzig schmeckte. So salzig, dass es einem die Mundschleimhäute nach innen zog und man nach einem Schluck mehr Durst hatte als vorher. Sie war benommen, weil ungewohnt alkoholisiert, von der Bühne gekrochen. Aber das Publikum war das geilste der Welt gewesen.

»Hä, musste ich hier nicht raus? Słubice?«
»Äh ... sorry...« Speedy sieht hektisch auf ihr Smartphone. Kartenlesen ist nicht ihre Stärke.
»Shit! Und jetzt?«
»Äh ... du müsstest jetzt weiter bis hinter Rzepin, dann die Abfahrt auf die 92 in die Stadt rein.«
»Hm, okay ... wie weit um ist das circa?«
»Halbe Stunde? Und äh ... könntest du bei der nächsten Raste mal rausfahren?«
»Mist. Wir kommen viel zu spät ... Kannst du's nicht einhalten?«
»Eher nicht ... muss wirklich dringend.«

Der Saab beginnt zu schlingern, als Bey ziemlich genervt und abrupt das Bremspedal bis auf die Fußmatte durchdrückt. Raststellenschild. Orlen. *MOP Sosna. Sozan Soze...*

Keyser Söze? Egal. Sie steuert auf die Zapfsäulen vor dem Gebäude zu, findet eine freie direkt vorm Eingang, Nummer neun, beschließt, die verlorene Zeit zumindest sinnvoll zu nutzen.
Während Speedy zu einem erleuchteten WC-Schild an der linken Gebäudeseite läuft, steht Bey zögernd vor den Kraftstoffoptionen. Mist. Vergessen zu fragen. Was schluckt so'n Saab-Oldtimer? Sie klappt die Tankdeckelklappe auf, hofft auf einen Hinweissticker auf der Innenseite. Nichts. Sie läuft ums Auto herum und öffnet die Beifahrertür, sucht im Handschuhfach nach einem Handbuch oder Fahrtenbuch oder Zettel. Die Beleuchtung ist kaputt, ein gähnendes dunkles Loch, in das sie blind hineintastet. Ihre Fingerspitzen finden kein Handbuch, dafür aber einen kleinen Gegenstand. Sie holt ihn hervor und betrachtet ihn im kalten Licht der Tankstellenbeleuchtung. Und erschrickt. Das Ding sieht aus wie ein Tracker. Sie sieht sich um. Speedy ist noch auf dem Klo. Ihr Herz klopft bis zum Kinn, als sie den kleinen grauen Plastikchip unauffällig in den Papierkorb gleiten lässt, der neben der Zapfsäule hängt. Sie schraubt den Tankdeckel ab und legt ihn aufs Autodach, greift entschieden nach dem Rüssel mit dem E10-Sticker, gängigste Option, muss passen, und versucht, den Fragensturm in ihrem Kopf zu ordnen, während die träge Flüssigkeit ins Innere des alten Schweden rinnt. Speedy braucht ewig.
Ein enormer Sattelschlepper mit Anhänger hält vor dem Tankstellengebäude wenige Meter neben dem Saab, und schaltet den Warnblinker ein. Gedankenverloren beobachtet sie unter dem stroboskopartig rhythmischen Zucken des gelblichen Lichts, das die Dunkelheit durchschneidet, den breitschultrigen Trucker, der schwerfällig aus dem hohen Führerhaus klettert, in aller Ruhe eine aus-

ladende Öljacke mit aufgesetzten Taschen überwirft, und sich schwerfällig auf den Eingang zubewegt. Sie blinzelt ein paar Mal, dann sind ihre Bewegungen plötzlich schnell und konzentriert. Sie drückt den Hebel der Tankpistole ein, lässt das E10 freihändig laufen, dreht sich zur Zapfsäule um und wühlt so unauffällig wie möglich in dem kleinen Papierkorb, tastet mit aufgeregten Fingern zwischen benutzten Papierhandtüchern nach dem harten kleinen Gegenstand.

Sie versenkt gerade die linke Hand, die sicher den Tracker umschließt, in ihrer Manteltasche, hängt zeitgleich mit der anderen den Tankschlauch wieder an die Säule, als Speedy endlich vom Klo zurückkommt.

»Ich geh schnell bezahlen, okay?«

Speedy nickt, öffnet die Beifahrertür und lässt sich auf den Sitz fallen. Bey springt schnell auf das Tankstellengebäude von *MOP Sosna* zu. Eingang mit Schiebetüren. Den Plastikchip in der Faust, sicher in der Manteltasche verborgen. Sie sieht sich um.

Den Leuten hier scheint das Trauma des Dreißigjährigen Krieges ins Gesicht graviert. Grimmige Gesichter. Vielleicht liegt es auch nur am schlechten Kaffee. Oder an der schneidenden Kälte. Oder an beidem. Oder. Der Trucker in der Öljacke segelt gemächlich auf eine der Kassen zu, sie stellt sich hinter ihn. Als er sich gemächlich nach links umdreht, seine Körpermasse Richtung Ausgang in Bewegung setzt und sie dabei ganz leicht an der linken Schulter streift, lässt sie den Chip in eine seiner riesigen Taschen gleiten.

Sie bezahlt, läuft dann in sicherem Abstand hinter ihm her und beobachtet, Schiebetüren im Rücken, wie der schrankbreite Rücken um seinen Sattelschlepper herumläuft, der die gesamte Fensterfront des Tankstellengebäu-

des blockiert und mit seinem Blinklicht das Interieur der Tankstelle in eine temporäre Disco verwandelt. Er hat nichts gemerkt.
Sie hört den Motor starten, verzichtet auf den Umweg um den langen Anhänger herum, wartet stattdessen kurz, bis das Ungetüm laut losrasselnd den Weg zu ihrer Zapfsäule Nummer Neun freigibt. Und erstarrt.
Vor Zapfsäule Nummer Neun steht kein schwarzer Saab mehr. Sie sieht nach rechts, Richtung Klos. Nichts. Linkerhand die Waschstraße, geschlossen. Auch da nichts.
Ihr Mund fühlt sich seltsam trocken an, als sie nach rechts am erleuchteten WC-Schild vorbei zum dahinterliegenden Parkplatz läuft. *Hab keinen Lappen. Wegen meiner Augen, weißte?* Speedy war schon immer extrem kurzsichtig. Eine Entführung? Beys Atem fibrilliert in der kalten Luft.
Das Schneetreiben wird dichter. Angestrengt blinzelt sie in das flirrende Weißgrau hinein. Nerven bewahren. Vielleicht hat sie einfach nur umgeparkt, weil jemand hinter ihr an der Zapfsäule ungeduldig wurde. Ein Fahrmanöver, das sich eventuell noch mit minus dreizehn schlecht korrigierten Dioptrien und ohne Fahrpraxis bewerkstelligen lässt. Sie läuft weiter in Richtung Parkplatz, vorbei an mittlerweile schneebedeckten Picknicktischen und lange nicht geleerten Mülleimern, hält die Jacke mit frostrot anlaufenden Händen zu und bewegt sich langsam weiter, mustert im Dunkeln angestrengt jedes einzelne Auto. Sucht das Coupéheck mit dem kleinen Spoiler. Nichts.
Am Ende des Parkplatzes sieht sie nur die Reflektorlettern riesengroß auf einem blauen Schild in Pfeilform aufleuchten, erhellt vom diffusen, unsteten Scheinwerferlicht der Autobahn. *Poznań.*
Sie kehrt um. Auf Höhe der Picknicktische spürt sie plötzlich eine enorme Müdigkeit und ein unwiderstehliches Ver-

langen, sich auszuruhen. Die vergangenen Tage stecken ihr in den Knochen. Sie wischt den Schnee mit dem Ärmel, so gut es geht, von einer der mit dem Tisch verbundenen hölzernen Sitzbänke und setzt sich. Schließt die Augen. Sie könnte hier und jetzt zwischen den flockigen Eiskristallen in einen tiefen Schlaf versinken ...

Ihr Handy klingelt. Sie schreckt hoch.

»Ja?« Ihre Stimme heiser.

»Hey, Mark hier. Sag mal, habt ihr euch verfahren?«

»Äh, wieso ...?«

»Ich sag's nur ungern, aber ihr seid in die falsche Richtung unterwegs. Alles gut bei dir? Du klingst so komisch.«

Der Tracker. Shit.

»Woher weißt du ...?«

Sie stellt sich blöd. Räuspert sich. Sie hat einen Frosch im Hals von mindestens krötenähnlichen Ausmaßen.

»Ich bin wieder bei *Houdini*. Schatzilein, glaubst du, die nehmen hier irgendwelche Unsicherheiten in Kauf? Natürlich seid ihr getrackt Was hattest du erwartet? Also, was ist los? Szymon wartet nicht mehr lange. Und Nikki ruft dich gleich an. Konnte dich nicht erreichen und klang aus irgendeinem Grund ziemlich sauer.«

^^^

What's the use of feeling betrayed?
What's the use of feeling at all?
I'm pacing the floor, I'm wearing it smooth
This is stupid, I think I'll go home
– Tuxedomoon

^^^

Telefonprotokoll BELA
Amsterdam

Mama, warum bist du nicht gekommen?
Mein Süßer, es tut mir leid. Ich hab hier leider fürchterlich viel zu tun. Ich vermisse dich ganz doll! Und ich verspreche dir, ich komm so schnell wie möglich, okay?
Finn is' doof.
Echt? Warum denkst du das?
Hm ... einfach so.
Spielt ihr nicht schön zusammen?
Er lässt mich nicht mit seinem Transformer spielen.
Was ist das denn für ein Transformer?
Der coolste von allen!
Gibts nicht noch andere?
Ich will aber den!
Schatz, du hast doch auch welche. Vielleicht könnt ihr tauschen?
Mama, du sollst endlich nach Hause kommen!

^^^

Telefonprotokoll NIKKI
New York

Mein Gott, Bey. Hast du sie noch alle. Du kannst den Kleinen doch nicht einfach so bei Lot und Leon parken. Wir hatten gesagt *heute*. Warum machst du das dann nicht. Was ist los mit dir. Weißt du eigentlich, dass er mich jeden Tag anruft? FÜNF MAL! JEDEN TAG! Du fährst jetzt sofort nach Hause. Und dann kannst du von mir aus die Polizei verständigen. Hör auf, CSI zu spielen. Ist echt nicht deine Aufgabe. Ex-Freund tot oder nicht.

^^^

SAAB II
Polen

Bey sitzt heulend im Dunkeln am Picknicktisch von MOP Sosna. Die Schneeflocken wirbeln. Alles fließt. Der Mascara, der schmelzende Schnee unter ihrem Hintern, die Eiskristalle auf ihrem Haar. Ihr Mut. Ihre Logik. Alles. Zu einem unidentifizierbaren Brei aus Fragezeichen. Er hat recht. Sie muss nicht nur nach Hause, sie will! Was macht sie hier überhaupt? Sie kommt sich albern vor. Ermittlerin spielen. Von wegen. Hat sie jemals gedacht, diesen Fall, oder was auch immer das ist, lösen zu können? An die Sache mit Stella will sie gar nicht erst denken.
Die Kälte setzt ihre Krallen in den kapitulierenden Jeansstoff ihrer Hose. Sie steht auf, eine Blasenentzündung braucht jetzt kein Mensch, geht mit steifen Beinen auf und ab vor den Mülleimern. Sie hat Geld dabei. Immerhin. Könnte sich ein Taxi herbestellen, Frankfurt (O.) ist nicht weit, sie schafft es heute Abend noch entspannt nach Berlin ... das weiche Gästebett bei Mark und Sophia ... und morgen früh mit dem ersten Zug zurück nach Ams...
Reifen quietschen, sie springt instinktiv zur Seite und stößt vor Schreck eine der Mülltonnen um, die mit lautem Scheppern zu Boden geht.
Ein Mann steigt aus. Ihr Körper im Fluchtmodus, jeder Muskel auf Hochspannung, sie rennt. Um die Picknicktische herum und dann in einem rekordverdächtigen Sprint am erleuchteten WC-Schild vorbei ins Tankstellengebäude zurück.
Ihre Lungen schmerzen, sie ringt nach Luft. Sieht nach draußen und erkennt dort vage den Kerl, der ihr folgt. Keuchend geht sie in die Hocke hinter einem Knabberwarenregal und kriecht von dort in der Hocke weiter zu

den Sandwichdreiecken. Sie weiß, dass es aussichtslos ist. Nur Männer hier. Format Schrank. Unterstützung von den schlechtgelaunten Kassierern, auch beides Männer, kann sie vergessen. Polnischer Notruf, und dann?
Komm nur ... sie spürt keine Angst jetzt, nur Wut. Versucht, hinter ihrem Sandwichregal die Fensterfront zu erkennen, aber aus diesem Blickwinkel unmöglich. Es piept. Sie zieht ihr Handy heraus.
Bey,
Nicht weglaufen pls
Szymon

Sie atmet aus. Setzt sich auf den Boden, lehnt sich mit dem Rücken gegen die Käse- und Salamidreiecke und schließt die Augen. Was ein Wahnsinn das alles. Mark oder Xana hat Szymon losgeschickt, sie zu suchen. Wie hat der das so schnell geschafft? Ist ihr Smartphone auch irgendwie manipuliert? Jesus, was sind das für Leute, diese Hacker? Sie hat keinen Bock. Aufzustehen. Jemals. Sie will einfach schlafen. Zwischen die belegten Brote kriechen und auf den knisternden Verpackungen den Schlaf der Gerechten schlafen.
»Bey?«
Sie blinzelt. Vor ihr stehen zwei erstaunlich dünne lange Beine in sehr hautengen Jeans.
Langsam legt sie den Kopf in den Nacken und sieht einen hageren Mann, der nicht viel von sportlichen Aktivitäten und Tageslicht zu halten scheint, mit eigenartig zerrupften, aschblonden Haaren, die im unvorteilhaften Neonlicht wie ein Heiligenschein von seinem Kopf abstehen, und mit einer forschen, hakenähnlichen Nase bestückt und tiefen Augenringen, die Pogo-Tim dagegen wie den Erfinder einer Paleo-Diät-App aussehen lassen. Sein Alter

kann sie schwer schätzen. Vierzig? Fünfzig? Oder auch sehr schlecht gealterte Dreißig?
Er hat etwas rührend Vogelartiges.
»Hi, Szymon.«

^^^

Night time – turning out the sun
Countdown – pulsing like a machine
Conflict – cars and people, steel on flesh
Night time – desperation's sweat on breath
– Killing Joke

^^^

UAZ
Polen

Der olivgrüne UAZ-469 rollt unerschütterlich über die A2. Szymon telefoniert und raucht Kette bei aufgeschobenem Fenster. Es ist entsprechend frisch im Inneren des russischen Geländewagens. Die Nadel des kleinen kreisrunden Tachos zittert zwischen 100 und 110 km/h.
»Welches Modell ist der Saab?«
»...«
»Uhum ... Erste Serie?«
»...«
»Dobrze.«
Szymon beendet das Telefongespräch. Sieht zu ihr herüber.
»Bey. Was du hast getankt?«
»Wie bitte, was?«
Sie ist nicht angeschlossen. Seit gefühlten Stunden fah-

ren sie in Szymons Sowjetjeep durch die schneeverwirbelte Dunkelheit. Szymon muss wegen der Witterung andauernd Zwischengas geben beim Abbremsen und Herunterschalten. Bey ist in dem schlecht gepolsterten Sitz nach unten gerutscht und hat den wollenen Mantelkragen hochgeschlagen als Puffer gegen das kalte Metallgestell, das statt Kopfstütze aus der Rückenlehne ragt.

»Wir müssen wissen, was du hast getankt im Saab. Vielleicht wir haben eine Chance, sie schnell zu finden.«

Szymon redet mit einer angenehm auf und ab mäandernden Satzmelodie, die sich mitten im Satz senkt, er betont unerwartete Silben, rollt das R und spricht das H scharf aus.

»Du meinst Speedy? Du meinst, wir werden sie finden?«

»Was du hast getankt?«

»E10, warum?«

»Gutes Mädchen!«

Szymon lacht ein rasselndes Lachen und entblößt dabei sehr gelbe Zähne. Wenn er so weitermacht, hat er nicht mehr lange. Sie sieht ihn fragend an.

»Saab 99-I war erster Mittelklassewagen mit Turbo ... und deiner ist Pre-Serie aus 1977.«

»Aha ...?«

»Der Motor ist nicht gemacht für Ethanol-Zusatz. Was passiert, wenn du nicht Super nimmst mit Blei: Motor geht kaputt.«

»Oh. Wow, also du meinst, wir finden sie irgendwo am Straßenrand?«

»Vielleicht.«

»Also ich glaube ja, dass sie entführt wurde.«

»Warum denkst du?«

»Weil sie extrem schlechte Augen hat. Sie hatte nie einen Führerschein.«

»Hm… Saab fährt mit maximaler Geschwindigkeit. Wie das geht in Dunkelheit und Schnee mit schlechten Augen, ich weiß nicht. Wir werden das herausfinden.«
Natürlich hat sie den Gedanken auch schon gehabt, aber sie weigert sich hartnäckig dagegen.
»Wie weißt du das so genau?«
»Weiß was?«
»Dass der Saab mit maximaler Geschwindigkeit fährt?«
»*Houdini* hat ihr Handy gehackt.«
»Oh …«
»Bey, es sind Hacker, das ist, was Hacker machen, okay? Wir haben ihre Daten.«
»Fuck! Wer ist *wir*?«
»*Hakerzy salon*.«
»Wie bitte?«
»In Deutsch wir nennen es *Hacksalon*.«
»Cooler Name. Sag mal… ist mein Telefon eigentlich auch gehackt?«
»Natürlich.«
Natürlich. Sie schluckt. *Houdini.* Xana. Die schwarz ausgeschlagene Kiste, ihre Handys darin, sie hätte es sich denken können…
»Und? Was hast du über mich herausgefunden?«
»Dass du einen, wie sagt man, harten Kopf hast.«
»Dickkopf?«
»Genau. Du hast einen Dickkopf. Ich habe noch nie eine Frau getroffen, die fährt in fremdes Land, in Dunkelheit, um fremden Mann zu treffen wegen illegaler Sachen. Und das alles nur, um Tod von Ex aufzuklären.«
»Shit! Das hast du alles auf meinem Handy gefunden?«
»Durch Reden mit Xana. Hauptsächlich.«
Die rasselnde Lache, die gelben Zähne.
Haha. Sie würde gern mitlachen, nagt aber stumm an

ihrer Unterlippe herum. Sieht wieder schweigend hinaus. Speedy also auch. Wie konnte sie so naiv sein.
»Warum machst du das alles? Ich habe noch nie Westmädchen getroffen, die das für jemand anderen macht.«
»Ich bin nur ein halbes *Westmädchen*, wenn du so willst … Das hast du bei deiner kleinen Recherche offensichtlich übersehen.«
»Was ist andere Hälfte?«
»Orientalisch.«
»Welches Land?«
»Szymon, da hast du echt einen miserablen Job gemacht …«
Szymon reagiert darauf gar nicht, er hat eine natürliche Souveränität. Sie wäre selbst gern so: wie die teflonsamtige Innenseite einer Bratpfanne.
»Iran?«
»Libanon.«
»Erklärt alles!«
Er steckt sich eine neue an, sieht wieder zu ihr herüber. Sie glaubt, etwas Sympathisierendes in seinen Augen zu lesen, trotz Rauchwolke.
»Warum hilfst du mir?«
»Du bist Freundin von Mark. Und Mark ist Freund von Xana. Wer ist Xanas Freund ist mein Freund.«
»Ach komm, erzähl mir jetzt nicht, dass du das alles für Freunde von Freunden machst …«
»Du bist einsames Orientmädchen. Verloren in Westwelt. Hahaha! Wir haben andere Definition von Freundschaft hier.«
Szymon lacht jetzt nicht mehr. Sie schweigt. So hat sie das noch gar nicht gesehen. So will sie das nicht sehen. Was weiß er schon.
»Außerdem, wir jagen Schweine.«
»Wie bitte?«

»Pädos. Deshalb wir treffen Informanten immer in real life.«

Sein Handy klingelt. Sie schließt die Augen, rutscht in ihrem Sitz nach unten, starrt, den unteren Rand des klappernden Schiebefensters auf Augenhöhe, nach draußen in die Dunkelheit. Szymon telefoniert auf Polnisch.

»Sie hat die Autobahn verlassen Richtung Trzciel.«
Er äugt zu ihr herüber. Bey setzt sich mit einem Ruck auf.
»Kannst du sie immer noch verfolgen?«
»Ja. Und sie hat andere Leute angerufen. Ein Mann und eine Frau. Sie sehr hysterisch. Er sehr ruhige Stimme. Du kennst sie?«
Sie spürt ein Kribbeln in den Unterarmen, im Bauch. Ihr ist nicht gut.
»Bey? Bist du okay? Du siehst nicht gut aus ...«
»Können wir anhalten? Mir ist schlecht.«
»Nein, keine Zeit. Dieses Jeep kann nicht schneller fahren. Wir müssen weiter.«
Sie nestelt nervös an der Türinnenseite herum, auf der verzweifelten Suche nach einem Fensteröffner.
»Warte.«
Szymon reicht mit einem langen Arm an ihrem Gesicht vorbei, hält gleichzeitig mit einem seiner dünnen Knie das Lenkrad in Position, und schiebt mit ausgestreckten Fingern die Glasscheibe zur Seite. Gerade rechtzeitig für Bey, die ihren Kopf entgegen der Fahrtrichtung so gut es geht aus der kleinen Öffnung zwängt und unmittelbar, der Aerodynamik sei Dank, die komplette rechte Außenseite des Jeeps mit ihrem Mageninneren verschönert.

Szymon telefoniert wieder. Bey ist vollständig in sich zusammengesunken, versucht, sich zwischen Zigarettenrauch, Gestank von Erbrochenem und Minusgraden zu erholen. Eine hysterische Frauenstimme. Das kann niemand anders sein als Stella. Nur den Mann mit der ruhigen Stimme kann sie nicht zuordnen.
»Die beiden fahren Richtung Trzciel. Ich habe unsere Leute hingeschickt.«
»Was für Leute?«
Sie sieht ihn an, fährt sich mit dem Handrücken über die brennenden Lippen.
»Keine Sorge. Sie kümmern sich darum.«
Sie setzt sich alarmiert auf. Ist plötzlich hellwach.
»Die dürfen ihr nichts tun! Niemand darf ihr was tun! Stella! Sie ist meine ... meine Freundin!«
»Wirklich? Eine Freundin was?«
Sie wird rot. Hofft, dass Szymon das im Dunkeln nicht sieht. Was soll sie sagen? Dass Stellas smaragdgrüne Kaleidoskopaugen eine hypnotisierende Wirkung haben? Auf jeden? Dass ihr Haar die Farbe von Akazienhonig hat? Dass ihre Zunge rau und neugierig ist, wenn man sie einmal im Mund hat? Dass ihre Finger sehr zielgerichtet ihre Klit finden und ziemlich erfolgreich bearbeiten können? Dass sie sich nicht sicher ist, ob sie einen Crush auf sie hat?
»Szymon, bitte! Lass mich erst mit ihr reden!«
Er grummelt etwas Unverständliches, das wie *dummes Westmädchen* klingt, aber sie kann sich da auch verhört haben. Ihre Ohren klingeln immer noch und ihr Rachen kratzt von der Säureattacke. Sie würde alles dafür geben, sich kurz mal frisch machen zu dürfen. Aber Szymon kennt kein Erbarmen. Der Jeep rollt weiter. Und es gibt zum Mundausspülen nur eine Flasche mit diesem salzigen Wasser, mit dem sie schon vor zwanzig Jahren Bekanntschaft

gemacht hat. Szymon telefoniert wieder auf Polnisch. Sie biegen ab von der Autobahn, Ausfahrt Trzciel.

Auto Serwis. Mechanik samochodowy Trzciel. Auto-fantomas. Fantomas?
Unter einem Bruce-Naumann-ähnlich blau und rot blinkenden riesigen Neonschild eine kleine Frau mit blauen Haaren, die Kombination seltsam gesamtkunstwerkartig. Sie lächelt Bey etwas verkrampft an. Das kann daran liegen, dass zwei kräftige große Kerle hinter ihr stehen und ihre Arme auf ihren Rücken gedreht festhalten: Team *Hacksalon.* Szymon spricht mit dem dicken Werkstattbesitzer. Bey ringt nach Worten. *Warum* wäre zum Beispiel ein guter Anfang. Ihr Rachen brennt jetzt wie Feuer, es ist kein Speichel zum Schlucken da. Szymon kommt ihr zuvor.
»Sie hat alles in die Obra geschmissen.«
Er ignoriert Speedy, während er sich mit diesem ernüchternden Update zu Bey herunterbeugt.
»Kleines Fluss«, fügt er erklärend hinzu.
Bey starrt Speedy nur an. Die weicht ihrem Blick aus, ihr Gesicht glänzt, aber vielleicht wirft auch nur das blinkende Schild einen Schein auf ihre Wangen.
»Auch die Videos?«
Ihre Stimme klingt ihr selbst fremd im Ohr, brüchig. Speedy presst die Lippen aufeinander.
»Hast du sie noch alle?«
Speedy lässt schuldbewusst den Kopf hängen. Was für ein Kindergarten. Das ohnmächtige Gefühl, das Bey seit dem Verschwinden des Saab beherrscht hat, ebbt ab zugunsten einer ordentlichen Wut. Okay, okay, Szymon hat Recht. Sie steht zwischen all diesen nordeuropäischen Weißärschen auf ziemlich verlorenem Posten. Einem Posten, von dem aus sie aber einen guten Überblick hat über ein Gebirge

aus unwegsamen Selbstinteresseschluchten und einsamen Moralbergspitzen. So sieht das Ganze also von hier oben aus. Ziemlich zerfurcht. Die Videos. Der Kurierdienst. Kinderpornografie. Die merkwürdigen Umstände von Iggys Tod. Die vielleicht einzige Spur zu einer Antwort vernichtet.

Der Saab hatte bei Kilometer 98 zu zicken begonnen. Aus Angst, auf der Autobahn liegen zu bleiben, hatte Speedy all ihren Mut zusammengenommen und irgendwie die Ausfahrt nach Trzciel geschafft, trotz ihrer angeblich nicht vorhandenen Fahrpraxis, war über die Landstraße ziellos weiter gerast, aber im Ort Trzciel kurz hinter der T-Kreuzung der Poznańska mit einem namenlosen Feldweg, der in einem verlassenen Industriegebiet in eine Sackgasse führte, hatte der Schwede endgültig schlappgemacht. Praktischerweise in unmittelbarer Nähe einer Schrauberwerkstatt. Wäre sie nicht wie eine gesengte Sau durch verschneite westpolnische Landschaften gerast, hätte der Motor trotz seiner falschen Tankfüllung noch locker bis Warschau durchgehalten. Wären ihr nicht alle Sicherungen durchgeknallt, hätte sie einfach in moderatem Tempo hinter Rzepin auf die andere Seite der A2 wechseln und zurück nach Berlin fahren können. Speedy war aber auf der linken Spur geblieben und hatte das Gaspedal bis zum Anschlag durchgedrückt. Erstaunlich, dass der vierzig Jahre alte Saab immerhin noch 180 der möglichen 200 Sachen in sich gehabt hatte. Und ein Wunder, dass sie es bei den Geschwindigkeiten und Wetterverhältnissen überhaupt geschafft hatte, von den Leitplanken fernzubleiben. Sie hatte wirklich nie einen Führerschein besessen. Das ist die einzig tröstliche, weil ehrliche Komponente an dieser hirnverbrannten Scheißidee, einen Oldtimer mit deutschem Kennzeichen zu entwenden, um damit auf pol-

nischen Autobahnen immer geradeaus, grobe Richtung Roter Platz, zu heizen. Denn so schlecht, wie sie immer behauptet hatte, sind ihre Augen gar nicht, und Fahrstunden hat sie auch zur Genüge gehabt, nur halt nie bestanden. Prüfungsangst. Das war ihr so peinlich, dass sie lieber die Geschichte mit den vielen Dioptrien vorschob.
Dass sich kein Blaulicht an ihre Fersen geheftet hatte, kann nur dem Verkehrschaos geschuldet sein, für das der einsetzende Schneefall bei Breslau und Danzig mit Auffahrunfällen sorgte. Den armen Saab ereilte das Schicksal, das Szymon ihm prophezeit hatte. Zum Glück für Bey und Szymon, sonst wäre ihnen Speedy irgendwo in der Nähe von Poznań endgültig entwischt. Trotzdem ein schwacher Trost, der weder die beiden Videos noch ihre Übungsraumkassetten wiederbringt. Was wird außerdem Xana sagen? Der Werkstatteigentümer hatte nur den Kopf geschüttelt, der Motor sei hinüber. Und an Speedy ist eine Formel-Einserin verloren gegangen. Naturtalent sozusagen. Bey hätte sich Speedys Talente lieber auf anderen Gebieten gewünscht. Zum Beispiel bei der Aufklärung von merkwürdigen Todesursachen von Exfreunden oder bei Fällen von Kinderpornografie.
Wo bleiben Stella und der Mann mit der ruhigen Stimme? Vorausgesetzt, die sind tatsächlich auf dem Weg nach Trzciel.

^^^

Hush, my darling
Don't you cry
Quiet, angel
Forget their lies
– The Go-Go's

^^^

HAKERZY SALON

Hakerzy Salon (polnische Aussprache [ˈxa.kɛrʃɨ salon], dt. Hackersalon, auch bekannt unter dem deutschen Synonym Hacksalon, ist ein polnischer Hackerclub, gegründet 1985 in Polen.
Der Hakerzy Salon erreichte internationale Bekanntheit durch seinen erfolgreichen Hackerangriff auf große internationale militärische Einrichtungen (u. a. Pentagon, USA 1986; FSB, UdSSR 1987), sowie das Enttarnen von international operierenden Pädophilennetzwerken im Internet. Nachdem zunächst vergeblich versucht wurde, die damals sehr jungen Hacker ausfindig zu machen, wurde bei allen durch den Hakerzy Salon durchgeführten erfolgreichen Angriffen auf militärische Einrichtungen schnell klar, dass es den Vierzehn- und Fünfzehnjährigen ausschließlich um das Abenteuer und die Herausforderung ging und eine politische Motivation zu vernachlässigen war, da sie nach erfolgreichem Angriff lediglich eine ironische Nachricht hinterließen und den Angriff unmittelbar beendeten. Hochrangige Minister sowohl Amerikas als auch der damaligen Sowjetunion plädierten unabhängig voneinander dafür, die Jugendlichen an der Verbesserung der Sicherheit ihrer Internetzugänge zu beteiligen.
Der Hakerzy Salon wird, im Gegensatz zu vergleichbaren Vereinigungen wie z. B. Anonymous, hierarchisch geführt, bis heute sind Anzahl und Identität der Mitglieder jedoch weitgehend unbekannt.
Aufgrund der medialen Turbulenzen nach den frühen Hackerangriffen hat sich der Fokus des Arbeitsfeldes des Hakerzy Salon von staatlichen Einrichtungen verlagert auf Cybercrime, und hier mit verstärktem Fokus auf das Aufdecken von Kinderpornografie. Immer wieder gelang

es dem Hakerzy Salon, weit verzweigte Netzwerke zu enttarnen, weshalb die Mitglieder, trotz der beständigen Nähe zur Illegalität, vom Zugriff des Gesetzes bisher verschont blieben.
Der Hakerzy Salon genießt in Polen Kultstatus.

^^^

BUNKER
Polen

Der schwere lange Eichentisch muss uralt und tonnenschwer sein. Seine wilde Maserung ist durchsetzt von Kerben und Furchen, Zeugen einer unsanften Vergangenheit. Hier und da Eisenkrampen und Nieten, die eine frühere Existenz als Burgtor vermuten lassen.
Am vorderen Ende des Tisches sitzen Szymon, seine zwei schrankbreiten Kumpels, Bey, Speedy, Stella und Deus auf klobigen Sesseln, die aus derselben Epoche wie der Tisch gefallen zu sein scheinen und deren geschwungene Armlehnen am vorderen Ende glänzen vom Fett der vielen Hände, die durch die Jahrhunderte schon auf ihnen geruht haben müssen. Es fehlen nur noch die Metbecher.
Wären da nicht die vielen Kabeltrassen, die kreuz und quer unter der niedrigen, lehmverputzten Strohdecke des riesigen fensterlosen Raumes verlaufen, und von denen herab jetzt schier endlos erscheinende Magnetbänder wie Luftschlangen aus der Abteilung für Nerd-Mottopartys zum Trocknen hängen, und von deren bräunlicher Oberfläche unablässig kleine sehr brackige Wassertröpfchen herunterrinnen und nach und nach die Rillen und Furchen des Tisches füllen.
Im Hintergrund nur leises Ventilatorensurren und Tasta-

turgeklacker. Drei *Hacksalon*-Mitglieder sitzen vor riesigen Bildschirmen. Ihre Gesichter genauso blass wie Szymons.

Es hatte nicht lange gedauert, bis Stella in der Werkstatt in Trzciel unter der blinkenden Neonreklame für *Autofantomas* aufschlug. Auf dem Beifahrersitz saß Deus. Der Mann mit der ruhigen Stimme. Also auch er. Auf wen war hier verdammt nochmal Verlass? Das Gebirge. Die unwegsamen Schluchten.

Die beiden machten recht überraschte Gesichter, als Stellas Leihauto von einem ungefragten Begrüßungskomitee umstellt wurde. Noch überraschter, als sie von Team *Hacksalon* unsanft aus dem Auto gezerrt und in den Schwitzkasten genommen wurden. Als schließlich hinter dem Neonschild Speedy mit Handgelenken in Kabelbindern und in Begleitung von Bey und Szymon hervorkam, mussten sie das Ausmaß der Falle erkannt haben, in die sie geraten waren.

Stella schlug die Hände vors Gesicht, Deus blieb weiterhin ruhig. Und sah Szymon so ähnlich, dass Bey fast gelacht hätte, wären die Umstände andere gewesen. Doch das waren sie nicht. Es waren genau die Umstände, die sie seit dem unseligen Begräbnis von Iggy vor zwei Tagen heimgesucht hatten. Wie ein böser langer Traum, aus dem es kein Erwachen zu geben schien. Sie war verraten worden, fühlte sich aber selbst wie eine Verräterin.

Szymon fragte noch, wo genau das Blauehaarmädchen – damit meinte er Speedy – das Beweismaterial, also die Videos, in die Obra geworfen hätte. *Ich weiß nicht*, hatte sie gejammert, woraufhin er sie am Arm gepackt hatte und mit ihr und Bey die paar Meter über sumpfiges Grasland zu dem kleinen Fluss gestapft war.

Die niedrigen Ufergewächse waren schneebedeckt, soweit

man das im unruhig zuckenden Lichtkegel seiner Taschenlampe erkennen konnte. Ein schmaler Streifen Eis lag an den Rändern der Wasseroberfläche, die sich in nördlicher Richtung träge unter einer nahen Autobahnbrücke schlängelte. Sie krochen in gebückter Haltung in dem morastigen Grund herum, die frostroten Hände tastend, die Schuhe längst durchnässt und schlammverschmiert. Szymon hielt Speedys Arm fest.
Unter der Autobahnbrücke dann eine kleine Sandbank im Fluss. Darauf etwas in Weiß und Orange. Die Kekskiste. Weit gekommen war sie nicht.

Ein sonniger Flohmarkttag. Später Iggys schelmisches Grinsen von einem Ohr zum anderen, als er das Geschenkpapier aufriss und die Fünfziger-Jahre-Motive entdeckte. Sein Grinsen wurde breiter, als er die Kiste öffnete und darin einen kleinen, aber feinen Stapel *Studio-One*-First-take-Singles fand. Er war ihr um den Hals gefallen und hatte sie über und über mit Küssen bedeckt.
Ihr Magen meldete sich wieder. Sie musste sich zusammenreißen, um sich nicht schon wieder zu übergeben. Ein paar Musikkassetten lagen im seichten Wasser. Sie hob die Kiste auf, hielt sie, trotz der klammen Finger, beinah zärtlich umklammert und begann, die Kassetten von der Sandbank zu klauben. Im nächtlichen Wasser schimmerte matt der Kassettenrecorder. Szymon watete einige Meter entfernt knietief im eiskalten Wasser, seine Umrisse im Licht der vorbeihuschenden Autos storchenhaft. Mit einer Hand hielt er immer noch Speedys linken Arm umklammert, mit der anderen fischte er im Wasser herum, auf der Suche nach den Videokassetten, Speedy musste mit der Taschenlampe leuchten. Das Flussbett war nicht tief, aber eiskalt.

»Du musst raus aus dem Wasser, Szymon.« Bey sah, dass er schon mit den Zähnen klapperte. Aber offensichtlich war er auf etwas gestoßen.
»Hier! Blauehaarmädchen!«
Speedy richtete gehorsam den Lichtstrahl auf die Stelle. Er bückte sich ins brackige Wasser, zog eine Hülle hervor und übergab sie Bey. Sie wischte übers Cover. *Black Flag.* Henry Rollins unter einer Schlammschicht. Sie tastete weiter in Richtung der Strömung, während Szymon versuchte, seine Finger und Füßen wiederzubeleben und dabei durch die Böschung sprang. Speedy hing an seinem Arm wie ein nasser Hund.
»*Auć!*«
Er zog erst einen Fuß hoch, seine Silhouette für Sekundenbruchteile flamingoartig, und dann ein schwarzes klobiges Rechteck aus dem verschneiten Morast hervor. Die zweite Videokassette. Ohne Hülle. Das *Hüsker-Dü*-Video. Was ein Glück.
Sie hielt ihm die Kiste hin, er ließ sein Fundstück hineinfallen. Mit steifgefrorenen Gliedmaßen staksten sie zurück zu den anderen.

Im Jeep zog Szymon zwei verfilzte Armeedecken unter seinem Sitz hervor. Dankbar wickelte Bey sich auf dem Beifahrersitz in den staubigen, groben Stoff, versuchte, nicht an ihre eiskalten Füße zu denken, und umklammerte die Blechkiste.
Stella und Speedy saßen schweigend auf der Rückbank, dazwischen einer der *Hacksalon*-Kerle, Deus musste den Leihwagen von Stella fahren, unter Beobachtung des anderen Kerls, der neben ihm thronte.
Irgendwo hinter Rzepin bogen sie von der A2 ab und fuhren über Dörfer, bis sich aus dem Dunkel tatsächlich das

Ortsschild mit dem Namen schälte, den Xana entfernt mit einer US-amerikanischen Hardcoreband assoziierte. *New Biscuit.* Ohne Gorilla. *Nowe Biskupice.* Endlich. Bey tat der Hintern weh vom Sitzen auf dürftiger Polsterung.
In dem kleinen Ort, der aus einer einzigen Straße zu bestehen schien, die wenige Häuser säumten, bog Szymon unerwartet zwischen zwei unscheinbaren Gartenzäunen ab auf einen Feldweg, der sich endlos durch die Nacht zu winden schien. Unebenes Terrain. Der UAZ machte plötzlich Sinn. Ein kleines Gehöft, dahinter Wald. Dichter Wald. Im Licht der Jeepscheinwerfer sah man nur noch Baumstämme wie nackte Beine konspirativ beieinanderstehen. Neben einer Steinmauer stoppte Szymon endlich den Russen. Stieg aus und lief um die Steinmauer herum zu einem von Blättern bedeckten Hügel, griff unter das Laub und zog resolut an den eisernen Griffen einer großen Falltür. Ein mit Tarnlaub bedeckter Bunker. Diese Art von Domizil erklärte vielleicht Szymons ungesunde Gesichtsfarbe. Muffige Luft schlug ihnen entgegen auf ihrem Weg eine Stahltreppe hinab.
Ein niedriger dunkler Gang führte zu dem Raum, in dem sie jetzt unter den tropfenden Bändern der geretteten Videokassetten sitzen. Deus, Stella und Speedy mit Kabelbindern an die speckig glänzenden Armlehnen ihrer Sessel gebunden und in Erklärungsnot. Die zwei kräftigen Kerle, die beim *Hacksalon* fürs Grobe zuständig sind, wirken, als würden sie gerne weniger zimperlich mit den drei Gefesselten umspringen, aber Szymon hat ihnen augenrollend und unter »Western Girl«-Gemurmel zu verstehen gegeben, dass sie sich Bey zuliebe ein bisschen zusammenreißen sollen. Bey will reden, will verstehen.

»Angst«, sagt Deus. Der letzte Überlebende der *Mutants*. Eine Scheißangst habe er seit dreizehn Jahren. Und seit Iggys Tod fühle er sich geradezu verfolgt.
»Aber warum hast du nie versucht, es selber aufzuklären?«
Deus wird rot und schaut Bey in die Augen.
»Es war nur eine Vermutung. Wir hatten keine Beweise ... und die Bullen hätten uns eh nicht geglaubt. Hätten uns bloß alle verknackt.«
»Aber ihr hättet sofort aussteigen und das auch allen anderen sagen müssen, die damals für Rotze und Trenner gearbeitet haben!«
»Das wollten wir doch! Und zu was das geführt hat, wissen wir ja. Mann, ihr müsst das verstehen, natürlich wollte ich nichts mit Kinderpornografie zu tun haben!«
»Und stattdessen setzt du mich unter Druck«, Stellas Stimme wird schrill, »weil ich beim Kurierdienst mitgemacht habe? Bringst mich dazu, dass ich auch noch meiner besten Freundin Speedy Angst mache und sie dazu überrede, das komplette Beweismaterial zu zerstören?«
»Trenner hat uns gedroht ...«
»Ein Kurierdienst für was?« Szymon schneidet seiner Rechtfertigung das Wort ab.
Stella erklärt Szymon mit dünner Stimme das Geschäftsmodell.
Bey ist inzwischen in einem der riesigen Lehnstühle zusammengesunken. Die Bunkerluft. In ihrem Kopf dreht sich unaufhörlich ein Karussell mit Jahrmarktsmusik.
Szymon ist aufgestanden.
»Okay, wir haben genug gehört. Ihr wart Drogendealer mit Angst in der Hose. Das ist kein Spaß, versteht ihr? Wir jagen hier Monster. Selbst die Polizei versucht seit Jahren, in ihre Kreise zu kommen. Ohne Erfolg.«
Drei blasse Nasen nicken.

»Wir werden sehen, ob ihr weniger dumm seid, als ihr aussehr.«
»Szymon, bitte, darf ich sie jetzt endlich losmachen ...« Er ignoriert Bey.
»Ihr arbeitet jetzt für uns. Sonst die polnische Polizei freut sich auf euch.«
Drei blasse Nasen sehen alarmiert auf. Speedy räuspert sich. »Es war ein Fehler. Ich hatte halt plötzlich Panik, dass wir in Lebensgefahr schweben, solange wir diese Videos bei uns haben. Weil Deus gesagt hat, dass Trenner hinter uns her wäre. Sorry.«
Sie sieht zu Boden, das blaue Haar wie trauriges Hundefell um ihre Ohren.

^^^

BACKUP
Videotranskript von BXT Geekhouse

Hallo und willkommen zu einer weiteren Folge von *BXT Geekhouse*, wo wir uns Hardware und Software ansehen, die seltsam, vergessen und veraltet ist, und heute ist es der Empire Backer: das PC-Festplatten-Backup-System.
Ja, das stimmt, ihr könnt eure Daten auf VHS-Videoband sichern unter Verwendung dieser ISA-Karte. Ernsthaft. Obwohl das Sichern von Computerdaten auf Band nicht die ungewöhnlichste Sache in der Computerwelt ist. Retro-Computer hatten Kassetten, auf denen man Spiele und Programme sichern oder lesen konnte, und dann gibt es ja immer noch Datenkassettenbänder, die für Sicherungslösungen verwendet werden und Tonnen von Daten speichern können. Aber auf VHS sichern, *das* ist echt neu für mich. Zeit, den Empire Backer hautnah zu erleben.

Dieses Modell hier wird auch als Backer16-Festplatten-Backup-System bezeichnet.
Es wurde zu Beginn des Jahres 1998 von Empire Limited aus England für 60 US-Dollar verkauft. Dabei werden ausschließlich monochrome Composite-Videosignale verwendet, um entweder im PAL- oder im NTSC-Format zu arbeiten. Ja, hier gibt es überhaupt kein Audio. Es wird nur das Videosignal verwendet. Laut der Box kann es 1½ Gigs speichern, aber nach dem, was ich gelesen habe, reicht es tatsächlich von 750 Megabyte bis 3 Gigabyte, abhängig von euren Einstellungen, Komprimierungsoptionen und der Art des verwendeten Bandes.

Jetzt fragt ihr euch vielleicht: *Für wen wurde das gemacht?* Nun, wirklich für jeden mit einem klammen Geldbeutel. Der große Reiz des Empire Backer war der Preis, und es war, na ja, im weitesten Sinne praktisch. Ein VHS-Band kostete zu dieser Zeit etwa 2 US-Dollar, viel weniger als die 15 oder 30 US-Dollar, die man für eine Bandkassette mit ähnlicher Kapazität damals hinlegen musste. Und natürlich konnte man einfach seinen Videorecorder verwenden, anstatt sich auf etwas Spezialisierteres einzulassen. Das System hatte auch eine Übertragungsgeschwindigkeit von 9 Megabyte pro Minute oder ungefähr 150 k pro Sekunde, ähnlich wie andere VHS-Backup-Systeme der Zeit. Und ja, das bedeutet, dass der Backer nicht das einzige VHS-Backup-System für Heimcomputer war. Es gab das treffend benannte Video Backup-System für den Commodore Amiga, und vielleicht am bemerkenswertesten war die ArVid 1000-Serie. Diese war dem Backup-System ähnlicher, da es sich um ISA-Karten für den PC handelte. Und sie wurden 1992 bis Mitte der Neunziger in Selenograd, Russland, hergestellt.

Trotz einiger Punkte zu seinen Gunsten hat sich das Backup-System von Empire aber nie wirklich durchgesetzt. Und daher ist es unglaublich schwer, jetzt noch eins auf dem Markt zu finden.

Okay, lasst uns endlich diese Schachtel öffnen und sehen, was drin ist.
Wir haben hier einige Disketten, das ist immer schön. Oh, diese hier ist für 95, diese hier für Windows 3.1, also äh, das ist gut, das macht Sinn. Und hier ist die Karte selbst, das ursprüngliche ISA-Modell. Bin neugierig, ob es funktionieren wird.
Dies sind die beiden Video-Ein- und Ausgänge und diese gehen an die, ähm, Gegenstücke auf euerm Videorecorder. Nun, wir werden das mal anschließen. Ich bin wahnsinnig gespannt, wie dieses Ding funktioniert. Es ist nicht wirklich gut zu erkennen, aber es gibt dort unten einen einzigen ISA-Steckplatz (Kichern). In den ich versuchen werde, das Teil einzusetzen.
Ein ziemlich wichtiger Aspekt hierbei ist, einen Videorecorder zu benutzen, der *gut* ist und ich werde mit, ähm, einem meiner Lieblings-Videorecorder, einem Panasonic PV40760, fortfahren. Es ist nur einer meiner Lieblings-Videorecorder, sowohl was das Aussehen als auch die Funktionalität betrifft undsoweiter. Und diese Tatsache, dass er diese gigantische, wundervolle Fernbedienung hat (lacht). Es ist toll! Ich werde ein paar von diesen brandneuen VHS-Kassetten von Maxell benutzen.
Man geht hier in das Video IN und hier in das Video OUT. Also werde ich das blaue hier in Video OUT reinstecken, und dann das rote in Video IN.
Die Soundkarte, die hier gerade installiert ist, ist eine Aureal Vortex 2 und ich glaube, es wird der DMA verwen-

det, den diese benötigt. Mal sehen, ob das funktioniert. Wir müssten nur (Klicken), uff, wow! Na, bitte. Und dann ... ja. Das sollte es sein!
Lasst uns das Setup ausführen. Es ist ein herrlicher Neunziger-Jahre-Hintergrund.
Okay, lasst uns das Programm jetzt installieren! Ich bin froh, dass die Festplatte funktioniert.
Während ich darauf warte, dass neu geladen wird, werde ich dieses neue Band in den Videorecorder einlegen. (Bandwickelgeräusche)
Mmm! (Atmet ein)
Mmm, riecht frisch! (Klappern)
Nett. (Dumpfes Geräusch)
Okay, mal seh'n ... ah, großartig!
Backer ist ein Hochleistungs-Backup-up System. Backup-up System? Das steht hier wirklich!
Video Health Check ... DMA-Übertragung läuft ...

Okay, lasst uns mal schauen ... natürlich wollen wir NTSC und, äh, ja, das ist alles in Ordnung.
Also, los geht's!
Hm ... fangen wir zuerst mit einer kleinen Datei an, mal sehen. Crystal Caves hier zum Beispiel. Ja. Ungefähr 38 Sekunden, um das auszuführen, interessant. Mal sehen, ob das funktioniert.
Wenn Sie fertig sind, versetzen Sie das Video in den Aufnahmemodus und klicken Sie auf Start. Starten Sie die Aufnahme hier und lassen Sie es ein paar Sekunden lang laufen, um dieses Einführungsbit zu überwinden.
Na bitte. Start drücken ... jetzt. Okay, es schreibt also den Bandkopf (lacht). Oh, das ist so seltsam, also wird es jetzt Datei für Datei verarbeitet, wir werden sehen.
Fußzeile schreiben. Gut. *Stoppen Sie den Videorecorder.* Ja cool.

Okay, es sieht so aus, als hätte es diese gesicherte SLG-Datei erstellt, um mich wissen zu lassen, was sich theoretisch (lacht) auf diesem VHS-Band befindet. Wir haben also die Möglichkeit, Dateien von Videobändern wiederherzustellen oder zu überprüfen.
Drücken Sie Play, *wenn Sie fertig sind.* Genial, und los geht's (Klatschen und Händereiben).
Mal sehen, was wir bekommen! Okay, habe den Puffer in Gang gebracht. Vermutlich spielt es ab. Und es stellt sich heraus, dass es in Windows 3.1 und den mitgelieferten Softwaretreibern einwandfrei funktioniert! Toll (lacht)! Schaut euch das an: das passiert, wenn das Backup-System das tut, was es machen soll, und es ist ziemlich fantastisch. Wie ihr seht, hat es alle Dateien gefunden und genau so gesichert, wie es sein sollte. Also habe versucht, das Band voll zu bekommen. 9 Megabyte pro Sekunde, und ich habe gerade das gesamte Laufwerk gesichert, das ungefähr 80 Megabyte oder so war. Und abgesehen von einer Bibliotheksdatei im Windows-Ordner wurde alles perfekt gesichert. Das ist ziemlich überraschend, muss ich sagen. Und schließlich musste ich mir einfach mal ansehen, wie das aussieht, wenn man das an einen Fernseher anschließt. Und das hier bekommt man zu sehen: eine von diesen schönen handgewebten Fußmatten, hahaha!

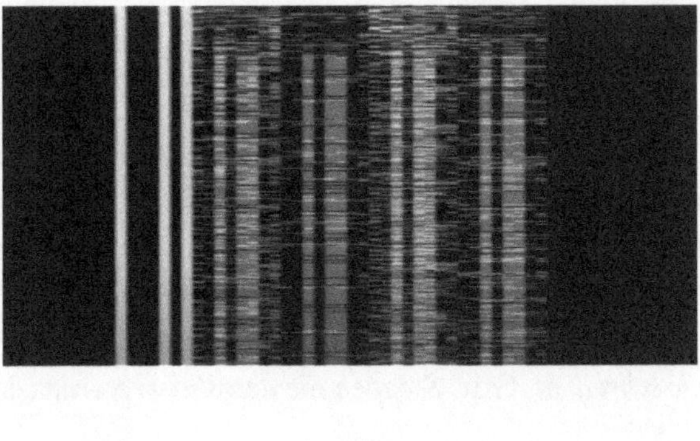

Auch hier gibt es kein Audio, es ist nur ein zusammengesetztes monochromes Videosignal. Dies sind also die Daten, die ihr hier gesehen habt, und dann sehen Kopf- und Fußzeile folgendermaßen aus:

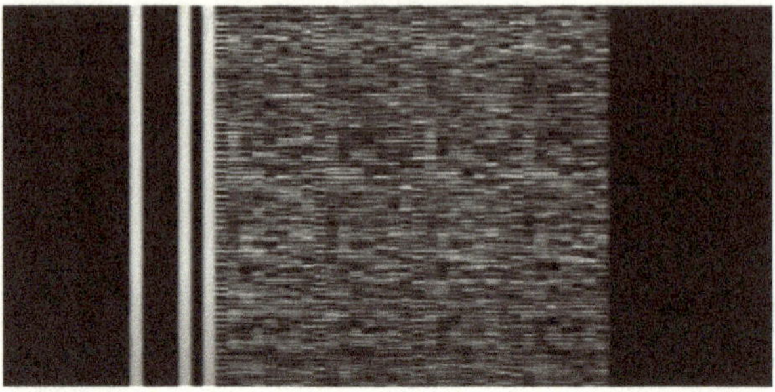

Ganz ehrlich: So sehr es mich auch amüsiert, dass ich eine Computerfestplatte auf einem VHS-Videoband sichern kann, ich kann verstehen, warum das Empire-Backup-System in der Zeit, in der es veröffentlicht wurde, nicht gerade ein mitreißender Erfolg war. Ich meine, dieses Ding wurde bis in die späten Neunziger verkauft, und im Wettbewerb mit Dingen wie Zip-Discs, ähm, kontinuierlich günstigeren CD-R- und CD-RW-Lösungen, und dann höheren Kapazitäten und zu der Zeit wirklich billigen, äh, Festplattenlösungen. Ich meine, in den späten Neunzigern gab es einen Speicherboom. Dagegen das VHS-Videoband: Ich kann mir vorstellen, dass nicht wirklich viele Leute das auf dem Radar hatten als Computer-Backup-Lösung. Und dann gibt es noch den Zuverlässigkeitsfaktor. (Kichert) Dies ist ein analoges, zusammengesetztes Signal, und um die Kapazität zu erhalten, die man angeblich erhalten kann, muss man sie in SLP einfügen, das von geringerer Qualität ist. Nach nur einem Sicherungsvorgang fehlen bereits ein oder zwei Dateien. Sicher, es sind nur ein oder zwei Dateien, aber es soll ja beim Datensichern nichts verloren gehen.

Ich hoffe, euch hat gefallen, was ihr gesehen habt, mir hat es jedenfalls großen Spaß gemacht (Fröhliche Musik)! Und wenn euch das, was ihr in dieser Episode von *BXT Geekhouse* gesehen haben, gefallen hat, dann bleibt dran! Jeden Sonntag und Mittwoch gibt es hier auf diesem Kanal neue Folgen mit neuem *Geekhouse*-Kram. Und wie immer vielen Dank, dass ihr zugeschaut habt!

^^^

HARDWARE
Polen

Nur das leise Surren und Klacken der Rechner ist zu hören, ansonsten ist es still im Bunker vom *Hacksalon*. Seit einer Viertelstunde ist kein Wort mehr gefallen. Stella, Deus und Speedy sitzen an dem schweren Eichentisch und rollen unter der strengen Bewachung der zwei kräftigen Kerle die einigermaßen getrockneten Magnetbänder auf die Spulen der vorsichtig von ihrem Schlammbad gereinigten Tonträger und Videos. Bey hat zuvor mit einem Tapetenmesser, das Szymon ihr in die Hand gedrückt hat, sehr vorsichtig die Kabelbinder von den geröteten Handgelenken ihrer Freunde geschnitten, sich entsetzlich gefühlt dabei, und sich zum wiederholten Mal gefragt, wie zur Hölle sie alle hier gelandet sein konnten.

Während sie benommen in einem der Armsessel hängt und versucht, trotz der muffigen Bunkerluft ihren Kreislauf in den Griff zu bekommen, telefoniert Szymon auf Polnisch, spricht mit den drei *Hacksalon*-Leuten an ihren Rechnern, die wie wahnsinnig in ihre Tastaturen tippen. Klackklackklackklack.

»Los, kommt.«
Szymons Stimme klingt rostig. Er hustet.
Sie muss sich auf der Armlehne abstützen, schwarze Punkte vor den Augen. Schon wieder das Karussell.
Alle vier folgen ihm durch den langen niedrigen Raum zu den Tischen, an denen die *Hacksalon*-Leute sitzen. Klackklackklackklack.
Szymon zieht aus einem Haufen analoger Geräte eine kleine Kompaktanlage mit Kassettendeck hervor und steckt die gerettete Übungsraumkassette hinein. Also nochmal.
Play.
Nochmal Iggys Stimme. Die jetzt leiert. Furchtbar. Dann die von Deus: *Nicht mit uns, diese Pornokacke!* Er starrt auf die Anlage. Hört wie versteinert seinem eigenen dreizehn Jahre jüngeren Selbst zu. Das Band rutscht an den noch nicht ganz trockenen Stellen. Szymon mit steiler Stirnfalte, schweigend. Er drückt auf Stopp. Hustet.
»Okay, ich glaube euch. Ihr müsst verstehen: Schon sehr lange ich bin auf der Suche nach solchen Videos. Im Netz wird seit Jahren davon gesprochen. Aber nie habe ich ein solches Video gefunden. Bis ihr habt mit Xana gesprochen.«

Der Besuch bei *Houdini*. Sobald Xana das Video gesehen und die charakteristische Art von Pixeln darauf erkannt hat, sagt Szymon, sei ihr klar gewesen, dass es sich um die Art von Video handeln müsse, die Szymon seit Jahren vergeblich sucht. Xana hat ihn sofort kontaktiert und ihm erzählt, was sie von Bey und Mark wusste: Beys verstörende Entdeckung auf ihrem eigenen Rechner. Die vielen Kindergesichter. Die Pädophilen-Website *kiddy-land*. Die verschwundenen Videokassetten. Es gab zwei Verdäch-

tige: Norman Holy, genannt Noholy, und Arthur Parsley. Szymon wusste genug. Der *Hacksalon* hatte nichts anbrennen lassen, hatte die Ankunft von Bey und Speedy und den zwei Videokassetten nicht abgewartet, sondern sich unvermittelt an die Arbeit gemacht. Arthur, Beys ehemaliger Vermieter in Amsterdam schien clean, dafür fanden sie im Netz Noholys pädophile Aktivitäten unter seinem Pseudonym *under-wonder.*

»Fuck.«

Bey schüttelt den Kopf. Schlauer, witziger Noholy. Sympathischer Noholy. Familienfreund. Jeder hatte ihn gemocht.

»*Under-wonder*?«

»Wie zynisch ist das denn bitte.«

»Ihr habt nicht gehört von pädophilem Narrativ?«

Sie sehen Szymon verständnislos an.

»Pädophile reden gerne von wahrer, unschuldiger Liebe zu Kindern. Im Netz, dieselben Leute reden nur mit Zynismus über Kinder. Da ist keine Liebe. Nur Verachtung. Monster sind das.«

Bey muss an den Artikel im Ärzteblatt denken: *Erotik des Kindes. Human. Paradiesisch.* Ihr wird schlecht.

Unter dem widerlichen Namen *under-wonder* hatte Noholy im Darknet, so erzählt Szymon weiter, mit dem Fund einer Videokassette geprahlt, die angeblich ganz besonderes kinderpornographisches Filmmaterial enthalten sollte. Auch Noholys Anschrift in Berlin hatte der *Hacksalon* herausgefunden. Szymons Leute waren sofort hingefahren, hatten sich Zugang zu der Wohnung in einer der besseren Gegenden von Kreuzberg verschafft. Sie überwältigten den Kerl, den sie auf frischer Tat, genauer gesagt, an seinem Rechner, ertappten.

»Ihr habt Noholy?«

»Natürlich. Wir sind Hacker.«

Speedy ist einfach nur blass und still, das blaue Haar betont im Neonlicht sehr unvorteilhaft ihre Augenringe hinter den Brillengläsern. Sie selbst sieht sicher nicht viel frischer aus in dieser miesen Bunkerluft.
Szymon spricht unbeeindruckt weiter. Es brauchte nicht viel Überredungskunst, bis Noholy ihnen das Versteck für die Videokassetten verriet, die er bei Bey hatte mitgehen lassen vor vier Jahren. Und die er natürlich alle noch besaß.
»Meine Videos!«
»Solche Leute heben alles auf«, sagt Szymon, »dieser Noholy hat sogar die Hardware dazu, um die Daten auszulesen. *ArVid*-Backup-System. Nur in Russland noch gibt es einige Exemplare. Im Westen ihr hattet auch etwas Vergleichbares. Aber russisches Modell war natürlich besser. Dieser Noholy kennt sich aus.«
Natürlich. Seltene Hardware. Darum hat Xana sie bis nach Polen reisen lassen. Denn auch Szymon kennt sich aus.
Deus starrt ihn an.
»Was für Daten?«
»MPEG. Digitales Videofile aus den Neunzigern.«
»Du meinst, da sind digitale Daten auf den alten VHS-Kassetten?«
»*Steganografia.*«
»Stegowas?«
»Die Kunst, geheime Botschaft zu verstecken, ohne zu offenbaren, dass etwas versteckt ist. Sehr alte Technik. In unserem Fall hat jemand ein digitales Videofile in einem analogen Video versteckt.«
»Ihr hattet also recht damals.« Bey sieht Deus an. Er nickt schweigend, sieht an ihr vorbei.
»Aber ihr habt solche Files nie gesehen?«
Deus schüttelt den Kopf.
»Natürlich nicht.«

»Und weil wir nicht wissen, was von diesen hier«, fährt Szymon fort und zeigt auf die getrockneten, fast aufgewickelten Videobänder, »noch zu gebrauchen ist, haben meine Leute die Videos von Noholy vor Ort geprüft. Sie sind noch in seiner Wohnung und von hier aus wir haben Zugang zu seinem Rechner.«
Er schaltet einen großen Monitor ein, auf dessen Bildfläche ein unscharfer Videostill zu erkennen ist.
»Diese *Steganografia* hier stammt also von einer der gestohlenen Videokassetten. Wir haben das Videofile auf Noholys Rechner übertragen. Die Datei ist gut gemacht für die Zeit. Neunziger Jahre. Sehr wenig Platz verbraucht auf Originalvideo. Kleine Auflösung, dafür viele Daten. Man merkt nichts, wenn man das Video ansieht und wenn man nicht weiß, was man muss suchen, nur etwas Rauschen. Auch sehr intelligent ist die Wahl des Original-Filmmaterials: Live-Punkkonzert. Das ist sehr laut, viele Feedbacks. Und schlechte Kamera. Also viel Rauschen optisch und akustisch. Wenn also die Qualität beeinträchtigt war durch Stego-Files, dann fällt es nicht auf. Das haben Profis gemacht.
Meine Leute haben alle sechs Videos aus dem Safe von Noholy überprüft. Aber nur ein einziges hatte diese Art von versteckten Daten. Ich zeige euch jetzt das Videofile, das dieser Noholy von dieser Videokassette entschlüsselt und ins Internet hochgeladen hat.«
Szymon weist mit der ihm eigenen, natürlichen Autorität auf den Monitor.
»Eine sehr kurze Sequenz, nur neun Sekunden. Aber für diese neun Sekunden, ihr braucht, wie sagt man, kalten Kopf.«
Seine Stimme wird wieder heiser. Er hustet. Hat sich inzwischen hingesetzt und sein Zeigefinger zittert ganz leicht,

als er auf Play drückt. Das Videostill kommt in Bewegung. Es gibt keinen Ton, die Auflösung ist mäßig. Und dennoch lässt sich in einem sakral anmutenden, von Hunderten flackernden Kerzen (oder sind das Fackeln?) erhellten Kellergewölbe sehr deutlich eine Gruppe von mehreren dunkel gekleideten Männern erkennen. Die Aufnahme einer Überwachungskamera. Die dunkel Gekleideten formen einen Kreis, stehen so eng beieinander, dass ihre bodenlangen Gewänder eine geschlossene, dunkle Wand bilden. Dann löst sich die Kreisformation beinahe choreographisch auf.

Bey wendet den Blick ab. Zu spät. Die Tränen schießen mit Gewalt ein. Die Gesichter der anderen lehmfarben wie die Bunkerwände.

»Ritueller Missbrauch. Willkommen in der Hölle.« Szymons Stimme klingt verrostet.

»Euer toter Freund wollte das hier aufklären.«

Sein Blick durchbohrt die vier.

Sie bilden hier eine kleine traurige Schicksalsgemeinschaft, ob sie wollen oder nicht. Szymon hustet.

»Dieser Film hier ist alt. Aus den Achtzigern oder Neunzigern. Das sogenannte *Vault File*, das gerade im Netz herumgeht. Wir haben alles zurückverfolgt, es stimmt, was dieser Noholy behauptet hat: Er hat es als erster gepostet vor vier Jahren, unter seinem Alias *under-wonder.*«

»*Vault File*?«, fragt Deus. Seine Ohren jetzt genauso blass wie Szymons.

»So wird dieser Filmausschnitt in Chatrooms genannt. Nur neun Sekunden. Sehr begehrt bei Pädophilen.«

»Der eine Mann kommt mir bekannt vor ...« Das Karussell in Beys Kopf quietscht, müsste dringend mal geölt werden, so lässt sich nicht nachdenken. »Das ist doch dieser Politiker ... nur viel jünger.«

»Stimmt! Einar Schuster. Der ist seit letztem Jahr Finanzminister von Schleswig-Holstein.«
Stella kennt einfach jeden.
»Das ist ein Skandal!«
»*Pieprzona świnia* ... verdammtes Schwein ...« Szymon ist aufgestanden. In halb gebückter Haltung steht er vor dem Rechner, sein Zitterzeigefinger klickt vor und zurück, vor und zurück in dem grauenhaften Video, während er leise vor sich hin murmelt.
»Dieses scheiß Verlies ... *Jebany loch* ... vielleicht ist das eine Spur ...«
Eine Stille legt sich auf die Polstersessel, das mittelalterliche Burgtor und die elektronischen Apparate auf den Industrietischen. Das Klackklack der Tastaturen ist verstummt. Nur die Ventilatoren surren leise.
Szymon sieht jetzt noch schlechter aus als in den vorangegangenen Stunden. Er setzt sich wieder hin, greift zur Maus.
»Wir sind noch nicht fertig. Noch eine unvorstellbare Menge andere Dateien hat unser Team gefunden auf dem Rechner von diesem Noholy, und entschlüsselt.«
Der Bildschirm zeigt jetzt eine Ordnerstruktur.
»Hier ihr seht die Bildschirmoberfläche von Noholys Rechner. Wir können alles live sehen, was er dort hat.«
Szymon klickt auf einen der oberen Ordner mit dem Namen *Amsterdam*, es öffnen sich drei Unterordner: *Roosjes, Lelies, Zonnebloemen*.
Szymon klickt auf *Roosjes*. Aufnahmen von schlafenden Babys. Bey ist beinahe erleichtert. Keine Männer in Roben, kein zynischsakrales Fackelgefunzel, kein dunkelgemauertes Deckengewölbe. Es sind viele Aufnahmen. Noch mehr Babys. Auch wache sind dabei, manche lächeln unbestimmt in die Kamera, andere schauen abwesend oder

ernst. Die gesamte Palette an frühkindlichen Gesichtsausdrücken. Jedes dieser Fotos könnte für sich genommen noch recht unschuldig wirken, findet Bey. Das hier könnten einfach Fotos vom eigenen Kind sein. Hatte nicht jede Familie festplattenweise jeden Schlaf- und Wachmoment ihres Sprosses aus den ersten Lebensmonaten fotografisch dokumentiert? In wechselnder Qualität und bei oft mittelprächtigen Lichtverhältnissen? Aber es sind so viele verschiedene Babys. Und stets ist das Kind isoliert zu erkennen, nirgends ist da eine geschwisterliche oder elterliche Hand oder eine schützende Armbeuge, geschweige denn die dazugehörige Person abgelichtet. All diese Kinder hier liegen, aufgrund ihres jungen Alters noch nicht des Sitzens fähig, auf dem Rücken und sind von einer Kamera, die über sie gehalten wurde, frontal aufgenommen worden. Wer hat schon so viele verschiedene Babys im selben Alter? In der Summe entfalten die Bilder eine beklemmende Wirkung. Bey muss an die vielen Kinderfotos auf ihrem alten Win XP denken.
Szymons dürrer Zeigefinger, er klickt auf den Ordner *Lelies*. Mehr Babys. Man erkennt einige der Kinder von den Frontalfotos aus Ordner *Roosjes* an den Stramplern, aber da sind jetzt diese groben Hände ... Szymon schließt die Datei. »Schweine, widerliche.«

»Szymon, sollten wir das jetzt nicht der Polizei übergeben? Wir machen uns doch sonst selber schuldig.«
»Nein. Noch zu früh. Noholy ist ein kleiner Fisch. Wir müssen erst die großen Fische finden. Polizei ist überfordert mit diesem Problem. Die meisten solcher Fälle werden nicht aufgeklärt, sie haben nicht genug Leute, die den Job machen können und nicht die technischen Möglichkeiten wie wir.«

Szymon klickt durch weitere Dateien. Die Stille ändert ihren Aggregatzustand, fließt in die Wände, ins Holz der Tischplatte, in den Stoffbezug der Polster, in jedes einzelne Kabel in den Trassen, in die Hände der drei stummen *Hacksalon*-Hacker vor ihren Bildschirmen.

»Da!« Beys Stimme rutscht aus.
»Hier?«
»Zurück! Weiter ... stopp!«
Sie starrt auf den Bildschirm. Und wünscht sich an einen ganz bestimmten Zeitpunkt vor vier Tagen zurück. An dem sie noch die Wahl hatte, einen Brief zu öffnen oder nicht. Das Karussell in ihrem Kopf ist völlig außer Kontrolle geraten, sie muss sich irgendwo festhalten.

Sie kommt wieder zu sich unter einem honiggoldenen Vorhang, der nach frischen Pfirsichen duftet. Alles ist gut. Die Sonne scheint. Es ist ein sonnenübergossener Tag, das Gras so saftig grün und duftend, und Béla und Finn rennen lachend über die scheinbar endlose Rasenfläche des nagelneu angelegten Westerparks, Bélas blondes und Finns dunkelbraunes Haar auf und ab fliegend bei ihren wilden Hüpfern und Hopsern. Wie gut, dass sie und Lot heute das Picknick geplant haben, arbeiten kann man auch morgen noch. Sonnigster, wärmster Tag. Sie tragen beide zum ersten Mal nach diesem langen Winter ihre geblümten Sommerkleider zu ihren langen Schaftstiefeln, *rokjesdag*, fühlen sich schön und sexy und einfach wie die perfektesten Mütter unter der Sonne und auf ihren karierten Picknickdecken und die *krentenbollen* bleiben so herrlich matschig feucht am Gaumen kleben und was gibt es Besseres dazu als eiskalte *chocomel*? Sie haben eine Menge davon. Je länger man in die bunten Plastiktassen schaut, umso mehr davon

gibt es. Die Schokoladenmilch läuft über die Ränder der Tassen, fließt auf die saftig grüne Wiese und bis zum Horizont. Die Kinder beginnen zu schreien, ihnen steht die braunviolette Flüssigkeit plötzlich bis zum Hals. Lot und Bey beeilen sich, wollen schnell hinspringen zu den Jungen, um sie aus der misslichen Lage zu befreien und sie hochzuheben, hoch ins Gegenlicht des frühsommerlichen Himmels mit seinen kleinen, unschuldig dahingetupften Schäfchenwolken, und auf die eigenen kräftigen Schultern setzen, wo sie sicher und geborgen sein werden an diesem so perfekten Tag. Denn sie sind starke Mütter. Mütter, die da sind im richtigen Moment. Doch die Flüssigkeit wird immer zäher mit jedem Schritt, Lot und Bey kämpfen verzweifelt um jeden Millimeter Bewegung, ihre Köpfe werden rot von der Kraftanstrengung, Schweißperlen sammeln sich auf ihren Stirnen, während die Jungs in spitzen gellenden Schreien um ihr Leben kämpfen.

Ihr Gesicht ist kalt. Kalt und nass und Frotteestoff… warum ist da ein Waschlappen auf ihrer Stirn?

»Bey! … Bey! Wach auf!«

Stella schlägt ihr sanft auf die Wangen, ihre schlanken Finger in Nahaufnahme, der Nagellack schimmert… sie nimmt einen feuchten Lappen von Beys Stirn, irgendetwas plätschert kurz, dann legen die Finger den Lappen, der sich jetzt viel kälter anfühlt, vorsichtig wieder auf ihre Stirn. Stellas smaragdgrüne Augen, da ist tatsächlich ein Splitter Orange, ihre vollen Lippen lächeln, ihr Haar lächelt auch, wie Akazienhonig…

»Bey, bleib hier!« Stella rüttelt jetzt ziemlich unsanft an ihren Schultern.

»Hey, was soll das?«

»Bey, du warst ohnmächtig. Du musst wach bleiben, sonst müssen wir dich ins Krankenhaus bringen.«

Sie beugt sich vor, streichelt ihr über die Wange und flüstert:
»Und in dieser gottverlassenen Scheißgegend willst du lieber nicht in ein Krankenhaus, kann ich dir sagen ...«
Bey nickt langsam. Da ist der Raum, da sind die Wände, da ist der kahle Kopf von Deus, sein Gesicht bleicher denn je, die Ohren scheinbar noch weiter vom Kopf abstehend als gewöhnlich ...
»Hier. Gib ihr das.« Szymon reicht Stella ein kleines Glas mit einer durchsichtigen Flüssigkeit.
»Was *ist* das?«
Stella in ihrer gewohnten Art. Bey versucht ein Lächeln.
»Schnaps. Beste Medizin gegen Ohnemacht.«
»Ohnmacht. Schnaps gegen Ohnmacht? Mann, das ist doch 'ne Scheißidee!«
»Nein.«
Vor Szymons Unbeirrbarkeit kapituliert sogar Stella. Mit spitzen Fingern nimmt sie das Schnapsglas und setzt es an Beys Lippen, die sich irgendwie pelzig anfühlen.
»Ganz langsam, ja?«, flüstert sie.
Bey nippt an dem Glas. Es brennt. Erst an den Lippen, dann in der Mundhöhle und im Rachen, sie fühlt, wie die hochprozentigen Tropfen sich ihren Weg durch ihr Verdauungssystem bahnen, eine Spur von Feuer und danach, als diese abebbt, eine wohlige Wärme zurücklassend. Nach und nach leert sie das eierbecherartige Gefäß.
»Siehst schon besser aus!« Speedy schiebt sich in ihr Gesichtsfeld, lacht. Aber das Lachen gefriert ihr auf halber Strecke zu einer eher verzweifelt aussehenden Grimasse.
Bey setzt sich auf, alles ist plötzlich wieder da: Szymon, der Bunker, Noholy, die Fotos von den vielen Babys.

»Bey, hast du etwas erkannt?«
»Finn!« Aus ihrem Mund kommt nur ein Krächzen. »Finn!«
»Wer ist Finn? Dein Kind? Bey?«
Sie schüttelt den Kopf.
»Bélas bester Freund.«

Sie versucht aufzustehen und stößt frontal mit ihrem imaginären Karussell zusammen, hält sich den Kopf. Wie soll sie das um Himmels Willen Lot und Leon sagen? Und Béla ist auf keinem der Fotos zu sehen. Ist das ein gutes oder ein schlechtes Zeichen? Wie soll sie das wissen?
Sie hat sich Sorgen gemacht. Natürlich hat sie sich Sorgen gemacht. Seit in den Tageszeitungen immer wieder die Rede gewesen ist von einem Erzieher, der angeblich in Kindergärten sein Unwesen treiben soll. Es wurden keine Namen genannt. Nur deshalb schien es bisher so abstrakt, so weit weg. Wie ein fremdes Sonnensystem in sicherer Entfernung zu ihrem vertrauten eigenen. Ein bösartiges System, das anderen, düsteren Gesetzen folgt. Ein intergalaktischer Sumpf aus hinterhältigen schwarzen Löchern, heimtückischen weißen Zwergen und trügerischen Supernovas. Mit einem Schlag kommt dieses gesamte Scheißsystem plötzlich herangerauscht und stürzt sich mit seiner geballten Negativmaterie auf Bélas besten Freund. Und keine Fotos von Béla. Ihr Kind. Ein schwieriges Kind von Anfang an, unzugänglich oft, verschlossen ... der Besuch beim Psychiater ... wann sind die Testergebnisse endlich da? Ihr Kopf fühlt sich heiß an, sie muss nachdenken. Immer der Reihe nach. Wie alt war Finn auf dem entsetzlichen Foto? Ein Jahr? Eineinhalb? Béla hatte das *Berkenbosje* nach einem halben Jahr verlassen und war in den Kindergarten in Amsterdam Noord gegangen. Finn war geblieben ... unter Milans *Obhut* ... der absolute Superstar bei den Kids, weil der ein-

zige männliche Betreuer auf weiter Flur. Kein anderer junger Mann schien sich auf dem Arbeitsmarkt zu finden, der den Job so gut und gerne machte wie Milan. Er war immer gut gelaunt, hatte diese stachelig kurzen gegelten Haare, trug Sneaker und sah selbst noch aus wie ein Junge. Wenn er lachte, bildeten sich auf seinen Wangen kleine Grübchen, seine Augen glänzten in einem vertrauenswürdig warmen Braungrün. Er war so beliebt, dass er bei vielen der Kids auch zu Hause babysittete, fällt ihr jetzt ein. Allerdings nie bei Béla, der war so unwirsch Fremden gegenüber, dass das einfach nicht ging. Ihn zu den Großeltern zu geben, war die einzig mögliche Lösung gewesen, wenn Bey und Nikki mal einen Abend lang ungestörte Erwachsenengespräche mit zusammenhängenden Sätzen führen wollten, die tatsächlich Sinn ergaben. Hatte Milan sich nicht mit dieser Babysittingagentur selbständig gemacht? *Nannyboy*? Und dann gekündigt im *Berkenbosje*? *Der* Milan? Soll der das gewesen sein? Die groben Männerhände auf den Fotos ... Sie denkt angestrengt nach. Milan war schlank, schlaksig beinah. Das können unmöglich seine Hände gewesen sein.

»Ich muss die Bilder aus dem ersten Ordner nochmal sehen.«

Der Ordner *Roosjes*: Die Frontalfotos von den Babys in ihren Stramplern. Sie achtet jetzt mehr auf Einzelheiten, sieht sich den Hintergrund an. Es ist wie befürchtet.

»Hier! Das ist ganz sicher das *Berkenbosje*. Die Krabbelgruppe von Finn und Béla, meinem Sohn.«

Jemand anders scheint die Worte in ihrer Mundhöhle zu formen. Szymon sieht sie betroffen an.

»Wie kommt Noholy an Bilder aus deinem Kindergarten? Hast du ihn mitgenommen dorthin?«

»Nein, Quatsch, warum sollte ich. Nein, er muss Milan gekannt haben ...«

»Milan was?«
»Milan war vor ein paar Jahren Betreuer im *Berkenbosje.* Und Noholy war damals beruflich viel in Amsterdam.«
Bey schwirrt der Kopf, aber sie hat keine Zeit, sie muss nach Hause.
»Lass uns alle Dateien noch mal ... durchgehen.«
Sie hofft, dass das festentschlossen klingt.
Er klickt. Sofern sich ein Hintergrund ausmachen lässt, stammen die meisten Aufnahmen aus Ordner *Roosjes* aus dem Schlafraum vom *Berkenbosje.*
»Warum du bist so sicher, dass es ist nicht irgendein anderer Raum?«
»Siehst du hier das Wandgemälde im Hintergrund?«
»Das?«
»Ja. Das habe ich gemalt. Der Kindergarten hatte gerade eröffnet, alles war neu und wir Eltern haben ein bisschen bei der Einrichtung mitgeholfen ...«
Szymon wechselt wieder zu *Lelies* und *Zonnebloemen.* Rosen, Lilien, Sonnenblumen. Als ob kein Wölkchen diese vermeintliche Sommerwiese je trüben könnte. Szymon öffnet weitere Dateien. Bei genauerem Hinsehen ist die Umgebung eine ganz andere. Das ist nicht das *Berkenbosje*, das sind Wohnzimmer. Alle Fotos mit Blitzlicht aufgenommen. Sie versucht, den Horror im Vordergrund auszublenden.
»Diese Bilder hier«, Szymon zeigt auf die geöffneten Bestände aus Ordner *Roosjes*, die die schlafenden Babys im *Berkenbosje* zeigen, »das ist, wie sagt ihr ... *acquisition*?«
»Akquise?«
»Genau. Sie machen erst Fotos von Kindern, die ihnen gefallen. Und dann verschicken sie diese Fotos an ihre Freunde und Kunden. Und auf diesen Fotos hier ...«, er zeigt auf die Wohnzimmerbilder aus den Ordnern *Lelies* und *Zonnebloemen*, »sind die Kunden mit ihrer *Order*, wie

sie es selber nennen. Es sind Monster. Schaut! Alle Bilder hier sind aufgenommen worden abends. Vorhänge geschlossen. Hier, die Uhrzeit in den *specs.*«

Sein Cursor zittert bei der Dateiinfo.

So hat Milan das also gemacht: in der Krippe die Kids ausgewählt, die ihm gefielen, und dann die Fotos seinen Kumpels in ihren vollgewichsten T-Shirts geschickt, auch Noholy gehörte offensichtlich dazu. Damit sie sich eins bestellen konnten. Magensäure steigt ihre Speiseröhre hoch. Aber jetzt siegt die Wut. Alles macht auf einmal Sinn: die Babysittingagentur. Ideal für solch kranke Geister: die Eltern weg, er mit dem Kind stundenlang allein. Wahrscheinlich wohnten seine Kumpels nicht weit und er rief an, sobald die Luft rein war.

»Szymon, hier ist der Plan: Du hackst das *Berkenbosje* und die Babysittingagentur *Nannyboy.*«

Szymon blinzelt sie an, nickt langsam.

»*Dobrze. Bardzo dobrze.*«

»Let's hunt these fuckers!«

^^^

SCHOKOLADENSEITE
Berlin

»We're coming up now.«

»Okay, Ma'am.«

Karina ignoriert ihre aufkommende Müdigkeit, während sie auf den Summer warten. Sie lässt Goran die schwere Haustür öffnen. Nach gottverdammten dreißig Stunden hatte Blake sich endlich gemeldet, er hatte den Klarnamen von diesem *under-wonder.* Und seine Adresse. Naunynstraße. Vollsaniertes Objekt. Das winterliche Dunkel

hilft, niemand hat sie gesehen. Die hölzernen Treppenstufen sind mit einem dicken Läufer ausgeschlagen, der jedes Geräusch aufsaugt. Sie läuft voran, Goran rückt sorgfältig sein Beanie zurecht, um den Escher vollständig zu verdecken. Keine Aufmerksamkeit auf sich ziehen. Aber das Treppenhaus ist ohnehin still. Hinter satt lackierten, matt schimmernden dunklen Holztüren wird nach redlicher Arbeit wohlverdient geschlafen. Würmer. Sie schleichen vorbei.

»It's here, Ma'am.«

Sie spürt Gorans flüsternden Atem in ihrem Nacken. Die Tür wird von innen geöffnet von einem der *Jamesetta*-Leute. Vom Eingang aus kann man ihn bereits im Wohnzimmer auf einem dicken weißen Teppich am Boden liegen sehen, fixiert von zwei weiteren von James' Männern. Daneben steht tatsächlich Trenner, flankiert von zwei Schränken, die verschollenen Belgier.

Sie tritt ins Zimmer. Und erstarrt. An der Wand über dem Kerl prangt in roter Farbe ein Tag in riesigen Lettern:

We will get u all!
Xpect us

Karina atmet ein. Streckt den Rücken Wirbel für Wirbel. Atmet aus. Sie würde jetzt wirklich gerne in einen fäustetrommelnden schäumenden kreischenden hysterischen Wutanfall ausbrechen. Diese scheiß Kontrolle. Fuck you, Dr. Leander Huff! Sie ist allein. Sie gegen den ganzen Innerenscheißkreis, gegen die Scheißfamilie, gegen ihren Scheißbruder. Und sie hat seit zwei Nächten nicht geschlafen. Das berechtigt zum TOTALEN KONTROLLVERLUST!

Sie atmet nochmals ein, streckt den Rücken, atmet aus. Sie ist die einzige Frau hier. Kontrolle ist alles, was sie hat.

Sie wendet sich dem Kerl zu, der auf dem weißen Teppich liegt. Ein Mann um die Vierzig, gefesselt, mit schütter werdendem Haar und angstverzerrtem Gesicht. Sein Mund ist mit einem Lappen und Gaffer-Tape geknebelt, nur seine Halsschlagadern und Gesichtsfarbe lassen die Anspannung seiner Stimmbänder vermuten, denen sich durch den Stoff hindurch nur ein schwaches Röcheln entringt.

»Norman Holy? Oder soll ich sagen Noholy? Oder lieber *under-wonder*?«

Karina schreitet mit langsamen, aber bestimmten Schritten um den Gefesselten herum, bleibt dann vor ihm stehen. Er zeigt keine Reaktion.

Sie kniet sich hin, so nah, dass der feine Wollstoff ihrer Hose seine Kopfhaut berührt. Schenkt ihm ihr charmantestes Lächeln.

»Keine Lust, mitzumachen?«

Sie streichelt mit einer behandschuhten Hand seinen Kopf. Zieht dann aus dieser zärtlichen Berührung heraus so hart und unerwartet an seinem linken Ohr, dass sein Kopf jäh vom Boden gerissen wird. Er versucht einen Schrei, doch der Stoffballen in seinem Mund verformt ihn zu einem kraftlosen Geräusch.

In ihrer anderen Hand plötzlich ein blinkender Gegenstand.

»Wir richten uns da ganz nach dir. Mit welchem sollen wir anfangen? Mit diesem? Oder lieber das andere? Jeder hat ja so seine Schokoladenseite ...«

Sie lässt sein Ohr ebenso abrupt wieder los. Sein Schädel kracht zu Boden. Ein leises Wimmern.

»Also, nochmal von vorn: Noholy?«

Diesmal nickt der geknebelte Kopf. Zögernd.

»Na, siehst du, war doch gar nicht so schlimm.« Streicheln. »Nehmt ihm den Knebel ab!«

Sie steht auf.
»Wo sind die Tapes, Noholy?«
»Keine Ahnung ...«
»Soso. *Keine Ahnung* ... du hast sie nicht zufällig dem Besuch mitgegeben, der deine Wände verschönert hat?«
Karina streicht sanft mit dem Zeigefinger an der Messerklinge entlang.
»Nein ... so war das nicht ... die waren zu dritt.«
»Und sie haben dir nicht zufällig ihre Telefonnummern dagelassen ...«
»N... Natürlich nicht ... das waren Hacker, die kannten sich aus ... wussten von dem Video und von der ganzen Technik ...«
»Woher kamen die?«
»K... keine Ahnung ...«
»Soso, keine Ahnung.«
Sie kniet sich wieder vor ihn und legt die Klinge hinten an sein linkes Ohr an.
Er schreit vor Schreck auf.
»Hast du Angst, Noholy?«
Er nickt.
Sie flüstert in sein Ohr:
»Ich habe auch Angst. Dass du Madame Karina nicht sagen möchtest, WO DIE VERFICKTEN TAPES SIND!«
Einatmen, Rücken, ausatmen. Kontrolle.
»Ich weiß es wirklich nicht!« Noholy wimmert wieder.
»Okay, ich gebe dir noch 'ne Chance. Woher hattest du die Tapes?«
»W... woher?«
»Tu nicht so, als hätt' ich sie dir schon abgeschnitten!«
»Amsterdam ...«
»WER in Amsterdam?«
»Alter Freund von mir, Niklas Zoom.«

»Soso. Und dieser Niklas, wie viele Tapes hatte der?«
»Ich weiß nicht … viele. Konnte nur ein paar mitnehmen, da kam jemand rein …«
»Soso, jemand. Erzähl mir mal ein bisschen mehr über diesen Niklas, ist der verheiratet, hat der Kinder, solche Sachen. Du verstehst, was ich meine.«
»Er hat … er hat eine Frau und … einen Sohn.«
»Namen?«
»Bey und … äh … Béla.«

^^^

Those guts are killing
But I can't stop now
– Dinosaur Jr

^^^

TAG FÜNF. DIENSTAG, 18. JANUAR 2011

VASEKTOMIE
A12 bei Frankfurt (Oder)

Hinter Frankfurt (Oder) hört der Schnee auf. Vor ihnen nur die feuchte Asphaltdecke der A12 Richtung Berlin. Deus bräuchte so langsam mal 'ne Brille für nachts. Der Mittelstreifen tanzt und er ist müde. Was ein verfickt langer Scheißtag. Aber Stella traut er in dieser Gemütslage kein verantwortungsvolles Fahren zu, Bey ebenso wenig. Und Speedy ... tja, Speedy ans Lenkrad zu lassen würde eine 50/50-Chance bedeuten, entweder noch schneller anzukommen oder gar nicht.
Deus hatte sich widerwillig ans Steuer des Ford Ka gesetzt, Stellas Leihauto, das er in der Nähe des Bunkers geparkt hatte. Die Scheiben beschlagen immer wieder nach kurzer Zeit in dem engen Innenraum des Fords, in dem vier winterbemäntelte Leiber beständig Wärme ausdünsten.
Die vielen Babys. Das Burgverlies. Die Gewalt. Der Zynismus, der an den neun Sekunden Film klebte. Und an den unzähligen Bildern. Was hatte sein Bruder mit all dem zu tun gehabt? Hatte er es gewusst? Rotze hatte diese krasse Freundin gehabt, diese Wikingerbraut. Else? Passte wie Arsch auf Eimer. Der und Kinder? Bestimmt nicht. Hätte man doch früher schon gemerkt, oder? Karina hat ihn benutzt, total verarscht, über die Klinge springen lassen. Hoffentlich ist er safe in der Geschlossenen. Alles ist besser für Rotze als nochmal zehn oder mehr Jahre absitzen. Das würde den umbringen. Deus konzentriert sich auf den Mittelstreifen. Dass die da bloß keine Fragen stellen. Ihm nicht bei irgendso 'nem Psychostuhlkreis auf den Zahn füh-

len und alle mit reinreißen. Das wäre die Ironie überhaupt! Andererseits die Kinder ... Einbuchten, diese Schweine! Konzentration jetzt, wach bleiben. Mittelstreifen. Sie sitzen jetzt in einem Boot mit Bey. Wer hätte das gedacht.

Als Speedy und Bey gestern Abend buchstäblich an seinem Strich-Achter vorbeigesaust waren in einem schwarzen SUV, zusammen mit diesem unbekannten, sehr großen Kerl, einer Kiste voller Audio-Kassetten und einem Abspielgerät, war ihm klar gewesen, dass sie einen Plan hatten. Dass es nur noch eine Frage der Zeit sein würde, bis sie beim nächsten Bullenrevier anklopfen würden. Das hatte er gespürt in seiner pissvollen Blase. Er hatte das Gefühl gehabt, handeln zu müssen.
Bey konnte sowas ja noch nie: Dinge auf sich beruhen lassen. Diese scheiß Wahrheitssucherei. Wissen, wann Schluss ist, auch 'ne Tugend. Von der Bey sicher noch nie gehört hatte. Was half ihr das? Iggy kam davon auch nicht zurück. Eingeäschert und gut. Sie wusste doch gar nicht, was sie da alles anrichten würde. Wie auch. Kind aus gutem Hause, keine Ahnung, wie sich *ganz unten* anfühlt, immer alles richtig gemacht.
Stella hatte er natürlich nicht alles erzählt. Er musste Rotze schützen. Niemand durfte wissen, wie Iggy umgekommen war. Deshalb hatte er ihr nur von Trenners Drohung berichtet, das hatte sie schon genügend eingeschüchtert. Obwohl sie mit demselben Impuls reagiert hatte wie Iggy damals, nämlich die Sache unverzüglich aufklären zu wollen, hatte er sie davon überzeugen können, dass das Audiotape sofort vernichtet werden musste. Zu ihrer aller Sicherheit.
Nur war das Tape leider schon unterwegs gewesen nach Polen, zusammen mit Bey und Speedy.

Das bedeutete auch: Speedy auf ihre Seite zu ziehen. Stella hatte sie glücklicherweise auf der Damentoilette einer polnischen Raststätte erreicht. Bey durfte von all dem nichts mitbekommen.
Speedy allerdings hatte vollkommen kopflos gehandelt. Wie konnte die einfach mit dem Auto eines Hackers abhauen? War doch klar, dass das getrackt wurde, und außerdem wusste Bey ab da natürlich Bescheid über ihren Plan. Ihr Versuch, die Beweise zu vernichten, hatte ja auch super geklappt. Mittelstreifen ... Die Gegenlichter sind so grell. Er blinzelt ein paarmal, um die Müdigkeit abzuschütteln. Der Ford Ka kämpft mit seinem Ladegewicht. Nur Ponys unter der Motorhaube. Kriecht bei jedem Überholmanöver jaulend und im Schneckentempo auf der linken Spur an den Fenstern der anderen Fahrer vorbei, die ihm den Vogel zeigen.

Als sie im Schneetreiben auf den Hof der Autowerkstatt in Trzciel gefahren und ausgestiegen waren, war alles so schnell gegangen. Die Fleischberge, die ihn in den Schwitzkasten nahmen. Er hatte eine grenzenlose Wut verspürt in dem Moment. Auf Bey, Stella, Speedy, Karina. Lauter hysterische Hühner, die ihm das Leben zur Hölle machten. Er sollte sich fern halten von Frauen. Machte sich eine gedankliche Notiz, während auf seinem Rücken sehr empfindlich die Dehnbarkeit seiner Armsehnen getestet wurde.

Als er dann in die angstverzerrten, schreienden Gesichter lauter einjähriger Jungs starrte, war ihm, als hätte ihm jemand das mittelalterliche Schlosstor, das in diesem Bunker als Tischplatte diente, gegen die Schädeldecke geknallt. Er war ein Idiot. Und eine feige Sau. Er schämte sich. Mittelstreifen ... Er schämt sich noch immer. Vor den Kindern.

Vor Iggy. Vor Bey. Rückblickend glaubt er mit Sicherheit sagen zu können, dass er sich noch nie in seinem gesamten Leben so geschämt hat. Dass er diese erdrückenden Beweise, die diesen Kindern wie Lehmklumpen an den Beinen und am Leben hingen, falls sie überhaupt noch lebten, hatte vernichten wollen.

Vasektomie. Er hat sie nie bereut. Fühlt sich jetzt bestätigt. Wer will noch Kinder in eine so kranke Welt setzen? Eine Welt voller Opfer und Täter. Mittelstreifen. Seine Hände zittern wieder. Diese Beweise zu vernichten würde bedeuten, das Leiden der Opfer unsichtbar zu machen. Und das darf nicht sein. Er muss plötzlich an den kleinen Bo denken. Bevor er zu Rotze wurde. Und lange bevor er diese Anfälle und Aussetzer bekam ... Unvorstellbar, ein solcher Machtmissbrauch gegenüber einem so jungen, wehrlosen Kind, noch nicht der Sprache mächtig, komplett wehrlos in jeder Hinsicht, das da auf dem Bett gelegen hatte, halb verdeckt von Gerts Rücken, seinem verdammten Stiefvater, mehr hatte er im Türspalt nicht erkennen können.

»Deus, pass doch auf!«

Beys Stimme ganz nah, ihre Hand plötzlich am Lenkrad. Der Wagen zieht in letzter Sekunde nach links.

^^^

Everyone looks good to me
but I'm afraid that I can see
that good intent and honesty
do not redeem stupidity
– Nomeansno

^^^

PUNKED
A12 bei Berlin

»Steig aus! Ich fahre!«
Bey reißt die Fahrertür des erschöpften Ford Ka auf, Deus steigt mit schlecht überspielter Erleichterung aus. Sie setzt sich hinters Steuer und wartet darauf, dass er endlich die Beifahrertür von innen schließt, dann beschleunigt sie auf dem Standstreifen und zieht nach links.
Sie hat Energie für sie alle zusammen, soll Deus sich ruhig einen Durchhänger leisten. Nur in den Graben fahren soll er nicht. Sie will leben. Muss leben. Hat sich noch nie so lebendig gefühlt wie in diesem Moment. Sie wird morgen bei ihrem Kind sein. Wird Himmel und Hölle in Bewegung setzen, um diese Schweine hochgehen zu lassen. Noholy. Milan. Und all die anderen Wichser, die Babys missbrauchen. Finn. Vielleicht auch Béla? Aber für diesen Gedanken ist kein Platz jetzt, sie drückt jedes aufkeimende Gefühl von Angst und Sorge weg, weit in die hinteren Regionen ihrer Hirnlappen. Sie wird diese Schweine jagen und zur Strecke bringen. Sie spürt eine stromstoßartige Mischung aus heißem Hass, Rachsucht und einem ungeahnten Selbstvertrauen, und peitscht den armen Ford Ka auf seine maximal mögliche Geschwindigkeit, 159. Bei 130 hört er sich schon an, als würde er gleich auseinanderfallen.
Deus redet und redet, so viel hat sie ihn überhaupt noch nie reden hören, die Worte sprudeln nur so aus ihm heraus, eine wasserfallartige Beichte beinahe.
Es stimmte alles, was Speedy gesagt hatte: Der Kurierdienst, ein Drogenkurier, der mit der Videothek neben dem Herrenklopuff unter einer Decke steckte, die Glockseepunks, die das Koks in den lakritzschwarzen Gehäusen von äußerlich unschuldigen VHS-Kassetten aus der Video-

thek versteckten. Alle hatten ihr gegenüber geschwiegen. Nach Strich und Faden verarscht.
Deus erzählt immer weiter: Wie er mit Iggy, Harry und Rocker nachts zufällig beobachtet hatte, wie Karina aus einem sehr teuren Auto hinter dem Herrenklopuff in der Ludwigstraße gestiegen war und sie ihre verdächtige Unterhaltung mit einem Kerl mitangehört hatten. Und dass sie mit niemandem darüber gesprochen hatten, und dass Iggy in den Monaten danach auf eigene Faust undercover in dem Puff ermittelt und herausgefunden hatte, dass es sich tatsächlich um organisierte Kinderprostitution handelte, Karina das Sagen hatte und ob sie, also Bey, gewusst habe, dass Iggy nur deshalb mit Karina, also aus strategischen Gründen ...? Nein, natürlich nicht. Natürlich hatte sie nichts gewusst. Nichts hatte Iggy ihr erzählt. All die Nächte, in denen er nicht nach Hause gekommen war. Seine Betthälfte am Morgen immer leer und kalt. Das Maß war voll gewesen. Sie hatte gekocht vor Wut. Vielleicht wäre alles ganz anders gekommen, wenn sie damals das Gespräch mit ihm gesucht hätte? Wäre er dann vielleicht noch am Leben? Und wer ist Karina in Wirklichkeit?
Deus vermutet, dass sie untergetaucht ist, als Rotze verhaftet wurde, kurz nachdem Rocker und Harry tot waren und Iggy im Koma lag. Und nicht nur sie, sondern auch Trenner war seitdem verschwunden. Bis er plötzlich beim Begräbnis von Iggy vor ein paar Tagen wieder auftauchte. Ausgerechnet dieser Trenner soll an der Seite von Rotze gearbeitet haben. Und Rotze soll tatsächlich der Halbbruder von Deus sein? Wie passt das zusammen? Schon rein genetisch? Ein unvorstellbares Gespann.
Deus redet weiter. Eine schwere Kindheit, Rotzes Anfälle, die langen Haft, die Entlassung, eine beginnende Psychose,

Rotzes Besuch bei Iggy, ein Streit, ein Sturz. Die Todesursache.
Sie umkrallt das Lenkrad. Sieht Deus an. Der hat Schweiß auf der Stirn.
»Ich wollte das eigentlich niemandem erzählen, aber es muss einfach raus!«
»Ich hatte also Recht! Er war nie ein Fixer!«
Sie schluckt, aber Deus ist noch nicht fertig.
»Und genau das war der Schönheitsfehler.«
»Was ... Was für ein Schönheitsfehler?«
»Trenner hat den Tatort verändert.«
Sie sieht ihn verständnislos an.
»Bei Überdosis wird in Berlin selten ermittelt, man geht von Suizid oder Versehen aus, nicht von Fremdeinwirkung.«
»Und Karina hat den Auftrag dazu gegeben.«
Er nickt erschöpft.

Was ein Wahnsinn, das alles. Doppelte Böden, überall. *Punked. I've been punked*, denkt sie. Wie in dieser gleichnamigen MTV-Serie, in der pausenlos Promis verarscht wurden. Nichts, wirklich gar nichts ist im Rückblick noch das, was es mal zu sein schien. Aber nicht nur für sie. Alle anderen waren auch verarscht worden.
Koks verticken war scheiße, keine Frage. Aber Kindesmissbrauch eine ganz andere Hausnummer. Die rote Linie. Die eine Handvoll Punks, ohne es zu ahnen, überschritten hatten. Die zu Mittätern wurden mit jeder Videokassette, die sie in die Hand nahmen.
Fuckin' pedophiles!
Die Verzweiflung in den Stimmen der *Mutants* hallt nach in ihren Ohren. Von denen drei sterben mussten, sobald sie die Wahrheit herausfanden. Trotzdem hätte sie Deus mehr

Mut gewünscht, anstatt dreizehn Jahre lang mit einem solchen Wissen herumzulaufen. Wie viele Kinder man in der Zeit vor dem Horror hätte bewahren können!
Auch Stella und Speedy hätte sie mehr Geistesgegenwart zugetraut als in kopfloser Panik zu versuchen, wertvolle Beweisstücke zu vernichten. Aber hatte sie am Ende besser gehandelt? Was hatte sie denn selbst getan, an dem Morgen, als sie die Bilder auf ihrem Rechner fand, außer die Webseite *kiddy-land* aus dem Netz nehmen lassen? Auch Noholys Vergehen hätte sie schon vor vier Jahren stoppen müssen. Wozu ist das ganze Lebensgefühl, das Punk ausmachte, am Ende gut gewesen? Ein Lebensgefühl, das sie alle, auch sie selbst, so nachhaltig geformt hat, dass es sie bis heute grundlegend unterscheidet von jedem, der nicht Teil dieser Jugendbewegung gewesen ist. Die musikalischen Referenzen, die keiner kennt, die No-Bullshit-Art von politischem Bewusstsein, der krasse Humor, der sich nicht erklären lässt. Eine Haltung, die nie weggeht, die für immer bleibt. Trotz Deichhaus und Hypothek. Was hat man an einer solchen Haltung, wenn sie im entscheidenden Moment versagt? Vielleicht ist Punk einfach immer nur bierseliger Wunschtraum geblieben, Utopie on dope. Ohne Vertrauen in Polizei oder Justiz.
Vielleicht sind Menschen wie Szymon oder Xana die logische Fortsetzung dieser Utopie. Hacking ist ein bisschen wie Hausbesetzen, oder?

Ausfahrt A113 Richtung Berlin-Zentrum/Flughafen Berlin-Schönefeld. Die Bilder von den vielen Kindern auf Noholys Rechner haben sich ihnen allen für immer in die Netzhaut gebrannt, das spürt sie an der jetzt bedrückten Stille im feuchtwarmen Innenraum des Ford Ka, an dessen Fenstern die vielen Worte von Deus kondensieren. Er ist in seinem

Sitz zusammengesunken, scheint erschöpft von seinem Geständnis. Er wird mit Speedy in Berlin bleiben und morgen Xana und den Rest der *Houdini*-Gang kennenlernen. Stella wird den Ford Ka wieder in Tegel abgeben. Sie muss zurück zu ihrer Familie in Stockholm. Und dringend zu ihrem Therapeuten. Szymon wird versuchen, die geretteten VHS-Tapes auszulesen. Und sie selbst nimmt morgen den ersten Zug zurück nach Amsterdam. Nach Hause. Sie kann es kaum erwarten, Béla die blonden Strähnen aus dem feinen, immer trotzigen Gesicht zu streichen und zu versuchen, dieses junge Gesicht zu lesen. Ob es irgendein dunkles Geheimnis offenbart, sich irgendwelche Spuren eines unaussprechlichen Traumas erkennen lassen.
Sie umfährt die Siegessäule zu zwei Dritteln und biegt dann ab auf die Altonaer.

Heute Nacht alarmierten Bewohner eines Mehrparteienhauses in Kreuzberg die Polizei, nachdem Schreie in einer Nachbarwohnung vernommen worden waren. Die mutmaßlichen Täter konnten unerkannt entkommen, hinterließen jedoch eine Botschaft am Tatort.
Der 44-jährigen Bewohner wurde von Polizei und Feuerwehr, die unverzüglich eintrafen, bewusstlos und gefesselt in seiner Wohnung vorgefunden. Ihm fehlten beide Ohren, zudem trug er mehrere Stichverletzungen in der Brustgegend. Jede ärztliche Hilfe kam zu spät, er verstarb noch am Unfallort. Beim Opfer wurde ein Memorystick gefunden, der derzeit noch ausgewertet wird.

Bey gefriert das Blut in den Adern.
»Habt ihr das gehört?« Sie stellt das Radio lauter, aber der Nachrichtensprecher hat sich schon zum nächsten Thema vorgearbeitet. *Kreuzberg.* Sollte das ... nein, das kann nicht sein. Solche Zufälle kann es nicht geben ... wo genau wohnt

Noholy nochmal? Hat etwa Szymon ...? Die beiden Kerle fürs Grobe ...? Ob Mord auch in ihren Zuständigkeitsbereich fällt?

Memorystick. Mal wieder. Wie viele solcher Fotos, jedes einzelne davon die Intention oder das Produkt eines Missbrauchs, passen wohl auf diese Art von Datenträger? Den man *einfach so* in der Hosentasche, gewärmt durch die Nähe anscheinend unkontrollierbarer, meistens männlicher Genitalien, einfach so spazieren führen kann. Die Digitalisierung hat dieses Grauen nur potenziert. Nichts ist besser geworden, nichts transparenter, gleichheitlicher, demokratischer. *A great idea turned to shit.* Die euphorischen Heilsversprechungen, die Aufbruchsstimmung, noch in den Neunzigern: Information für alle, neue Horizonte für die ganze Welt! David D. Clarks Ruf nach *Rough consensus and running code*, das Pamphlet war ihr irgendwann mal in die Finger geraten (hatte das im *De:Bug* gestanden? Der unvergleichlichen Zeitschrift für elektronische Lebensaspekte?), Diskurs bis zum Abwinken, bis zum grobkörnigen Konsens einer autonomistischen Utopie, und Software als die Ultima Ratio ... was ist bloß draus geworden, jetzt, zwanzig Jahre später? Anonymous hatte vor ein paar Jahren Scientology hochgehen lassen ... 2008 oder so? *We are Anonymous. We are legion. We do not forgive. We do not forget. Expect us.*

Sie hatte das Motto gemocht, den düsteren und überheblichen Klang, es hatte was von *¡No Pasarán!* oder *Ein Leben im Kampf oder keins!* Doch der Traum vom billigen Wohnraum in der Stadt für alle war Anfang der Zweitausender endgültig gestorben. Und der Kampfschrei von Anonymous hat, wie das Internet selbst, mittlerweile finstere Züge angenommen. Die Optimisten der Achtziger jetzt als verwegene Krieger des Untergrunds, zu Felde zie-

hend gegen das Monster, das so kurz zuvor noch als neuer Messias, als Lichtgestalt einer Aufklärung 2.0 gefeiert worden war. Szymon und seine Kerle. Der Bunker, die Kabeltrassen. Da ist nur noch Verbitterung und ein Leben ohne Tageslicht und Vitamine, ein Leben voller Entbehrungen, im ständigen Kampf. Oder keins. Nicht mehr um Häuser, sondern um Kinder. Verdammt nochmal. Warum müssen sich Pädojäger eigentlich unter der Erde im Wald verstecken? Sollte es nicht umgekehrt sein?

^^^

I've been played the fool before
But never for quite so long
Betray!
– Minor Threat

^^^

JAG
Berlin

Elberfelder 8.
Sie haben Ihr Ziel erreicht, schnarrt die Stimme aus dem Navi. Sie steigen aus, stehen steif herum, sehen sich mit straßenlaternenlichtfahlen Gesichtern an. Durch den Wind, alle vier.
Ein Rascheln, ganz nah. Ein Flüstern?
»Was war das?«
Wieder.
»Scheint aus dem Gebüsch da zu kommen.«
Sie gehen langsam zu viert auf ein dunkles Buschwerk in der Nähe von Hausnummer 8 zu. Blätterrascheln. Dann

schält sich aus dem nächtlichen Schatten das aufgedunsene Gesicht von Mike Trenner. Tatsächlich. Er winkt sie heran.
»Holy fuck, was machst du denn hier?«
Bey macht entsetzt einen Satz zurück.
»Hey, kommt mal her«, flüstert er konspirativ.
»Was willst du denn noch, Mann?« Deus bleibt misstrauisch auf Abstand.
»Ich wollt euch nur warnen, ey! Nur warnen. Will nix tun, okay? Frieden!«
Trenner hebt untertänig die Arme in die Höhe, die Handflächen zu ihnen gerichtet, hilflos grinsend. Die Geste wirkt erbärmlich. Bey fragt gar nicht erst, woher er die Adresse hat. Irgendwie wissen immer alle alles über sie gerade. Sie steht stumm da, während Deus sich in Rage redet.
»Ach ja? Das klang aber vor ein paar Tagen ganz anders!«
»Das war doch keine Drohung, Mann! Karina ... Karina is' in der Stadt.«
»Wo? Hier?«
Er nickt.
»War mit 'nem Typ verabredet wegen 'nem Deal, aber der is' geplatzt. Jetzt isse hinter dir her, Bey.«
Deus schüttelt den Kopf. Bey steht daneben wie betäubt.
»Videotapes«, stößt er hustend hervor.
»Was für Videotapes? Sie stellt sich sicherheitshalber ahnungslos.
»Von früher, alte VHS-Kassetten ...«
»Aha. Und warum erzählst du uns das alles überhaupt? Steckst doch mit der unter einer Decke!«
»Bin den Belgiern entwischt. Karina will mich loswerden.«
»Was für Belgier?«
»So Kerle, die Karina mir auf den Hals gehetzt hat, weil se

denkt, dass ich die Videos hab verschwinden lassen. Die soll'n mich kalt machen. Weil ich meine alten Kumpels nicht verraten will. Deshalb isses jetz' auch egal. Ich mach nix mehr für die, bin ja eh schon tot, hahaha.«
Das Lachen gerät ihm zu einem heiseren Krächzen.
»Kennt Karina diese Adresse?«
»Weiß nich'. Se is' jedenfalls aufm Weg nach Amsterdam.«
»Nach Amsterdam? Wieso das denn?«
Beys Lippen fühlen sich taub an.
»Dieser Noholy hat ausgeplaudert, wo du wohnst, bevor einer von Karinas Kerlen ihm die Ohren abgesäbelt hat. Auch, dass du 'n Lütten hast ... Ich glaub, sie will den kidnappen, oder so. Hab ihr nicht gesagt, dass du hier bist.«
Sie starrt ihn an. Ihr Puls hämmert plötzlich schmerzhaft in den Schläfen. Er zuckt hilflos mit den Schultern. Sieht ihr sekundenlang in die Augen. Der rötliche Grundton seines Gesichts nimmt eine dunkelrote Färbung an. Er besinnt sich, senkt den Blick, sieht schnell zur Seite.
»Wann ist Karina los ... und wie?«
»Vor 'ner Stunde, schätz ich. Mit Goran, so'n Typ mit 'nem komischen Tattoo aufm Kopf und einem der Belgier. Ham 'nen gelben Jag klargemacht.«
Das Blut spritzt ihr fast aus den Ohren, so laut rauscht es.
Trenner ist jetzt ganz nah vor ihr, wirft plötzlich seine Arme um sie und drückt sie fest an sich. Starr vor Entsetzen lässt sie die Berührung zu, unerwidert.
»Pass auf dich auf, Bey ... bist 'ne Wahnsinnsbraut!«
Dann ist er verschwunden, sie sind wieder zu viert.
Bey blinzelt ins trübe Straßenlaternenlicht, langsam ebbt die Angst ab, die Wut kommt zurück. Berlin – Amsterdam. Karina kann die sechshundertfünfzig Kilometer mit einem Jaguar bestimmt in vier Stunden schaffen, wenn sie

eine starke Blase hat und ihre Begleiter in Dosen pissen.
Sie sieht zweifelnd den Ford Ka an.
Dann wählt sie 110.

^^^

Fast cars, fast cars, fast cars
I hate fast cars
– Buzzcocks

^^^

ROLLERCOASTER
Berlin

»Nee, oder?«
Bey bleibt abrupt vor dem weißen Mercedes mit dem Hannoveraner Kennzeichen stehen, der ein paar Meter entfernt in der Elberfelder parkt.
»*Du* bist mir gefolgt?«
Deus sieht sie verlegen an. Sie schüttelt nur den Kopf. An diesem Punkt wundert sie nichts mehr, und sie haben andere Probleme gerade. Deus wühlt in seinem Kofferraum nach Überbrückungskabeln. Klar könne er Bey nach Amsterdam fahren, 140 Sachen sollte der Strich-Achter noch machen, ob Stella ihm Starthilfe geben könne, seine Batterie sei platt. Ja, klar, hat sie nur matt entgegnet und ihn machen lassen, sie ist mit den Nerven am Ende.
Fast zerbrechlich sieht sie plötzlich aus, die große, grandiose Stella Maria Bachmann, die kühne honigfarbene Haarskulptur aufgelöst, die sonst so verführerischen Gesichtszüge fahl, die Kaleidoskopaugen matt. Beys Herz zieht sich zusammen wie eine Auster in Zitronensaft.

Während Deus und Speedy Motorhauben aufklappen und Anlasser starten, zieht sie Stella an sich, spürt ihren warmen Atem an ihrem Hals beinah heiß in der kalten Luft. Sie schließt die Augen. Atmet den Pfirsichduft ein. Ihre Brüste aufeinander. Wie damals. Straßenlaterne. Die Häuser atmeten Sommer aus. Und sie sich ins gegenseitige Haar. Ein kurzes Stechen in der Brust, ein Ziehen im Schritt, dann war es vorbei. Wie abgemacht. Bey nahm den Zug nach Amsterdam. Sie sahen sich nicht um und nicht wieder. Bis jetzt. Ihr schwirrt der Kopf. Drei Tage Rollercoaster mit Stella sind genug. Noch einmal Pfirsichduft, dann löst sie sich aus der Umarmung. Sie hat Nikki. Und Béla. Was war die vergangenen Tage mit ihr los? Sie blinzelt in das trübe Straßenlaternenlicht. Jetzt wäre der ideale Moment, schweißgebadet aus einem wirren Traum aufzuwachen.

»Passt auf euch auf«, Stellas Atem immer noch ganz nah, sie presst ihre schmalen Hände fest auf Beys Rücken.

»Versprich mir, dass du morgen den ersten Flieger nach Stockholm nimmst. Und ein paar Nächte richtig durchschläfst«, murmelt sie zurück.

Stellas Augen glänzen, sie schlägt die Wimpern nieder, zu spät, eine schnelle Spur glitzert hinunter bis zum Kinn.

Der Strich-Achter blubbert hinter ihnen, Deus hat es geschafft. Sie müssen los. Wieder in entgegengesetzte Richtungen. Stella steigt in ihren Leihford und fährt ins Moabiter Winterdunkel. Bey atmet ihren Rücklichtern eine kleine schwere Wolke nach, dann setzt sie sich auf den Beifahrersitz des alten Mercedes, der Diesel tackert. *Riding shotgun*. Nie war ein Begriff passender. Nur die fehlende Knarre dazu hätte Bey jetzt gerne. Und die zwei Kerle von Szymon.

Speedy klettert auf die Rückbank.

»Ob ich jetzt *Houdini* bei der Kinderfickerjagd helfe oder euch, kommt aufs selbe raus.«
Ihr altes Punkettenherz hat sich endlich zurückgemeldet.
Alles klar.

^^^

BILLBOARD
A1 Niederlande

Fuck!
What?
Hast du das nicht gesehen? Da! Noch eins! Und noch eins!
Jedes verfickte Teil!
Äh, meinen Sie die Reklametafeln, Ma'am?
Was wohl sonst, *jeez* ...
Sorry Ma'am, wer ist das?
Im Ernst, Goran?
Sie, Ma'am?
Yep. Das bin ich. 15 Jahre jünger, aber immer noch ich.
Fuck!
Exactly.

^^^

TRAJECT
A1 Niederlande

Das Geschwindigkeitserfassungssystem der niederländischen Autobahnen, die sogenannte *trajectcontrole*, ist nicht besonders gut gesichert. Zumindest nicht gegen eine mehr als durchschnittlich talentierte Hackerin wie Xana. Die kleinen Kameras, die in regelmäßigen Abständen über

den *snelwegen* hängen und jedes Auto fotografieren, um dann die punktuelle Geschwindigkeit abzugleichen mit der am nächsten Kontrollposten gemessenen, um so den Geschwindigkeitsmittelwert zu errechnen, waren ein Kinderspiel für sie. Ebenso die elektronischen Reklametafeln entlang der holländischen Autobahnstrecke A1.

^^^

Possessed by X-ray eyes
Her spirits spies
Into my lies
let's burn 'em out now
– Sonic Youth

^^^

DOPPELGÄNGER
Amsterdam

Fuck!
Das ist die korrekte Zusammenfassung all dessen, was seit einer Woche komplett danebengeht. Dieser Noholy hatte sie noch im Angesicht seines sicheren Todes verarscht. Sie hätte das merken müssen. Sie schwächelt. Scheiß Jetlag, Scheiß Schlafmangel. Von wegen Prinsengracht 23. Gar nichts. Irgendwelche ahnungslosen, triathletischen Expat-Gesichter in den gardinenlosen hellerleuchteten Beletagefenstern an einer der teuersten Grachten von Amsterdam, aber definitiv nicht das Haus von Bey. Stattdessen eine Nachricht von Blake. Die Berliner Polizei. Noholy. Ein USB-Stick. Den der Kerl VERDAMMT NOCHMAL IM ARSCH STECKEN HATTE! Sie hatten ihn wieder ge-

knebelt, er hätte noch in derselben Nacht an seinen Wunden verrecken sollen. Wie konnte es sein, dass die Bullen so schnell auf der Matte standen?
Dann noch die Reklametafeln entlang der A1 bis in die Innenstadt von Amsterdam: *Gezocht: Karina Pogar. Verdacht van: Kinder Porno.* Obwohl das ein altes Foto war und sie jetzt mit der brünetten Lockenpracht, der Brille und den farbigen Kontaktlinsen für Unbekannte schwer zu identifizieren ist. Immerhin hatte ihr Kontakt bei Hengelo nicht versagt und sie hatten den Jag gegen einen weißen Lieferwagen mit holländischem Kennzeichen tauschen können. Ein schwacher Trost.
Ihr läuft die Zeit davon. Es wird nur noch wenige Stunden dauern, bis die Schergen ihres Bruders sie aufspüren ... *reiß dich zusammen! Atmen, Rücken straffen. Nachdenken.*
Niklas Zoom. Wird ja wohl zu finden sein. Aber der Reihe nach. Erst die Adresse, dann die Videokassetten, dann dieser Béla. Das Blag von Bey wird ihre Versicherung sein, ihr Ticket nach Hause, zu Elia, nach L.A. Das mit der eigenen Scholle, jegliche Idee von Hierbleiben hat sie sich bereits abgeschminkt. Schadensbegrenzung. Irgendwas muss sie ihrer Familie bieten, und sollte sie tatsächlich kein verficktes Videotape finden, dann wird ein kleiner Junge sie mehr als besänftigen. Raubtiere.
Sie zieht ihren Mantelkragen fester zusammen, googelt seinen Namen draußen vor der sorgfältig sanierten Hauswand von Prinsengracht 23. *UvA. Dr. Niklas Zoom benoemd tot hoogleraar Filosofie.* Schön für sie. Hat sie sich mal wieder einen Gutaussehenden geangelt. Wie immer. Und alle Schäfchen im Trockenen. War so klar. Bürgertusse. Posh Spice. Natürlich keine Privatadresse. Nirgendwo, der Typ ist ein Social-Media-Ghost. Und Bey nicht viel besser. Facebookprofil nicht öffentlich. Hier hilft nur Blake. Sie zieht

ihr altes Nokia aus der Manteltasche, tippt und hofft, dass er erreichbar ist. *Atmen!*

Nieuwendammerdijk. Noch so eine schicke Gegend. Fein, fein, das warme Nest von Bey. Das sie jetzt mal ordentlich durchlüften wird. Ihre Fingerspitzen kribbeln beim bloßen Gedanken daran.

Wenn sie zurück ist, wird sie sich um Blake kümmern müssen. Einen Cyberspezialist mit Angststörung kann sie sich auf Dauer nicht leisten. Seine Schübe dauern immer länger. Eine weitere halbe Stunde hatte sie wartend verschenkt in der aus dem brackigen Wasser der Prinsengracht aufsteigenden feuchtkalten Luft, weil er mal wieder nicht erreichbar war. Halb zwei ist die beste Zeit für Einbrüche, wegen der Tiefschlafphase. Halb vier geht auch noch. Alles nach vier Uhr ist eine Scheißzeit. Aber nicht zu ändern. Immerhin sind sie zu dritt.

Die Eingangstür von Beys Deichhaus liegt, geschützt vom Licht der historischen Straßenlaternen, im Schatten einiger mittelgroßer Bäume und Sträucher in einem kleinen süßen Vorgarten, der, eingefasst von weißlackiertem schmiedeeisernem Zaunwerk, europäische Arglosigkeit ausatmet. Eine Arglosigkeit, die sie sich niemals wird leisten können. Sie schnaubt leise. Ein weiterer Grund, dieser korrekten Bey ein bisschen Feuer unterm Arsch zu machen. Und süß ist hier gar nichts, schon gar nicht irgendwelche Vorgärten von Bey. Sie denkt angestrengt an ihre Felswand zu Hause. *Konzentration!*

Die Fenster sind dunkel. Sie lässt Goran den Vortritt, während sie die liebevoll gepflegten Lavendel- und Rosmarinbüsche keines Blickes zu würdigen versucht, behält den einen der Belgier im Auge, der wiederum zwischen den Bäumen hindurch die Straße beobachtet. Ruhige Wohn-

gegend, die Besserverdienenden stehen nicht vor sieben Uhr auf. Den anderen Belgier hat sie mit Trenner zusammen in Berlin gelassen. Sie hat keine Verwendung mehr für die beiden. James wird das erledigen.
Sie schlüpfen geräuschlos in einen kleinen Windfang, in dem auf Brusthöhe an einer Kindergarderobe ein paar kleine Jungensjacken hängen. Ein Fußball und viele kleine Schuhe neben einigen edlen Schaftstiefeln und ein Paar Louboutins, die achtlos zwischen nicht weniger teuren Männerlederschuhen herumliegen. Goran öffnet routiniert leise die Tür zum angrenzenden Wohnzimmer, das gar nicht als solches im klassischen Sinne eingerichtet ist, sondern eher als großzügiges Atelier mit zwei riesigen quadratischen Arbeitstischen und vier klobigen hölzernen Laborschränken, die leider ziemlich cool aussehen. Auch die Lampen. Alles eigentlich. Designerhaushalt. Sie schnaubt wieder. Stolpert beinah über ein winziges Rennrad, das quer auf den Holzdielen liegt und fast so aussieht wie jenes, das sie Elia zu seinem fünften Geburtstag geschenkt hatte. Wühlt nach der kleinen Lampe in ihrer Manteltasche und verschafft sich und den Jungs einen Überblick. Klassisches holländisches Deichhaus mit eierschalenfarbenlackierter Holzbalkendecke. Viele Einbauregale. Bücher überall. Vom Wohnzimmer aus führt eine offene dunkle Stahltreppe in den ersten Stock und in den Keller.
»Findet das verdammte Blag!«
Der eine Belgier und Goran teilen sich auf und schleichen lautlos auf den dunklen Stufen in die beiden anderen Etagen. Karina bleibt im Wohnzimmer stehen, flach an die Wand gelehnt. Kontrolliert durch die großen Fensterscheiben die Straße und würdigt die Lavendelbüsche vor dem weißen Gartenzaun keines Blickes.

Die Männer kommen von ihrer Inspektion zurück.
»Keiner oben!«
»Unten auch negativ.«

Ein leeres Haus. Das sind gute und schlechte Nachrichten zugleich. Gut, weil sie jetzt ohne Rücksicht alles umkrempeln können, bis diese Scheißvideos gefunden sind. Schlecht, weil Operation Béla damit flachfällt. Dabei wäre das ihr dringend nötiger Trumpf im Ärmel gewesen. Ihr Bruder wird jederzeit auftauchen. Das erregte Kribbeln in ihren Fingerspitzen lässt nach. Eine leichte Welle der Enttäuschung schwappt um ihre Fußknöchel, die Absätze ihrer Pumps scheinen für einen Moment in den Dielenboden des Deichhauses einzusinken. Sie gibt sich einen Ruck, leuchtet ihren Männern mit der Taschenlampe direkt in die Augen.
»*We got work to do.* Worauf wartet ihr? Niemand verlässt das Haus, bevor wir diese verfickten Videos gefunden haben!«

Die Suche geht jetzt schnell voran, sie reißen einfach alles aus den Schränken und Regalen, werfen jedes Möbelstück um. Karina nimmt die Treppe nach unten. Riesige offene Wohnküche. Zweites Bad. Whirlpool. Kühlschrank mit den obligatorischen Zetteln, Magneten und Fotos der perfekten Kleinfamilie. Heile Welt. Sie erstarrt. Der Junge, der Beys Sohn sein muss, sieht auf den Bildern haargenau so aus wie Elia vor dreizehn Jahren. Sein Doppelgänger.

^^^

Sometimes I really amaze myself.
Sometimes I do the stupidest things.
Bad Karma, Bad Karma's comin' around.
Why do I act even before I think?
– Victims Family

^^^

XPCT
Amsterdam

Das Taxi hatte ewig gebraucht. Unterhalb des Deichs, am Rand eines Waldstücks, hatte sie eine geschlagene halbe Stunde warten müssen, bis sie sich an die Erzählungen erinnerte: Vor acht sei hier kein Taxi zu bekommen. Wie wahr. Selbst an einem gottverdammten Dienstagmorgen! Diese Stadt geht scheinbar spät ins Bett und wacht dann sehr langsam und mit miesem Hangover erst gegen zehn Uhr auf. Offenbar auch die Taxibranche. Die Miene des mürrischen Fahrers erhellte sich immerhin um eine Nuance, als er das lukrative Fahrziel vernahm: Schiphol. Sie sitzt auf der Rückbank im rhythmischen Zucken des orangefarbenen Dunkels, das die niederländische Autobahnbeleuchtung auf die cremefarbene Innenverkleidung des Taxis zeichnet, und zupft an ihrer haselnussfarbenen Perücke, versucht, ihre Körperspannung in den Griff zu bekommen. *Atmen.* Leicht gesagt bei einem zwanzigminütigen Ritt entlang dieser vielen Karinas, ungeheuerlich herunterleuchtend von den hohen Masten der digitalen Reklametafeln. Wenigstens ein gutes Foto. Sie schiebt die Hornbrille zurecht.

Natürlich war es der letzte Wahnsinn, ausgerechnet jetzt nach Amsterdam zu fahren, wo es um Milan herum täglich brenzliger wurde. aber das Risiko musste sie eingehen.
Doch in Beys Haus auf dem Nieuwendammerdijk gab es natürlich keine VHS-Kassetten. Wieso hat sie diesem Noholy, diesem schmierigen kleinen Darknetpädo, überhaupt auch nur eine Sekunde lang geglaubt? Schlimmer noch, ihre gesamte, sich daran anknüpfende, hochriskante Aktion auf diese eine Aussage basiert? Sie hätte einfach in Berlin bleiben und dort weiter nach den Videos suchen sollen. Sie hat impulsiv gehandelt, eine Schwachsinnsaktion. Was ist los mit ihr? *Reißdichverdammtnochmalzusammen!* Der Schlafmangel killt sie gerade. Sie schaut auf das kleine grünschimmernde Display ihres Nokia. Blake hat geschrieben:

05:40
UR Brother OTW,
GO asap!

Es war so klar. Und nur eine Frage der Zeit gewesen. *Brother on the way.* Was auch sonst. Sein zweiter Vorname ist praktisch *on the way.* Und ihr Zeitfenster geschlossen, vielleicht für immer. Die Videotapes wären ihr Ass im Ärmel gewesen gegen jeden seiner zukünftigen Schachzüge gegen sie.
Get out as soon as possible. Klar. Kein Ding. Nur Luft anhalten und ab durch den Security-Check. Pulsschlag irgendwie unten halten. Gar kein Thema. Während aller Augen auf Ausschau gerichtet sein werden wegen der vielen Karinas.

Sie hatte sich aus dem Haus von Bey geschlichen, Goran und den einen Belgier weitersuchen lassen, weil ihr längst klar war, dass es da nichts zu holen gab. Bey ist ahnungslos. Wie immer. Wenn sie solche Videokassetten überhaupt jemals besessen hat, dann weiß sie nichts davon. Und hat sie folgerichtig auch nicht in irgendeinem geheimen Verschlag versteckt. Die Videos, die sie hat, liegen bei der in ihrem Designernest da, wo sie in einem gutsortierten Haushalt nun mal liegen: in Fernsehernähe. Sie hat so einiges von dem alten Kram noch, sogar den in der Szene damals so gefeierten, aber für sie jetzt völlig uninteressanten Richard-Kern-Sleaze-Porn, außerdem lauter *Kleiner-Eisbär-* und *Cars*-DVDs und beinah schon antiquarische *Sendung-mit-der-Maus*-Videos. Es war wie ein Déjà-vu. Die gleichen Videos hatte sie Elia in L.A. vorgespielt, weil er sein Deutsch üben sollte. Aber Bey hat nicht ein einziges dieser ganz bestimmten Videos, die sie mittlerweile, sie hasst es, sich das einzugestehen, verzweifelt sucht. Die mit der kleinen Gravur, dem Schachturm mit der fünfstelligen Ziffer darunter.
Außerdem hätte jeder weitere Schritt sich angefühlt wie gegen ihr eigenes Blut gerichtet. Bei den Kinderfotos am Kühlschrank. Sie hatte das Haus schon verlassen, bevor die Warnung von Blake kam. Sie ist fertig hier.

Das Taxi hält vor *Vertrek Departures 2*. Sie zahlt in bar und steigt aus. Presst im letzten Moment eine flache Hand auf den Scheitel ihrer Haarpracht. Der holländische Wind. Beinahe. Sie schiebt sich unauffällig durch eine der großen Glastüren in die riesige Abflughalle und bleibt wie angewurzelt stehen. Erstaunliche Menschentrauben haben sich zu dieser frühen Stunde vor der großen Anzeigetafel gebildet. Die bietet ein eigenartiges Bild, das in seiner

Eigenartigkeit einem performativen Kunstwerk sehr nahekommt. Alle verfügbaren Buchstaben- und Ziffernfelder sind so manipuliert, dass sie, für jeden Reisenden weithin sichtbar, einen einzigen Text zeigen:

Watch out for pedophiles!
Karina Pogar
Goran Malwich
Henri Maes
THE HUNT IS ON
— XPCT US

^^^

So I'm sailin', well I'm sailin' on
I'm movin', hey I'm movin' on
Sail on, sail on, sail on, sail on
– Bad Brains

^^^

MARECHAUSSEE
Schiphol

»Sie kam nich' zurück.«
»Wer kam nicht zurück?«
»Na, sie ... Ma'am.«
»Beantworte meine Fragen.«
»Okayokay. Madame Karina.«
»Weiter?«
»P ... Pogar. Also, sie kam nich' zurück. Un' wir wollten abhauen aus dem Haus ...«
»Das Haus, in das ihr heute Morgen eingebrochen seid?«

»…«
»Beantworte meine Fragen. Welches Haus?«
»Nieuwendammerdijk. Hausnummer weiß ich nich' mehr.«
»Was hattet ihr da zu suchen?«
»Madame Karina hat da was gesucht.«
»Was hat sie gesucht?«
»Ein paar alte VHS-Kassetten halt. Aber die waren da nich'. Und Madame is' raus, weil sie was im Auto vergessen hatte, kam aber nich' wieder.«
»Der weiße Lieferwagen oder der gelbe Jaguar XKR, der seit gestern Nacht in Berlin vermisst wird?«
»Der Lieferwagen.«
»Ein Autodiebstahl, mehrere Geschwindigkeitsübertretungen, ein Einbruch, Dokumentenfälschung und Körperverletzung. Warum die ganze Aktion für ein paar alte VHS-Kassetten? Was war da drauf?«
»Keine Ahnung.«
»Ganz sicher?«
»…«
»Na gut, wie du willst. Sie kam nicht zurück, und dann?«
»Wollten raus aus dem Haus, aber plötzlich is' da 'ne Gruppe Kids mit Scootern direkt vorm Haus und gehen nich' weg. Wir gewartet. Hat ewig gedauert. Irgendwann sind wir halt doch raus. Hatten uns noch Jacken aus dem Haus angezogen. Die Kids uns gefragt, was wir da zu suchen hatten. Und warum wir die Klamotten vom Herrn Professor anhätten. Kannten den wohl. Haben uns eingekesselt, aber Goran kann Karate, hat sich gut verteidigt.«
»Du meinst, er hat zwei der fünf Jugendlichen krankenhausreif geschlagen.«
»Tut mir leid, das mit den Kids …«
»Und weiter?«
»Da wurde es natürlich laut und da kamen dann die Nach-

barn aus ihren Häusern, der von gegenüber sogar mit 'ner Eisenstange. Echt brutal, der ...«

»... der Herr Noteboom.«

»Äh, keine Ahnung. Wir gemacht, dass wir wegkommen ... da is' so'n Wald in der Nähe, da wollten wir uns verstecken, weil wir ja dachten, dass Madame mit dem Lieferwagen abgehau'n is', aber der stand da noch.«

»Und weiter?«

»Goran wollte unbedingt zurück nach L.A., dem wurde das alles zu heiß. Ich hab den also nach Schiphol gefahren. Und da haben wir erst gesehen, dass die Reklameschilder, diese großen an der Autobahn, die von selber leuchten, dass wir da drauf sind. Wie wir im Jag sitzen auf der Autobahn.«

»Wo habt ihr Autos gewechselt?«

»In Hengelo. Und als ich beim Abflugterminal ankomm', steht da schon die Marechaussee.

So, jetzt nochmal zurück zu den VHS-Kassetten. Was war da drauf?«

»Weiß nich'.

Was sagt dir der Name Milan Freugdenhil?«

»Nie gehört.«

»Der *Innere Kreis*? Schon mal gehört?«

»Nee.«

»Auf den VHS-Kassetten, die deine Madame Karina so dringend sucht, sind schlimme Sachen drauf. Klingt das wirklich nicht bekannt für dich?«

»Keine Ahnung.«

»Schade, ein Geständnis würde sich strafmildernd auswirken. Die Beweislast in euerm Fall ist leider erdrückend. Ich muss dich festnehmen wegen des dringenden Tatverdachts der Beihilfe zur Verbreitung von Kinderpornografie und wegen des Verdachts zur Beihilfe von schwerem Kindesmissbrauch.«

^^^

I fought the law and the law won
– The Clash

^^^

Telefonprotokoll NIKKI
Amsterdam

Wo bist du? Bei Béla?
Ja. Nein. Bei der Polizei.
Um Gottes Willen … ist …
Alles in Ordnung. Sie haben die Kerle.
Gottseidank! Aber hier … hier ist gar nichts in Ordn-
Bist du denn schon zu Hause?
Bey, bei uns wurde eingebrochen!

^^^

SCHNAUZE
Tag 5. Dienstag, 18. Januar 2011, Berlin

»Ich hab's doch schon paarmal gesagt jetze.«
»Wat ham Se jesacht?«
»Ich will mich selbst anzeig'n. War jahrelang Kurier für 'n Kinderpornoring. Kann ihn'n alle Namen sag'n.«
»Was'n los, Otto?«
»Wieder so'n Wichtichtuer. Man ick hab echt die Schnauze jestrich'n voll von diese Typen, wa? Mannomann!«
»Soll ich ma?«
»Wenn de willst …«

»Also nochma janz von vorne, Meister. Wat ham wa denn aufm Herzen?«
»Ich will mich selbst anzeig'n. War jahrelang Kurier für 'n Kinderpornoring. Kann ihn'n alle Namen sag'n.«
»Fangen wa mal mit Ihrem an, Meister.«
»T ... Trenner.«
»Vorname?«
»Mike.«
»So. Wat'n für'n Pornoring?«
»Is' doch dauernd innen Nachricht'n grad. Der in Amsterdam.«
»Un', wo sind wa hier? Is' ditte hier Amsterdam?«
»Nee ... aber das hat damit zu tun ...«
»Weeste wat mir ditte kan? Dit kann mir mal jepflegt den Buckel runterrutschen kann mir dit!«
»Habs doch jesacht, Scheißwichtichtuer.«

^^^

I guess it's too bad, I guess it's too bad for you!
– Bad Brains

^^^

KISS FM

Berlin, Moabit:
Die Reinigungskräfte einer Pension in Moabit machten heute Morgen eine grauenhafte Entdeckung: In einem der Zimmer fanden sie einen etwa vierzigjährigen Toten, dem beide Ohren fehlten. Außerdem trug er mehrere Stichverletzungen im Brustbereich.
Der Mann hatte seit Freitag vergangener Woche ein Einzel-

zimmer in der Pension gemietet. Er war die vergangenen Tage in Begleitung zweier anderer Männer gesehen worden, die dringend tatverdächtig sind.
Ob die Tat im Zusammenhang steht mit dem Kreuzberger Mordfall vor zwei Tagen, wird derzeit untersucht.

^^^

VOR ZWEIUNDZWANZIG JAHREN. 1989

VON UND ZU
Rebenhausen

Gestern war Karina in die kleine Kammer gezogen, die gegenüber der Wohnungstür. War schon klar, dass das das Einsteigerzimmer war, man fing immer im kleinsten Zimmer an, aber sie würde sich hocharbeiten. Karina hatte einen Plan. Soweit sie sich zurück erinnern konnte, hatte sie immer einen Plan gehabt.

Rebenhausen war ein bedeutungsloses Kaff inmitten einer gesichtslosen Landschaft, auf deren schwerfällige Äcker es ununterbrochen regnete, nein, niederprasselte. Gummistiefel waren ein überlebenswichtiges Accessoire, an die sich die lehmige Erde in Klumpen klammerte, sich tief eingrub in die Rillen der Profilsohlen, aus denen sie am Ende eines weiteren feuchtklammen Tages nur widerwillig herausgekratzt werden wollte. Achtzig Prozent der dünn gesäten Bevölkerung war Landwirte oder schuftete sich in einem am Rande des Existenzminimums gestalteten Arbeitsverhältnis auf einem der Höfe die Seele aus dem Leib. Die anderen 19,9 Prozent waren Pendler: Lehrer oder Bankangestellte, die aus einem Wunsch nach mehr Grün irrtümlicherweise den Morast gewählt hatten.

Das letzte Zehntel Prozent stellte in seiner Gesamtheit die Familie von und zu Rebenhausen dar.

Katharina von und zu Rebenhausen hieß man, wenn sich der Familienstammbaum in einer schnurgeraden Linie bis ins Mittelalter zurückverfolgen ließ.

Das Anwesen der von und zu Rebenhausens war seit der Zusammenlegung mit dem Königreich Hannover im Jahr

1860 in den Chroniken zu Vahlde dokumentiert, allerdings besagten im Familienbesitz befindliche Aufzeichnungen, dass es die Burg schon um 1300 gegeben habe.

Wer aus Rebenhausen kam, aber dort nicht bleiben wollte, der brauchte einen verdammt guten Plan, denn jede auch nur minimal bedeutungsvollere Agglomeration von Menschen lag mindestens hundert Kilometer weit entfernt. Als Karinas Bruder vergangenes Jahr wegen seines BWL-Studiums nach Hannover gezogen war, hatte sie nichts anbrennen lassen und ihn seitdem beinahe jedes Wochenende dort besucht. Es war ihr egal, dass es ihn zu irritieren begann, dass sie andauernd auftauchte, ja, gefühlt schon in seiner Wohnung lebte. Welchen Sinn hatte es, aus den elterlichen Gemächern (zugegebenermaßen äußerst luxuriösen Gemächern) auszuziehen, wenn einem bestimmte Familienmitglieder dann auf Schritt und Tritt ins neue Leben folgten? So dachte er, da war sie sich sicher, sie kannte ihren Bruder gut genug. Dabei musste auch ihm klar sein, dass es von dieser Familie kein Entkommen gab. In der einen oder anderen Hinsicht. Die eine Hinsicht hieß Weihung und Einführung in die Altehrwürdigen Statute des Inneren Kreises. Wenn man männlich war. Denn die Macht, die heilige, bedingungslose, lukrative Macht, war seit Anbeginn nur von Mann zu Mann übertragbar, ein vom nahegelegenen Bistum Roccam erlassener Ritus, mit dessen Strukturen die der Adelsfamilie eng verwoben waren, was sollte man machen. Die andere Hinsicht hieß, die Wunden zu lecken. Wenn man in dieser Familie jung und weiblich war. Oder jung und männlich und nicht mit dem Orden in irgendeiner schützenswerten Weise verbandelt. Wunden, die die Brüder des unersättlichen Ordens denen zufügten, die sie begehrten. Auch dies geschah entlang eherner, festgeschriebener Riten. Wobei das mit der

Haut noch ging, die heilte irgendwann, mit mehr oder weniger ansehnlichem Resultat. Schwieriger war es mit den seelischen Schäden. Die Rituale im Verlies waren am schlimmsten. Aber sie war stark. Sie entdeckte früh ihre Gabe zur Manipulation. Und ihre natürliche Autorität. Schon als Siebenjährige scheuchte sie das japanische Au-Pair-Mädchen Mariko herum, manipulierte und erniedrigte sie. Ein gutes Übungsspielfeld, sie spürte, wie sie über sich hinauswuchs, größer wurde als ihr kleiner Kinderkörper und ihr das eine tiefe innere Befriedigung verlieh. Mariko verschwand plötzlich über Nacht. Aber es kamen neue, an denen es sich weiter üben ließ.

Die übrigen Mitbewohner in der WG ihres Bruders gewöhnten sich an ihre dauernde wochenendliche Anwesenheit in der Gründerzeitvilla, der Kulisse äußerst gehobener studentischer Verhältnisse dank der dicken väterlichen Brieftaschen. Die vier Banker in spe leisteten sich den Luxus eines Gästezimmers. Das befand sich nun im Zustand der Dauerbelegung durch Karina. Allerdings störte sie ihren Bruder dadurch auch weniger, er sah sie fast nur in der Küche oder im Salon. Womit sie ansonsten ihre Zeit totschlug, war ihm herzlich egal.

Sie legte alles daran, sich von ihrer besten Seite zu zeigen, sie wusste, dass es nur eine Frage von Disziplin und Geduld war, bis ihre Anstrengungen belohnt werden würden. Liebenswürdigkeit zählte nicht zu ihren Stärken, aber sie hielt eisern durch. Ganze sechs Monate lang lächelte sie einen der Mitbewohner, Eugen, an.

Im Vorbeigehen im Flur (wobei sie die Momente des zufälligen Vorbeigehens sorgfältig abgepasst hatte, und darauf achtete, dass ihre Körper einander leicht streiften), am Frühstückstisch (wo sie stets ihm gegenüber einen Platz

eroberte, so dass er ungehinderten Blick auf ihre stechend blauen Augen unter der strohblonden Out-of-bed-Mähne und auf ihre vorteilhaft ins Bild gerückte, wie zufällig halb entblößte Schulter hatte) oder beim Fußballgucken an Samstagen (wobei sie sich treffsicher neben ihn in die Sofapolster fallen ließ).

Für ihre Zwecke hätte es auch einer der anderen beiden gar nicht übel aussehenden BWL-Studenten getan, doch ihre Wahl war auf genau diesen Mitbewohner gefallen, weil sie spürte, dass er am ehesten schwach werden würde. Und siehe da, wie durch Magie suchte Eugen schließlich auf der exzessiven Silvesterparty ihre Nähe. Er war unerfahren, wie sie vermutet hatte, küsste unsicher, seine Hände zitterten leicht. Später in seinem Zimmer, das er sorgfältig abgeschlossen hatte, während draußen die Party tobte, kam er zu früh.

Es war ihm unendlich peinlich, ein weicher Charakter eben. Sie verbarg gekonnt ihre Routiniertheit, sie würde ihn an die Hand nehmen müssen, aber das kannte sie schon.

Ihr Bruder rollte ab jetzt am Frühstückstisch die Augen, wenn er das Geturtel sah. *Get a room*, murmelte er schlechtgelaunt in seine Kaffeetasse.

Aber er unterlag bei dem Gespräch mit den Eltern, denen Karina ebenso resolut wie plausibel ihren absolut wasserdichten Zukunftsplan unterbreitete, für die letzten Oberstufenjahre hatte sie bereits die Schule in der Stadt organisiert, war der Ruf derselben nicht um so vieles besser als die verschlafene IGS im regennassen Vahlde? Das BWL-Studium würde nahtlos anschließen, und was wären günstigere Voraussetzungen als ein sicherer Hafen, die führende Hand eines, wenn auch geringfügig, älteren Mannes an ihrer Seite? Der sie zudem in allen Fragen des Studiums

unterstützen würde? Eugen saß wie ein leicht begossener Pudel daneben auf dem elterlich-adeligen Barocksofa und nickte beflissen.
Ihr Bruder unterlag auch bei der Abstimmung während der von ihm zügig anberaumten WG-Besprechung, sie durfte das Kämmerchen haben, in dem sie sowieso schon Dauergast war.
Triumphierend warf sie sich auf die kahle Matratze, die in dem quietschenden Bettrahmen aus dem 18. Jahrhundert hin und her rutschte, starrte an die stuckverzierte Decke des ansonsten recht sparsam möblierten Zimmers der Villa (sie hatte es sich verkniffen, auch nur eines der Poster oder Kuscheltiere von zu Hause mitzunehmen), rollte sich auf den Bauch und drückte einen lauten Siegesschrei in ihr unbezogenes Daunenkissen. Erster Etappensieg.
Ihr nächstes Ziel: Mit Eugen Schluss machen.

^^^

ZWEI WOCHEN SPÄTER. FEBRUAR 2011

MY ASS
Amsterdam

»Schatz, alles okay mit dir?«
»Hmm.«
»Wirklich? Du stehst schon seit Stunden da und starrst aus dem Fenster. Gestern auch schon. Und vorgestern. War alles ein bisschen viel die letzten Tage, hm? Aber die Ergebnisse sind doch super. Dass er im Spektrum ist, hatten wir ja schon vermutet. Aber da ist man schon so viel weiter jetzt, mit der richtigen Dosierung ist das heutzutage gar kein Thema mehr, wirklich. Und er wurde nicht missbraucht. Schatz, das sind doch wahnsinnig gute Nachrichten! Wir brauchen uns wirklich keine Sorgen um ihn zu machen, glaub mir.«
»Ja, Schatz.«
»Und die Versicherung zahlt. Also, du wirst schon sehen, alles wird gut!«

Alles wird gut. Nicht klagen, nicht jammern. Schöner neuer alter Calvinismus. Sich nicht so wichtigmachen. Alles wird gut. Sein Standardsatz. Nachdem er sich wieder abgeregt hatte. Nachdem er begriffen hatte, dass Bey nicht aus purem Hedonismus mal ein paar Tage blau gemacht hatte in Berlin, sozusagen einfach mal ganz zielfrei zur Erholung von Jobkindhaushaltbeziehung, nein, nein, es gab Gründe, die sie vorweisen konnte. Gute Gründe, die plausibel machten, weshalb sie ihre Mutterpflichten vernachlässigt hatte. Er hat sich wieder zurückverwandelt in denselben Nikki, dem andauernd eine äußerst gutgelaunte

Sonne aus dem Arsch scheint. Was weiß er schon. Gar nichts. Nichts über Musik, nichts über die Nacht. Nichts über Akazienhonig. Und noch eine ganze Reihe anderer Dinge weiß er nicht, auf deren Bekanntschaft sie selbst auch gerne verzichtet hätte. Er hatte zum Beispiel nicht gesehen, was sie in einem polnischen Bunker auf einem Computerbildschirm gesehen hatte, er hatte auch nicht den Eltern von Finn, ihren besten Freunden Lot und Leon, in die zusehends entgleisenden Gesichtszüge starren müssen, als sie ihnen, nachdem sie Béla *(Mamimamidabistujaendlich!)* eine gefühlte Ewigkeit lang umarmt, seinen Kindergeruch aufgesaugt, ihm eindringlich ins Gesicht geschaut und allen seinen Abenteuern mit Finn aufmerksam gelauscht hatte, als sie Lot und Leon endlich, während die Kinder außer Hörweite waren, endlich beichten konnte, was sie schon seit mehr als zehn Stunden wusste und ihnen auf keine menschenmögliche Art übers Telefon hätte beibringen können. Sie hatte mit ihrem Blick ihre Münder fixiert, während sie sprach. Münder waren besser als Augen. Auf jeden Fall am wenigsten verfänglich, wenn sie ihre Botschaft halbwegs gefasst vortragen wollte. Dachte sie. Dass Münder die Form verlieren, konturlos werden, verschwimmen, zu unscharfen roten Flecken mutieren konnten, die dann auch noch in Schwingung gerieten, das hatte sie unterschätzt. Dass es ihre eigenen Augen waren, die diese Verzerrung herbeigeführt hatten, merkte sie erst, als sie sich reflexhaft mit dem Handrücken über die Wangen fuhr. Sie starrte weiter auf die Münder und versuchte sich auf ihre eigene Stimme zu konzentrieren, die merkwürdige Wellenbewegungen machte, schlingerte, eierte, sich gar nicht mehr bändigen ließ, bis sie schließlich einsah, dass Form hier nicht zu halten war, Augen und Stimme in den Händen vergrub und hem-

mungslos drauflosschluchzte. Sich die vergangenen fünf Tage, über hundert Stunden, aus dem Leib rotzte, was mussten die beiden mit den aufgelösten Mündern vor ihr Sitzenden, sich an den Händen Haltenden wie zwei Ertrinkende, was mussten die denken von ihrer erbärmlichen One-Woman-Show hier? Nach endlosen Minuten fasste sie sich, wagte, den Blick zu heben und die beiden anzusehen. Form, wie gesagt, ein haltloser Posten. Die Gesichter ihrer Freunde verzerrt wie Greise, die Stirnen, die Wangen zerfurcht von dieser einen Nachricht, diesem einen Satz, der ein Universum auseinanderknallen ließ. Sie selbst hatte ja noch diesen Rettungsring, an den sie sich klammerte und auf dem stand: *vielleicht*. Vielleicht ist Béla verschont geblieben. Vielleicht. Vielleicht ist er einfach ein verhaltensauffälliges Kind. ADHS, oder Asperger oder sonst irgendeine ihr plötzlich äußerst erstrebenswert erscheinende Diagnose. Für Finn gibt es kein *vielleicht*. Für Finn gibt es ein lebenslanges *definitiv*. Keinen *Reset*-Knopf. Kein *Undo*. Das Monster Trauma ist für immer drin in diesem Kind. Man wird versuchen, es in vielen Therapiesitzungen zu besänftigen, in der Hoffnung, dass es nicht doch in einer fernen Zukunft, getriggert durch irgendeinen belanglos erscheinenden Umstand, einen Geruch, ein Geräusch, eine Berührung, wieder erwacht.
Sie kann nichts tun. Diesen Nukleus, diese trostlose Insel, diesen hässlichen kleinen Planeten Albtraum bewohnen Lot und Leon und Finn nur zu dritt. *Alles wird gut?* My ass.

Aber sie haben sie. Wenigstens das. Noch während Deus in der Morgendämmerung den alten Mercedes auf dem Ring der A10 nach Amsterdam Noord steuerte, hatte Mark sie angerufen. *Sie haben sie.*
Das *Sie* am Anfang bedeutete: die Bullen. Genauer, die nie-

derländische Marechaussee, die Flughafenpolizei. Das *sie* am Ende: die zwei Kerle, von denen Trenner geredet hatte, der mit dem *komischen Kopftattoo* und der *eine Belgier*. Wen die beiden *Sies* nicht einschlossen, das war Karina. Die war so plötzlich vom Erdboden verschluckt, wie sie aufgetaucht war.
Immerhin hatte die niederländische Polizei, entgegen Beys Befürchtungen, tatsächlich wie ein rundlaufendes Räderwerk funktioniert. Hatte die Brisanz der Daten erkannt, die über alle nur verfügbaren Kanäle hereingesprudelt waren. Da man in Amsterdam an diesem Milan F. schon seit Dezember dran war, ihm jedoch bisher nichts hatte nachweisen können, waren die Fotos aus dem *Berkenbosje* die entscheidenden Puzzlestücke in einem Fresko des Grauens. Puzzlestücke, die es zuhauf gab. Abertausende Dateien, die einer der beiden Toten in Berlin, Noholy, verschlüsselt und unverschlüsselt auf seinem Rechner und in unzähligen externen Festplatten in einem Wandsafe aufbewahrt hatte. Nur die Videokassetten, die anonym an das Polizeipräsidium geschickt worden waren, ließen zunächst noch viele Fragen offen. Höchst ungewöhnlich, so die Aussage des Polizeisprechers Berlin-Brandenburg, digitale Videodateien auf analogen Datenträgern zu tarnen. Man versuche momentan, das auf dem Filmmaterial erkennbare Burgverlies zu lokalisieren. Man hoffe da auf die Aussage eines in Norddeutschland festgenommenen Politikers, der sich in jüngeren Jahren, so sei auf dem Filmmaterial deutlich erkennbar, des schweren Kindesmissbrauchs strafbar gemacht habe.
Und gegen die Businesskundin mit den haselnussbraunen Locken, die als Frau Dr. Hoffmann auf den Passagierlisten von LAX nach AMS und zurück verzeichnet ist, besteht dringender Tatverdacht, denn in Amsterdam war auf den

Aufzeichnungen der Sicherheitskameras beim Heranzoomen zu erkennen, dass die Dame gar nicht *die* Frau Dr. Hoffmann war, die auch zum fraglichen Zeitpunkt gar keine transatlantische Reise unternommen hatte, sondern die nachweislich in Zürich auf einem Sinologie-Kongress als Keynote-Speakerin anwesend gewesen war. Den Aussagen des sich in Widersprüche verhakenden Verdächtigen mit dem merkwürdigen Kopftattoo zufolge hat sie unter dem Namen Karina Pogar Kontakt zu Milan F. und dessen Lebensgefährten Gert L. gehabt und betreibt angeblich als erfolgreiche Geschäftsfrau eine angesagte Werbeagentur und ein Edel-Wellnessresort in Los Angeles. Für einen Haftbefehl sei die Beweislage allerdings noch nicht ausreichend, der Zugriff erschwert durch ihre US-amerikanische Staatsbürgerschaft.

L.A. also. Bey hofft, dass das weit genug entfernt sein wird. Sie hatte während der Fahrt von Berlin nach Amsterdam Stella erreicht, die sich offensichtlich auch ihre letzte Nacht im *Bogotá* an dem übervollen Schreibtisch um die Ohren schlug. Stella hatte ihr das Foto von Karina aufs Handy geschickt, das sie dann direkt an Xana weitergeleitet hatte, die es wiederum auf die gehackten niederländischen Autobahn-Reklametafeln hochgeladen hatte. Deus saß die ganze Nacht colahigh am Steuer, und Speedy, tja, Speedy schlief einen gesunden Stellvertreterschlaf für sie alle, während Xana und Szymon sich einen Wolf hackten und die Flut an Daten, die der *Hacksalon* von Noholys Rechner gezogen hatte, an jeden Polizeirechner und jede Pressestelle schickten, zu denen sie sich in der Eile der Nacht Zugang verschaffen konnten. Die *Houdini*-Kids und der *Hacksalon* waren die Helden dieser Nacht und würden ungelobt im Dunkeln bleiben. Die einen in ihrem *amen-*

breaks-beschallten Keller unter den Straßen von Berlin, die anderen tief im Boden eines polnischen Mischwaldes.
Sie hatten Karina gejagt. Die selbst hatte jagen wollen, die sich wie ein Parasit in ihrer Szene eingenistet hatte. Um sich dann, ein Feld der Verwüstung hinterlassend, aus dem Staub des Glockseehofes zu machen, und Jahre später die Stirn zu haben, in Amsterdam vor ihrem höchsteigenen weißlackierten Gartenzaun mit den Lavendelbüschen wieder aufzutauchen. Als ob das alles nicht gereicht hätte damals, zwei Tote und ein Komapatient. Aber Karina kriegte wohl den Hals nicht voll. Iggy, Noholy, Trenner, drei weitere Tote innerhalb einer Woche, ein krasser Schnitt.

Völlig unerwartet kam Tage später der Anruf von Hauke. Er sei ihr noch eine Erklärung schuldig für Marikos merkwürdiges Verhalten in Berlin. Jetzt, wo sie ohnehin alle bei der Polizei ausgesagt hätten. Der Donnerstagmorgen, die Wohnungstür, die offenstand, der eigene Sohn tot am Boden, die Verzweiflung, der Zweifel über die Todesursache. Plötzlich Marikos Handy, der Anruf einer gewissen Karina, die über alles Bescheid wusste. Auch darüber, dass Mariko noch zwei weitere Kinder hatte. Die kalte Stimme. Der Tote sei umgehend einzuäschern, keine Fragen, sonst. Mariko war zusammengebrochen.
»Aber dann kamst du und stelltest Fragen. Mariko wollte einfach nur, dass du verschwindest, ich dachte mir, soll diese Karina doch kommen. Aber Mariko sagte, *du verstehst das nicht.*«
Mariko war es letztendlich, die den Ermittlern den Standort der Burg sagen konnte. Burg Rebenhausen in Rebenhausen, einem Dorf in Norddeutschland.
Bey starrt in den wolkenverhangenen Nachmittagshimmel.

Ihre heißgeliebten Punkvideos als Schnittstelle zwischen ein paar Altpunks und einer finsteren Welt, die wie in einer zweiten, unsichtbaren Schicht unter ihrer eigenen zu existieren schien, die dunkle Verliese barg mit meterdickem Mauerwerk, das die Schreie dämpfte, und schweren dunkelvioletten Vorhängen, die vor Blicken schützten, einem Paralleluniversum, das so tief im Verborgenen lag, dass es beinah gegen die Gesetze der Schwerkraft zu verstoßen schien, dass dieses Universum dann doch auftauchen und nach ihrer eigenen heilen Welt greifen konnte. *Vault File.*

Bei allen Ermittlungen taten Bey und Deus, Speedy und Stella überzeugend ahnungslos, wenn irgendjemand nach *Houdini* oder dem *Hacksalon* fragte.
Das Gleiche galt für Mark. Dessen subversive Energien sie komplett unterschätzt hatte.
Sie hatte dann doch nachgehakt, was es mit diesen Schwimmbadnachmittagen mit Noholy auf sich gehabt hatte.
»Wie, dachtest du etwa, ich hätte meine Mädels 'nem anderen Kerl anvertraut? Quatsch. Sophia hat sie natürlich keine Sekunde aus den Augen gelassen.«
Bey hatte so erleichtert ausgeatmet wie seit Tagen nicht mehr.
Noch erleichterter atmete sie allerdings aus, als endlich das Testergebnis ins Haus flatterte: eine vergleichsweise milde Form von Asperger. Und ein vergleichsweise hoher IQ. Der Verdacht auf Missbrauch in sehr jungem Alter sei allerdings nicht mit Sicherheit zu entkräften. Ein Restzweifel wird also bleiben.
Aber innerhalb des halben Jahres, das Béla und Finn gemeinsam im *Berkenbosje* verbracht hatten, musste zunächst die Phase des Bondings von Milan F. mit seinen mehr als

achtzig jungen Opfern stattgefunden haben. Als Nikki und Bey nach Amsterdam-Noord umzogen, hatten sie Béla dann, wenn auch ungern, aus der heimeligen Innenstadtkrippe herausgenommen und ihn in einem Kindergarten in Noord untergebracht, weil Bey die langen Wege per Rad in die Stadt, durch den tückischen holländischen Wind und Regen, einfach zu viel wurden. Erst nach Bélas Wechsel musste Milan den Schritt gewagt haben in eine aktivere Phase seiner Präferenz für sehr junge Kinder. Die Phase der Enthemmung. Das vermuten jedenfalls die Psychiaterinnen der Selbsthilfegruppe.
Die Beamten der Niederländischen Stelle für Cybercrime haben ihr und den anderen Eltern beim letzten Trauma-Treffen erklärt, dass der Austausch unter gleichgesinnten Pädophilen nicht erst latente Wünsche wecke, die seien vorher schon da. Dass aber die Bilder und Online-Chatrooms dazu beitrügen, Hemmungen weiter abzubauen und zu häufigeren oder aggressiveren Handlungen zu verleiten. Dass sie dort lernten, wie sie sich der Strafverfolgung entziehen könnten, dass sie zunehmend selbstbewusster würden und kognitive Verzerrungen nutzten, um ihre moralischen Hemmungen zu überwinden. Mit anderen Worten, für sich selbst zu rechtfertigen, dass *ein bisschen* Kindesmissbrauch schon okay sei.

Im Wohnzimmer hinter ihr, das eigentlich gar nicht als solches eingerichtet gewesen ist, sondern eher als großzügiges Atelier mit zwei riesigen quadratischen Arbeitstischen und vier klobigen hölzernen Laborschränken, die jetzt wieder dem Sperrmüll zugeführt werden (diesmal allerdings in ihre Einzelteile zerlegt und das noch nicht mal liebevoll, man konnte noch die Schuhabdrücke auf den zerborstenen Türen erkennen, deren Glaseinsätze ausnahmslos

zersplittert waren), gähnt ein leerer, gut lackierter Eichendielenboden die klassische Deichhausdecke an, von deren Holzbalken zwei ein wenig verlassen wirkende, verbeulte Moooi-Lampen unschlüssig herabhängen. Die Versicherung zahlt. Schön. Soll sie mal. Vielleicht ist es gut so, dass der ganze Kram wegkommt. *Tabula rasa. A clean start.*

»Nikki?«
»Ja?«
»Ich muss mal für ein paar Tage nach Stockholm.«

^^^

^^^

^^^

Die Handlung dieses Romans und auch alle handelnden Figuren sind frei erfunden.

Die Punkszene der Neunzehnhundertachtziger und -neunziger Jahre in Hannover hat es tatsächlich gegeben. Ebenso den mehrfachen Kindesmissbrauch durch Robert M. in Amsterdam, der im Jahr 2010 aufgedeckt wurde.
Beide Ereignisse haben jedoch in der Realität nichts miteinander zu tun.

They loved rock 'n roll and hated pretentions crap.
Das Zitat auf S. 150 stammt von der Website 98bowery:
https://98bowery.com/punk-years/punk-art-catalogue-section-two

Playlist:

1. Siouxsie and the Banshees: Spellbound
2. Bad Religion: Sanity
3. Youth Brigade: Sink with Kalifornija
4. The Leaving Trains: What Cissy said
5. Sonic Youth: Self-obsessed and sexxee
6. Minutemen: Stories
7. Bad Brains: Don't need it
8. Rhythm Pigs: Thanks for coming
9. The Fall: Your heart out
10. Black Flag: Gimme Gimme Gimme
11. The Slits: Shoplifting
12. Hüsker Dü: No promise have I made
13. Siouxsie and the Banshees: Cascade
14. Beefeater: With you always
15. Bikini Kill: Alien She
16. Victims Family: Mousetrap
17. Germs: Lexicon devil
18. Circle Jerks: Live fast die young
19. Th' Inbred: Satan youth
20. Bad Brains: I (not as much)
21. Eyeless in Gaza: Seven years
22. Killing Joke: Love like blood
23. Hüsker Dü: Chartered trips
24. Tuxedomoon: No tears
25. Saccharine Trust: The Giver Takes
26. Sick Of It All: Scratch the Surface
27. Fugazi: Waiting room
28. All: She's my ex
29. Bad Religion: Sanity
30. Bad Religion: No control
31. Tuxedomoon: What use?